SE
VOCÊ
SOUBESSE

EMILY ELGAR

SE VOCÊ SOUBESSE

Tradução
Monique D'Orazio

1ª edição
Rio de Janeiro-RJ / São Paulo-SP, 2022

Copidesque
Lígia Alves

Revisão
Tássia Carvalho

Título original
If You Knew Her

ISBN: 978-65-5924-098-2

Copyright © Emily Elgar, 2017
Todos os direitos reservados.

Tradução © Verus Editora, 2022
Direitos reservados em língua portuguesa, no Brasil, por Verus Editora. Nenhuma parte desta obra pode ser reproduzida ou transmitida por qualquer forma e/ou quaisquer meios (eletrônico ou mecânico, incluindo fotocópia e gravação) ou arquivada em qualquer sistema ou banco de dados sem permissão escrita da editora.

Verus Editora Ltda.
Rua Argentina, 171, São Cristóvão, Rio de Janeiro/RJ, 20921-380
www.veruseditora.com.br

CIP-BRASIL. CATALOGAÇÃO NA FONTE
SINDICATO NACIONAL DOS EDITORES DE LIVROS, RJ

E89s

Elgar, Emily
  Se você soubesse / Emily Elgar ; tradução Monique D'Orazio. - 1. ed. - Rio de Janeiro : Verus, 2022.

  Tradução de: If You Knew Her
  ISBN 978-65-5924-098-2

  1. Ficção inglesa. I. D'Orazio, Monique. II. Título.

22-78564
CDD: 823
CDU: 82-3(410.1)

Meri Gleice Rodrigues de Souza - Bibliotecária - CRB-7/6439

Revisado conforme o novo acordo ortográfico.

Seja um leitor preferencial Record.
Cadastre-se no site www.record.com.br e receba informações sobre nossos lançamentos e nossas promoções.

Atendimento e venda direta ao leitor:
sac@record.com.br

Para minha irmã Amy

A cada instante de nossas vidas temos um pé
no conto de fadas e o outro no abismo.

— PAULO COELHO, *Onze minutos*

PRÓLOGO

A escuridão parece puxá-la e segurá-la em um abraço gelado, à medida que ela desce pela estradinha e penetra a noite espessa como melaço. A cada inspiração gelada, o ar é como uma descarga elétrica em seus pulmões, e as pernas parecem se mover sozinhas, certas de sua nova direção. Ela ouve o riacho gorgolejando ao lado e os galhos das bétulas prateadas estalarem sobre sua cabeça, como dedos artríticos se chocando uns nos outros.

A lua brilha com sua face manchada e bondosa, iluminando de prata o caminho como se fosse uma fada madrinha. Ela sorri para o astro antes que ele desapareça novamente atrás de uma nuvem veloz. Ela sente como se pertencesse inteiramente ao mundo, como se ele se movesse facilmente junto dela, como se uma força invisível, um pequeno suspiro, fosse liberada dentro dela e ela estivesse em sintonia com a vida. Começa a cantarolar, surpreendendo a si mesma, algo inventado, infantil. Não tem sentido, mas ela não se importa e não sente vergonha.

Por que não notou antes que o mundo poderia ser tão suave?

A melodia sem nexo se transforma em um nome. Ela chama, uma evocação longa e leve:

— Maisie! — Então para e desta vez chama mais alto: — Maisie! — E ouve. O silêncio da noite é uma presença em si, tenso e infinito. Agora, a qualquer momento, haverá um som de movimento rápido na sebe, um estalo doce quando as patinhas ágeis de Maisie quebrarem galhos delicados. Mas por enquanto há apenas um silêncio espesso. Ela escolhe não se preocupar. Maisie deve estar correndo em algum campo próximo, seu corpo tenso de adrenalina, focinho no chão, abanando o rabo, surda para tudo exceto à cacofonia de cheiros ao seu redor. Ela ajusta a bolsa no ombro, chama novamente e continua andando ao longo da via sulcada e familiar.

O lampejo dos faróis de um carro vindo de trás a assusta, como se estivessem se intrometendo em seu momento de privacidade e a tivessem flagrado fazendo algo que ninguém mais deveria ver. O carro é conhecido. Ela acena, lançando sombras no asfalto, os braços absurdamente longos.

Em seguida, começa uma corridinha. Há um ponto de ultrapassagem à frente, eles podem parar e conversar lá, mas é como se correr chamasse a atenção do carro — expusesse alguma fraqueza nela —, e ela sente os faróis se fixarem em suas costas com uma ferocidade animalesca, como os olhos vidrados de um animal selvagem em um transe de instinto, as narinas cheias da presa. Ela sente as luzes vindo mais e mais rápido, galopando em sua direção. Um grito rasga sua garganta, mas o vento rouba sua voz numa chicotada, como se fosse necessária em outro lugar, em outro drama. O carro rosna, tão perto dela agora.

A bolsa cai do ombro e seu pescoço gira involuntariamente quando o carro avança contra seus quadris. Ela sente os ossos se quebrarem como se fossem de porcelana. O impacto a faz rodopiar, uma pirueta insana em direção à beira do riacho. Seus pés não conseguem acompanhar e ela cai para trás. Espinhos cortam suas mãos inúteis, que tentam se agarrar às sebes em busca de apoio, mas são apenas arbustos e galhos soltos; nem sequer diminuem a velocidade de sua queda. Ela se ouve gritar, ao longe, como se viesse de alguma outra pessoa, muito distante. O som da cabeça ao colidir forte com alguma coisa parece o da carne sendo batida na tábua de um açougueiro.

O riacho é bem estreito. Ela se encaixa direitinho, apertado como um caixão. Seu coração bombeia a energia pelo corpo com tanta força que ela não consegue sentir mais nada. Até mesmo a água gelada que circula agitada ao redor, tentando encontrar seu novo fluxo com ela no caminho, não causa mais ardor. O ar gélido tem cheiro de coisas úmidas apodrecendo, e sua respiração se desprende em nuvens disformes como pequenos espíritos, como se uma parte dela estivesse escapando, dissolvendo-se na noite.

Ela abre os olhos, o céu ainda retinto, ainda de noite, e pingos de chuva fazem seu rosto formigar como pequenos beijos molhados. O carro finalmente parou, ofegando mecanicamente acima dela.

Ela coloca a mão entre as coxas e a levanta à altura dos olhos. Não há sangue. Graças a Deus, não há sangue. Maisie, a travessa Maisie, late. Ela ouve passos no asfalto. Param acima dela. Queria que não fizessem isso. É um alívio quando se vão novamente. O silêncio que precede o amanhecer parece envolvê-la, aconchegá-la em sua nova cama. Ela se sente presa pelo riacho, calma no silêncio, e decide cochilar só por um instante, e, quando acordar, tudo vai estar claro e ela vai se sentir livre mais uma vez.

1
ALICE

Eu me sento na cadeira habitual, de frente para ele. Com a cabeça virada para mim, paciente, ele aguarda que eu comece. Não espero boas-vindas, o que é bom, porque ele nunca me dá boas-vindas. Profissional, ele só espera que eu comece a falar, e uma hora ou outra eu sempre começo.

— Oi, Frank... Feliz Ano-Novo. Espero que seu Natal tenha sido legal. É bom ver você. — Sorrio para ele.

Ele não se mexe. Sua expressão nem sequer vacila.

— Parece que fiquei longe por séculos. — Olho em volta; seu espaço pequeno e esparso é exatamente o mesmo. Depois de toda a chuva, a luz brilhante de janeiro na janela é um alívio; ela capta as partículas de poeira que flutuam no ar. — Nosso Natal foi bem divertido. Lembra que eu te contei que o David e eu fomos para New Forest visitar a minha família? A Claire mudou as coisas dos meus pais para o celeiro que eles reformaram, então agora ela, o Martin e as crianças ficaram com a casa antiga. Pensei que eu não fosse me importar, mas é bem estranho. A casa onde a gente cresceu, com coisas de outras pessoas. Enfim, o David achou que meus pais pareciam contentes com o arranjo, o que é o mais importante de tudo, é claro.

O plano foi arquitetado e cuidadosamente executado pela minha irmã, Claire. Apenas dezoito meses mais nova que eu, Claire decretou que era ridículo nossos pais perambularem de um lado para o outro na casa de estilo georgiano de quatro quartos onde crescemos, enquanto ela e a família estavam espremidas em um lugar alugado com três camas. A reforma foi projetada pelo meu marido arquiteto, David, e feita em apenas seis meses a partir do celeiro velho e manchado de preto. Meus pais recolheram os livros de pássaros, as canecas e a mesa velha de carvalho que ainda tinha "Alice Taylor" gravado com um transferidor na lateral comprida e, do jeito discreto que é típico deles, atravessaram a garagem a passos apressados e foram para sua nova casa. Claire contratou uma caçamba para o resto.

Frank espera que eu comece a falar com ele de novo.

Eu me mexo na cadeira.

— As crianças foram boazinhas. O Harry, o filho de cinco anos da Claire, teve piolho recentemente e ficou me chamando de "tia Piolha" o Natal inteiro. O David achou hilário. Eu meio que dei a entender que o Martin podia pedir para ele parar, mas ou ele não pegou a indireta, ou não estava nem aí. Com o Martin eu nunca sei.

Com meu cunhado lânguido que encolhe os ombros para tudo, na verdade ninguém nunca sabe. Sempre achei que ou ele era um gênio discreto, ou nem um pouco inteligente. O David só acha que ele descobriu como ter uma vida fácil, o que, se for verdade, faz dele um gênio na minha opinião, considerando que é casado com a minha irmã.

— A Claire e eu não irritamos demais uma à outra, ainda bem, mas, meu Deus, aconteceu uma coisa no dia de Natal. — Eu me inclino na direção de Frank. Não consigo contar histórias das crianças para a maioria das pessoas, então vou aproveitar o momento. — Eu tinha acabado de dar um banho no Harry, fui para a cozinha e peguei a Claire descascando uvas para a Elsa... descascando uvas, pelo amor de Deus! Quer dizer, para um bebê eu entendo, mas para uma menina de três anos? Acho que a Claire sabia o que eu estava pensando, porque imediatamente disse que a Elsa não queria comer uvas com a casca, mas o David apareceu nessa hora, graças a Deus, e me impediu de falar um monte pra ela.

Essa última parte não era estritamente verdadeira. A presença de David impediu um verdadeiro barraco, mas não consegui evitar de murmurar: "Você está comendo na mão dela", ao ver a imagem de Claire curvada sobre a mesa nova da cozinha, tirando a pele da uva com a unha enquanto Elsa estava sentada no cadeirão, chutando a lateral da mesa como uma ditadora em miniatura.

Claire se desviou de repente da tarefa.

— O que você disse, Ali?

Elsa parou de chutar a mesa para olhar para mim, as bochechas vermelhas, reluzindo com o suco das uvas. Ela parecia ofendida pela minha interrupção quando tinha as coisas funcionando tão bem.

— Ah, fala sério, Claire. Você está mesmo descascando as uvas para ela?

Claire tinha acabado a uva na qual estava trabalhando e a entregou para Elsa, que, sem desviar os olhos de mim, a pegou da mão da mãe e a direcionou gulosamente para a boca com a mãozinha rechonchuda.

— Eu só quero que ela coma mais frutas, e esse é o único jeito — disse Claire, contida, mas contra a vontade. Elsa tinha começado a chupar a uva, tentando cravar os dentes na superfície lisa e sem pele. Claire tomou um gole de vinho antes de dizer: — Só me deixa fazer o que eu tenho que fazer, tá, Alice? — Mas o subtexto era: "Você não tem filhos, então como poderia entender?" Foi nesse momento que David entrou, no momento perfeito, como sempre, seu chapéu de papel amassado nas dobras, o cabelo prematuramente grisalho despontando em ângulos estranhos. Ele sabia que eu estava bêbada e cansada o suficiente para insistir em qualquer picuinha.

— Vamos, Alice, venha ajudar o seu pai e eu a derrotar a sua mãe e o Martin. — Eles estavam jogando jogos de tabuleiro na sala de estar enquanto eu ajudava Claire com as crianças. David não suporta discussões, então dei a volta no cadeirão da Elsa e fui jogar Trivial Pursuit. Ao me afastar, vi uma coisa parecida com um globo ocular verde-claro pular de dentro da boquinha da Elsa. Mais tarde, depois que David pisou na uva descascada e eu pedi desculpa para Claire, nós duas rimos do rastro de uva esmagada que David deixou sobre as lajotas de ardósia.

Seria neste ponto da minha história que um terapeuta perguntaria: "O comentário da sua irmã fez você se sentir como?" Mas não Frank; não é o estilo dele.

Continuei:

— Na verdade, todo o resto foi bom. Meus pais foram gentis e quietos como de costume. Ainda completamente obcecados pelo Harry e pela Elsa. Eles adoram ter os netos tão perto. Acho que é parecido com o jeito como as famílias costumavam ser: avós se intrometendo, ensinando coisas aos netos, contando como as coisas eram quando eles eram crianças, essas coisas.

Paro de falar por um instante, engulo saliva, sem saber ao certo como me encaixo nessa cena familiar saudável. Será que Frank percebe como eu mudo rápido de assunto?

— O Simon, pai do David, veio e ficou alguns dias, depois fomos à casa dos nossos amigos Jess e Tim passar o Ano-Novo. Eles são os amigos de lá, de quem eu te falei. Então foi bem tranquilo, na base dos jogos de tabuleiro e vinho. — Encolho os ombros. — Foi legal. — Simon é viúvo há cinco anos, desde que Marjorie, a mãe do David, morreu de câncer de mama, e ele encontrou um novo amor no golfe. Parece satisfeito o suficiente. Não consigo pensar em mais nada para dizer. Sinto que Frank sabe que há alguma coisa que não lhe vou contar, uma promessa que eu fiz e que fico tentando repelir aos tapas para longe de mim, como uma mosca persistente.

Eu me recosto na cadeira de visitante. Frank não mudou durante as férias. Sua cabeça cadavérica repousa pesada no travesseiro. Ele está parcialmente obscurecido pelos equipamentos de respiração. A traqueostomia é anexada a um tubo de plástico azul grande, como um tentáculo de polvo, que sai cruelmente do meio de sua garganta. Seu corpo está encolhido, mirrado como um fio, mas a cabeça é dura e pesada feito uma escultura de mármore. O respirador e as telas de monitoramento atrás dele emitem cliques e bipes durante segundos infinitos. Parecem mais altos, mais intrusivos do que eu me lembrava.

Lucy, a filha de Frank, uma vez me disse que ele tem um sotaque de West Country bem marcado. Adoro sotaques. É uma pena que eu posso nunca ouvi-lo falar. Olho para seu rosto. É uma sugestão cansada do Frank que eu vi em fotos. Como um ursinho de pelúcia que foi amado demais, a pele está pálida por causa do ar do hospital, e o cabelo, branco e mirrado como algodão desfiado.

Quando ele foi internado, há dois meses, seu cabelo era castanho como o meu. Lembro de uma das enfermeiras — talvez Carol — dizendo que poderíamos ser irmãos. Talvez tenha sido esse comentário que me fez começar a falar com ele assim. Ou talvez tenha sido porque ele está aqui há muito tempo e as semanas passem sem que ninguém venha visitá-lo, ou talvez seja porque Frank é um bom ouvinte.

Meu instinto diz que Frank está mais consciente do que mostram seus exames cerebrais e os resultados dos testes, mas o instinto não serve para nada na 9B. Tudo deve ser comprovado por uma máquina ou por um gráfico antes que algo mude. Logo que Frank chegou e foi internado, falar com ele era como falar com uma caixa vazia — ele estava distante, em algum lugar, não sei onde —, mas, agora que me sento aqui perto dele, consigo sentir sua presença. Sei que ele está ouvindo. Sem mover um músculo ou dizer uma palavra, ele me consolou pouco antes do Natal, no aniversário do meu primeiro aborto espontâneo. Contei a ele sobre o primeiro enquanto limpava sua traqueostomia. Acho que surpreendeu a ambos. Então contei sobre os sete que vieram na sequência. Contei até sobre aqueles de que David não sabe, meu corpo apagando uma vida minúscula com a mesma eficiência e o mesmo silêncio com que uma vela se apaga dentro de um frasco. Eu me senti melhor depois de falar com Frank. Acho que ajuda o fato de ele não conseguir se mexer, de eu não ter que observar o esforço familiar de esconder a pena que vejo no rosto da maioria das pessoas. Acaricio o cabelo macio de Frank, suave como uma respiração no dorso da minha mão. Este início de ano marca o fim das tentativas e o início das tentativas de aceitar que não teremos nossa própria família. Prometi ao David; concordei que oito anos de tentativas era tudo o que podíamos aguentar. Acabou.

Mordo o lábio. Não devo adquirir o hábito de falar demais sobre mim com Frank — não é justo com ele —, então recolho a mão e desvio os olhos. As enfermeiras que ficaram de plantão no Natal penduraram enfeites roxos ao redor da cama dele, perto dos pés. Sei que a intenção foi boa, mas agora parece meio bobo.

Eu me levanto da cadeira, grata por ter algo para fazer. Descolo a fita adesiva do pé da cama e retiro o enfeite. Imagino Frank pensando: *Graças a Deus*. Sorrio e digo:

— De nada, Frank. — E jogo os adereços na lixeira.

Tirando os enfeites roxos, um Papai Noel de plástico e um trenó com renas que parecem estar escondendo línguas bifurcadas, a 9B se safou bem este ano. As únicas outras decorações ao redor de Frank são alguns cartões de Natal enfiados na lateral da mesa de cabeceira. Eu os deixo ali por enquanto.

Ouço vozes no fim da ala: as outras enfermeiras do turno diurno estão chegando. Tenho rondas para fazer em cinco minutos, então me despeço de Frank e caminho pelo corredor largo que compõe a Ala 9B do Hospital St. Catherine, ou o "Kate's", como todo mundo o chama. Somos parte das "Nove", as três alas de cuidado intensivo no Kate's. A 9B é uma pequena unidade de terapia semi-intensiva com quatro leitos. Todos os nossos pacientes aqui oscilam sobre sua própria corda bamba, entre a vida e a morte. Nós, enfermeiras, dividimos o cuidado dos pacientes, mas, como Frank foi admitido em novembro, eu sempre me ofereço para atendê-lo.

Meus tênis brancos guincham sobre o assoalho cafona de plástico verde-escuro enquanto caminho em direção à entrada da ala, o som tão familiar para mim como o da chaleira fervendo. Hoje tudo parece igual, mas o Natal alterou sutilmente a ala de alguma forma. Esta manhã há uma sensação de possibilidades. Há alguns membros novos na equipe, diários novos, e o carpete no posto de enfermagem foi limpo. O cheiro, porém, é o mesmo: o ar parece outra presença no hospital, um bafo úmido de batatas cozidas demais e antisséptico para mãos. Os visitantes acham tudo isso sufocante, mas quando a gente trabalha aqui acaba se acostumando.

Estou a caminho de me juntar à conversa pós-festas que está borbulhando como espuma no posto de enfermagem quando Sharma, um dos médicos coordenadores da nossa ala, sai andando de sua sala, rígido, pronto para fazer a ronda. Ele parece ter muito mais que quarenta e sete anos, como se o Natal o tivesse envelhecido. Está ainda mais preciso e engomado que o normal, como se o Papai Noel tivesse lhe trazido um ferro a vapor, uma régua e um spray fixador. Seu bigodinho, assim como o cabelo, é pretíssimo, brilhante e simétrico. Seus ombros são ângulos retos, e as três canetas no bolso da frente — preta, azul e vermelha — estão prontas para a ação. É inquietante. Como alguém assim pode gostar de trabalhar em um universo de xixi e vômito? Sempre fico um pouco ansiosa quando faço a ronda com ele, como se eu o estivesse sujando por extensão ao falar sobre escaras e evacuação.

No posto de enfermagem, ouço Mary conversando com a nova enfermeira-assistente, Lizzie. Esta começa a rir de algo que Mary disse. As duas trabalharam durante o Natal. As pessoas acabam gostando de Mary com o passar do tempo, então estou contente por parecer que elas se deram bem.

Na mesa da recepção, pego a pasta com as anotações sobre a ala. Sharma gosta de fazer a ronda com a enfermeira de mais tempo de casa que estiver em serviço, em vez de com a enfermeira específica de cada paciente. Suspeito que ele faça isso para evitar conversar com muitas de nós. Como gerente de ala, hoje sou a convocada. Eu me viro na direção dele.

— Olá, sr. Sharma. Como foram as festas?

— *Bonum*. Obrigado. Podemos começar? — Sharma salpica seu discurso com latim, o que incendeia Mary ("O babaca pomposo. Quem ele pensa que é? Júlio César?"), mas isso só me faz rir.

No momento, há apenas três pacientes na 9B. Logo após o Natal, Caleb, do leito dois, pegou uma infecção horrível depois que seu baço canceroso foi removido. Ele estava pronto para ir, como dizem. Embora estivesse fraco como um cordeiro, ainda encontrou forças para tentar tirar o acesso intravenoso do braço, que recebia os antibióticos. Sua esposa, Hope, nos escreveu um cartão de agradecimento depois que ele faleceu; ainda está preso atrás da recepção. O inverno aqui geralmente é um período movimentado, com a pneumonia acometendo os mais velhos, mais acidentes nas estradas escorregadias e as festas para os jovens. As probabilidades são de que o leito de Caleb seja preenchido até o fim do dia.

A ronda começa no leito um: um paciente cardíaco chamado George Peters, recuperando-se de uma pneumonia recente. Sharma segue para Ellen Hargreaves, no leito quatro, uma idosa de oitenta e nove anos com falência múltipla dos órgãos, demência e câncer, antes de finalmente ir até Frank Ashcroft. Sharma acha Frank o paciente mais irritante da ala. Não por causa de seus sintomas, mas da presença prolongada. Frank está na 9B há tempo demais na opinião de Sharma. A maioria dos outros pacientes permanece por algumas semanas no máximo, mas Frank já está ali há dois meses. A caminho do leito de Frank, passamos por Lizzie, que acena, sorri e fica vermelha quando me vê. Ela já está fazendo a antiga cama de Caleb, leito dois, oposta à de Frank, colando adesivos "Estou esterilizado" em tudo o que foi preparado pelo assistente.

— Sem enfeites de Natal para o sr. Ashcroft, pelo que estou vendo — diz Sharma, quando chegamos ao pé da cama de Frank. Sua voz ainda contém algumas notas da região de Hyderabad, na Índia. Sotaques não podem ser esterilizados.

— Ah, não, na verdade eu já tirei.

— Você pode providenciar para que todas as outras coisas também sejam retiradas? — ele pergunta, sem desviar os olhos das anotações de Frank.

Mordo o lábio ouvindo-o falar.

— Muito bem, Frank Ashcroft, cinquenta anos, nosso derrame cerebral. Coma por um mês e agora provavelmente EVP, já que foi observado um movimento involuntário no olho. A eletroencefalografia mostrou danos extensivos com alguma atividade enzimática. Ele está no respirador desde que chegou, correto?

Sharma sabe quais são os tratamentos que Frank está recebendo, é claro, mas mesmo assim gosta de repassar item por item. Confirmo com a cabeça.

— Achamos que iríamos encorajá-lo a respirar por conta própria, verificar a função do diafragma, depois tentamos uma redução, mas ele sofreu outro pequeno derrame.

— Sim, exato.

Sharma gosta de enfermeiras flexíveis. Ele decidiu que Frank estava em estado vegetativo permanente depois de alguns minutos olhando os resultados no monitor e de passar menos de dois minutos com Frank. O protocolo para esse diagnóstico exige aprovação de dois outros médicos coordenadores de equipe. Sharma só tem a aprovação de um. Se ele conseguir esse diagnóstico, será o fim para Frank: ele vai ser transportado para outra ala, uma sala de espera do necrotério, mantido vivo até pegar uma infecção e os antibióticos pararem de fazer efeito. Preciso alimentar esperanças de algo melhor para ele, senão qual o sentido?

— Recordo que ele não tem nenhuma família que possa ser chamada por esse nome. Ninguém que esteja envolvido nos cuidados com ele, pelo menos?

Queria poder fazê-lo ficar quieto. Frank está a poucos passos de distância.

— Ele tem uma filha — falo baixinho. — As visitas dela são pouco frequentes. Ele não tem contato com a esposa. Alguns amigos e a mãe visitaram uma ou duas vezes, mas ela agora se mudou para o exterior. Ela queria vir para o Natal, mas acho que era muito caro. Enfim, além deles, não sei de mais ninguém.

Sharma olha para Frank e depois para as anotações, franzindo a testa.

— Bem, como você sabe, ele está aqui há muito tempo. É um uso enorme de recursos. Receio que sejam os tempos que vivemos. Temos que encontrar um lugar para ele seguir em frente. Fiquei sabendo que uma casa de repouso em Reading pretende investir em novos equipamentos. Vou fazer algumas perguntas. — Sai a caneta azul e, com isso, encerram-se as rondas até esta tarde. Imagino Sharma se recolhendo em sua sala, fazendo somas com a caneta vermelha, calculando quanto dinheiro a vida de Frank está custando.

Olho através da janela quadrada que leva ao pequeno posto de enfermagem no fim do corredor. Carol — uma enfermeira-chefe de meia-idade de cabelo curto com permanente, risada rápida e seios grandes que lhe dão dor nas costas — está sentada atrás de sua mesa, que transborda de políticas e manuais de procedimentos, listas e memorandos. Na parede mais distante da pequena sala sem janelas, Carol enquadrou uma foto com todos os funcionários permanentes da "Nove". Todos na sala odeiam a foto, nosso rosto cansado parece cadavérico e envelhecido pela forte iluminação industrial, mas gostamos tanto da Carol que deixamos.

Com cinco anos no currículo, sou a segunda enfermeira mais antiga na 9B. Minha amiga Mary — que, esta manhã, está sentada em frente a Carol, comendo metade de uma torta de frutas secas e bebendo chá — ostenta a medalha de vinte anos de serviço na ala.

Já perto da aposentadoria, Mary é pequena e, em suas palavras, está "encolhendo rapidamente". Ela é magra, mas está sempre comendo. Tem cabelo curto, grisalho e repicado, e enormes olhos esbugalhados, que segundo ela crescem quanto mais coisas ela vê.

Até os médicos coordenadores reverenciam Mary, conhecida por diagnosticar pacientes com mais rapidez e eficiência que os médicos mais experientes. Na segurança do posto de enfermagem, Mary fala deles com um misto de pena e desdém, chamando-os de "Istas", seu termo genérico para intensivistas, neurologistas, oncologistas, cardiologistas e assim por diante, que visitam a ala diariamente, a maioria deles como insetos nervosos, pairando ao redor da cama de um paciente antes de voltarem correndo para a segurança de suas mesas e livros.

Carol e Mary me dão um abraço. Perguntamos como foi o Natal uma da outra e então Mary volta à reclamação que eu interrompi.

— Os Istas não entendem. Eles não entendem nadinha.

Ela está com raiva. Estava cuidando de Caleb com seu atendimento e atenção meticulosos quando ele morreu durante o Natal. A família rica de Caleb enviou ingressos para os médicos irem ao jogo de rúgbi da seleção inglesa como agradecimento por terem cuidado dele. As enfermeiras ganharam uma dúzia de rosquinhas.

Mary, como sempre, continua falando:

— Eles acham que tudo o que existe para saber deve estar em algum livro. A maioria nem se dá o trabalho de olhar direito para o paciente, que dirá falar com ele. Mas aqui estamos, dia sim, dia também, com nossos pacientes, as famílias deles, e vemos de tudo. Os enfermeiros são como a mobília do hospital. Todos os outros se movem e se mudam constantemente, os Istas são promovidos, os pacientes voltam para casa ou morrem, mas nós continuamos, firmes, esperando que se sentem em nós, que se apoiem em nós, talvez nos chutem um pouco.

Carol dá uma risada para Mary, que revira os olhos para mim. Eu me viro para o quadro com a grade horária para que nenhuma delas me veja sorrindo. Sei como Mary fica irritada com a alegria perpétua de Carol. Ela vem até mim e aperta meu ombro com sua mão forte e magra, que levantou, limpou e acariciou tantos doentes e moribundos ao longo das últimas duas décadas.

— Lá vamos nós de novo, hein? Feliz Ano-Novo. — Com isso, Mary segue novamente para o trabalho e começa a chamar a técnica da ala, "Sue, ei, Sue!", antes de a porta se fechar atrás dela.

Sento em frente a Carol, onde Mary estava até aquele momento. Carol está sacudindo a cabeça na direção da porta e abre um sorriso enorme para mim.

— Algo sobre cachorros velhos e truques novos, né?

Carol, que já está usando óculos, coloca a mão na cabeça com permanente, pescando os óculos de leitura, que, como de costume, estão empoleirados em algum lugar em meio à cabeleira espessa.

— Não é? — digo. — Ela fica falando sobre se aposentar, sabe? Não sei dizer se faz isso para chamar atenção ou se está falando sério. De qualquer forma, não consigo imaginar este lugar sem ela.

Carol anui para mim, troca de óculos e, ao abrir um arquivo, pergunta:

— Então, o que temos para hoje?

Como gerente de ala, sou parte enfermeira-chefe, parte enfermeira comum. No Kate's, as enfermeiras-chefe são as que desempenham centenas de tarefas administrativas nas três alas de tratamento intensivo do hospital. A 9B tem um núcleo fixo de enfermagem suplementado por enfermeiras temporárias, "itinerantes". É um reflexo da hierarquia estranha do hospital que a quantidade de contato com pacientes defina a posição que determinado profissional ocupa na cadeia alimentar hospitalar. Muitas horas de contato com pacientes — assistentes de saúde, transportadores de maca, faxineiros e enfermeiros — são o plâncton e o krill, mas os profissionais que passam poucas horas, ou nenhuma, de contato direto com eles — a maior parte dos "Istas" — são os tubarões e as baleias desse estranho oceano. Apesar de minhas tarefas cada vez mais administrativas, eu nunca desistiria de estar perto dos doentes. Estudei medicina na University College London, mas fui reprovada na primeira rodada de exames para exercer a prática. Fiquei arrasada na época, é claro, e odiei o fato de meus pais darem uma indireta de que eu levava mais jeito para ser enfermeira. Mas parece que eles estavam certos: eu levo mais jeito para a parte humana da medicina. Administro medicamentos, troco lençóis, conforto famílias e seguro a mão dos pacientes que estão morrendo até que deem seu último suspiro. Eu estou com eles. Fico feliz por ser o plâncton.

— Certo, vamos ver aqui — diz Carol, lendo o cronograma. — Bem, você vai continuar com o Frank, o Brighton requisitou o leito dois para uma paciente de trinta anos com trauma na cabeça, grau quatro na escala de Glasgow, mas ela só vai chegar no fim da tarde ou até mesmo amanhã. A Lizzie está preparando o leito agora. Se você puder ficar com Ellen Hargreaves, ela tem todos os tipos de compromissos hoje. A Paula diz que ela anda muito mal, especialmente à noite, ficando muito agitada. Grita como se estivesse de volta à época da Blitzkrieg, coitadinha. Ah, e a anotação menciona alguma coisa sobre úlceras bucais e sobre o tubo de alimentação dela precisar de atenção. Temos uma reunião com os filhos dela às duas da tarde. Se puder, depois da ronda, dê uma palavrinha com a família do George Peters. Ele ficou com uma enfermeira temporária durante o Natal, então acho que eles precisam de um pouco de atenção. E depois continue com a sua rotina de enfermagem que for melhor. Eu também estava me perguntando, Ali... você não se importaria de ficar de olho na Lizzie pelas próximas semanas também, né? Só se certifique de que ela esteja se adaptando, esse tipo de coisa. — Ela lança um sorriso para mim novamente e eu sorrio também. Em seguida, entro no corredor movimentado para enfrentar o longo dia que me aguarda.

Entro com o carro no número 22 da Blackcombe Avenue pouco antes das sete e meia da noite. David e eu moramos aqui desde que nos casamos, há sete anos. É uma daquelas casas cobertas de trepadeiras, o que dá a impressão de ser muito menor do que realmente é. Como se fosse parte de um livro infantil, a porta escura da frente parece espiar em meio à vegetação, como um olho bondoso. Construída nos anos 1950, era considerada indescritivelmente feia quando compramos, um sobrado de tijolinhos vermelhos — talvez seja por isso que os donos anteriores plantaram as trepadeiras —, mas agora é tida como "retrô". David me disse que, como ele sabia que aconteceria, construções de meados do século XX entraram na moda de novo, então parece que estamos surfando na tendência. Ele descreve a casa como estilo "Hollywood antiga", uma expressão que tenho certeza de que ele tirou de suas revistas de arquitetura e agora usa para me fazer rir e me dar uma desculpa para chamá-lo de "arquitonto". Tenho que admitir, porém, que é uma descrição bem boa. A casa tem uma varanda nos fundos, com portas de vidro deslizantes que dão para um jardim inclinado. David amou as proporções generosas e a oportunidade de construir uma extensão; eu adorei os três quartos e a oportunidade de construir uma família. Claro, agora temos dois quartos vagos.

A casa está escura, então David deve ter saído. Ele trabalha na Comissão de Aprovação de Projetos e nos últimos seis meses tem trabalhado de casa, o que é conveniente para o chefe dele, que só pensa em cortar gastos, mas também é conveniente para David, que usa as horas livres para tocar seus projetos de arquitetura particulares. David disse que este será o ano em que ele vai reduzir suas horas na Comissão para finalmente trabalhar com arquitetura em tempo integral. Seu emprego atual, em que ele analisa plantas controversas antes de darem entrada na prefeitura, era para ser temporário, um ano no máximo, enquanto nos adaptássemos à nossa vida quase rural em Sussex. Mas então chegou a crise financeira, as pessoas pararam de planejar grandes projetos de reforma nas casas, enquanto redes de supermercado como o Tesco ainda precisavam de vagas de estacionamento, e David acabou cravando os pés e se agarrando à sua mesa. À noite, conversávamos e dizíamos que ia ser só por mais um ano, por aí, até a economia melhorar.

Bem, agora David saiu e levou Bob, nosso labrador preto, com ele. Tateio delicadamente a parede em busca do interruptor, tiro o casaco sacudindo os ombros e largo a bolsa com um *tum* no chão de pedra do vestíbulo. Uma vez Claire descreveu a casa como "arrumada como a de um adulto". Nada de tênis sujos de lama ou brinquedos de madeira salpicando o chão. Não há travas de segurança nos armários ou penicos atrás do vaso sanitário.

Nossa cozinha é como aquelas de fazenda, com uma pequena despensa e grandes janelas que se abrem para o jardim. David, eu sei, preferiria algo moderno, mas eu sempre fui viciada em tudo o que fosse rústico. Piso no tapete mordido onde Bob dorme e olho para a geladeira. Eu adoraria uma taça de vinho, mas sempre tentamos fazer um mês abstêmio em janeiro, então, em vez disso, sirvo um copo grande de água com gás e me apoio na pia robusta para escrever uma mensagem para Jess.

> Vocês podem vir jantar na próxima quinta? O David quer conversar sobre a ampliação. Vou fazê-lo cozinhar e a gente pode ter uma noite legal. Bj

Quando pressiono *enviar*, uma luz se acende lá fora e, pela janela da cozinha, vejo David. Parece que ele pegou fogo: nuvens brancas de suor se desprendem de seu corpo como fumaça, exalando de sua camiseta de corrida. Com a respiração ofegante, ele coloca a mão espalmada na parede de fora enquanto usa a outra para pegar o tornozelo e alongar a coxa comprida, os músculos da perna apoiada no chão tensos, sustentando seu peso. David só segura a pose por alguns segundos, antes de fazer o mesmo do outro lado. Alongamento nunca foi seu forte; amanhã ele vai estar dolorido.

Ouço um leve arranhão na porta da frente. Abro, e a cabeça preta lustrosa de Bob força a entrada, a língua rosada para fora, urgente em busca de afeto. Faço um carinho em seu corpo frio e musculoso. Ele está ofegante, mas ainda consegue erguer as sobrancelhas com prazer quando olho para seus olhos amorosos e deixo claro que ele é um bom menino.

David entra, chutando os tênis de corrida muito velhos. Seu cabelo meio grisalho está colado na testa em cachos suados. Ele se inclina na minha direção e me dá um beijo salgado. Seus olhos pousam nos meus, tensos por um segundo, investigando para ver se estou bem.

Para tranquilizá-lo, olho para seu aparato suado de corrida e elogio:

— Estou impressionada. Resolução de Ano-Novo número um.

Ele ri.

— Não é? Missão cumprida para mim e para o Bob. Mas tenho que dizer, o Bob não liga muito para esse negócio de moral, né, Bobby? — Ao som de seu nome, o cachorro só tem energia para abanar o rabo algumas poucas vezes lentas e pesadas contra o chão onde desabou, dentro do seu cesto ao lado da cozinha, o flanco preto movendo-se para cima e para baixo com cansaço.

David reabastece a tigela de água de Bob antes de servir um copo para si da torneira. Então bebe em três goles e conta:

— Ele estava fazendo aquela coisa de parar, sabe, quando ele simplesmente senta, se recusa a sair do lugar e então começa a trotar na direção de casa? Eu tive que arrastá-lo comigo.

Eu rio. Bob sabe ser teimoso — e pesado — como uma mula.

David acaricia meu traseiro quando passa por mim para chegar à torneira e encher o copo mais uma vez.

— Como foi o seu dia? — ele pergunta.

Largo em cima do balcão a correspondência que estava olhando e me abaixo para tirar os tênis. Depois dos dias de folga, meus pés doem mais que o normal.

— Cheio — eu disse —, mas foi tudo bem. Sabia que a Mary completou vinte anos no Kate's? Sério, essa mulher tem resistência. Não sei como ela conseguiu. Na verdade, essa é outra resolução: preciso me planejar, pensar no que eu vou fazer depois. — Estou contente por conseguir manter a voz alegre. Durante nossos primeiros anos juntos no apartamento minúsculo de subsolo em Hackney, eu uma enfermeira recém-qualificada e sobrecarregada, David terminando o curso de arquitetura, conversávamos sobre o futuro tomando umas no úmido bar local. Hackney, na época, era um lugar mais associado às altas taxas de criminalidade que a cafés gourmet e restaurantes da moda. No meu plano, teríamos filhos antes dos trinta anos, eu iria parar de trabalhar como enfermeira enquanto eles fossem pequenos e talvez fizesse algo completamente diferente quando eles começassem a ir para a escola, como trabalhar em uma galeria de arte ou desenhar joias, algo criativo que me permitisse estar disponível quando eles precisassem faltar por estar doentes ou nos feriados. A essa altura, David teria seu próprio escritório promissor. Viveríamos em uma casa de fazenda cheia de ecos e rangidos, perto do mar e com nossos filhos, que cresceriam com cachorros, galinhas e cabras, e seriam do tipo espalhafatoso, de rosto corado, sem medo dos adultos e do futuro. Eu tinha tudo planejado.

David se vira para me abraçar. Ele provavelmente sabe o que estou pensando. Eu me encaixo perfeitamente sob seus braços e, por instinto, ele se abaixa para me beijar em algum lugar no rosto. Seus lábios pousam perto da minha sobrancelha.

— Como foi o seu dia? — pergunto, minha voz abafada em seu peito. Desta vez ele me beija de leve nos lábios antes de nos soltarmos.

— Ah, tudo bem. Fiz mais alguns desenhos para a ampliação da Jess e do Tim. Está começando a ficar bem legal. — David cobrou um precinho camarada dos nossos amigos, mas vale a pena para tornar seu nome mais conhecido na região.

— Que bom! — digo, abrindo uma conta de celular e imediatamente a colocando sobre o balcão de novo sem olhar. — Na verdade, acabei de mandar uma mensagem para a Jess. Convidei os dois para virem aqui na quinta-feira da semana que vem. Você e o Tim podiam ficar com nerdices em cima do projeto, e a Jess e eu podíamos colocar a conversa em dia.

David enxágua o copo.

— Legal, vou fazer a minha famosa lasanha. — Ele franze a testa olhando para a geladeira. — O que nós vamos comer no jantar? Deus, parece uma selva aqui dentro. — Ele está falando sobre os maços de espinafre e couve que eu comprei. Resolução número cinco: usar o processador de sucos que eu dei de presente para David no Natal. Ele tira todas as coisas verdes da geladeira até encontrar um velho bloco de cheddar, que começa a cortar diretamente sobre o balcão e a comer em pedaços grandes. Com a boca cheia de queijo, ele estufa as bochechas e balança a cabeça em um sinal afirmativo. — Parece que esta noite vai ser a boa e velha couve com alface de acompanhamento e espinafre de sobremesa. Meu Deus, como eu sinto falta do Natal.

Dou risada quando ele abaixa a cabeça dramaticamente sobre o balcão de madeira e eu belisco o último pedacinho de queijo. Então ele murmura, com uma voz dramática:

— Me promete que este ano vai ficar melhor que isso.

Sorrio para ele, mas não respondo. Em vez disso, começo a subir a escada em direção ao nosso quarto, porque não quero fazer mais nenhuma promessa a David que eu não possa cumprir.

2
FRANK

Quando eu era criança, uns seis ou sete anos talvez, minha mãe ficou doente. Na verdade não era nada muito sério, mas ela precisou se afastar por algumas semanas e meu irmão e eu ficamos com nossos avós. Eles eram legais com a gente, mas a questão é que aquela foi a primeira vez que eu me lembro de sentir falta de alguém. Não um tipo vago e cotidiano de saudade, mas um tipo de cordão umbilical ao contrário. Sem minha mãe eu me sentia embrionário, incapaz. Cada instinto meu queria estar de volta dentro dela, onde era seguro, onde eu não poderia estar sozinho. Então fomos para casa e tudo voltou ao normal, e, do jeito das crianças, todo o choro e os chamados por ela, bem, pareceram que nunca tinham acontecido.

Sem Alice eu me lembrei daquela época, de como me senti quando minha mãe ficou doente. Entrei em pânico estes últimos dias, assustado, imaginando que ela nunca mais voltaria. Ela me disse que não estaria no hospital durante o Natal, mas pensei que seria apenas um dia ou dois. Houve algumas enfermeiras temporárias durante o período, que nem se importaram em aprender meu nome. Para elas, eu era apenas "o paciente".

Aquela nova, Lizzie, tenta uma brincadeira ou outra comigo.

— Esta noite o sabor é de peru, sr. Ashcroft — ela disse, usando um gorro de Papai Noel no dia de Natal, ao esvaziar a seringa dentro de um dos tubos que saem de mim, bombeando a gororoba da UTI diretamente no meu estômago. Gentil da parte dela tentar, mas ela deveria saber que eu não consigo diferenciar peru de asfalto. Lizzie é nova com os vegetativos como eu, é óbvio. Ela move minha cabeça em movimentos secos, cautelosos e hesitantes. Na verdade é bonitinho. Ela não quer me machucar, mas poderia passar um ralador de queijo no meu peito e um isqueiro nas minhas bolas e eu sentiria, cada ralado e cada queimadura, igual a todo mundo, só que não iria conseguir gritar. Eu não conseguiria nem piscar.

Muitas vezes eu me pergunto: se Sharma tivesse acreditado em Alice e seu diagnóstico de síndrome do encarceramento em vez de estado vegetativo persistente, como as coisas seriam diferentes para mim aqui. O EVP, até onde eu sei, é um jeito bonito de dizer "morto de todas as formas que importam para os vivos". O paciente em EVP está se equilibrando entre a vida e a morte, o cérebro vazio como uma nuvem, mas os pulmões recebem oxigênio por bombeamento. Os médicos mantêm o paciente vivo. Como crianças prendendo uma borboleta na ponta de um cordão, eles não soltam, mas continuam seu jogo cruel, porque desligar os aparelhos, soltar a cordinha, seria perder o jogo, deixar a borboleta voar, e isso não pode acontecer. Também não pode ser evitado, eu acho. Os vivos geralmente são obcecados pela vida.

Então este é o EVP: luzes acesas, mas ninguém em casa. Minha situação é um pouco diferente: eu estou em casa, mas meu fusível pifou para tudo o que tem do lado de fora. Alice chama de síndrome do encarceramento. Coceira no nariz, senso de humor, desejo sexual, uma voz na minha cabeça, vontade de cagar, arrependimentos: tenho tudo isso, todas essas vontades, desejos e necessidades, com a mesma clareza incômoda e torturante de sempre. Só que estou preso e não consigo *fazer* nada disso. Não dá para coçar, para rir, para transar, para conversar, para cagar ou para chorar. Tudo é feito por mim ou em cima de mim, menos a parte de transar.

Alice ainda é a única que consegue me sentir aqui, preso no meu corpo, como se eu estivesse em uma camisa de força.

Esta manhã eu a ouvi antes de vê-la; agora reconheço seus passos em qualquer lugar. Seu caminhar é como os dedos de um pianista sobre as teclas. Ela ergue os pés e impulsiona o corpo, as notas do calcanhar são graves, as dos dedos, mais agudas. Uma onda de alívio começa a bombear dentro de mim e chega ao ápice quando ela entra na minha linha de visão.

Alice voltou. Ela está aqui.

Alguns fios de seu cabelo castanho ondulado escaparam do coque e caem, elásticos, na minha direção, a centímetros do meu rosto. Seus olhos azuis franzem um pouco quando ela sorri, uma covinha na bochecha esquerda e, sim, ali está... há um espaço entre seus dentes, como uma pequena caverna secreta que ela só mostra quando sorri. Ela me disse uma vez que, quando era estudante, tentou guardar dinheiro para corrigir a falha entre os dentes, mas no fim preferiu viajar.

— Oi, Frank. Feliz Ano-Novo. Espero que seu Natal tenha sido legal. É bom ver você. — Quero que ela me toque, que coloque a mão na minha bochecha, que fale igual minha mãe falava, que está de volta e agora vai continuar comigo. Acho que nem Alice sabe como dez dias são um longo tempo para ficar preso aqui dentro. Ela tagarela sobre seu Natal, a sobrinha e o sobrinho, mas eu sei o que está pensando quando morde o lábio inferior. Se eu pudesse, diria a ela que sei como a solidão corrói, como a raiva queima. Eu diria que podemos ser diferentes, mas ela não está sozinha.

Ela pega o enfeite no pé da minha cama e eu penso: *Valeu, Alice. Pra ser sincero, essa não é a minha praia mesmo.* Ela hesita por um instante ao lado dos meus cartões de Natal, mas não os retira, então vai embora para fazer a ronda. Sou grato por ela deixar os cartões. Só os vi uma vez, quando Lizzie os abriu logo antes do Natal. O restante do tempo eles ficaram enfiados no painel lateral da minha cabeceira, e é raro virarem meu pescoço para a direita o suficiente de forma que eu consiga vê-los. Só recebi três este ano, o que não é ruim, eu acho, considerando que não enviei nenhum. Eu me lembro bem deles; meu cérebro é bom em tirar fotos mentais. Pequenas bênçãos. Um é do meu irmão mais novo, Dex, que mais ou menos um ano atrás se mudou para a Costa del Algum Lugar com a nova esposa. Há seis meses minha mãe saiu da casa onde crescemos, em Swindon, onde vivia sozinha desde que meu pai morreu, há vinte e nove anos, para morar com Dex e a esposa, Bridget, na Espanha. Fiquei espantado por Dex ter feito alguma coisa pela nossa mãe, pela família, mas então descobri sobre a empresa de táxi que ele abriu no nome dela para se beneficiar dos incentivos fiscais, e ela precisava ser registrada como residente na tal Costa del Algum Lugar. O cartão tem um Papai Noel em um trenó pousando sobre um telhado. Minha mãe deve ter escolhido. Quando Lizzie passou o cartão na frente do meu rosto, vi que os dizeres estavam escritos nos garranchos dela.

> *Está tudo bem. A empresa do Dex está indo bem e a maioria das lojas vende comida inglesa, assim eu consigo comprar meus picles e meu cheddar, então estou feliz! Ninguém me disse que fazia tão frio aqui durante o inverno, mas logo o clima deve esquentar. Vamos passar para ver você da próxima vez que estivermos no país. Desculpe não poder ir para o Natal, querido, mas as coisas andam apertadas desde a mudança. Espero que você esteja mantendo a cabeça erguida! Com amor, mamãe, Dex e Bridget*

Dex e mamãe me visitaram antes de partirem para a Espanha. Não vi minha mãe direito; ela não gosta de olhar para mim. Não a culpo. Em vez disso, ela sentou na minha cadeira e chorou baixinho enquanto Dex andava de um lado para o outro em torno de mim, estremecendo ao ver os tubos que mergulham no meu corpo, depois ele disse alguma coisa sobre como somos mais gentis com os animais. Ele nunca foi o tipo de cara que tem tato.

Meu outro cartão é uma cena de inverno com uma lebre correndo pela neve. Do meu velho amigo John, outro gerente de construção com quem trabalhei durante anos, antes que chegassem as demissões. Ele não escreveu muito, pelo que me lembro. Ninguém fala muito quando acha que a gente está praticamente morto.

O último — um urso-polar patinando no gelo — é da minha Luce. Ela sabe, é claro, que alguém vai ler meus cartões, então também não escreveu muito, mas incluiu uma foto: eu vestido de Papai Noel e a Luce com cinco anos sentada no meu joelho com marias-chiquinhas castanhas e um vestido vermelho xadrez, em nossa casa geminada recém-construída em Summerhill Close, nos arredores de Brighton. Momentos antes da foto, ela havia puxado minha barba e, vendo que eu é que estava por baixo, gaguejou, de olhos arregalados diante da verdade mágica: "Papai! *Você* é o Papai Noel!" Tornou-se uma tradição de Natal eu contar essa história, todos os anos. Imagine se ela pudesse retirar meu tubo de respiração, olhar além do meu corpo putrefato e me ver, me enxergar de verdade, aqui, agora — "Papai! *Você* está aqui!" —, mas eu rejeito o pensamento. Vai mexer com a minha cabeça.

Celia, a esposa de George, fez uma visita que durou a maior parte do dia de Natal. Ela foi à igreja e trouxe alguns de seus amigos de lá depois do culto. Tenho a impressão de que a igreja é um interesse de Celia, e que a safena tripla de George e a pneumonia que levaram ao encarceramento dele aqui na 9B proporcionaram a ela a plataforma perfeita para realmente tentar martelar Jesus no coração reformado do marido. No dia de Natal, as orações murmuradas em torno de George foram mais longas, ditas com entusiasmo ainda maior que o habitual, o leve sotaque caribenho de Celia flutuando acima de todas as outras vozes para o "Amém!". Um dos outros integrantes da congregação começou a murmurar um cântico de Natal. Quando chegaram ao refrão, todas as vozes se uniram, e, antes que eu me desse conta, havia um coral improvisado aqui na 9B. Por um momento, a ala pareceu muito com a sala de qualquer casa onde eu vivi.

No fim da canção, ouvi a cortina entre mim e George ser puxada, me expondo. Alguém ofegou. Celia se aproximou de mim e olhou meu rosto. Eu só a tinha visto direito uma vez, embora a ouça chorar no leito do marido na maioria dos dias. Só tive um vislumbre de George. Ele está tão coberto de tubos que parece o desenho que uma criança tentou rabiscar. Acho que ele deve pensar o mesmo de mim. Acabo de ver um chumaço de cabelo branco, seu antebraço e sua mão; a pele deve ter sido escura um dia, mas agora é quase calcária, tão diferente da cor de Celia, que tem o tom e a textura acetinada do café com leite. No dia de Natal, seus olhos estavam iluminados com o Espírito Santo, ou com o xerez que notei em seu hálito.

Em uma voz que parece refrescar o ar, ela disse:

— Feliz Natal, sr. Ashcroft. Aqui está uma coisinha de nós todos da Igreja do Senhor Ressuscitado. — Então se inclinou para a frente e sussurrou "É uma Bíblia" no meu ouvido, como se tivesse me dado o elixir da vida e todos os outros na ala fossem tentar roubá-lo se ficassem sabendo. Ainda assim, é uma surpresa feliz quando alguém pensa que vale a pena sussurrar o que quer que seja para mim. Ela deixou a Bíblia na cabeceira do leito. Ainda deve estar ali.

Lizzie abriu meu outro presente para mim, um cachecol da Luce. Fez minha pele pinicar e coçar como um saco de juta o dia inteiro. Embora eu tenha certeza de que as enfermeiras sentiram pena de mim por ninguém vir me visitar, fiquei contente que Lucy não tenha vindo. Só faria ela se sentir para baixo.

Ellen, uma paciente idosa, recebeu seus netos quietos e pálidos por alguns minutos no dia de Natal. Acho que ela estava inconsciente. Começou seus malditos gemidos quando eles estavam ali.

— Não! Não! — ela gritou. — A sirene! — Eles se foram alguns minutos depois que ela começou, os rostos tingidos com um tom rosado de pôr do sol, provavelmente preocupados que as enfermeiras achassem que eles estavam fazendo alguma coisa para aborrecer a avó. Eles não deveriam; ela grita assim o tempo todo.

Hoje, vejo Lizzie do outro lado do quarto arrumando a roupa de cama no leito em frente ao meu, com movimentos agressivos. Ela não é alta; precisa ficar na ponta dos pés e se inclinar sobre a cama para esticar bem os lençóis. Ela me lembra uma das amigas da escola de Luce. Suas bochechas são sardentas e fofas, e ela tem olhos castanhos arredondados que parecem já ter cuidado de pessoas por muitos anos. Há um poço de sentimentos naqueles olhos. Ela ainda pula de susto toda vez que um dos nossos alarmes dispara, mas vai se acostumar aos barulhos logo, logo. Não vai demorar muito para ela saber quais alarmes são normais e quais significam que alguém está tentando fugir. Quando ela termina, a cama parece pertencer a um quartel e não a uma enfermaria. Ela vê que meus olhos estão abertos e sorri.

Vem até mim.

— Bom dia, sr. Ashcroft. — Então, umedece meus olhos com um cotonete embebido em soro fisiológico. Eles ardem de alívio.

Como eu não pisco, meus olhos precisam ser lubrificados quando estão abertos, pelo menos uma vez a cada hora, aproximadamente, senão secam como uvas-passas. Alice pede para todas as enfermeiras lubrificarem meus olhos quando estão abertos. Eu dou trabalho; é por isso que algumas das enfermeiras fecham meus olhos quando ninguém está olhando, como se eu já estivesse morto. Já ouvi Sharma chamar minha abertura de olhos de "espasmo involuntário", e isso eu deixo passar — minhas pálpebras parecem seguir suas próprias leis —, mas Alice disse que também pode ser um sinal de melhora, e, embora eu não me permita aceitar esse pensamento por tempo demais, esta manhã, como um agrado, descanso assim por um tempo, deixando-me acreditar que pode ser verdade.

Lizzie vem até mim em algum momento durante o meio da manhã, quando a luz do sol se acomodou em seu lugar dentro do quarto. Ela empilha toalhas, cobertores à prova d'água, sabonete e cobertores sobressalentes na minha frente.

— A Alice está ocupada, sr. Ashcroft — diz. — Ela me pediu para dar banho de esponja no senhor. Espero que esteja tudo bem.

Para ser sincero, fico um pouco decepcionado por não ser Alice, mas não estou em posição de fazer exigências. Lizzie esqueceu de fechar as cortinas e eu já estou me preparando para minha nova humilhação, imaginando os filhos e os netos de Ellen chegando e vendo Lizzie limpar minha bunda como um bebê, quando de repente, dando uma risadinha, ela se lembra e puxa a cortina ao redor de nós, observando:

— Melhor ter um pouco de privacidade, né, sr. Ashcroft?

Lizzie passa uma toalha umedecida com sabão metodicamente pela minha pele, sobre cada centímetro do meu corpo. Ela fala sobre o clima. A água está morna. Sinto cada célula reagir individualmente a sua massagem, cada poro se abrindo como uma boca faminta para a toalha. Ela me vira de lado para lavar minhas costas. Cada banho na cama parece a primeira vez que fui tocado, como se fosse uma sensação inteiramente nova.

— Então, meu pai acha que esta onda de frio vai durar por mais algumas semanas, como no ano passado, lembra?

A água passa por cima de mim, desprende minha pele morta, me deixa novo. Lizzie passa levemente a esponja por uma área das minhas costas. Não tem a mesma sensibilidade que o resto de mim.

— Ah, o senhor está com um machucado aqui, sr. Ashcroft. Vou fazer um curativo depois. — Mas agora que ela tocou, tão levemente, sinto que a pele ao redor começa a enrugar e a queimar, e eu sei o que está acontecendo. Fico furioso, xingando, sabendo que esse momento vai ser arruinado, e lá vem: no início, o menor formigamento, mas vai aumentando em ondas antes de toda a região explodir em um tsunami de coceira.

— É claro que a minha mãe só consegue pensar nas plantas dela. Pelo visto, frio demais pode matá-las...

A coceira se enterra nas minhas costas como uma larva em uma maçã, e a carne ao redor apodrece de desejo, desejo de ser coçada.

Deus do céu.

— ... e meu irmão só consegue falar sobre faltar na escola se nevar.

Por favor, Lizzie, por favor...

A coceira se espalha. Como um exército de formigas marchando, ramifica-se da base da minha coluna em direção aos ombros.

Coce!

Não consigo aproveitar quando ela lava a parte de trás das minhas pernas ou meus pés. Não consigo nem pensar nisso. Começo a contar com meu respirador. Faço os maiores esforços para me distanciar dos milhões de pezinhos minúsculos que marcham, fazendo a cocheira se aprofundar nas minhas costas.

COCE!

— Na verdade não me importo nem com uma coisa nem com outra, porque gosto da neve, mas detesto a lama que fica no chão!

Finalmente, quando estou no cinquenta e seis, ela me vira de costas de volta sobre o colchão e o alívio é como um cobertor no meio de um incêndio. Ainda sinto a coceira, lambendo até a base da minha coluna, mas a pior parte agora passou.

A última coisa que ela faz é mover minha cabeça, esfregar a toalhinha atrás das orelhas e dar batidinhas suaves no pescoço, evitando o orifício onde minha traqueostomia desaparece dentro da garganta. Ela pousa minha cabeça de volta no travesseiro, na inclinação usual de trinta e cinco graus, e então diz:

— Assim é melhor, não é, sr. Ashcroft? Bem limpinho.

Ouço um rangido quando joga a esponja, o pacote de sabão, o avental plástico e as luvas que ela acabou de usar dentro da lixeira. Lizzie me deixa e eu a agradeço em silêncio. Ela é como Alice, tem o coração bem afinado. Eu sei que minha dignidade é mais importante para ela que a dela própria. Estou olhando fixo para a frente, a cama vazia oposta em relação a mim, o monitor cardíaco, o aparelho intravenoso e os outros equipamentos prontos, à espera de penetrar as veias de novos pacientes. Caleb desatou numa orquestra inteira de gritos e gemidos indignados e bipes de suas máquinas, Mary vocifera com todos dentro do quarto, seguindo as ordens da família para "fazer qualquer coisa" a fim de manter o pobre e velho Caleb vivo. Ouço tudo o que acontece na ala. Um efeito colateral, ao que parece, de ficar suspenso na vida é minha nova audição supersônica. Como quando alguém perde um sentido e outro se torna mais aguçado, consigo ouvir as pessoas falando baixinho a dez metros de distância, do outro lado da ala. Nenhum dos médicos percebe. Fico contente por isso. Não quero nenhum tubo nos meus ouvidos e, pior, não quero pessoas ficando nervosas e com vergonha quando falam. É minha única diversão. Nunca tinha percebido como as pessoas reclamam: sobre o clima, sobre os vizinhos, sobre os filhos. É tanta bobeira, é tão mundano, é tão sublime. Adoro ouvir Carol amaldiçoando seus joanetes, ou Mary reclamando ao telefone com algum coitado na Índia que ainda não consegue acessar vídeos na internet. Pequenas bênçãos.

À tarde, meus olhos já se fecharam. Inspirar, expirar, inspirar, expirar. Conto com meu respirador enquanto ouço as enfermeiras fazerem os preparativos finais para o novo paciente, passinhos perfeitos, verificando máquinas, plásticos sendo removidos de aparatos esterilizados. Inspirar, expirar, inspirar, expirar. Nunca sei se a próxima respiração virá, se vou morrer aqui hoje ou se vou ficar envolto em mim mesmo enquanto meses se transformam em anos, cada dia me decompondo um pouco mais enquanto a vida se espalha ao meu redor. As pessoas vão se apaixonar, vão partir em aventuras, vão chorar e gritar, haverá guerras e longos dias preguiçosos de verão, mas ainda estarei aqui, olhando para o teto cinza, uma estátua, ansiando por um dia maravilhoso em que a minha sensibilidade vai se exaurir e vou ser tomado por um torpor tão completo que vai sufocar docemente qualquer memória de quem eu era, quem eu achei que poderia ser. Se eu não morrer logo, minha esperança é ser poupado da esperança, e, mesmo que meu corpo ainda possa ser bombeado, espetado e limpo, minha mente se congelará e Frank desaparecerá.

3
CASSIE

De certa forma, foi uma surpresa que Jack e Cassie tivessem convidados no seu casamento. Antes mesmo de ficarem noivos, eles conversavam tarde da noite, nus e envoltos um no outro como videiras, sobre se casarem na Escócia, em algum lugar selvagem e novo, só os dois, com alguns poucos estranhos como testemunhas. Mas eles estavam juntos havia apenas algumas semanas, e quando, oito meses depois, voltaram de Paris, corados e recém-noivos, ambos sabiam que não aconteceria assim.

Ambos sabiam que partiria o coração de Charlotte se ela não estivesse presente para ver Jack, seu filho único, se casar. Então eles concordaram com uma pequena cerimônia e uma recepção apenas com bebidas no belo celeiro antigo reformado atrás do The Hare, o melhor — e único — pub do vilarejo de Buscombe. Esse era o motivo de Cassie agora estar sendo passada de convidado em convidado como um presente frágil, para receber beijinhos cuidadosos no rosto, leves como as asas de uma borboleta. Todos os convidados dizem que ela está linda, até os que ela nunca viu antes.

— Você está absolutamente radiante — eles elogiam. — O Jack é um cara de sorte.

Cassie passa as mãos ao redor dos quadris, no vestido de renda marfim justo — o qual Charlotte insistiu que ela experimentasse —, e sente a bolha cada vez mais familiar crescer dentro dela quando responde:

— Eu é que tenho sorte! — E ela está falando sério: é uma mulher de sorte. De uma puta sorte.

Seus olhos percorrem rapidamente o celeiro de vigas pretas decorado por Charlotte com ramos de azevinho cheio de frutinhos vermelhos, duas árvores de Natal e centenas de velas, antes de se fixarem, magnetizados, na nuca de Jack. Ele é sempre a pessoa mais alta em todos os lugares, flutuando sobre o dossel de cabeças como se tivesse mais vida dentro de si que as outras pessoas. Só de vê-lo — suas feições seguras, sólidas, seu sorriso fácil, a covinha na bochecha esquerda — Cassie se acalma e se excita simultaneamente. Ele se curva para beijar uma idosa que Cassie acha que é a tia Torie. A mulher se agarra à mão dele como uma criança a um balão que não consegue acreditar que ganhou e deixa uma mancha de batom rosa no rosto dele. Tia Torie percorre Jack com o olhar, sorridente e coquete como se estivesse de volta a seu próprio romance de décadas atrás, mas ele não está mais olhando para tia Torie. Está olhando para ela, para a nova esposa. Ela começa a se mover na direção dele, e ambos abrem os braços um para o outro, algo tão natural como respirar, e Jack lhe dá um beijo na boca. Uma câmera dispara.

— Esposa — ele sussurra em um sotaque escocês jocoso, e ela sorri para ele, em êxtase por ser quem é agora.

— Marido — responde, baixando a cabeça de leve.

Em casa, no apartamento em Brixton, onde Cassie cresceu e onde Jack e ela moraram juntos nos últimos seis meses, eles já se chamavam de marido e mulher havia semanas, experimentando seus novos títulos. Serviam perfeitamente. Ele a beija novamente antes de alguém fazer *tim-tim-tim* com uma colher contra uma taça de champanhe, e o silêncio se derrama pelos convidados, que formam um semicírculo ao redor de Charlotte. Jack e Cassie, de mãos dadas, são empurrados de leve para ficarem na frente dos demais.

Charlotte passa a mão esquerda na lateral do chanel loiro e sua aliança brilha como âmbar. Cassie nunca a viu tirá-la, apesar de Mike ter falecido há mais de vinte anos. Eles tinham um tipo de relacionamento que a mãe de Cassie, April, dizia que era de faz de conta, improvável, um conto de fadas açucarado para pessoas com mente e coração doces. Mas a aliança de Charlotte — a posição em sua mão esquerda — é uma prova. April não estava certa sobre tudo.

Alguns convidados ainda conversam baixinho, e Charlotte faz *hum-hum* para pedir silêncio. Leves pés de galinha que parecem aspas vincam seus olhos azuis quando sorri para os convidados em pé diante dela, como pássaros exóticos em seus melhores trajes. Jack passa o braço ao redor de Cassie. Ela sente os músculos dele tensos, nervosos pelo que a mãe está prestes a fazer. Cassie acaricia o dorso de sua mão para acalmá-lo.

Charlotte agradece a todos que ajudaram com o casamento, os primos pela árvore de Natal, os amigos da família pelo bolo de casamento. Os convidados mantêm os olhos fixos em Charlotte, movendo-se apenas para tomar goles ocasionais de champanhe. Charlotte faz uma pausa para respirar. Cassie para de acariciar Jack, sua mão de repente úmida, e Charlotte começa a falar novamente:

— Por fim, só quero dizer que hoje fomos testemunhas de uma união rara. A união de dois indivíduos excepcionais que compartilham um amor excepcional. Quando vi minha nora maravilhosa pela primeira vez — alguns gritinhos dos convidados mais jovens —, eu soube que ela era especial. Nunca vi o Jack mais feliz do que com a linda Cassie ao seu lado. Ele veio até mim com apenas algumas semanas de relacionamento e disse: "As coisas agora fazem sentido, mãe. Tudo simplesmente faz sentido", e eu soube que meu menino tinha encontrado o amor da vida dele.

Jack aperta a cintura de Cassie antes de soltá-la para poder bater palmas. Cassie está segurando uma taça de champanhe e tenta bater palmas, mas suas mãos estão pegajosas ao redor do copo.

— É claro — diz Charlotte —, todos nós sabemos que há duas pessoas muito importantes que não podem estar aqui com a gente hoje.

O ar no salão se adensa. Cassie sente um nó familiar endurecer em sua garganta, grande demais para engolir. Charlotte olha diretamente para ela, seus olhos bondosos como sempre, e o nó diminui.

— Eu sei que falo por todos nós quando digo que teríamos amado que a April, a mãe extraordinária da Cassie, estivesse aqui conosco. Fico triste por Jack e eu nunca termos conhecido a April. Ouvi histórias sobre uma mulher que adorava cores, dançar até o sol raiar, uma mulher que ria fácil e amava fervorosamente. Embora nós nunca possamos preencher esse vazio na vida da Cassie, tenho certeza de que a April teria ficado feliz pelo fato de a filha se tornar, para sempre, parte de uma família que vai amá-la e valorizá-la. Afinal, o que mais um pai ou uma mãe poderia pedir além da felicidade do filho ou da filha? — A voz de Charlotte falha um pouco. — Bem-vinda à nossa família, Cassie. Nós te amamos muito.

O braço de Jack serpenteia pela cintura de Cassie novamente.

— Também estamos sentindo falta do Mike, o pai do Jack, hoje mais do que nunca — Charlotte continua. — Muitos de vocês conheciam o Mike, então sabem quanto ele acreditava no casamento, e eu sei que ele esperaria, assim como eu, que vocês sejam tão felizes quanto nós fomos. — Os olhos de Charlotte se enchem quando ela olha para o filho por um momento antes de pigarrear e dizer: — Agora, só me resta pedir a todos vocês para fazerem um bride aos noivos! À Cassie e ao Jack.

Todos os olhos no salão giram na direção deles, e, como um cardume de peixes coloridos movidos por alguma força desconhecida e persuasiva, os convidados formam um círculo ao redor deles, e suas vozes fazem eco com a de Charlotte.

— À Cassie e ao Jack.

Jack inclina Cassie sobre seu braço e a beija ao som de mais gritinhos e mais palmas. Então ambos se viram para Charlotte, que, após o discurso, está enxugando as lágrimas.

— Graças a Deus pelo rímel à prova d'água — ela brinca, e Cassie agarra a mão de Jack ao abraçar Charlotte. — Estou falando muito sério, Cas — Charlotte sussurra no ouvido de Cassie. — Cada palavra.

Cassie quer dizer a ela novamente como é grata, mas não pode porque a sogra está se virando para dar um abraço em Jack, e uma mão toca de leve seu antebraço, pedindo atenção, então Cassie se desvia de Charlotte e solta o marido, esperando que seja um dos amigos dele, ou talvez seu tio, porém percebe com um repentino frio na barriga que a mão no seu braço pertence a Marcus.

O sorriso dele não chega aos olhos. Cassie não consegue ver nenhuma alegria verdadeira no rosto dele. Mesmo nesse dia, seus olhos são escuros como o vácuo. Até onde Cassie sabe, estão vazios desde que April morreu.

— Tem um abraço para o seu velho? — Sua tentativa de fazer uma antiga piada paira como ar viciado entre eles.

Quando April e Marcus se casaram — April morreu apenas seis meses depois —, Cassie costumava provocá-lo chamando-o de "papai" em público para constrangê-lo e fazer April rir.

Os braços de Cassie parecem cansados ao abraçarem gentilmente o padrasto. Ele é menor do que ela se lembrava, e seu corpo parece fraco e nervoso debaixo das fibras do terno empoeirado. Ela permanece tensa, como se, se relaxasse, parte da dor de Marcus pudesse se infiltrar nela. Como um bolo de chocolate de sabor intenso, Cassie descobre que só consegue aguentar um pouquinho de Marcus de cada vez. Ela se afasta com delicadeza e ele segura seu braço com uma das mãos. Ele sabe que ela quer sair flutuando dali.

— Foi um discurso lindo, não foi? — As sobrancelhas dele balançam enquanto fala.

— Marcus, você sabe, nós decidimos não ter muitos discursos, era o nosso...

Uma pequena bolsa de pele flácida oscila sob o queixo quando Marcus balança a cabeça em negativa, tentando não se importar com o fato de Cassie ter caminhado para o altar sozinha, de ele não ter um arranjo de flores no bolso do paletó, de não ter havido um discurso do padrasto da noiva.

— Não, não, Cas, eu não quis dizer isso. Eu achei que a... Qual é o nome dela? Charlotte? Que ela falou bem. Sua mãe teria adorado.

Mesmo um ano e meio depois, ainda parece que não existe Marcus sem April. Cassie sente o vestido repuxar ao redor dos pulmões; parecem cheios de chumbo. A mão do padrasto em seu braço começa a queimar e ela sente como se estivesse de volta ao hospital, olhando para o corpo vazio da mãe, Marcus do outro lado. Ele a faz se sentir empacada, como se nunca fosse conseguir se afastar do leito de morte de April.

— Ainda não cumprimentei você, Marcus!

Com gratidão, Cassie se vira em direção à voz familiar, e a tensão em seus pulmões suaviza instantaneamente. Nicky, sua amiga mais antiga, deve tê-la visto com Marcus e percebido que ela precisa de resgate.

O cabelo longo e ruivo de Nicky está trançado e enrolado como uma corda por cima do ombro. Pequenos fios arrepiados circulam sua cabeça como gás. Nicky nunca gostou de se arrumar demais. Quando era adolescente, sua irmã mais velha disse que ela era grande demais para coisas bonitas, e o comentário ficou grudado como se fosse um carrapicho. Hoje ela está usando um vestido de seda verde-escuro até os joelhos, que valoriza sua pele levemente sardenta.

— Como vai, Marcus? — Nicky pergunta, dando-lhe um de seus beijos firmes na bochecha.

Cassie mantém os olhos fixos na amiga, mas sente os olhos de Marcus resvalarem por seu rosto antes de se voltarem para Nicky, como se ele precisasse se lembrar de quem ela é, mesmo que a tenha encontrado muitas vezes.

Era Nicky quem costumava ouvir Cassie reclamar que Marcus era estranho, que era ainda mais estranho ele ser o namorado de sua mãe. Eles começaram a namorar cinco anos antes de April falecer. Cassie nunca poderia dizer isto para ninguém, nem mesmo para Jack ou Nicky, mas achava que April só tinha se casado com Marcus porque estava morrendo; ela sabia que o faria feliz.

Ele era um funcionário público aposentado da ilha de Wight que nunca tinha se casado antes de conhecer April e não tinha filhos. Não era o bon vivant que ela imaginava para a mãe. Era comum demais para se tornar um herói algum dia na vida, mas fazia April feliz e isso fazia Cassie feliz. Então ela decidiu que Marcus era um bom homem.

Há uma pausa. Marcus parece em pânico por um instante antes de dizer para Nicky:

— Quanto tempo. — Ele aperta o braço de Cassie antes de soltá-lo. — Como você tem passado?

— Ah, estou bem, obrigada. Só me recuperando de outra cirurgia no joelho, mas fora isso tudo bem. Não foi uma cerimônia linda?

Marcus ignora a pergunta e, em vez disso, comenta:

— Fiquei sabendo que você conseguiu um emprego novo, é verdade?

Cassie desvia o olhar por cima do ombro da amiga.

— Ah, não, não fui eu, Marcus. Ainda estou em um emprego temporário. — Nicky inclina a taça de champanhe, e um garçom adolescente, o rosto tomado de espinhas, serve um refil para ela. — O que, sabe, está bom... bom por enquanto.

— A Nicky trabalha no mesmo lugar onde eu trabalhava, lembra, Marcus? — diz Cassie, ainda sem olhar para o padrasto.

— Receio que sim — emenda Nicky, anuindo para Marcus. — Ainda estou na lista de espera por um Jack de armadura reluzente, que venha me desacorrentar da minha mesa e me levar para o campo.

Marcus ri de Nicky, como se não soubesse mais o que fazer. Ele muda o apoio do corpo de um pé para o outro. Cassie se pergunta se pode simplesmente ir embora, ou se isso seria injusto com Nicky. Apesar disso, a amiga persevera com Marcus.

— Como está a vida na ilha de Wight? — ela pergunta.

— Ah, a de sempre. Tranquila, especialmente nesta época do ano.

A conversa prossegue com dificuldade. Cassie agradece quando Charlotte cruza o olhar com ela e acena chamando-a para conhecer um antigo amigo da família, um homem rotundo e alegre cujos lábios parecem cerejas esmagadas quando ele os pressiona no rosto de Cassie.

Ela nota por cima do ombro dele que uma antiga amiga de escola, Beth, interrompe Nicky e Marcus. Beth e Nicky se abraçam, e Marcus, como se de repente fosse jogado para escanteio, se afasta um pouco delas, oscilando de leve; seu quadril piora no inverno. Ele se movimenta como um turista perdido em meio à festa, vulnerável e hesitante nessa nova terra povoada por gente muito mais feliz do que ele está acostumado a ver. Ele finge admirar a árvore de Natal, depois encontra um garçom para completar seu copo engordurado. Uma velha onda de culpa percorre Cassie: Marcus envelhecendo sozinho. Ela pensa em ir se despedir do jeito certo, prometer que vai fazer uma visita em breve, sugerir que talvez pudessem fazer uma caminhada pela praia junto dos penhascos e almoçar em um pub, como costumavam fazer na época em que April era viva. Será? Porém, de repente, Jack pega sua mão.

— Pronta, esposa?

Charlotte pega seu outro braço, e tudo acaba muito depressa. Antes que ela perceba, estão do lado de fora com os poucos convidados restantes, e Marcus já desapareceu na noite. Provavelmente é a melhor coisa que poderia acontecer.

Nicky levanta a mão, palma para o alto, e diz:

— Está chovendo.

Charlotte abre um guarda-chuva e o segura sobre Cassie.

— Caiu um dilúvio no meu casamento com o Mike. Isso é sinal de boa sorte.

Quando Cassie dá um beijo de despedida em Nicky e Charlotte, antes de entrar no carro a caminho do hotel do aeroporto com Jack ao lado, ela sente os pelinhos dos braços desnudos se arrepiarem e não sabe se é a chuva ou alguma outra coisa que a está fazendo sentir tanto frio.

4
ALICE

Não tenho muito tempo com ela. Cassie Jensen ainda tem um cheiro fresco, uma aura lá de fora que a envolve. A hipotermia transformou seus lábios e pálpebras em um azul não natural, como uma maquiagem ruim, mas as bochechas ainda têm o ligeiro viço da saúde, o que a ajuda a parecer mais viva que morta, mas só um pouquinho. As faces vão perder o volume em alguns dias. A equipe de cirurgia removeu todo tipo de joias que ela estava usando.

Acaricio seu braço esquerdo, o que não foi espetado pelo cirurgião como se fosse uma boneca de vodu. Está envolto por linhas vermelhas, lacerações do acidente. Seguro sua mão direita por um momento. Está quente, mas não há nenhum tremor de reação sob as pálpebras de Cassie. Um tubo sai de sua nuca, por baixo do cabelo loiro, onde o neurocirurgião perfurou o crânio para inserir uma sonda temporária na cavidade com o objetivo de monitorar a pressão intracraniana e o inchaço ao redor do cérebro. Parece que fizeram um bom trabalho; o horror do tubo mergulhando na cabeça de Cassie é coberto discretamente por um pequeno curativo, e só rasparam uma pequena porção de seu cabelo. Ela está marcada com hematomas profundos no pescoço e no peito e há um corte feio em seu lábio. Como galáxias minúsculas e ofuscantes, os hematomas colorem sua pele, que, fora isso, é pálida. Como sempre faço com os novos pacientes, eu me pergunto quem ela é, como é o som de sua risada, o que ela planejava fazer hoje. Talvez fosse para estar com uma amiga em um café neste momento. Mesmo com as contusões, cortes e dedos quebrados, ela não parece pertencer a este lugar. Parece que ela está fingindo.

Pego sua pasta na mesa de cabeceira. Diz que sua cadela se assustou com os fogos do Ano-Novo e desapareceu nas primeiras horas da madrugada do dia 1º. Cassie saiu no escuro à procura dela. Verificou-se que havia uma poça perto de onde ela teria caído, o que pode ter causado uma queda. Segundo o formulário, ou foi um acidente causado por ela mesma, ou foi um atropelamento em que o condutor fugiu sem prestar socorro, então a polícia vai aparecer.

— Enfermeira Marlowe? — É Lizzie falando atrás da cortina, provavelmente sem saber se tem permissão para entrar.

— Pode entrar, Lizzie.

Ela puxa a cortina apenas o suficiente para mover a cabeça no vão. Olha rapidamente para Cassie antes de se virar para mim.

— A família está aqui.

— O marido? — pergunto.

— Sim, e acho que talvez a mãe dela?

— Certo, então só há dois parentes?

— Isso. Quer dizer, positivo.

— Tudo bem, deixe-os entrar, por favor. Ah, Lizzie. — O rosto dela reaparece por detrás da cortina. — Me chame de Alice. — Ela confirma com a cabeça e sorrimos uma para a outra antes de ela sair.

Com uma carícia, puxo para trás o cabelo loiro de Cassie, que vai até a altura dos ombros, e tento ocultar o máximo possível a bandagem na cabeça, uma tentativa fraca de minimizar o choque para a família. Outras enfermeiras seniores delegam as funções de contato com familiares, mas eu gosto de fazer o encontro inicial se estou de serviço. A reação da família do paciente tem um grande impacto em toda a ala. Geralmente é um ato de equilíbrio tênue: empatia temperada com realismo.

Ouço passos vindo em nossa direção, e Lizzie diz em uma voz adequadamente contida:

— Aqui está ela. — E então puxa a cortina. Lizzie fecha-a novamente atrás de uma mulher, que deve estar na casa dos sessenta anos, e um homem de aparência atlética e cabelo escuro, o marido de Cassie, que parece ser apenas alguns anos mais novo que eu, uns trinta e poucos anos. Recuo. Eles não me notam. É como se fossem magnetizados na direção de Cassie.

— Cas, ah, Cassie. — O marido abraça e beija a mão que acabei de segurar. A mulher fica logo atrás dele. Ela coloca a mão bem-feita na parte inferior das costas dele. — Ah, meu Deus! — exclama o marido e começa a chorar baixinho. A mulher faz pequenos círculos com a mão na lombar do rapaz e sussurra para ele se acalmar. Ela está usando calça jeans e um suéter velho de gola em V, o tipo de roupa vestida às pressas por causa de uma emergência. O homem está de jeans e uma camisa azul amassada.

A mulher levanta a cabeça prateada, como se de repente tomasse consciência de onde está. Ela olha a área acortinada em volta e me vê pela primeira vez. Parece estar procurando algo, mas eu levanto a mão e digo, com o máximo de delicadeza que consigo:

— Por favor, fiquem à vontade. — Acho que o marido não me ouviu. Não quero que ninguém se sinta constrangido, então vou até o lado de fora da cortina. O marido ainda está chorando.

— Lembre-se, Jack — diz a mulher —, o cirurgião falou que seria chocante... que esse é o pior estado em que nós a veríamos. — Sua voz começa clara, mas falha no fim da frase.

Espero alguns minutos enquanto ela resmunga mais algumas palavras suaves, e então dou um passo à frente. O ruído no trilho da cortina os faz levantar a cabeça. A mulher está com os braços ao redor dele, um pequeno conjunto de duas pessoas sobre Cassie. Eles olham para mim, surpresos, como se tivessem esquecido que estão em uma UTI. A mulher se separa de Jack e vem até mim, a palma estendida.

Pego sua mão.

— Sou Alice Marlowe, enfermeira desta ala. Minha equipe e eu vamos cuidar da Cassie enquanto ela estiver com a gente.

— Olá, enfermeira. Sou a Charlotte, Charlotte Jensen, a sogra da Cassie. — Ela sorri, um lampejo rápido reflexivo. Ela tem um perfume sutil, cálido, como se usasse a mesma fragrância há tantos anos que acabou se tornando parte dela. Aposto que todas as suas roupas carregam o mesmo cheiro.

Diferente da mãe, a mão de Jack é pegajosa, quase sem vida. Ele ganhou uma sombra avermelhada de barba no rosto durante a espera da noite toda sentados em cadeiras de plástico.

— Eu sinto muito. Deve ser um choque terrível para vocês.

Jack encontra meus olhos brevemente e confirma balançando a cabeça.

— Vamos para a sala de visitas — digo gentilmente —, assim eu posso dar uma atualização sobre o quadro dela, depois vocês podem voltar e passar mais tempo com a Cassie, se quiserem.

Eles me seguem como zumbis até o final da ala. Assim que entramos na sala de visitas, noto que eu queria também ter jogado no lixo as decorações daqui. Os Jensen não parecem ser pessoas que usam renas de plástico.

Ambos recusam silenciosamente minhas ofertas de chá ou café. Alguém arrumou três cadeiras cuidadosamente em um semicírculo. Acho que deve ter sido Lizzie. Jack puxa a calça uns dois centímetros para cima sobre as coxas quando se senta, um hábito doce e antiquado, e eu me pergunto brevemente com quem será que ele aprendeu.

Charlotte tira um lenço de papel do pacotinho em seu colo e entrega a Jack, que o segura cuidadosamente na mão, como se fosse precioso demais para ser usado para assoar o nariz.

Jack está brincando com algo pequeno e delicado em suas mãos. Noto um brilho quando o objeto capta a luz, e sei o que ele está segurando. O anel de noivado e a aliança de Cassie. Um dos enfermeiros socorristas deve ter dado para ele guardar. Ele enxuga os olhos e guarda os anéis no bolso frontal da camisa. Um segundo depois, dá uma palmadinha ali para se reassegurar de que os anéis ainda estão guardados, ou para verificar se o coração ainda está batendo.

Ele solta a respiração.

— Desculpe, enfermeira. Essa é a primeira vez que estamos vendo a Cassie desde ontem. Foi mais difícil do que eu imaginava. — A mãe coloca a mão no joelho dele e ele olha para o chão com olhos vazios.

— Não precisa se desculpar. É um grande choque ver alguém que a gente ama depois de um acidente como esse.

Um celular vibra. Está no silencioso, mas Jack ainda pede desculpa ao removê-lo do bolso da calça e rejeitar a ligação sem nem olhar para a tela. O gesto me dá um segundo para observá-los com mais atenção. Os Jensen são uma dupla atraente. Jack é grande e alto, sem ser desengonçado ou quadradão. Notei anteriormente que seus olhos são cor de âmbar, como os da mãe, mas a parte branca está contornada de vermelho por causa da preocupação. O rosto de Charlotte está um pouco inchado, de choro, falta de sono ou ambos; há vestígios de rímel e delineador em volta dos olhos.

— Pode nos dizer como ela está? — pergunta Charlotte. — Já faz mais de vinte e quatro horas e o cirurgião não nos falou muito.

Posiciono o corpo mais para a frente na cadeira. A mesma cadeira em que me sentei quando falei para os filhos sem reação de Ellen que a mãe deles nunca deixaria o centro de atendimento médico, e na mesma cadeira em que chorei quando não encontrei mais ninguém para chorar por Frank.

— A Cassie obviamente se encontra em estado grave. Ela está em coma, mas essa é a resposta natural do corpo a um choque extremo. — Falo devagar; o impacto de uma situação assim pode perturbar o entendimento das pessoas, e essa é minha chance de tranquilizá-los dizendo que Cassie está no melhor lugar onde poderia estar. — Pensem nisso como um edifício que fecha em uma situação de emergência para se proteger. Nossa esperança é que o corpo da Cassie tenha se fechado apenas temporariamente para avaliar a situação e consertar qualquer dano provocado pelo acidente. A boa notícia é que ela é saudável, jovem e, o mais importante, está respirando sem a ajuda de aparelhos. O ventilador é só para proteger as vias aéreas dela. A ressonância mostrou um grande inchaço em torno do cérebro por causa do traumatismo craniano. É por isso que ela está com um tubo na cabeça, medindo a pressão causada pelo inchaço. Nós esperamos que o inchaço seja uma resposta de curto prazo ao acidente e que diminua nos próximos dias, então temos de aguardar para ver se isso realmente acontece. Antes disso, existe uma possibilidade de que quaisquer outros exames que nós possamos fazer nos deem resultados imprecisos.

Charlotte assente de leve. Acho que, em meio à exaustão, ela está tentando lembrar o que estou dizendo para que possa tranquilizar Jack caso ele não consiga lembrar mais tarde.

Jack gira a aliança no dedo e fica olhando para os pés. Charlotte dá um tapinha no joelho do filho enquanto eu falo.

— Com sorte, a Cassie não vai ficar aqui por muito tempo antes de ser transferida para uma ala de reabilitação, mas por ora ela vai receber o melhor atendimento possível para pacientes na condição dela. Vou fazer de tudo para que ela fique confortável e que todas as necessidades dela sejam atendidas até sabermos mais sobre o que está acontecendo. Até lá, receio que estaremos em um jogo de espera. O corpo dela precisa descansar, e é exatamente o que está fazendo.

Charlotte faz um sinal afirmativo com a cabeça, sem piscar, e pergunta:

— Existe alguma coisa que a gente possa fazer por ela?

— Vai ser bom se vocês vierem e ficarem sentados com ela. Conversem com ela se puderem, mas é melhor virem quando estiverem se sentindo fortes e descansados. Eu trabalho com pacientes em coma há alguns anos e tenho certeza de que eles percebem o nosso humor e como estamos nos sentindo. — Não quero exagerar. Jack parece vazio por causa do choque. Dou um sorriso gentil ao entregar para Charlotte folhetos com informações sobre a ala e meus contatos. — Eu e o sr. Sharma, o médico coordenador, esperamos encontrar vocês aqui novamente amanhã de manhã, às dez. É possível?

Ambos confirmam.

— Dez horas, sim — diz Charlotte.

— Que bom. Bem, se tiverem mais perguntas, vão me encontrar nesta ala.

Jack e Charlotte estão cansados demais para perceber que a conversa acabou, então eu me levanto.

— Tentem descansar um pouco — recomendo, e eles se levantam, meio sem jeito.

Eles me agradecem, e Charlotte segura minha mão brevemente entre as suas; são macias e hidratadas. Até mesmo com sombras cinzentas debaixo dos olhos e um suéter disforme, ela é deslumbrante. Seu cabelo loiro é liso e lustroso, com mechas brancas e cinzentas. As rugas parecem valorizar seu rosto redondo, como as linhas fininhas em um couro macio e caro. Ela parece o tipo de mulher que, em qualquer outro momento, estaria bem-arrumada.

— A Maisie, a cadela... Ela já fugiu antes — diz Charlotte, soltando minha mão. — Não acredito que isso esteja acontecendo.

Tento mostrar um sorriso encorajador.

— Vocês precisam tentar descansar. — Quando eles se viram para ir embora, acrescento: — Ah, desculpem, esqueci de perguntar. A Cassie tem algum outro familiar que vocês queiram que eu contate? Pais, irmãos, irmãs?

Charlotte fala baixinho, como se estivesse preocupada que Cassie fosse ouvir do outro lado da ala.

— Não, não, a mãe dela morreu de câncer há dois anos e meio e ela nunca conheceu o pai. Então creio que somos apenas nós. Mas somos uma familiazinha unida, não somos, Jack? — Ela ergue a mão até a boca.

Jack puxa a mãe contra si, passa o braço ao redor dela e diz:

— Vem, mãe, você está exausta. Temos que ir para casa. — E a guia com cuidado para fora dali.

Carol, Mary e eu comemos nossos sanduíches trazidos de casa juntas no posto de enfermagem. Somos um trio improvável em alguns aspectos, mas ficamos próximas e estamos sempre de olho uma na outra quando um paciente nosso morre ou se o trabalho está mexendo com a gente. Como diz Mary: "Nada une mais as pessoas que limpar uma poça de vômito às quatro da manhã".

Hoje, como na maioria dos dias, Mary é quem está presidindo a reunião, contando para mim e Carol sobre a declaração antecipada de vontade que ela está elaborando com o marido, Pat. Fazer sessenta anos deixou Mary mais consciente de sua mortalidade. Em novembro, logo depois que Frank chegou, ressuscitamos uma mulher da mesma idade dela, ministrando inúmeros medicamentos. Nenhuma de nós queria fazer isso, mas a família estava desesperada. Tiramos à força mais três dias de vida inconsciente daquela pobre mulher acamada. Depois disso, Mary ficou sentimental. Ela nos contou que iria nos assombrar pelo resto da vida se algum dia a fizéssemos passar por algo assim.

— Eu pedi uma tatuagem de Natal — ela diz, passando um dedo entre as sobrancelhas. — Sim, eu quero tatuar "Não ressuscitar" na testa.

Carol e eu damos risada.

— Você devia acrescentar "Não entubar" no lábio superior, já que está nessa onda — sugere Carol.

Mary abre um pacote de batata frita.

— Não é má ideia, Carol, não é má ideia.

Carol se vira na minha direção.

— Você ainda não nos contou sobre o seu Natal, Ali.

— Ah, vocês sabem, o de sempre: comer e beber demais, presentes que eu não preciso de verdade, cochilos à tarde, discussões durante o Trivial Pursuit... todas essas coisas tradicionais.

Ambas fazem um sinal afirmativo com a cabeça, de boca cheia. Não digo a elas que, durante toda a semana na casa dos meus pais, senti como se estivesse arrastando minha falta de filhos atrás de mim, um grande elefante batendo em todos os cômodos. Minha mãe procurando desesperadamente alguma coisa para dizer que não fosse relacionada a Harry e Elsa, o silêncio do meu pai por trás de seu jornal quase uma outra presença na sala, os sorrisos cuidadosos e apologéticos da minha irmã. Ela me disse uma vez, bêbada, que se sentia culpada por ter produzido dois bebês rosados, perfeitos e saudáveis e começou a falar sobre "outras opções", e foi quando eu tive que ir embora. Não sei se algum dia vou estar pronta para falar sobre outras opções. Eu sinto por eles, mas também realmente não sei o que dizer. Às vezes eu queria que fôssemos o tipo de família que grita, que berra, queria que exorcizássemos nosso sofrimento juntos, que chorássemos nossos netos, sobrinhas, sobrinhos, primos e filhos perdidos. Talvez isso fizesse o elefante no meio da sala virar as costas e deixar todos nós em paz, pelo menos por um tempo.

Há uma pausa para mastigar e engolir, então Carol comenta:

— Linda, não é? Essa nova, a Cassie.

— Sim, sim, é mesmo — concordo antes de Carol continuar:

— Eu sei que não devia, mas me parte ainda mais o coração ela ser jovem e bonita. — A metade do biscoito que ela estava mergulhando no chá quebra e cai dentro. — Merda — diz para si mesma e começa a vasculhar a xícara com uma colher.

— Então, o que aconteceu exatamente? — Mary pergunta e coloca um punhado de batatas na boca.

Conto a elas o que eu sei sobre a história de Cassie.

— Ela voltou de uma festa nas redondezas mais cedo que o marido para ver se estava tudo bem com a cadela. A cadela se assustou, saiu correndo, e a Cassie foi atrás para procurar. Parece que isso já aconteceu antes. O marido foi andando para casa algumas horas depois e ouviu as sirenes logo que chegou. Eles moram a uns quinze quilômetros da cidade, perto de Buscombe, então foi em uma daquelas estradinhas sinuosas que eles têm por lá, sem iluminação, chovendo. Vocês sabem como a pista está cheia de gelo recentemente. Bem, deve ser pior no campo. A polícia acha que ou ela escorregou, ou foi um atropelamento e o motorista fugiu sem prestar socorro.

Mary e Carol estalam a língua e balançam a cabeça em negativa enquanto eu continuo.

— Ela caiu em um riacho na beira da pista, uma queda feia, por isso as lacerações. Ficou no riacho por uns quarenta e cinco minutos, numa temperatura de uns quatro graus. Ela foi encontrada bem a tempo. O Sharma acha que provavelmente ela vai ficar com algum dano permanente.

— É claro que ele acha — diz Mary. — O velho Dr. Tragédia. E a família? Choros e gemidos ou lábios rígidos?

— Um pouco das duas coisas, na verdade. Coitados. Obviamente, ainda em estado de choque.

— O marido é bem bonitão.

Carol parece um cão farejador quando se trata de homens. Nem Mary nem eu dizemos nada.

Ela se defende mesmo assim:

— Não me diga que você não pensou a mesma coisa.

Levanto, coloco meu Tupperware na pia e me pergunto se é um sinal da idade ou de satisfação com minha situação o fato de eu não ter pensado em Jack. Eu estava pensando que Jack e a mãe dele pareciam próximos, com um amor ativo e desinibido entre eles. Mas isso é o que tende a acontecer, os entes queridos correm pelo drama inicial, atraídos pelo choque, e depois disso lentamente as pessoas se afastam, desinteressadas do longo caminho árduo até a reabilitação.

— A mãe do Jack esperou com ele ontem o dia todo enquanto a Cassie estava em cirurgia. O Jack não queria deixar a Cassie, e a mãe dele não queria deixá-lo sozinho, então os dois também esperaram a noite inteira — conto. Nesse momento, há uma batida na porta e Lizzie aparece.

— Oi, Liz — Mary cumprimenta. — A Carol estava nos contando que gostou do Jack Jensen. Você o viu?

Lizzie sorri para Mary, fica vermelha e me diz:

— Dois policiais estão aqui para falar com você. Acho que é a respeito da Cassie Jensen.

Saio imediatamente. Os policiais que estão me aguardando são um homem e uma mulher. Lizzie os levou até a sala de visitas, então eu os encontro lá. As cadeiras ainda estão organizadas do jeito que estavam quando me reuni com os Jensen. Eu me sento no lugar onde Charlotte estava sentada. O detetive inspetor Anderson é um homem precocemente careca, com sobrepeso. Sua cabeça parece um ovo suado reluzindo acima do colarinho apertado demais. Ele transforma o ato de levantar da cadeira em um espetáculo asmático assim que entro na salinha. Está nervoso e desconfortável.

— Desculpe, eu odeio hospitais — explica.

— A maioria das pessoas odeia — respondo e aperto sua mão carnuda.

Ele apresenta a colega, a policial Jane Brooks, uma mulher jovem de cabelo curto e espetado e orelhas marcadas por velhas cicatrizes de piercings, relíquias de outra vida. Anderson me conta que eles avaliaram o caso na delegacia e, como Cassie tem hematomas significativos do lado direito do corpo, condizentes com um atropelamento, e encontraram marcas de pneus no local, possivelmente de uma perua ou similar, no momento eles acreditam que foi um atropelamento e o motorista fugiu sem prestar socorro.

— As pessoas se empolgam nesta época do ano. Alguns anos atrás, um rapaz matou uma pessoa nos arredores de Brighton e jurou de pé junto que tinha atropelado só um texugo. — Anderson, eu suspeito, é o tipo de homem que tem uma história para cada ocasião. — O que nós podemos fazer? — ele pergunta para ninguém em particular. — Ela estava andando em uma estrada escura de madrugada, sem testemunhas, sem nada. Estamos falando agora com o vizinho que a encontrou, Jonathan Parker. Ele chamou a ambulância quando os cachorros dele o levaram até a moça. A questão é que as câmeras de vigilância mais próximas ficam a quase dois quilômetros de distância, na Brighton Road, então eu esperaria sentado para encontrarmos o desgraçado. — Ele balança a cabeça. — Enfim, colocamos placas ao redor da área e comunicamos o incidente no nosso site, mas, como eu disse, é bom esperar sentado.

Brooks mantém a cabeça inclinada para o lado enquanto Anderson fala. Ela aperta os dedos de uma das mãos com a outra sobre o colo, como se estivesse tentando se impedir de dizer alguma coisa. Ela sorri para mim rapidamente quando trocamos um aperto de mãos e então eles vão embora. Parece um pedido de desculpas. Ela me entrega seu cartão antes de, obediente, seguir Anderson, que já saiu da sala.

Bato na porta da sala de Sharma exatamente às sete e quinze da noite, como ele pediu. Eu estava me preparando para ir embora, mas ele disse que era urgente e eu aprendi a não ignorá-lo. Ele chama:

— *Intrare*. — Não sei o que significa, então só abro a porta.

Ele está sentado atrás da mesa. É um escritório quadrado e sem graça, e Sharma não fez nenhuma tentativa de personalizá-lo. Não há nenhuma foto de família, nenhum cartão caseiro dos filhos. Não há intimidade aqui. Ele parece ligeiramente irritado, menos composto que o normal. Tenho a sensação de que, se eu tivesse entrado dois minutos antes, poderia tê-lo pegado com a cabeça lustrosa apoiada nas mãos. Deve ser por causa de um dos pacientes. Espero que não seja Frank. Ele me pede para sentar e então começa a falar, sem preâmbulos.

— Enfermeira, a sra. Jensen fez uma ressonância magnética completa lá embaixo na emergência antes de ser trazida para nós.

— Sim, é praxe.

— Bem, o radiologista, um tal de... — Sharma para um instante e olha as anotações diante de si — ... Henry Chadwick, já ouviu falar dele? — Ele me olha de relance, mas eu nego com a cabeça. Ele continua falando: — Bem, Henry Chadwick viu algo completamente inesperado. Ele viu um feto. Parece que, contra todas as probabilidades, a sra. Jensen está grávida.

— O quê? — Parece piada. Gravidez, essa palavra e todo o seu significado pertencem a uma ala diferente, a um mundo diferente do da 9B. Aneurisma, hemorragia, tumor: esse é o nosso tipo de palavra... Mas grávida?

— Ela está grávida, *praegnas*, grávida.

— Mas isso, isso é... — Quero dizer "impossível", mas no mesmo momento eu sei que é errado. É inteiramente possível. É altamente improvável, claro, quase um absurdo que um feto fosse sobreviver ao trauma do acidente e depois a quase uma hora dentro de um riacho congelante, mas ainda é possível. Me sinto leve ao me dar conta disso. Sharma e eu nos encaramos. Tenho certeza de que minha expressão é igual à dele: olhos arregalados, rosto rejuvenescido, iluminado por algo tão improvável, tão fantástico, que um riso borbulha dentro de mim.

Sharma pisca, tosse de leve e olha de novo para suas anotações.

— Ela está com aproximadamente doze semanas.

Quero falar para ele ir mais devagar.

— Doze? — pergunto, segurando-me ao encosto da cadeira, mas Sharma me ignora, confiando em suas anotações para mantê-lo sóbrio.

— Uma coordenadora da obstetrícia, a dra... — ele olha para as anotações novamente — ... Elizabeth Longe, vai realizar mais exames na sra. Jensen amanhã logo de manhã para avaliar a saúde do feto e assim por diante. Eu sei que você está cuidando dela desde que ela chegou, então achei melhor informá-la, mas vamos manter isso sob sigilo por enquanto. A família mencionou alguma coisa?

Penso nos Jensen de olhos inchados... as olheiras de Jack. Embora em estado de choque, eles teriam dito alguma coisa se soubessem, certo?

— Não, não, eles não disseram nada.

Sharma franze a testa por um instante breve, como se sentisse algum cheiro desagradável.

— Está bem. Eu acho que, nesse caso, é vital mantermos isso entre nós até sabermos mais e termos a chance de falar com o marido. É curioso que o médico dela, o dr. Hillard, também não tenha mencionado nada. De qualquer forma, a sra. Longe vai fazer os exames aqui amanhã, então não vamos precisar remover a paciente. Quem vai ficar com ela esta noite?

Penso na robusta Paula, de olhos vazios.

— Paula Simms.

O lábio de Sharma se curva de leve; ele considera Paula desleixada.

— Como eu disse, vamos deixar isso entre nós por enquanto. Verifiquei a medicação da sra. Jensen e concluí que nada vai impactar negativamente o feto, então tudo deve ficar bem nesse quesito. Vamos nos reunir com a família amanhã?

Confirmo com a cabeça e digo a ele que vamos encontrá-los às dez.

Ele sorri para mim brevemente antes de me dispensar, um reconhecimento fugaz da sobrevivência milagrosa dessa nova e minúscula vida.

Eu me sinto um pouco embriagada ao sair da sala de Sharma. Ele realmente disse doze? Ou será que não ouvi direito? Quero ir ao banheiro, jogar água no rosto antes de inspirar fundo algumas vezes e passar meu dia, minha paciente, esse milagre, para os cuidados de Paula, mas, antes de eu ir ao banheiro, Carol, que já vestiu seu casaco preto sobre o uniforme azul de enfermeira-chefe, me chama de longe.

— Alice, querida, ainda bem que te encontrei. A Paula acabou de ligar. Ela está atrasada de novo, parece que um dos filhos não está passando bem. Ela vai demorar pelo menos meia hora para chegar. Será que você não poderia ficar mais um pouco?

Muitas vezes me pedem para estender meu turno até o período da noite, para cobrir o lugar de outras enfermeiras. Elas sabem que não tenho ninguém para quem ler histórias antes de dormir. David acha que eu não deveria fazer isso, mas acho difícil dizer não. Esta noite, no entanto, essa meia hora a mais parece um presente: algum tempo sozinha com Cassie.

— Tudo bem, sem problemas — respondo para Carol, que não nota o entusiasmo incomum que transparece na minha voz, e eu lhe desejo uma boa noite.

Com todas as cortinas fechadas em torno das camas, a ala parece pronta para um segredo. O scanner portátil de ultrassom está no seu lugar habitual, escondido em um canto. Hoje o mostrei para Lizzie, ao lembrá-la de onde estão todas as coisas. Eu não teria acreditado que iria usá-lo desse jeito algumas horas depois. Puxo a pequena máquina pelo corredor, e as rodinhas chiam. Já está escuro do lado de fora, e as luzes compridas e fluorescentes na ala iluminam um caminho anêmico diante de mim. Carol disse que Paula atrasaria meia hora, o que significa que ela vai chegar em quarenta e cinco minutos. As outras enfermeiras não virão olhar Cassie, pois estão ocupadas com seus próprios pacientes e não encorajamos visitas a esta hora da noite. É um risco, mas não consigo resistir a dar uma olhada rápida... alguns segundos, só para ver com meus próprios olhos.

Entro na ala 9B e Cassie está exatamente como antes, a luz da mesinha lateral a cobre de amarelo-gema, o cabelo está como o deixei algumas horas atrás, escondendo o curativo da cabeça. Ela parece estar mergulhando no próprio sono. Seus olhos estão abertos apenas o suficiente para ver uma fatia da íris. Parece que ela está olhando para a barriga, como se estivesse nos dando uma pista desde o início: "Sigam meus olhos! O segredo está aí embaixo!"

Deixo o aparelho dentro da cortina de Cassie, paro ao lado da cabeça dela e me inclino em sua direção.

— Cassie — digo —, acabei de falar com o coordenador. — Eu paro, imaginando qual é a melhor maneira de expressar o que preciso dizer. Se os Jensen não sabem, é possível que nem Cassie soubesse que estava grávida? Tenho quase certeza de ter ouvido Sharma mencionar doze semanas, mas só ouvi adolescentes ingênuas afirmarem que não sabiam que estavam grávidas com esse tempo de gestação. Decido arriscar e digo baixinho: — Você está grávida, Cassie. Você ainda está grávida. Espero que não se importe, mas vou dar uma olhada rápida.

Abro sua camisola. Ao aplicar o gel no abdome, percebo que está um pouco aumentado. Pensei que fosse apenas retenção de líquido, normal depois de um trauma. Não preciso pedir desculpas pelo fato de o gel ser frio, mas mesmo assim olho para ver se ela reage. Ela nem estremece.

O estranho filme aparece em detalhes granulados; as trompas de Falópio, o útero todo medido num piscar de olhos, como um coelhinho pulando, o feto está curvado como uma concha estranha: a prova minúscula e valente. Vida escondida nesse quase mundo!

Olho fixamente para a imagem. Sinto alívio por estar certa — Sharma deve ter dito doze semanas. O bebê parece um pouco mais seguro. Quanto mais velho for, maior a chance de que sobreviva. Acaricio o braço de Cassie e sorrio para ela brevemente algumas vezes. Então vozes na ala me assustam e eu desligo a máquina, limpo o gel da barriga e, antes que qualquer um possa ver, devolvo o aparelho de ultrassom para seu lugar no armário de suprimentos e volto para Cassie.

Eu vi um bebê. Apesar de tudo, Cassie conseguiu proteger seu filho e eu quero beijar sua bochecha. Em vez disso, seguro sua mão novamente.

— O bebê parece ótimo, Cassie — digo a ela. — Vamos ter mais informações amanhã, mas fique sabendo que o bebê parece ótimo. — Coloco a mão direita sobre seu abdome e sinto a leve curva, o montinho sobre sua barriga que agora parece óbvio.

Prometo em silêncio que vou cuidar dela, dela e do bebê. Acaricio seu cabelo loiro-escuro, passando mechas atrás de suas orelhas.

— Vou lavar para você em breve, Cassie. Eu sempre me sinto melhor com o cabelo limpo. Talvez você se sinta também.

Tento não ser egoísta e não pensar que, se o bebê de Cassie sobreviveu, então talvez... talvez um bebê possa sobreviver em mim? Sinto meu ventre, apalpando em busca de alguma mudança ali, alguma esperança, mas para mim está tudo congelado, e eu me forço a lembrar da promessa que fiz a David. Então, enquanto espero Paula chegar, fico segurando a mão de Cassie, na esperança de que ela saiba que não está sozinha.

5

FRANK

O marido de Cassie e a mãe dele ficaram transtornados de todas as formas possíveis ao verem a garota deles cheia de hematomas, perfurada por tubos e cercada de monitores, ali naquele lugar que é a fronteira da vida. Ficavam se abraçando e sussurrando palavras um para o outro. Só que não tinha nada de encenação naquela intimidade, nada de constrangimento. Gosto de pensar que éramos assim como um casal, Ange e eu, mesmo que apenas por um curto período de tempo.

Nos conhecemos no casamento de Abi, a irmã dela. Com vinte e sete, eu era sete anos mais velho que Ange. Abi estava se casando com um velho amigo meu, Phil. Meus amigos e eu não podíamos acreditar que Phil, com suas orelhas de abano e nariz de gancho, tinha faturado a pequena e loira Abi. Eu nem sabia que ela tinha uma irmã mais nova, até uma versão ainda mais bonita de Abi estar ao meu lado na fila do bufê.

— O que é isso? — perguntou ela, apontando para uma sobremesa mole feito gelatina, que tremia com o movimento da mesa de cavaletes.

Eu não tinha ideia, mas não queria parecer burro, então mais que depressa respondi:

— Tiramisu.

Ela fez uma careta.

— Saúde!

Não sei se foi uma piada, mas eu ri como se fosse a coisa mais engraçada que já tinha ouvido, e ela também começou a rir e lambeu um pouquinho de creme do dedo, o que interpretei como um bom sinal.

— Você é engraçada! — disse eu, e tentei evitar olhar para os peitos dela quando a convidei para dançar. Duas horas mais tarde, eu estava no estacionamento do pub com a língua de Ange dentro da minha boca e suas mãos na minha braguilha. Seis meses depois, Ange e eu fizemos uma festa menor no mesmo pub, com vida brotando no ventre dela, e meu terror mal disfarçado, que, então, era inegável. Ela parecia bem feliz naquela época, como se um estacionamento de pub e meia hora de conversa comigo, derramando Coca-Cola sobre nosso prato compartilhado de batatas, e ela dizendo: "Frank, estou grávida", fosse o jeito como ela sempre sonhara em começar uma família. Eu disse que daria todo o apoio para ela abortar, e ela rosnou como um cachorro avançando contra uma mosca e me disse para nunca mais repetir essa palavra. Ela parecia apavorada, sem máscaras pela primeira vez, e, naquele momento, concluí que a amava, mas não falei nada. Éramos sempre assim, Ange e eu, deixando nossas palavras lacradas e guardadas cada um dentro da própria cabeça, preocupados pensando que, se nos abríssemos, a verdade iria se derramar entre nós, fazer uma sujeira que nenhum dos dois saberia limpar.

Sem contar a Ange, desisti de uma vaga de gerência em uma construtora norte-americana. Alguns anos mais tarde, Ange chamou minha desistência da vaga de sua "primeira decepção" — ela sempre quis se mudar para os Estados Unidos, pelo jeito —, mas havia um bebê a caminho. Achei que estivesse fazendo a coisa certa.

Foi a primeira vez que eu senti: alguma coisa sinistra e predatória rondando minha sombra, esperando que eu tropeçasse para me dar o bote, e, quando tropecei, não voltei para casa por três dias. Acabei em Reading, a quilômetros de casa, perto das lixeiras nos fundos de um pub que eu não reconhecia, minha boca a centímetros de uma grossa poça ácida do meu próprio vômito. Quando consegui comprimir a vergonha, como um carro batido em uma pilha de ferro-velho, e deixei-a compacta o suficiente para engolir — uma pílula dolorosa e de gosto metálico em uma garganta seca —, pensei em como tinha chegado perto da morte, em como Lucy poderia facilmente ter perdido o pai. Qualquer coisa poderia ter acontecido: eu poderia ter caído nos trilhos de um trem; se eu estivesse três ou cinco centímetros mais perto do vômito, meus pulmões poderiam tê-lo aspirado e tudo teria acabado ali. Prometi para Ange que não aconteceria de novo e, por algum tempo, acho que nós dois tentamos acreditar. Porém ser viciado em alguma coisa é como estar em constante perseguição. A coisa sempre ali, farejando fraquezas, lambendo os lábios, nas sombras, pronta para atacar.

Cedo ou tarde, a criatura sempre acabaria me encontrando. Ela saltou quando fui demitido. Saltou quando ouvi Ange dizendo para a outra cabeleireira do salão onde trabalhava que ela nunca deveria ter se casado comigo. E saltou quando Ange finalmente me deu um pé na bunda.

Depois disso, pareceu ter se alojado dentro de mim, trocando de lugar com o homem que eu tentava ser, consignando Frank às sombras, manso e murcho, o monstro roendo meus ossos, sugando a medula da minha vida com cada garrafa de uísque. Eu conseguia me manter longe de Luce quando o monstro estava no controle; não a deixava me ver possuído pela bebida... eu não poderia fazer isso com ela.

Às vezes eu a observava. Peguei um ônibus para o aeroporto uma vez quando ela voltou das férias na Espanha, e em algumas outras ocasiões eu a seguia até em casa para ter certeza de que estava segura depois de uma noitada. Acho que ela sentia que eu estava de olho nela. Eu a via parar e prestar atenção, mas Luce nunca me encontrava, graças a Deus, grisalho e fedendo. Em vez disso, eu escrevia para ela, falava que tinha orgulho dela, que ia melhorar, consertar as coisas com ela e a mãe. Falava que ia procurar um programa de desintoxicação — enquanto bebia direto da garrafa.

Quando meus olhos se abriram pela primeira vez depois do coma e meu cérebro finalmente se encaixou no corpo, foi como se o mundo estivesse submerso em água. O que logo descobri foram as luzes do hospital girando como um caleidoscópio de cores, até meus olhos focarem o suficiente para definir contornos e formas. Vultos fantasmagóricos disparavam de um lado para o outro, rápidos como traças. Meu corpo estava diante de mim, onde deveria estar, porém coberto de branco, de contornos, macio como neve. O ar me pressionava, tão pesado que achei que certamente me esmagaria.

Então não estou morto, mas também não estou exatamente vivo.

Minha mente girava vertiginosamente, tentando encontrar o fio do meu último pensamento consciente, mas era como se tentasse descobrir onde eu estava antes de nascer.

Com esforço, foquei o olhar mais para cima e vi uma cama de hospital do outro lado, a alguns metros. Tinha laterais altas de plástico, e apoiada nela havia alguma coisa que parecia ter caído de um frasco de formol. Tubos e cabos cascateavam daquele espécime como escorregadores em um parque aquático.

Pobre coitado.

Tentei chamar a pessoa na cama, mas era como tentar fazer alguma outra pessoa falar. Eu tinha uma boa certeza de não estar morto porque minha voz interna era clara como o toque de um sino e minha mente parecia nítida, desperta com o medo e a confusão, mas meu corpo estava inchado e familiar com a vergonha. Deve ter sido um porre e tanto.

Está tudo bem, eu disse a mim mesmo, tentando diminuir a avalanche de pânico. Você só está um pouco enferrujado.

Tentei falar de novo, mas não consegui encher os pulmões o suficiente. Não consegui enchê-los de jeito nenhum; alguém ou alguma coisa estava bombeando ar nos meus pulmões. Um tubo azul mergulhava no abismo em algum ponto abaixo da minha linha de visão, o ângulo se curvando exatamente na direção da minha garganta. Tentei senti-la. Parecia bloqueada por algo duro e frio, como se eu tivesse engolido uma bala de canhão, e então ouvi minha máquina de respiração, como um fole atiçando o fogo, pontuado por um bipe rítmico e grosseiro. Num impulso, levantei o braço para puxar aquela coisa cruel da minha garganta — parecia que estava me alimentando —, mas não senti os músculos do braço flexionarem nem os dedos envolverem o tubo para tirá-lo de mim. Meu braço não se mexeu; nem sequer estremeceu. O pânico me percorreu como lava. Se eu pudesse, teria gritado, esperneado de terror, mas não mexi nem o dedão do pé.

Não sei quanto tempo fiquei assim, até que uma das pessoas estranhas ali, uma mulher de uniforme azul-escuro, agitada, andando de um lado para o outro entre mim e o pobre diabo do outro lado, me notou. Não sei o que a fez parar e olhar. Estava segurando alguns lençóis usados embolados nos braços. Ela estava ocupada, mas algo, talvez um brilho dos meus olhos, a fez olhar diretamente para mim e eu lhe disse com todo o meu ser *estou aqui*. Naquele momento, acho que Alice viu esse último resquício de vida no fundo dos meus olhos. Ela deixou os lençóis caírem no chão e chegou perto o suficiente para eu sentir seu cheiro, talvez maçã e álcool em gel antibacteriano. Seus olhos eram luas cheias. Eles chegaram ao ápice quando ela sorriu, e, pela primeira vez, eu vi aquele pequeno vão entre seus dentes.

— Frank, eu sou enfermeira. Meu nome é Alice. Você está no hospital. Consegue me ouvir, Frank?

Tentei falar, mas algum maldito tinha despejado cimento na minha garganta.

— Só tente piscar para mim, Frank.

Tentei piscar, mas era como se minhas pálpebras não tivessem sido feitas para lubrificar os globos oculares.

O que está acontecendo? Que porra está acontecendo?

Ela olhou nos meus olhos tão atentamente que parecia estar planejando rastejar para cima da cama comigo.

Isso é algum tipo de reabilitação extrema?

— Frank, você está em segurança. Está no hospital. Você teve um derrame.

Um derrame?

— Você ficou em coma, Frank. Em coma por dois meses.

Jesus, dois meses?

Minha mente rodopiou tentando encontrar uma memória recente para provar que ela estava errada. Por cima do ombro, Alice chamou alguém que eu não conseguia ver.

Preciso mijar.

— Carol, você pode chamar o Sharma, por favor? — Alice perguntou à mulher.

— Ele está fazendo a ronda na 9C.

— Bem, você pode mandar uma mensagem para ele? Ele precisa saber que Frank Ashcroft abriu os olhos. Se ele fizer cara de quem não entendeu, diga que é o leito três da 9B.

Eu precisava mijar urgentemente. Não sabia como falar para ela, mas logo a pressão simplesmente se dissolveu e eu entrei em pânico, esperando que uma mancha molhada aparecesse pouco a pouco pela minha virilha. Nada. Era como se o mijo simplesmente evaporasse, desaparecesse.

Isso é estranho pra cacete.

Alice não parecia notar ou se importar, então pensei que tinha conseguido me controlar; eu não sabia que estava usando uma sonda. Ela continuou falando comigo.

— Você está bem, Frank. É um grande alívio ver seus olhos abertos.

Ela parecia animada. Era um começo promissor. Tentei sorrir para ela, mas parecia que um sádico tinha costurado meus lábios.

Ela chegou mais perto, perto o suficiente para eu sentir o sopro quente de suas palavras na minha bochecha.

— Consegue piscar para mim, Frank? — ela perguntou, delicadamente.

Vou piscar.

Tentei, mas meus olhos eram feitos de pedra. Vi um pulso de decepção nos olhos de Alice. Tentei novamente, mas eu ainda era uma estátua.

— Não importa, Frank, tudo tem seu tempo. Tudo tem seu tempo. — Ela acariciou meu braço, o que não tinha um tubo, e eu experimentei uma sensação sedosa de formigamento quando nossa pele se tocou.

Bem aí!, pensei. *Pelo menos isso eu senti! Pelo menos eu consigo sentir.*

Alice se virou e se levantou, saindo do meu campo de visão, meu antebraço de repente frio sem o toque dela. Alice foi substituída pela virilha de um homem no pé da cama. Ele usava uma calça social cáqui perfeitamente passada.

Olhou no meu rosto. Era indiano. Li em algum lugar que os melhores médicos hoje em dia são indianos. Ele olhou nos meus olhos apertando os seus, franzindo o rosto, e de repente fui cegado novamente por uma luz tão clara que achei que, no fim das contas, eu tivesse morrido. Mas logo tudo acabou e minha visão ficou manchada, como uma aquarela, e então ouvi pela primeira vez aquela frase, aquela expressão horrorosa que eu adoraria pulverizar como se fosse uma bituca de cigarro debaixo do meu pé.

— Espasmos involuntários — disse ele. — Espasmos involuntários.

— Sério, doutor? Tenho certeza de que havia algo mais ali.

Isso mesmo, Alice.

— Receio que você esteja enganada. É fácil ver o que queremos quando prestamos atenção demais em busca de melhoras, você sabe disso.

Não, não. Isso é besteira. Ignore ele, Alice!

— Ele ainda está em coma persistente — continuou o médico. — Provavelmente devemos esperar mais espasmos involuntários, e preste atenção para vê-los também em outras áreas do corpo. É um reflexo muscular, nada mais, típico da síndrome apálica. Os olhos podem se abrir, mas ele não vai recuperar a consciência: minha aposta é essa. Quando os olhos estiverem abertos, umedeça-os sempre para evitar infecções e me avise se ele piscar atendendo a um pedido; aí sim podemos pensar em fazer um PET scan.

Alice discutiu com o médico por algum tempo, mas ele disse que aquele exame era muito caro, então o assunto foi encerrado. Foi um alívio quando me deixou sozinho com Alice novamente.

Ela se inclinou para mim e sussurrou:

— Eu sei que isso deve ser apavorante, Frank, mas lembre-se de que você está em segurança e acho que está melhorando. Economize sua energia e, quando você conseguir, tente piscar, Frank, tente piscar com todas as suas forças.

Notei o vão nos dentes pela segunda vez quando ela sorriu e pensei: *É claro que ela está certa. É claro que não posso levantar, me recuperar imediatamente. Isso vai levar tempo. Vai exigir esforço.*

Ela andou de um lado para o outro perto de mim por algum tempo, verificando Deus sabe o quê. De vez em quando eu a ouvia murmurar números, anotar coisas numa pasta, que então ela encaixou no quadro ao pé da cama. Então ela se despediu, disse que voltaria mais tarde e saiu.

Ouvi seus sapatos chiarem pela primeira vez. Me lembraram de um porquinho-da-índia que Lucy tinha quando era pequena. Fui deixado sozinho de novo, olhando para o pobre sujeito do outro lado. Ouvi o velho relógio tiquetaquear na mesa de cabeceira dele, cada segundo igual ao anterior. Meu respirador bombeava mais devagar, embora apenas um metronômico mais devagar, e qualquer calma que eu sentia quando Alice estava comigo era imediatamente sufocada por um pânico tão visceral, tão carregado, que eu tinha certeza de que deveria me fazer estremecer. Mas isso não aconteceu.

Nesse momento, o medo despertou em mim. Saiu rastejando da boca do meu estômago e se desenrolou. Com tentáculos frios, ele penetrou o restante do meu corpo. Minha mente desabou ao redor do crânio, como se estivesse presa em outra pessoa. Estou em uma prisão do tamanho e do formato exato do meu corpo.

Que caralho está acontecendo?, gritei em silêncio. *Por que eu não consigo me mexer, porra?*

Um mês depois e eu ainda não pisquei. Ainda tento; minha mente sangra de frustração. Vejo Alice piscando, o reflexo mais básico, e imagino aquela breve fração de segundo de escuridão, o alívio, talvez despercebido por Alice, quando a pálpebra lubrifica o globo ocular, algo que ela faz milhares de vezes por dia e eu daria meus dois testículos para fazer apenas uma vez. Às vezes até acho que o médico pode estar certo. Talvez eu seja apenas uma casca. Talvez esteja suspenso entre a vida e a morte. Se bem que pensar assim é perigoso. O medo penetra meus ossos e eu anseio por alívio. Anseio por adormecer e não acordar mais. Porém, é claro, não consigo fazer nem mesmo isso. Passei dias tentando desligar minha mente como um computador, encontrar algum botão que me liberte, mas meu corpo vai receber um bombeamento de nutrientes e remédios, e o ar vai entrar e vai sair, entrar e sair e entrar nos meus pulmões, Alice vai continuar a conversar sobre melhorar e eu vou simplesmente ficar aqui, inerte neste corpo, trancado na vida.

Lizzie, Deus a abençoe, não fechou bem minhas cortinas esta noite, e, como ela me deixou virado de frente, consigo ver bem Cassie pela primeira vez. Há uma luz suave sobre ela, a escuridão parece que está tentando engoli-la. Só dois dias desde o acidente, a primeira noite na 9B e ela já começa a parecer rígida, quebradiça, como se estivesse se segurando à cama. Devem ser seus músculos enrijecendo. Espero, para o seu bem, que ela esteja bem fundo, onde quer que esteja. Caso contrário, aqueles músculos logo vão ser uma agonia, como pedaços de carne espetados em um kebab, girando em brasas ardentes. Apenas seu rosto parece sereno.

Paula deve estar atrasada de novo. Alice deveria estar a caminho de casa a uma hora dessas, mas, em vez disso, eu a observo puxar uma pequena máquina pela UTI. Vejo apenas brevemente, mas tenho certeza de que é o ultrassom. Demora um pouco para eu acreditar no que vejo em relances. É só quando ouço Alice chorando baixinho e ouço a palavra "grávida" que eu sei que é verdade. Cassie está grávida. Grávida?

Demoro um tempo para assimilar essa informação. Como ela pode estar grávida, aqui na 9B? E, sendo bem específico, Cassie parece um besouro meio esmagado de barriga para cima; ela sobreviveu por muito pouco. Como um bebezinho poderia ter sobrevivido? Além disso, medicamente falando, acho que ela está ainda pior que eu. Mesmo os pacientes em coma têm uma hierarquia. Ela é grau quatro na escala de coma de Glasgow, então sua consciência saiu e foi dar um passeio, Deus sabe onde, mas seu corpo está aqui, e, a menos que meus ouvidos estejam indo na mesma direção do resto de mim, ou a menos que eu tenha ouvido Alice errado, ela está grávida. Faço pensamento positivo para ela ser forte e corajosa, onde quer que esteja no abismo.

Alice deixa Cassie depois de alguns minutos e empurra o ultrassom de volta para o lugar dele, antes de retornar diretamente para Cassie. Acho que consigo ouvir o entusiasmo de Alice ecoando em seus passos, o movimento de suas passadas.

Cuidado, Alice. Cuide-se. Por favor, cuide-se.

Eu me concentro no meu ventilador e conto as respirações, como o som do mar quebrando na praia. Isso me acalma e eu me lembro, há tantos anos, como era quando Ange estava grávida. Eu era ainda mais desajeitado que o normal quando estava perto dela. Às vezes, geralmente se outra pessoa estivesse por perto, ela pegava minha mão e eu sentia o bebê chutar. Me dava vertigem, e o pânico subia como bile quando eu olhava para o rosto sorridente de Ange, e a criatura na minha sombra começava a lamber as patas. Então Lucy nasceu, rosada e se contorcendo, e uma das enfermeiras disse:

— Ela se parece com o senhor, sr. Ashcroft. Se parece com o pai dela. — Naquele momento, senti o mundo entrar em um foco sublime, como se o último bloquinho de cor se encaixasse no cubo mágico. A criatura dormia e eu me sentia limpo, organizado.

— Sou seu papai — eu disse para o rostinho vermelho e inchado, e então ela fez o primeiro xixi em mim, o que, nos anos seguintes, faria Lucy rir e rir todas as vezes que eu contava a história do seu nascimento. Fiquei viciado desde então.

Alice me disse que Lucy veio todos os dias nas primeiras semanas, quando eu estava como Cassie, nas profundezas de algum lugar que não consigo nem explicar, mas agora ela não pode mais visitar tanto. A University College London foi compreensiva e lhe concedeu alguns dias de folga durante as primeiras semanas em que estive aqui. Sinto sua falta, é claro, mas estou satisfeito por ela estar de volta a Londres, focada na sua graduação. Ela é a primeira das duas famílias a ir para a universidade. Estuda literatura inglesa. Quero melhorar para lhe dizer quanto me orgulho dela, é claro que quero, mas, quando piscar parece uma fantasia, o pensamento de pronunciar as palavras é uma ilusão.

Ainda assim, Alice sempre parece pensar que há esperança.

— Leva tempo, Frank — ela sempre me lembra. — Leva tempo.

Alice fica com Cassie, mesmo depois que Paula já chegou. Massageia a mão dela, tentando estimular a circulação em seus músculos para que não petrifiquem rápido demais.

Eu as observo, ainda tentando me acostumar com a notícia, silencioso como a lua, quando as portas da ala se abrem com um barulho pneumático e eu ouço vozes da recepção, primeiro uma voz masculina baixa e urgente e depois a resposta lacônica de Paula, preguiçosa como chiclete. Observo Alice colocar a mão de Cassie cuidadosamente de volta na cama, de repente alerta. Não ouvi a voz do homem antes e acho que Alice também não a reconheceu.

De repente, o piso chia como se estivesse vivo e um homem alto de cabelo claro se apressa pelo corredor e entra no meu campo de visão. Seus sapatos derrapam e param do outro lado das nossas cortinas, ignorando os gritos de Paula atrás dele. Seu cabelo está todo despenteado e até mesmo daqui consigo ver que sua respiração é rápida e que o coração está acelerado, como se uma coisa com asas tivesse entrado em pânico. Seus olhos encontram os meus por apenas um segundo; estão elétricos. Ele tem aquele aspecto pálido e imprevisível de alguém que não tem a menor ideia do que está fazendo, como um nadador novato que acabou de soltar a borda da piscina. Então ele se vira para a cortina de Cassie, de modo que só consigo ver sua nuca. Alice é rápida demais, seu instinto de proteger é muito mais forte que a energia do sujeito. Ela fecha a cortina atrás de si e se coloca entre o tecido e o homem. Paula grita que vai chamar a segurança, mas nem Alice nem o homem olham para ela; estão encarando um ao outro. O rosto de Alice fica rígido, afiado e inclemente como uma faca. A respiração do homem agora é longa e pesada, como a de algo morrendo lentamente.

— Precisamos de alguém na 9B imediatamente. Temos um invasor aqui — Paula diz no interfone.

— Me deixe vê-la — exige ele, como se estivesse dando uma ordem a Alice, mas ela se mantém firme. Não vai deixá-lo se aproximar nem um pouco.

— A segurança vai estar aqui a qualquer momento — Paula grita pela UTI na direção de Alice.

— Por favor, me deixe vê-la? — ele pergunta, e desta vez sua voz mostra que está implorando.

Alice balança a cabeça para ele devagar.

Cuidado, Alice.

— Minha colega já informou ao senhor que o horário de visitas acabou. Não deixamos pessoas correrem aqui dentro exigindo visitar pacientes que estão sob os nossos cuidados. Quem é o senhor? — A voz de Alice funciona como uma mão no peito do sujeito, impedindo-o de se aproximar.

O homem passa a mão pelo cabelo e sacode a cabeça como se não tivesse nem cogitado a ideia de que encontraria alguma resistência.

— Sou amigo da Cassie, vizinho dela. Eu a encontrei, eu a encontrei no riacho. Fiquei na delegacia hoje o dia inteiro, por isso não pude chegar mais cedo, então eu só pensei que... Só pensei que poderia tentar vê-la agora. Não durmo há trinta e seis horas. Eu só preciso vê-la.

Ambos se viram na direção do *toc-toc* de sapatos duros no corredor. Ele se vira novamente para Alice e não ouço o que o homem está falando por causa da estática dos rádios e dos gritos de Paula:

— Ali, ele está logo ali!

Alice encara o homem outra vez. Eu observo seu rosto se franzir e sei que, seja lá o que o homem tenha dito para ela, simplesmente não faz sentido.

— Do que você está falando? — ela pergunta, mas é tarde demais. Um segurança de uniforme preto está em cima dele, e fica claro que ele está fora de combate ao levantar as mãos em rendição.

— Desculpe, desculpe, foi uma ideia ruim — ele diz para Alice e sai andando com o segurança. Os olhos dela se fixam com firmeza nas costas dele ao se afastarem e eu o ouço pedir desculpas para Paula antes de as portas se abrirem de novo e ele desaparecer. Alice não se move por alguns instantes. Ela está mordendo o lábio, e só então percebo que não está tão calma quanto aparenta, que a cortina de Cassie está tremendo no lugar onde Alice a segura, tensa e retorcida entre os dedos.

6
CASSIE

Por baixo do aroma esperançoso da madeira nova, e do fedor químico de sabe-se lá o quê que Jack usou para impedi-la de apodrecer, para Cassie o galpão ainda tem cheiro de lugar fechado, de ferrugem, dos cortadores de grama esquecidos há muito tempo. Jack começou a chamá-lo de o "estúdio" dela, mas ela brincava que era pretensioso demais. Ainda é, afinal de contas, apenas um galpão, com seu piso oco e os nós da madeira que saltam como se fossem olhos psicodélicos. Cassie acha que April teria aprovado.

Nicky é a primeira pessoa a ver o lugar desde que ficou pronto, alguns dias antes. A porta range nas dobradiças quando Cassie e Nicky deixam o dia ensolarado de março e adentram as dobras escuras do atual cômodo favorito de Cassie em todo o Steeple Cottage.

— Ainda é um trabalho em andamento — diz Cassie, um pouco tímida de repente, como se precisasse que sua antiga amiga de escola soubesse como ainda vai ficar melhor. — Tem mais coisas que eu quero fazer.

— Ah, Cas! — Nicky suspira o nome dela, de um jeito longo e sonhador, ao olhar em volta pelo pequeno espaço retangular. Cassie e Jack passaram alguns dias limpando o galpão, expondo a madeira antiga, remendando áreas que tinham começado a apodrecer. Jack disse que só podia tirar um dia de folga do trabalho para ajudar, então Cassie cuidou da decoração sozinha.

Ela havia colocado um dos tapetes marroquinos finos de April no chão, martelado pregos para seus utensílios de pintura e, cuidadosamente, desempacotado as caixas de tintas, suas telas e as de sua mãe. Em algum momento, o cheiro pungente das tintas acabaria mascarando o odor encardido de óleo de motor, e o galpão — pelo menos para Cassie — talvez até tivesse cheiro de lar.

— A vista é a melhor parte — comenta Cassie, uma emoção estridente em sua voz quando ela pega a mão de Nicky e a leva para a pequena janela do outro lado do galpão. As duas precisam dar a volta no velho cavalete de April, montado orgulhosamente em suas pernas finas no meio do espaço, maculado por bolinhas secas de tinta nas camadas antes brilhantes e agora cor de palha.

Nicky passa o longo braço branco sobre os ombros de Cassie, e Cassie move frouxamente o braço ao redor da cintura da amiga. As duas ficam de frente para a janela que emoldura a vista de Sussex Downs, a curvatura das colinas de calcário suave como a de gigantes adormecidos.

— É incrível, Cas.

— Eu sei... Não acredito que vou poder pintar aqui todos os dias se eu quiser.

— Não só isso, mas o pacote completo: conhecer o Jack, se mudar para cá. Tudo isso. — Nicky ergue o braço dos ombros de Cassie ao se virar de frente para ela. Cassie nota que os olhos azuis da amiga estão cheios de lágrimas de emoção, mas seus lábios finos e levemente sardentos estão sorrindo. Elas já conversaram muitas vezes sobre isso, é claro, sobre como ter conhecido Jack dezoito meses antes levou Cassie a lentamente colar os pedaços de sua vida quebrada, como se fosse um vaso que tinha caído no chão, remendado para criar um desenho inesperado, ainda mais belo. — É muito legal, Cas.

Cassie sorri com gratidão; Nicky nunca faz elogios insinceros. Ela quer achar um jeito de falar para a amiga, sem soar condescendente, que a mesma coisa pode acontecer com ela, mas, antes que Cassie encontre as palavras, Nicky começa a falar de novo, o brilho de volta à sua voz.

— Quer dizer, imagine como tudo poderia ser diferente se você tivesse ficado com o Robbie, ou pior, com aquele DJ de hip-hop esquisito... Qual era mesmo o nome dele?

— Daz.

— Sim, isso. Daz. Deus, como ele era estranho — Nicky zomba e, virando-se para a vista, acrescenta: — Aliás, a Beth disse que é verdade que o Robbie engravidou uma adolescente pobre e largou ela para criar a criança sozinha.

Cassie pensa — como sempre faz quando alguém menciona uma mãe solteira jovem — na sua própria mãe e sente a alegria se apagar. Não quer pensar na mãe agora. Ela quer que Nicky continue compartilhando a alegria da vida nova da "sra. Cassie Jensen". É perturbador falar sobre sua antiga vida ali, como que se lembrando de um conhecido hostil há muito esquecido, alguém enterrado no passado.

Cassie descobre que não consegue ficar parada. Ela se vira quando Nicky se inclina contra a janela e começa a lhe contar sobre o novo namorado de Beth. Cassie se ocupa, pega o avental de pintura recém-lavado do chão — uma das velhas camisas de Jack — e o pendura novamente no prego que bateu ontem. Em seguida, tira alguma sujeirinha invisível das cerdas sedosas e muito brancas de seus novos pincéis. Espera uma pausa na história de Nicky e então puxa o braço da amiga. Apontando para uma caixa de madeira na velha mesa, diz:

— Dê só uma olhada nessas tintas a óleo. Foi a Charlotte que me deu. São incríveis. Olha. — No entanto, quando Cassie vai abrir a caixa, sente a atenção de Nicky ser atraída para outro lugar.

Ela está olhando para duas telas que Cassie apoiou na viga que percorre o interior do galpão. As telas são pequenas, trinta por trinta centímetros. Cassie as pintou em um frenesi, tarde da noite, na casa de Marcus na ilha de Wight, alguns dias depois de April lhe contar que tinha câncer de mama em estágio quatro.

Nicky para um instante na frente das pinturas, mas não diz nada. Ambas estão cobertas de vermelhos violentos em vários tons rodopiando na superfície. No canto direito há o contorno de uma pequena silhueta. Está de costas para quem olha, seu corpo apenas uma camada fina de índigo em todo o vermelho. Na segunda tela, a silhueta está sentada. Suas mãos servem de apoio para o queixo, seu olhar está fixo em algum lugar fora da tela, observando alguma coisa desconhecida para todos menos para ela. As telas parecem ingênuas para Cassie, até infantis, como se seu sofrimento fosse um pouco cafona. Deveria ter feito algo mais alegre, algo com mais cara de primavera, naquele lugar.

Cassie queria que Nicky parasse de olhar. Dá para ver um brilho fugaz — algo não muito distante de divertimento — no rosto da amiga. A silhueta em índigo é claramente Cassie: uma versão mais velha e mais triste de Cassie.

Ela franze o nariz ao olhar para as telas.

— Vou substituir essas aí. — Aliás, ela quer começar a tirar todas as telas neste exato momento, mas a tristeza sempre acrescenta um significado sombrio até mesmo às coisas mais simples. Se as tirar agora, Nicky vai ficar preocupada que Cassie esteja se escondendo do passado, não de luto "o suficiente".

Sinceramente, lidar com os outros é muito mais exaustivo que superar a perda sozinha.

Por fim, Nicky se vira na direção de Cassie.

— O Jack viu essas telas?

Cassie não consegue se lembrar de tê-las mostrado para Jack, esses suvenires de sua vida antiga, mas responde:

— Sim, acho que sim. Por quê?

— Ah, por nada. — Nicky se vira novamente para as telas. — Só me lembrei de quando vocês se conheceram, que você tinha dificuldade em falar sobre April com ele.

— Não, eu não tinha, Nick. Falei com ele sobre a minha mãe no nosso primeiro encontro, você sabe disso. — Cassie sente uma pontada de irritação. Às vezes parece que Nicky está procurando drama.

Jack e Cassie se conheceram na festa de um amigo, apenas alguns meses antes de April morrer. Cassie, enlouquecida pela doença da mãe, tinha bebido tanto que começou a passar mal, mas Jack mesmo assim pediu seu telefone e ficou mandando mensagens vez ou outra por mais três meses depois do falecimento de April. Foi Nicky que havia persuadido Cassie a passar um rímel e sair para tomar alguma coisa com Jack. Ele morava em Islington, mas viajou para encontrá-la no pub que ela frequentava em Brixton, em uma noite chuvosa de terça-feira.

Cassie teve vontade de ir embora assim que eles chegaram. Estava se sentindo transtornada, irritada com Nicky por tê-la feito concordar em sair, e irritada consigo mesma por não ter recusado a oferta.

— Então, como vai a pintura? — Jack perguntara.

Havia um grande grupo de rapazes no pub, do tipo que joga rúgbi, batendo os punhos na mesa, rindo como se estivessem competindo para ver quem se divertiria mais. Jack os tinha ignorado e mantivera os olhos fixos em Cassie, como se pudesse esperar eternamente pela resposta dela. Ele havia esperado bastante tempo. Cassie não estava preparada para dizer a um estranho que chorava todas as vezes que tinha de pintar, que havia se resignado a um futuro entorpecedor em cargos administrativos.

Depois de tomar alguns grandes goles de vinho tinto e, assim que a outra mesa se aquietou, ela dissera:

— Olha, Jack, eu sinto muito mesmo. Na verdade eu deveria ter cancelado esta noite. A questão é que nos últimos meses eu estou passando por um momento péssimo; aliás, nos últimos anos. E eu achei que estivesse pronta para sair à noite, mas na verdade não estou, então talvez a gente pudesse fazer isso em algum outro dia?

Ele mexera a cabeça devagar, em afirmativa, e olhara para sua bebida rapidamente, como se decidindo o que dizer antes de perguntar:

— Sua mãe continua doente?

O pub pareceu inchar ao redor de Cassie antes de encolher de novo e retomar o tamanho normal. Ela provavelmente tinha contado para ele que April estava com câncer durante a bebedeira. Sua mandíbula parecia enferrujada quando ela tentara responder. Parecia que era o boneco de um ventríloquo ao disparar as duas palavras como flechas.

— Ela morreu.

Mas Jack não havia desviado o olhar nem se mexido na cadeira. Ele apenas continuara olhando calmamente para Cassie, como se suas duas palavras duras não o tivessem atingido, como se nem tivessem roçado sua pele. A tragédia dela não o deixara desconfortável, não como fazia com todas as outras pessoas.

Em vez disso, ele mantivera os olhos fixos em Cassie. Tinha pigarreado suavemente.

— Lamento ouvir isso, Cas. Meu pai morreu quando eu tinha catorze anos. Vinte anos depois, ainda é a coisa mais difícil que já aconteceu comigo.

— Seu pai morreu? — Ela quase ouvira o encaixe de sua mandíbula ranger ao som das palavras.

— Infarto — Jack tinha dito apenas. — Ele era o herói da minha vida, de verdade. Eu o idolatrava. Quando sua mãe faleceu?

Lágrimas grossas rolavam em ondas pelas faces de Cassie, mas ela não se importara em enxugá-las, e as lágrimas desapareceram sob sua camiseta. Jack entregara a ela um guardanapo tirado do suporte da mesa onde estavam.

— No dia 12 de julho, onze semanas e três dias atrás.

— Então você passou o quê? Vinte e sete anos acreditando que ela sempre faria parte da sua vida, e menos de três meses tentando se acostumar com a ideia de que ela não está mais viva. Não me surpreende que você não esteja pronta para se sentar em um pub barulhento com alguém que não conhece tão bem assim.

Cassie tinha piscado para ele do outro lado da mesa. De repente ela sentira vontade de dar uma chance a Jack.

— A maioria das pessoas não entende nem um pouco. Acham que conseguem resolver as coisas com chá e compreensão, e parece que ficam bravas comigo quando não dá certo. As pessoas acham que é culpa minha que, de alguma forma, elas não sejam capazes de me fazer sentir melhor.

— Eu me lembro disso. Eu ficava muito puto porque as pessoas evitavam falar sobre o fato de que tinha acontecido uma coisa que parecia a pior do mundo. Fiquei insuportável por um tempo. O que eu acho é que o luto deixa as pessoas constrangidas. É tão definitivo, tão impossível de resolver. É por isso que as pessoas ficam tão apavoradas; elas só estão tentando deixar as coisas melhores para elas mesmas e para a gente.

— Eu sei, mas elas não conseguem.

— É claro que não. Não tem como conseguirem. Muitas vezes, não por culpa delas, as pessoas pioram a situação. É ofensivo; elas acham que o luto pode ser curado com um biscoito. A maioria não entende. O luto é um tipo de arte. A pessoa tem que se permitir ser criativa com ele, assumi-lo. Não podemos deixar os outros nos dizerem como passar por esse momento, senão o processo não acontece do jeito certo e a gente pode acabar lascado. — Jack havia parado antes de perguntar: — Do que você está rindo?

— Estou rindo porque o que você acabou de falar é a melhor coisa que eu ouvi em semanas e você terminou a frase com "lascado".

Jack tinha olhado para Cassie e piscado.

— Merda. É exatamente o tipo de coisa que minha mãe diria.

Cassie tinha enxugado suas bochechas e o pescoço úmidos com o guardanapo. Ela gostava do jeito como Jack entrelaçava os dedos ao redor do copo e gostava das mãos dele: mãos grandes, firmes, o tipo de mão que ela poderia imaginar abraçando-a. Ela queria continuar olhando para aquelas mãos bonitas e seguras, e queria continuar falando com Jack.

— Tem uma pizzaria logo aqui na esquina. Eles dão cinco libras se você conseguir terminar o calzone que eles preparam. A gente poderia tentar, se você estiver com fome — Cassie tinha perguntado.

Jack então engolira o restinho de sua bebida de uma só vez e se levantara da mesa.

— Morrendo de fome.

Três meses mais tarde, Jack tinha se mudado para o apartamento de Cassie em Brixton; três meses depois disso eles estavam noivos, e agora, dezoito meses desde aquela noite chuvosa no pub, Jack está fazendo almoço em seu lindo chalé recém-reformado de três quartos.

Cassie, nervosa por insistir demais em sua boa sorte — vai que provoca o destino? —, ainda não consegue negar que o mundo finalmente tem sido bom para ela. Bom pra caramba.

Nicky está olhando para Cassie, sobrancelhas erguidas, como se esperasse que a amiga fosse chorar a qualquer momento. Ela passa os braços magros pelos ombros de Cassie e a puxa em sua direção.

— Desculpe, eu não devia ter falado nisso — ela sussurra no ouvido de Cassie. — Estou feliz por você, Pudim. Você sabe disso, não sabe?

Cassie sorri ouvindo seu antigo apelido e acena com a cabeça encostada no ombro de Nicky. April a chamava de Pudim desde que Cassie era um bebê, e Nicky era a única outra pessoa que tinha permissão para usar o apelido.

Cassie pensa em lembrar a Nicky que foi a venda do apartamento em Brixton — por um valor oito vezes maior do que April pagara originalmente, no fim dos anos 1980 — que arcou com tudo, mas não tem a energia necessária.

April dizia que Cassie e Nicky, amigas desde que se conheceram na pré-escola, eram mais como irmãs, e esse era o motivo de serem tão próximas, mas também tão cruéis uma com a outra, pois sabiam, como as irmãs sabem, que compartilhavam um vínculo inabalável. Cassie adorava a ideia de ter uma irmã, alguém que ela sempre amaria, não importava quanto fossem irritantes uma com a outra. O relacionamento entre irmãs sempre lhe pareceu um dos maiores de todos.

— Ah, acabei de lembrar. — Nicky se afasta de Cassie. — Recebi um e-mail do Marcus sobre o fim de semana do aniversário de morte da April na ilha de Wight.

Cassie geme, e Nicky olha para ela imediatamente.

— O que foi, Cas? Você não gosta da ideia?

— Não, não é exatamente isso. É que... eu... só quero passar um tempo aqui, sabe, com o Jack.

— Bem, o Jack também está convidado, não está?

— É claro que sim, mas... a gente não pode arcar com isso no momento, sabe? Estamos pensando em ir talvez em julho, só nós dois.

— Oh-oh. — Nicky faz um sinal afirmativo com a cabeça, seus olhos vincando ao reconhecer a mentira deslavada de Cassie. — Me fala o motivo verdadeiro. Foi o drama do ano passado?

Marcus também tinha sido o anfitrião do aniversário de morte anterior de April, no último julho. Foi quando ele e Jack se conheceram. Marcus tinha se tornado estranhamente antagônico com a mistura de álcool e tristeza, e, de alguma forma, ele e Jack tinham começado a discutir sobre um artigo que ambos haviam lido sobre como as construtoras contribuíam mais para a mudança climática do que qualquer outra indústria, o que levou Jack a ficar irado e fez Cassie e Jack irem embora antes do previsto. Marcus não conseguia se lembrar de nada daquilo na manhã seguinte, mas mandou uma mensagem de desculpas alguns dias depois.

— Bem, então me avisa, tá? — Nicky pergunta. — Não vou se você não for.

O antigo mantra de sua juventude agora soa ridículo. Cassie queria que Nicky não o usasse mais — ela precisa entender que as coisas mudaram, que as regras são diferentes —, mas faz um sinal afirmativo com a cabeça mesmo assim. Ela olha pelo galpão, levemente tímida, e, mudando de assunto, pergunta:

— Gostou?

Antes que Nicky possa responder, do outro lado do jardim há um clangor de aço inox quando algo pesado cai do forno e atinge o piso de ladrilho da cozinha.

— Merda! — grita Jack, e Cassie ri rapidamente, grata pela distração.

Ela agarra o braço de Nicky e a leva para fora do galpão.

— Eu o amo, mas ele é uma negação na cozinha.

As duas decidem que, embora tenham que usar suéteres, o tempo está firme o suficiente com o sol de primavera para almoçarem ao ar livre. Jack e Nicky colocam a mesa do lado de fora enquanto Cassie tenta resgatar os filés de salmão que Jack deixou cair e faz um molho para a salada.

Ela desliga o rádio para poder ouvir Jack e Nicky conversando enquanto arrumam os talheres de prata na mesa e enchem copos de água. Os dois ainda estão aprendendo a relaxar na presença um do outro, tentando descobrir a alquimia sutil no relacionamento entre a mais antiga melhor amiga e o novo marido. Nicky conta para Jack sobre seu último encontro, um professor de biologia atraente que ela conheceu na internet e cuja língua parece grande demais para a boca. Ele não parava de borrifar fontes de cuspe em Nicky quando falava. Jack ri, tomando cuidado para encontrar o equilíbrio certo entre divertimento e horror. Cassie já ouviu a história, é claro, mas ainda dá risada de dentro da cozinha.

Jonny, o vizinho de Jack e Cassie, é precedido por Dennis, seu pastor-alemão quase cego, que aparece correndo pelo canto do chalé de tijolinhos vermelhos, vindo da entrada da garagem.

Sua cauda abana quando Cassie acaricia a cabeça peluda. Ela adoraria ter um cachorro, mas Jack, um pouco alérgico, não tem tanta vontade assim.

Dennis vira as costas para Cassie ao ouvir o assobio de Jonny, seus olhos baços pela catarata, e logo Jonny aparece atrás de Dennis, vindo pelo canto do chalé. Embora eles só tenham se visto duas vezes antes, as duas vezes no The Hare, Cassie nunca viu Jonny vestir nada que não fosse bermuda e camiseta. Hoje ele está com uma bermuda jeans com a bainha desfiada.

Ontem Jack mandou uma mensagem para Jonny convidando-o para almoçar com eles. Ele disse que Jonny devia ficar solitário, vivendo sozinho em seu chalé rural, o típico e atencioso Jack.

Inicialmente Cassie ficara um pouco contrariada com o fato de Jack ter estendido o convite a Jonny. Ela queria que o fim de semana servisse para sua melhor amiga conhecer seu marido um pouquinho melhor. Mas ficou feliz por ter conseguido engolir a irritação. Queria tentar ter mais empatia, como Jack, e além disso, Cassie disse para si mesma, seria bom para ele ter um amigo na região, alguém além dela para tomar uma depois de um dia estressante no trabalho.

Jonny entrega uma garrafa de prosecco para Cassie ao beijar suas faces, erguendo os óculos do rosto e usando-os para prender o cabelo loiro-claro acima da testa. Está mais comprido e encaracolado desde que ela o viu pela última vez, algumas semanas atrás. Ele está deixando o cabelo crescer depois que se mudou de Hackney para viver em Buscombe, há quatro meses, apenas um mês depois de Cassie vender o apartamento de Brixton e de ela e Jack se mudarem. Brincando, Jonny disse no pub que estava deixando o cabelo crescer como um símbolo de liberdade desde que tinha pedido demissão do emprego de designer gráfico e começado a ser freelancer. Cassie imaginou se também era um sinal de liberdade em relação à esposa, Lorna, mas não o conhece bem o suficiente para perguntar sobre ela, pelo menos ainda não.

Cassie apresenta Jonny e Nicky. Eles quase chocam nariz com nariz quando ele tenta cumprimentá-la com dois beijinhos no rosto e Nicky oferece apenas uma face. Nicky ri com alegria juvenil, e Cassie imediatamente reconhece o jeito como os olhos azul-claros da amiga deslizam sobre Jonny, e como ela começa a entrelaçar o dedo fino nas pontas do cabelo longo e ruivo enquanto ele fala.

Jack dá um tapa nas costas de Jonny, eles trocam um aperto de mãos, e Nicky segue Cassie para dentro a fim de ajudá-la a trazer taças para o prosecco. Cassie finge não notar os olhos de Nicky se desviarem para ver seu reflexo no espelho, verificando a silhueta esbelta, enquanto Cassie revira as gavetas tentando encontrar um saca-rolhas.

— Tenho certeza que eu vi em algum lugar... — ela murmura, abrindo outra gaveta. Nicky pega no aparador uma foto de April em um porta-retratos prateado. É a preferida de Cassie, a foto em que a mãe está usando um lenço azul-pavão na cabeça que Cassie lhe deu no último aniversário. Está amarrado no topo da cabeça, como se ela fosse um presente para o mundo. April mostra um sorriso forçado para a câmera, seus olhos como meias-luas, o mar como uma confusão borbulhante de espuma branca cinco metros abaixo. Apenas cinco meses depois que a foto fora tirada, Cassie e Marcus jogaram as cinzas de April no mar daquelas mesmas falésias brancas. Cassie abre o mesmo armário errado duas vezes antes de encontrar as taças de vinho. Nicky, porém, não está olhando para a foto: está olhando para o porta-retratos.

— Esta foto não ficava no porta-retratos que nós decoramos com as conchas que a April catou na praia?

Às vezes seria bom se Nicky não questionasse tudo. Cassie não responde, mas sabe que a amiga quer uma resposta.

— Cas?

— Ah, sim, ficava, mas a gente ganhou esse de presente de casamento. — Ela olha de soslaio para Nicky e encolhe os ombros. — Parece que ficou muito melhor em um porta-retratos adequado, e além do mais as conchas tinham começado a cair. — Era mentira; elas não tinham começado a cair. Jack jogou o porta-retratos antigo no lixo, achando que Cassie tinha comprado em um bazar de caridade ou algo assim. Quando Cassie lhe disse que a mãe é que tinha encontrado aquelas conchas, ele tentou ir até o lixo para procurar o porta-retratos antigo, mas Cassie lhe disse para não se importar. Ela nunca tinha gostado tanto assim dele e, diga-se de passagem, a moldura de conchas ficava ridícula na cozinha branca e elegante.

Nicky pega uma foto de outro ente perdido, em uma moldura prateada idêntica. Cassie sabe qual é sem nem ter que olhar. É Jack com uns oito anos, nos ombros do pai, vestido com um uniforme de futebol, os joelhos enlameados de Jack suspensos ao lado das orelhas do pai. Mike está segurando os tornozelos do filho. Ambos estão sorrindo para a câmera, covinhas na bochecha esquerda dos dois, cabelos escuros penteados para trás, como se nada de ruim pudesse acontecer no mundo.

— Eles parecem exatamente iguais — diz Nicky, observando a fotografia desbotada. — Você disse que ele morreu de ataque cardíaco?

Cassie confirma balançando a cabeça lentamente, colocando as taças sobre a ilha de carvalho da cozinha. Ela tem dificuldade para falar sobre Mike com alguém diferente de Jack ou Charlotte. Mesmo que ela agora seja da família, a história não é sua; ela sente que não conseguiria contar da maneira como deveria. Ela começa a encher um balde de gelo para manter a garrafa resfriada. Nesse momento, Nicky devolve a foto cuidadosamente a seu lugar na prateleira.

— Adorei conhecer a Charlotte no casamento. Ela é incrível — Nicky comenta, tirando o gelo e o saca-rolhas das mãos de Cassie.

As taças de vinho tintilam umas nas outras quando Cassie as pega pelas hastes.

— Ela é sim — responde Cassie. — Sinceramente, eu não sei como ela fez, depois de perder o Mike... lidar com o próprio luto e ainda assim criar o Jack.

— Acho que a sua mãe também se saiu bem — Nicky diz suavemente.

Cassie olha para a amiga. Ela não reconhece o rosto como reconhecia antes, parece que as sardas e as notas familiares do rosto de Nicky se moveram sutilmente, como estrelas no céu noturno. Nicky sempre encontra um jeito de lembrar Cassie do jeito exótico como ela foi criada, sem nunca ter conhecido o pai, o fato de agora ela ser basicamente uma órfã. Nicky sempre se ressentiu de sua infância segura e suburbana. Ela reclamava sem parar dos dois irmãos mais novos e das férias da família na Grécia, enquanto Cassie dormiu na mesma cama com a mãe até os doze anos e passava o verão inteiro no sul de Londres.

Nicky, alheia a Cassie, ainda está olhando para a foto de Jack e Mike.

— Acho que pegamos tudo. Vamos. — Cassie dá as costas para Nicky e segue para a segurança da voz baixa de Jack lá fora, antes que sua amiga possa dizer mais alguma coisa.

Eles comem os filés de salmão, salada e batatas como se já fosse verão. Depois de algumas taças de vinho, Cassie se sente mole ouvindo Jonny contar sobre o centro de resgate de cães onde adotou Dennis.

Ela está feliz por não ter explodido com Nicky antes. Isso é influência de Jack, ela pensa. Ele a acalma... acalma sua fúria.

Enquanto fala com Jonny, ela mantém um ouvido atento ao que Nicky está conversando com Jack. Jack está dizendo para Nicky que anda ocupado na Jensen and Son, a imobiliária da família fundada pelo avô de Jack que foi administrada por Mike até sua morte. Ao longo dos últimos vinte anos, a empresa estava se arrastando, controlada por um ex-advogado capaz, mas sem inspiração, que havia sido contratado pelo conselho. Jack foi aconselhado a ganhar experiência em outra empresa antes de assumir um cargo na Jensen and Son, então ele trabalhou nos últimos dez anos para grandes incorporadoras imobiliárias em Londres. Logo depois que ele conheceu Cassie, o conselho concordou que estava pronto para se juntar à pequena empresa rural — uma oportunidade que havia sido o fator decisivo para a mudança de Londres para Buscombe.

Agora ele está pedindo os conselhos de Nicky para o recrutamento de um novo gerente de projetos. Ela não tem a menor ideia, mas Cassie sabe que ela vai fingir ser uma expert e vai se sentir bem por Jack ter pedido sua opinião. Cassie se sente relaxar sabendo que os dois estão se dando bem. Agora parece bobo que em algum momento tivesse achado que isso poderia não acontecer.

Jonny abre outra garrafa de vinho tinto.

— Então, o Jack estava dizendo que no seu tempo livre, entre se casar, montar uma casa e se mudar para a zona rural, você começou um negócio próprio?

— Pintura? — Cassie franze as sobrancelhas. Ela está prestando atenção demais na conversa de Jack e Nicky para saber do que Jonny está falando.

— Ah, deve ser outro, então. Não, ele estava falando alguma coisa sobre geleia, eu acho.

— Ah, geleia. — Cassie ri. Nos meses do outono depois que April faleceu, Cassie encontrou um consolo inesperado em fazer geleias depois que Jack lhe trouxe uma caixa de ameixas do pomar de sua mãe. Ela não tinha ideia do que fazer com as ameixas, mas encontrou uma receita entre as folhas grudentas de um dos antigos livros de culinária de April e descobriu que a preparação constante das frutas, a pesagem cuidadosa do açúcar e o borbulhar das panelas eram uma doce meditação, uma ruptura com a monotonia da incerteza, com a estranheza de sua nova vida. Ela entregou a Jack um frasco de geleia para dar de presente a Charlotte antes de conhecer a futura sogra, e Charlotte e Jack lhe disseram que era tão gostosa que ela deveria vender na região. No início ela resistiu, mas então ficou preocupada que pudesse parecer que não estava fazendo um esforço para se encaixar — que ela não estava abraçando totalmente a nova Cassie do campo.

Jonny ergue a garrafa sobre a taça de Cassie. Ele não serve o vinho como Jack: uma cascata precisa e farta de vinho. Não, Jonny inclina a garrafa para que o líquido caia em uma onda, criando um pequeno tsunami dentro da taça.

Cassie levanta a mão para fazê-lo parar.

— Isso é, tipo, quase trezentos mililitros! — exclama, olhando para a taça. Jonny derrama a mesma quantidade na sua própria taça e continua falando.

— Então, o Jack disse que você vai vender geleia no fim de semana que vem em um festival da região?

— Ah, não, não vou mais.

Jonny toma um longo gole de sua taça, como se fosse água, não vinho.

— Como assim?

— Ah, é que eu tenho um monte de coisas para fazer e o Jack tem que trabalhar. Eu não dirijo, então é mais do que eu dou conta de fazer, na verdade.

Jonny segura a base rechonchuda da taça de vinho entre os dedos do meio, como se estivesse preocupado que alguém pudesse roubá-la se ele a deixasse sobre a mesa.

— Que pena. — Ele fica em silêncio por um momento, antes de continuar: — Eu tenho uma van e vou ficar por aqui neste fim de semana. Quer ajuda?

Cassie olha para Jonny. É uma das amigas de Charlotte que está organizando o pequeno festival, e ela estava protelando o difícil telefonema para avisar que teria que cancelar, o que deixaria a amiga decepcionada.

— Sério? Você não tem compromisso no fim de semana? — ela pergunta.

— Eu ia para Londres, mas não vou mais, então vou estar por aqui. Seria bom fazer alguma coisa saudável para variar um pouco. — Dennis se agita debaixo da cadeira. Jonny continua a falar: — Mas já te aviso que eu só sirvo para trabalho braçal: carregar caixas, dirigir, esse tipo de coisa. Não sei manter nenhum tipo de conversa de vendas e só aceito pagamento se for à base de frutas e açúcar e vier dentro de um frasco lacrado.

Dennis se arrasta de sob a cadeira de Jonny e apoia a cabeçona de urso no colo do seu dono.

Cassie olha para o marido. Ele está falando para Nicky de Jamie, um advogado monossilábico amigo dele que está solteiro. Ela ouve Jack sugerir uma saída para beber alguma coisa em Londres da próxima vez que estiver por perto, assim ele pode apresentar Nicky para Jamie. Ele está sempre tentando resolver as coisas, encontrar soluções para as pessoas. Jack sente Cassie olhando para ele e se afasta de Nicky para sorrir para a esposa, seu sorriso inclinado e adorável. Cassie sente um calor no estômago.

Ela se vira novamente para Jonny e observa o pomo de adão subir e descer em sua garganta quando ele engole mais um pouco de vinho. A ajuda de Jonny seria uma excelente solução para seu pequeno problema.

— Tem certeza de que não se importa?

— Tenho. Como eu disse, vai ser bom poder ajudar. Então é um festivalzinho, certo?

Cassie balança a cabeça afirmativamente.

— Se prepare, porque vai ser um festival de cabelinhos roxos e coisas para chá. — Ela pega seu vinho. — A cafeteria no parque vai servir um chá da tarde e usar a minha geleia, então eles disseram que eu posso montar uma banquinha, vender uns frascos no festival da primavera, só para ver o que acontece. Acho que não custa tentar. Sabe, me envolver com o vilarejo e esse tipo de coisa. — Talvez, ela pensa em silêncio, esperançosa, dali a alguns meses possa começar a vender também pinturas além das geleias.

A conversa de Jack e Nicky minguou, e Jack se inclina sobre a mesa.

— Acabei de ouvir você receber uma oferta de ajuda para o festival, Cas?

Cassie faz que sim e sorri para o marido, que continua falando.

— Engraçado, eu tinha pensado a mesma coisa. — Para Jonny, Jack diz: — Valeu, cara, legal da sua parte.

— Por nada — Jonny responde, dando de ombros e coçando Dennis atrás da orelha.

Cassie já estava esperando que fazer amizades demoraria um pouco. Na verdade, depois de Londres, era um alívio ter paz e tempo para pintar, para desfrutar a condição de recém-casada, mas agora ela sente que provavelmente é tempo de fazer algum tipo de esforço. Ela não quer irritar ninguém, então é bom não ter que cancelar.

Jack se levantou da mesa e veio parar atrás de Cassie.

Ela não reparou, então sente um arrepio e se surpreende quando as mãos do marido pousam sobre seus ombros.

— Cas, que fofo! — diz Nicky, sorrindo do outro lado da mesa para a amiga. — Sinceramente, há menos de dois anos você estava badalando em Brixton, e agora está vendendo suas geleias no festival do vilarejo.

— Não é? Quem iria imaginar? — Cassie sorri de volta para a amiga. Acima dela, Jack lhe dá um beijo no topo da cabeça.

— Tenho certeza de que a Cas está escrevendo um livro em segredo: *De Brixton a Buscombe: uma odisseia* — brinca Jack.

Jonny ri e Cassie bate na mão de Jack.

— É meu sangue cigano — ela diz, com pompa na voz. — Eu sou muito versátil. Transformo em lar qualquer lugar aonde vá.

Jack a beija novamente na cabeça.

— Eu sei que você consegue fazer isso, cigana.

Cassie, encorajada pelo vinho, inclina a cabeça para beijar Jack nos lábios. Na visão periférica, ela vê o sorriso de Nicky desaparecer, e o mesmo brilho em sua expressão que Cassie viu mais cedo, no galpão, e ela se afasta de Jack, porque alguma coisa parece errada. Ela não deveria beijar Jack na frente de Nicky daquele jeito; parece muita exibição, ainda mais quando Nicky quer tanto conhecer alguém.

— Certo, acho que o Dennis está me dizendo que é hora de ir para casa e dar um passeio. — Ele olha para Cassie. — Me ligue durante a semana e avise que horas você precisa de mim no sábado. Estou livre o dia todo. — Jonny dá um beijo de despedida na bochecha de Cassie e na de Nicky, agradecendo pelo almoço, e abraça Jack daquele jeito rápido e com tapinhas nas costas que os homens fazem.

Cassie observa Jonny se afastar pelo gramado, Dennis correndo perto de seus pés. Ele tira as chaves do carro do bolso logo antes de virar e sumir na frente do chalé. Não deveria dirigir depois de todo aquele vinho, mas ninguém mais parece notar e Cassie lembra a si mesma que as regras são diferentes no campo. Jack leva as taças sujas para a cozinha, perguntando quem quer café, e Nicky começa a empilhar os pratos. Cassie toma mais um gole de vinho, sentindo-o deslizar, sedoso, na boca e não tem certeza do motivo, mas, ao ouvir o som de Jonny se afastando dali, ela estremece, gelada de repente.

— Ah, alguém deve ter andado sobre o seu túmulo — Nicky comenta, virando-se em direção à cozinha, carregando a pilha de pratos.

Cassie sorri ao ouvir a antiga superstição da infância. Faz anos que não a ouve. Típico de Nicky se lembrar dessas coisas.

Cassie estremece de novo, agora mais forte, o frio da primavera se espalhando por seus ossos, e acha que Nicky está errada. Não parece que alguém do futuro está caminhando sobre seu túmulo; parece que parou em cima.

7

ALICE

Às 4h38 da manhã, resistir à vontade de se levantar é mais exaustivo que continuar acordada. Afasto delicadamente o braço de David, que estava na minha cintura, e caminho na ponta dos pés para a escrivaninha de quarto que ele solenemente chama de "escritório".

Eu amo a paz sem fim do início da manhã. Me lembra de quando fico sentada ao lado de Frank. O barulhinho do computador quando o ligo é um choque no silêncio, e meus dedos paralisam sobre o teclado. O que devo procurar? Digito "mulher, coma, grávida" na barra de busca. As palavras parecem malucas juntas, mas penso na imagem do ultrassom, lembro do que eu vi e, mordendo o lábio, sorrio ao pressionar "buscar".

Aparecem dois casos relatados, ambos nos Estados Unidos. Uma das mulheres — Tiffany Prescot, em Phoenix, Arizona — sofreu um acidente com colisão frontal. Na época estava com dezesseis semanas. O bebê, um garotinho chamado Noah, nasceu de parto normal por medo de que os medicamentos usados para a cesárea na época pudessem fazer mal a Tiffany. Uma mãe em coma dar à luz não parece possível, mas Noah é a prova. Agora ele tem quatro anos e vive com a irmã mais velha e o pai. Tiffany morreu no ano passado. Seu coração, já fraco de antes do acidente, definhado e frágil, finalmente se desintegrou após o nascimento do bebê.

Há menos informações sobre a outra mulher, apenas um breve artigo no *Nebraska News*. O bebê, desta vez uma menina, parou de crescer e nasceu prematura de cesariana. Ela era muito pequena e os pulmões eram pouco desenvolvidos. A criança morreu uma semana após o parto. A mãe dela, na época em que o artigo foi escrito, parecia estar se recuperando. Imagino como deve ter sido, descobrir que seu corpo havia nutrido e dado à luz uma menininha, que havia morrido sem nunca ter deixado a brancura do hospital, e que durante todo esse tempo você estava adormecida, uma cicatriz vermelha sorrindo para você a única prova da existência dela.

Sharma acha que Cassie está com cerca de doze semanas. Só vamos saber com certeza daqui a algumas horas. Nunca cheguei tão longe, então não sei como é, mas já imaginei. O inchaço, os seios doloridos, os surtos de hormônio, o jeans ficando cada vez mais apertado. Não consigo imaginar não saber de nada com doze semanas. Mas então, se ela sabia, por que não foi ao médico dela? Não contou ao marido?

— Cada mulher é diferente — falo para mim mesma como se fosse um papagaio, pensando nas incontáveis ginecologistas e especialistas em fertilidade que me disseram essas mesmas palavras. Penso no homem loiro, que agora sei que é Jonny Parker, o vizinho de Cassie que entrou correndo na enfermaria ontem à noite. Vejo amigos e familiares angustiados e rebeldes todos os dias. As pessoas estão sempre tentando visitar fora dos horários. Mas Jonny era diferente; ele disse que tinha de contar uma coisa a Cassie, e, quando não o deixei se aproximar o suficiente, ele me contou pelo menos uma parte do que queria que Cassie soubesse. Logo antes de os seguranças o levarem embora, ele disse: "Ela estava com medo".

E eu vi naquele momento, nos olhos dele, que Cassie sentir medo era pior que qualquer outra punição que ele pudesse sofrer.

Vou ter que escrever sobre a visita de Jonny no prontuário de Cassie hoje. Vou dizer para Paula minimizar o fato para Jack e Charlotte. A última coisa que queremos é que eles se preocupem com uma possível volta. Desligo o computador e decido não compartilhar minhas descobertas de internet com Sharma. Ele não gostaria das probabilidades.

Volto para a cama — meu lado ainda está quente — e ouço David roncando baixinho. Olho para o teto por alguns minutos, como um paciente, antes de me aconchegar em suas costas adormecidas.

Entro no estacionamento do hospital uma hora antes de meu turno começar. O sol nasce preguiçosamente esta manhã. O Kate's aparece no horizonte como um aracnídeo cinzento, absorvendo todas as cores dos campos circundantes, borrando a paisagem deste janeiro opaco. Sempre acho que se enquadraria perfeitamente na Rússia Soviética. O Kate's uma vez apareceu em um livro chamado *Edifícios feios do Reino Unido*, um daqueles livros de fotos que as pessoas gostam de ter no banheiro. Temos um no nosso, com uma orelha marcada bem na página do Kate's. Mesmo que seja um pouco tosco por fora, para mim o hospital é como a mãe suprema, trazendo muitos de nós ao mundo, fazendo curativos em nós quando estamos machucados e doloridos, e, quando o lado de fora nos derrubou por vezes demais, ela vai nos colocar no caminho pela última vez. As coisas grandes da vida real acontecem dentro de suas paredes estéreis.

Eu me sinto alegre, até demais, quando saio do carro, então passo um sermão em mim mesma, como se fosse um parente. Atravesso o estacionamento, lembrando-me das centenas de possíveis complicações, do estado delicado da gravidez de Cassie. As portas automáticas do hospital se abrem com um som como o partir de um lacre a vácuo.

O recepcionista levanta os olhos brevemente de seu jornal quando cumprimento:

— Bom dia. — Mas ele simplesmente retorna para seu jornal quando começo a seguir pelo longo corredor, cujas paredes estão decoradas com aquarelas de campos de trigo, em direção à 9B.

Cassie está como antes, impassível à noite ou ao dia. Ao contrário dos pacientes em coma que dormem pacificamente nos filmes, o rosto dela está retorcido, como se estivesse absorta em um problema difícil e achasse que ninguém poderia salvá-la. Coloco a mão sobre seu abdome, revejo na mente as imagens do ultrassom, sufocando uma pontada rápida e familiar de inveja, seguida por uma onda inevitável de vergonha, e, antes que alguém note alguma coisa de estranho, retiro a mão e saio andando em direção à sala dos enfermeiros.

— Então, como você está, Jack? Conseguiu dormir esta noite? — Inclino o tronco na direção dele, sentado em frente a mim na sala de Sharma, quando me pego mordendo o lábio e me forço a parar. Não quero que ele saiba que estou nervosa.

Ele dá de ombros; não dá importância para seu sono. Hoje ele está de jeans e um pulôver azul-marinho de tricô. A blusa combina com ele. Será que foi Cassie quem comprou? Ele parece já ter perdido peso com o estresse. Tem os ombros largos, mas é magro, moreno e bonito de um jeito meio óbvio, como se fosse o projeto feito pela natureza para "um homem bonito".

— Obrigado por concordar em se encontrar conosco um pouco mais tarde. O sr. Sharma vai se juntar a nós logo, logo; a reunião dele vai acabar em alguns minutos. Achei que seria bom conversarmos um pouco. Como você está?

Ele dá de ombros novamente e esfrega o canto das têmporas. Nos hospitais, as pessoas baixam a guarda mais depressa que na vida normal. Duvido que Jack alguma vez fosse parecer tão devastado na frente de alguém que ele não conhece.

— Acho que ainda estou em choque — ele admite.

— Isso é totalmente normal. Fale comigo a qualquer momento em que precisar de mais apoio. Podemos colocá-lo em contato com um terapeuta se você preferir conversar sobre como está se sentindo...

— Não. Olha, a minha mulher está em uma droga de um coma. Não consigo nem pensar direito; por que eu iria querer falar com um estranho, um terapeuta, sobre isso? — Ele olha diretamente nos meus olhos. — Desculpe. — Sua voz falha. — É que... não, eu não dormi, e francamente eu... — Ele pigarreia de leve para encontrar a voz.

No instante de pausa, eu digo:

— Não culpo você. Se eu estivesse na sua posição... também não ia querer falar com um estranho. Só quero que você saiba que existe essa oferta caso mude de ideia. — Ele lê perfeitamente nas entrelinhas, talvez cansado demais para se dar conta do que está dizendo.

— Faz mais de quarenta e oito horas e eu ainda não acredito. A Maisie já fugiu antes, e eu achei que a Cas fosse voltar a qualquer minuto e brigar comigo por ficar preocupado sem motivo. — Ele se inclina para a frente, os cotovelos nos joelhos, e esfrega as mãos no rosto como uma flanela antes de entrelaçar uma na outra sobre o colo.

Ele fecha os olhos.

— Toda vez que fecho os olhos, eu a imagino naquele riacho, como ela deve ter ficado. — Ele balança a cabeça de um lado para o outro e sua voz sai trincada como gelo. — Ela deve ter sentido tanto medo depois de ser atingida e abandonada daquele jeito. — Impaciente, ele enxuga uma lágrima com as costas da mão antes que chegue à face. Achei que ele seria o tipo de pessoa que sentiria vergonha de chorar. Fico feliz em saber que estava errada. Deveríamos ter nos encontrado na sala de visitas, onde não teria problema nenhum em eu apertar seu braço. Aqui, há uma mesa entre nós.

Eu me inclino para a frente em direção a ele.

— Provavelmente aconteceu muito rápido, Jack, em uma fração de segundo.

Inspirando com força, ele se recompõe e levanta a cabeça de novo; ele quer falar.

— Sabe, toda hora eu me pego me pensando em todos esses clichês idiotas, como "isso é um pesadelo", e me perguntando por que isso está acontecendo. É o tipo de coisa de que a gente ouve no meio das fofocas e pensa: *Graças a Deus que não sou eu, que não está acontecendo com a gente*, e então, *bam*! — Ele bate uma das mãos na outra. — Aqui estamos nós. Aqui nesta merda de situação. — Ele esfrega as mãos no rosto como se tentasse segurar a cabeça. Seus olhos miram a mesa de Sharma. Ele não olha para cima quando diz: — Você sabia que a polícia prendeu nosso vizinho, o Jonny?

Balanço a cabeça e mantenho os olhos em Jack, que continua falando:

— Ele diz que a ex-mulher apareceu na casa dele quando ele voltou da festa, que ela estava com ele quando a Cassie foi atropelada, mas ela não confirmou essa história.

Percebo que não é a hora de contar a ele sobre a gravidez; ele está exausto demais. Quero pensar em uma desculpa para sair por um minuto, dizer a Sharma que devemos esperar até que Jack tenha dormido antes de contarmos, mas é tarde demais. Há uma batida suave na porta, Jack para de esfregar as têmporas e ergue os olhos para Sharma, que vai para trás de sua mesa com passadas largas e para ao meu lado, um grande envelope sob seu braço. Jack se levanta para apertar a mão de Sharma.

— Sr. Jensen — cumprimenta Sharma, com o rosto inexpressivo.

Jack acena com a cabeça, e eu mordo o lábio enquanto Sharma se senta ao meu lado. Afasto minha cadeira alguns centímetros. Não quero que Jack pense que somos uma dupla dinâmica.

— Sr. Jensen — Sharma repete.

Jack olha para ele, mas seu olhar é preguiçoso, como se ele não tivesse energia para focar.

— Nossos resultados mostram poucas mudanças no quadro da Cassie neste momento. O inchaço no cérebro, eu receio, ainda é substancial e não parece ter diminuído. Não quer dizer que não vai diminuir, é claro. Nesse quesito, só o tempo dirá. — Ele parece estar lendo notícias. Enunciando cada palavra, ele fala com empatia treinada. Jack simplesmente fica olhando para ele, ainda franzindo a testa. Sharma parece interpretar o silêncio como um convite para continuar falando, então ele continua. — Há outro assunto de certa delicadeza que veio à tona durante o curso dos exames que fizemos com a sua esposa.

Os olhos de Jack oscilam de Sharma para mim e voltam para Sharma.

Sharma tosse de leve antes de falar.

— Bem, pode parecer chocante, mas ocorre que ela está grávida.

É como se as palavras voassem sobre a mesa e o picassem. Jack se levanta imediatamente, ajeita a postura, sua altura total. É um homem alto; eu não tinha notado antes.

— O que você disse?

— Ela está grávida, sr. Jensen. — Sharma abre o envelope e começa a colocar imagens de ultrassom do bebê lentamente sobre a mesa. Jack leva a mão sobre a boca. Ele começa a andar desajeitadamente pela sala, girando em círculos, como se nós o tivéssemos aprisionado aqui e ele estivesse desesperado para encontrar a saída.

Ele para de repente e fixa os olhos em mim.

— A Cassie está grávida?

— Sim — respondo.

— Quantas... Quantas semanas?

— Ela está de doze semanas.

— Jesus! Doze semanas! — Ele cospe as palavras como vespas. — Doze?! — grita.

— Sim, Jack.

Ele pousa suas duas grandes palmas sobre a mesa e baixa a cabeça. Solta um suspiro longo e pesado. Acho que pode estar chorando, mas ele está balançando a cabeça enquanto olha para as imagens.

— Estas imagens são de um exame que fizemos hoje de manhã. O bebê está saudável e parece não estar causando nenhum tipo de estresse adicional na Cassie.

Jack aperta os olhos para enxergar uma das imagens. Os pequenos nós da coluna do bebê estão visíveis e uma de suas mãos flutua na frente dele, como se quase estivesse erguendo o polegar para a câmera.

— Nenhum trauma adicional?

— A sra. Longe, coordenadora sênior do departamento de obstetrícia, que o senhor vai conhecer, fez um exame completo na Cassie esta manhã — intervém Sharma. — Pelo que podemos ver, tudo parece estar bem com o feto, e a Cassie está produzindo naturalmente todos os hormônios necessários para progredir com a gravidez. Isso, é claro, significa que precisamos ser mais delicados com os medicamentos que usamos para o conforto da Cassie, a fim de proteger o feto. Estamos aumentando a ingestão de vitaminas dela, mas, fora isso, não precisamos fazer realmente nada exceto deixar a natureza seguir seu curso.

Ninguém fala por um instante ou dois. Olho para a cabeça escura de Jack quando ele se curva sobre a mesa. Quando ele olha para cima, seu rosto está corado sob a barba de dois dias, os capilares da face cheios de sangue. Ele me encara diretamente. Ele pegou uma das imagens de ultrassom. Está segurando-a com tanta força que as bordas amassam e as pontas se curvam uma para a outra. Quero lhe pedir para ter cuidado.

— Mas... por que ela não falou nada? — Ele me olha novamente em busca de uma resposta.

— Jack, muitas mulheres não sabem que estão grávidas, mesmo com doze semanas. — Quero que ele se sinta melhor.

Jack franze a testa, os olhos desesperados.

— Ela não sabia que estava grávida, sabia?

— Parece provável. — Eu aceno de volta para ele, pensando o oposto.

Ele abre a mão e a imagem do exame flutua como uma folha outonal até o chão. Segurando chumaços de cabelo entre as duas mãos, ele olha para a imagem aos seus pés.

— Porra, porra, porra — ele diz, e sinto Sharma se eriçar com cada "porra".

Sharma se levanta, em frente a Jack.

— Sabemos que isso é muito para absorver, sr. Jensen, mas o senhor precisa... — Sharma está fazendo seu gesto de "acalme-se" com as duas mãos, apontando as palmas abertas para o chão em movimentos de subir e descer, mas não funciona com Jensen.

— Não me peça para me acalmar, doutor, por favor. Minha esposa está praticamente morta e agora o senhor me diz que tem um bebê vivo?

Ele se joga na cadeira e olha para nós dois por um momento, seus olhos ainda perturbados, como se tivéssemos dado um soco nele, e então ele passa os dedos pelo cabelo, inclina a cabeça e grita nas mãos.

Uma hora mais tarde, Jack e eu estamos sentados na sala de visitas com dois copos de isopor com café do hospital diante de nós. Ele toma um gole e estremece.

— Eu sei — comento. — Se você achou ruim, deveria experimentar a comida.

Ele assente, um sorriso cansado no rosto. A vermelhidão ao redor dos olhos acentua o tom caramelo de suas íris, salpicadas de risquinhos dourados como se fossem pétalas congeladas. Me parece improvável que uma parte tão prática da anatomia pudesse ser tão bonita.

— Desculpe, eu não deveria ter ficado tão chateado hoje mais cedo — ele diz.

— Por favor, não se preocupe com aquilo. Seria estranho se você não estivesse chateado, considerando tudo que aconteceu.

— Eu contei à minha mãe, sabe, sobre o bebê. Ela se acabou em lágrimas. Está vindo para cá.

Faço um sinal afirmativo com a cabeça.

— Parece que é um choque para vocês dois. — Quero ouvir Jack dizendo que nenhum deles sabia sobre o bebê, mas apenas balanço a cabeça de um jeito distante. Ele parece estar tentando decidir quanto deve me contar. Eu sorrio e o deixo levar o tempo necessário.

— Estávamos tentando ter um bebê desde que nos casamos, há um pouco mais de um ano. A gente costumava falar o tempo todo sobre o tipo de pais que iríamos ser. A Cassie tinha o ciclo irregular e tudo mais, então sabíamos que poderia demorar um pouco. Ela engravidou no verão, sabe? Tivemos um aborto espontâneo apenas dois dias antes do exame. É só uma daquelas coisas que os médicos dizem. Ainda não acredito que ela não sabia que estava grávida. — Jack sacode a cabeça e sorri de novo, do mesmo jeito cansado.

Sinto uma pontada fraternal por Cassie, como sempre sinto quando ouço que uma mulher sofreu um aborto espontâneo. Gosto da forma como Jack usa "nós" quando fala sobre a gravidez perdida.

— Mas é a cara da Cassie. Ela sabe como ser espontânea, esquecida. Ela nunca estava por dentro do ciclo e das outras coisas. Acho que ela aprendeu isso com a mãe. Às vezes eu ficava louco, mas eu a amava mesmo assim por isso. — Jack toma um gole de seu café e abre bem os olhos, como se tentando se fazer despertar, antes de começar a falar de novo. — Para ser sincero, ela estava passando por um mau momento logo antes do acidente. Estava frustrada com a pintura e não andava dormindo bem. Parece até bobo falar sobre essas coisas agora, não?

Balanço a cabeça.

— Como assim, "um momento difícil"?

— Ah, às vezes ela ficava um pouco para baixo. Não chegava a ser uma depressão, só um pouco de desânimo. Ela sempre morou em Londres antes de nos mudarmos para o campo. E achou a mudança mais difícil do que pensou que seria, e ela não dirige, então se sentia um pouco isolada. Tentei animá-la, mas ela meio que ficou um pouco isolada, distante dos amigos, esse tipo de coisa. A Cassie me disse que a April às vezes era igual. Ela ficava bem deprimida mesmo antes de ser diagnosticada com câncer. Eu sempre penso que deve ter sido difícil para a Cassie... crescer sozinha com a mãe depressiva, sem nunca ter conhecido o pai.

— A Cassie não conheceu o pai dela?

Jack balança a cabeça.

— Ela nunca soube quem era o pai. A própria April mal o conhecia. Era um norueguês que ela conheceu no México. Eu vi fotos da April quando ela estava viajando, e, se posso dizer qualquer coisa, aposto que o pai da Cas era um autêntico hippie. Enfim, isso foi muito antes da internet e sem um nome completo que a April pudesse usar para localizá-lo. Parando para pensar a respeito, eu lembro da Cassie contar que a April não sabia que estava grávida até já estar com as semanas avançadas. O norueguês nem sabe que a Cassie existe. Sempre acho que deve ser difícil para a Cassie, mas ela sempre disse que nunca conheceu uma vida diferente, então não a afetou tanto assim. Acho que é por isso que ela é tão focada na família, é por isso que era tão próxima da mãe. Ela sempre pensava que nós teríamos muitos filhos, que as coisas seriam ainda melhores. Ela queria o que não teve durante a infância. De qualquer forma, é típico da Cas não pensar em fazer um exame nem nada.

Os pensamentos de Jack estão atropelados, mas, quando ele fala sobre a esposa, sua voz fica mais suave. Ele fala sobre ela com simplicidade, uma clareza que só vem com a convivência, com a verdadeira intimidade. Lembro da minha melhor amiga Jess dizendo que a voz de David fica mais suave quando ele fala de mim.

— Então você acha que ela não sabia sobre o bebê, certo?

Jack olha para mim.

— É claro que ela não sabia. Ela teria me contado se soubesse, eu nunca a teria deixado sair atrás da cachorra e nada dessa merda estaria acontecendo. — Ele parece se dar conta da verdade em suas palavras enquanto fala: tudo isso poderia ter sido evitado.

— Bem, a gravidez surpreende muitas mulheres. Mas é importante, Jack... Digo, vai ser importante para o comitê de ética eles saberem que a Cassie queria ser mãe. Isso vai significar que os interesses dela estão alinhados com os do bebê. Um coordenador vai falar mais a respeito disso com você, mas, se a Cassie queria o bebê, isso vai significar que a gravidez pode continuar sem maiores discussões, considerando que também seja uma vontade sua...? — Já li sobre os protocolos dos comitês de ética do sistema público de saúde britânico, e, quando a mãe não tem condições de tomar uma decisão consciente sobre a gravidez, as decisões são transferidas ao pai.

Jack parece vazio novamente.

Desta vez dou um empurrãozinho.

— É isso o que você quer, Jack? Que a gravidez prossiga?

Ele anui.

— Sim, sim, claro que sim. A Cas queria ser mãe, mais que tudo.

Fico surpresa por me sentir aliviada em ouvi-lo dizer isso. O bebê de Cassie está um pouco mais seguro.

— É bom saber, Jack.

— Então, o que acontece agora?

— Como o sr. Sharma explicou, vamos cuidar da Cassie como cuidaríamos de qualquer outro paciente aqui, dando atenção especial à medicação dela, é claro, e vamos monitorar o bebê. Pode haver mais algumas reuniões sobre isso com gente mais graúda na cadeia alimentar do hospital, mas eu não me importaria com isso. Na condição de pai, você quer que a gravidez prossiga e isso é o que vai acontecer.

Jack balança a cabeça para mim, e lágrimas brotam em seus olhos. Na mesa à nossa frente, ele aperta as mãos.

— Deus, é claro. É claro que eu quero.

Sorrio para ele.

— Eu só queria que ela acordasse, para que eu possa dizer a ela que a amo, dizer que eu sinto muito, muito por não ter conhecimento da gravidez, que eu deveria ter imaginado sobre o nosso bebê.

Entrego a ele um lenço de papel.

— Jack, nada disso é culpa sua. Você não deve se culpar.

Ele assente e enxuga os olhos.

Eu queria poder fazer mais perguntas sobre Cassie, sobre a vida deles.

Mas então ele levanta a cabeça para mim, mais calmo de repente.

— Para onde você acha que a Cassie "foi", Alice... quero dizer, no coma.

— Você quer dizer a consciência dela?

Jack confirma com a cabeça. Seus olhos não se desviam do meu rosto; eles querem respostas. Acho que querem respostas boas e positivas.

— Bem, não sabemos com certeza. Cada paciente tem uma experiência diferente, é claro. Às vezes as pessoas não se lembram de nada, e o coma é como um longo e profundo sono. Outros relatam sonhos lúcidos e alguns dizem que voltam em suas vidas, revivem experiências marcantes. Varia muito.

— Eu realmente espero que ela não esteja assustada — Jack diz.

Meu coração bate forte. Ele é como Jonny, está apavorado que Cassie tenha medo. Gostaria de poder segurar sua mão, pensar em algo para tranquilizá-lo, mas Jack de repente levanta a mão e a coloca sobre o coração.

— Desculpe — diz ele, antes de tirar o celular do bolso, recuperar a voz e olhar para a tela. — É minha mãe. Ela está chegando agora. É melhor eu ir me encontrar com ela. Ela ficou muito abalada com o que eu contei. — Ele pega as imagens do ultrassom de cima da mesa e se levanta. — Obrigado pelo papo.

Eu também me levanto.

— Às ordens, Jack. De verdade, sempre que você precisar.

Sorrimos um para o outro antes que ele saia.

Como um sanduíche sozinha no refeitório e depois tento me acomodar na minha mesa. Tenho uma pilha de atividades administrativas, prontuários de pacientes para verificar e fechar, formulários de pedidos para processar, mas não consigo me concentrar.

Minha visão fica borrada quando olho para a tela do computador. Minha mente está uma bagunça com todas as coisas que poderiam acontecer com Cassie e o bebê: falência de órgãos, aborto, uma infecção. Os pensamentos me obrigam a levantar da cadeira e olhar pela janela quadrada da porta que dá vista direta para minha ala. A cortina de Cassie foi puxada ao redor da cama; Jack partiu há uns vinte minutos. Sharma lhe contou sobre Jonny, disse que não aconteceria de novo. Fiquei olhando Jack dar um aceno fraco para a assistente de saúde na recepção quando passou por ela. Ele não me viu no posto de enfermagem quando passou por ali. O telefone toca. Deixo a recepção atender e vou até a ala.

A cabeça prateada de Charlotte está virada para a parede atrás da cama de Cassie. Ela está segurando uma cartela de adesivos em uma das mãos e um monte de fotos e cartões na outra. Suas roupas estão como antes, ligeiramente grandes demais para ela, seu jeans azul-marinho está um pouco folgado e ela veste outra camiseta listrada meio grande — ainda em modo de emergência. Ela decorou o espaço ao redor da cama de Cassie com um santuário de fotos e cartões. Jack disse que Charlotte chorou quando soube a respeito do bebê. Lembro que minha mãe chorou nas primeiras vezes que eu fiquei grávida. Ela não chorou nas últimas, como se estivesse guardando as lágrimas para algumas semanas depois.

Charlotte se vira para mim e sorri.

— Ah, olá, Alice. Espero que você não se importe — diz ela, apontando para a parede. — Eu perguntei a uma das outras enfermeiras. — Fecho a cortina cuidadosamente atrás de mim.

— Não, claro que não. Ficou lindo. — Charlotte coloca os adesivos e as fotos que está segurando na mesa de cabeceira de Cassie, antes que eu diga: — Posso dar uma olhada?

Ela repousa a mão sobre a estrutura metálica da cama de Cassie. O gesto a faz parecer frágil de repente. Os hospitais envelhecem até mesmo os visitantes mais robustos.

— É claro. Por favor — ela diz com um aceno de cabeça e indica a parede.

Todas as fotos são de Cassie e Jack fazendo pose abraçados em diferentes cenários: no Natal, usando galochas em uma caminhada, em uma praia ao lado de uma palmeira em algum lugar exótico.

— Lindo — afirmo.

Charlotte fica ao meu lado, sorrindo para as fotos.

— Sim, sim, eu sei. Ela é mesmo. Uma dessas pessoas que poderiam iluminar qualquer lugar. Não acredito que o casamento deles foi há apenas um ano. — Charlotte olha para uma foto emoldurada do dia do casamento. Cassie está rindo, linda em um vestido justo de renda branca, Jack com a cabeça levemente inclinada para trás, orgulhoso e elegante, sorrindo para a nova esposa. Ela não parece o tipo de mulher que se assusta facilmente. É uma moldura sólida, prateada, cara, que contrasta com os arredores cirúrgicos. Imagino a casa deles cheia de porta-retratos chiques com seus momentos felizes. Mas vou ter que tirá-lo mais tarde. Se alguém esbarrar nos aparelhos ao redor do leito de Cassie, vai cair em cima dela.

— Deve ter sido um dia incrível — comento. O certo seria sugerir a sala de família para termos mais privacidade, mas não quero ser estraga-prazeres. Ela parece confortável aqui.

Charlotte confirma.

— Em alguns aspectos, é ainda mais devastador para o Jack. — Acho que ela está falando sobre o fato de Jack e Cassie terem se casado recentemente, mas ela se vira para mim depois e continua: — Veja você, perdemos o pai do Jack, Mike. — Ela respira fundo; quer falar, precisa compartilhar com alguém. — Ele tinha uma doença cardíaca congênita. Homem típico, ele era terrível em tomar os remédios, sempre esquecia. O Jack encontrou o Mike caído no chão. Eu não estava em casa, tinha ido fazer as compras da semana. — Ela tira um lenço da manga.

— Lamento muito ouvir isso, Charlotte.

Ela sacode a cabeça algumas vezes e aperta o nariz com o lenço. Não quer que eu sinta pena dela. Charlotte pondera ao continuar, pegando no meu braço e passeando por seus pensamentos.

— Eu desmoronei, é claro, não podia imaginar a vida sem o Mike, ser mãe sozinha e tudo mais. Mas foi muito mais difícil para o Jack. Foi por isso que nos mudamos para Buscombe, para ter um recomeço. Me disseram que o campo seria bom para ele. É quase a coisa mais prejudicial, sabe, um garoto de catorze anos encontrar o pai que ele idolatra morto como pedra.

Faço um sinal afirmativo com a cabeça.

— Não consigo imaginar como deve ter sido difícil.

— Nós seguimos em frente aos trancos e barrancos, mas relativamente bem, o Jack e eu, por vinte e um anos, uma família minúscula de duas pessoas. Até o ano passado, é claro. — Ela olha brevemente para a foto do casamento antes de voltar a olhar para mim. — Perdê-la acabaria com ele mais uma vez — ela diz com um sussurro.

Quero mudar o rumo da conversa, fazê-la se sentir melhor, mais positiva, então eu digo:

— Parece que eles têm um casamento feliz.

Charlotte solta a respiração.

— Ah, Deus, sim. Eles estavam sempre dando risada. Eu sempre adorei a Cas e soube que ela era a pessoa certa para o Jack no momento em que a conheci.

Nós duas nos viramos na direção de alguns passos do outro lado da cortina, talvez Sharma, a caminho do leito de Ellen. Charlotte espera que a pessoa passe antes de olhar para mim, de repente tímida. Ela balança a cabeça para si mesma e dá um tapinha no meu braço.

— Desculpe, Alice. Deus, você não quer ouvir tudo isso agora que está tão ocupada.

Coloco a mão suavemente em cima da sua, que está sobre meu braço.

— Não, por favor, é muito bom falar. Estou gostando de saber um pouco mais sobre a Cassie.

Charlotte olha de soslaio para Cassie antes de se voltar novamente para mim, como se não quisesse que a nora ouvisse.

— Ela queria tanto ser mãe... — ela diz baixinho.

Meu coração estremece um pouco. Ouvi minha mãe falar o mesmo sobre mim.

— Eu estava muito ansiosa por um bebê, ainda mais depois do aborto. — Ela olha para mim. — O Jack disse que te contou. — Confirmo com a cabeça e a deixo continuar falando. — Nós somos próximas, sabe, a Cas e eu. Conversamos sobre tudo. Ele me contou sobre o ciclo irregular. Ela tinha medo de não acontecer para eles novamente. Eu só disse que eles deviam continuar tentando, ser pacientes, deixar a natureza seguir seu curso. Todas as coisas que as pessoas sempre falam. — Charlotte para por um instante antes de acrescentar: — E pensar que ela está com doze semanas e eu não sabia!

Charlotte levanta minha mão do seu braço para limpar uma lágrima com o lenço embolado na mão. É fácil imaginar Cassie falando com a sogra durante o chá ou uma taça de vinho. Uma sensação rara de calma cerca Charlotte, uma gentileza que eu imagino que faz as pessoas se sentirem seguras, querendo lhe fazer confissões. Ela está claramente abalada com tudo o que aconteceu, mas não perdeu o equilíbrio; tem os pés firmes demais no chão para isso.

Mais passos e vozes do outro lado da cortina de Cassie racham nosso momento delicado, e Charlotte devolve o sorriso ao rosto ao se voltar de novo para mim.

— Vou deixar você cuidar das suas coisas, Alice. O Jack falou que hoje você tinha que contar às outras enfermeiras sobre o bebê — ela olha rapidamente no relógio —, e tem um ônibus que praticamente me deixa na porta de casa em vinte minutos, então, por favor, não se preocupe comigo.

Devo aparentar surpresa: não consigo imaginar Charlotte em um ônibus.

— Você não dirige? — pergunto, por reflexo.

Ela sacode a cabeça prateada, seu cabelo captando os brilhos da luz.

— Não, mas eu me viro bem com ônibus, trens, um táxi de vez em quando. — Ela pega a bolsa da cadeira de visitante. — A esta altura, de qualquer forma, a coitada da Maisie deve estar desesperada para passear.

— Ah, você ficou responsável por ela?

Charlotte confirma.

— Coitadinha, acho que ela ficou muito abalada. Ela foi resgatada; a Cas só estava com ela fazia algumas semanas. Uma vez ela me disse que sempre quis um cachorro, desde que era garotinha, mas cresceu em um apartamento pequeno em Brixton, então nunca teve um... — Suas palavras escoam enquanto ela olha para as mãos.

Eu tinha pensado em lhe contar sobre Jonny Parker ter vindo até a ala, mas vejo-a colocar o lenço agora rasgado no bolso e sei que não é o momento certo para isso.

Ela já passou por tudo o que poderia aguentar hoje. Charlotte leva a mão à boca novamente.

— Deus, estou ficando maluca. Quase esqueci: eu trouxe mais algumas coisinhas para a Cassie. Foi ideia do Jack. — E me entrega uma pequena mala de couro. — Ele não queria que a Cassie acordasse e não tivesse algumas das coisas dela aqui por perto.

Sempre me comove quando os parentes trazem coisas de casa. Quando fazem a mala, quanta esperança devem sentir de que seu ente querido vá escovar os dentes de novo, mandar uma mensagem, se abaixar para calçar os chinelos... Já vi parentes trazerem preservativos, jornais velhos e pesos para exercícios de braço, mas aqui, neste espaço desumanizador, essas coisas não passam de lembranças de uma vida perdida.

Pego a mala.

— Que atencioso. Bem, vou deixar na sala de enfermagem. Vai estar lá quando a Cassie precisar dela.

Charlotte acena com a cabeça, e estou prestes a sair quando ela diz rapidamente, em uma enxurrada, como se não devesse perguntar:

— O que você acha sobre o bebê, Alice?

— Para ser sincera, acho que é o mais próximo de um milagre que eu já vi.

Um sorriso surge em seu rosto.

Fico preocupada por ter sido sincera demais, então modero meu comentário seguinte:

— Mas precisamos ficar de dedos cruzados. Tudo ainda é muito incerto.

O sorriso dela desaparece apenas de leve. Ela solta um suspiro.

— Você está certa. Você está certa. Ainda assim, se correr tudo bem, o Jack disse que o bebê poderia estar conosco em junho, é isso?

Confirmo.

— Isso seria ótimo, mas vamos nos preparar para o bebê chegar antes, para o caso de ser arriscado demais para qualquer um deles. Só o tempo dirá, nesse estágio.

Ela faz que sim com a cabeça, acena em despedida e se volta para Cassie. Deixo-as a sós, a antiga Cassie no porta-retratos, angelical, sorrindo para sua versão debilitada.

Chego em casa logo depois das sete da noite. Os tênis de corrida de David não estão em seu lugar de costume, ao lado da porta dos fundos. Ele não levou Bob desta vez. O cachorro abana o rabo, feliz por ter evitado a corrida, enroscado e quentinho em seu cesto.

Está frio, então começo a encher a banheira. Talvez David venha se juntar a mim quando voltar. Meu corpo parece lento, pastoso; a menstruação deve estar chegando. Tiro a roupa e visto meu roupão, então olho no celular, tentando fazer as contas dos dias para ver se vai ser nesta semana ou na próxima. Conto as datas duas vezes. Minha última menstruação definitivamente desceu quando fomos ao concerto de Natal em Brighton, o que significa que já estou com uma semana de atraso. Já que concordamos em parar de tentar, eu deixei de marcar os dias do meu ciclo no celular. Fiquei surpresa de não parecer um suplício. Na verdade parece um alívio não ter mais que monitorar dia a dia cada flutuação hormonal, alterações de temperatura. Mas agora estou atrasada, oito dias atrasada.

Sei que ainda tenho um teste guardado debaixo da pia do banheiro. Não me permito pensar demais. A água que enche a antiga banheira vitoriana faz um estrondo. Rasgo a embalagem e a deixo no chão por enquanto. Vou escondê-la no fundo da lixeira depois. Já fiz esses testes vezes suficientes para não precisar ler as instruções. Conheço este momento, conheço a pontada de medo e os contornos afiados da expectativa. Tenho que me concentrar em diminuir o ritmo da respiração, olhar para o teto por alguns segundos antes que um pequeno fluxo comece a encher o vaso delicadamente, então coloco o bastão no fluxo e, quando termino, puxo o jeans e sento na beira da banheira, sentindo-me surpreendentemente calma ao esperar que as letras comecem a escrever o futuro.

Lentamente, como se num passe de mágica, as letras tomam forma e escrevem "Grávida". Leio de novo e de novo e começo a rir, e devo estar gritando, porque uma carinha preta preocupada abre a porta empurrando com o focinho, e, embora saiba que não pode subir a escada para o andar de cima, ele sente imediatamente que meus gritinhos foram algo bom, não algo ruim, então sua cauda começa a balançar de um lado para o outro e ele vem trotando até mim, de cabeça baixa, sabendo que cruzou o limite, mas percebendo que eu não me importo. Abraço seu corpo sólido e coloco o rosto em seu ombro musculoso, e é como se eu sentisse meu coração inspirar fundo. Por um breve momento, deixo a esperança voar alto.

Após alguns segundos, Bob se afasta de mim e eu olho de novo para as datas no meu celular. Estou apenas de umas três semanas. Este é o período mais perigoso para mim; nunca passei de nove semanas. Penso em Cassie, com doze, e tento imaginar minha barriga crescendo, distendendo-se ao redor da nova vida. Bob se deita no canto, sua cabeça virada como sempre enquanto faço mais um teste. Estou grávida. Tenho vontade de ligar para minha mãe; não nos falamos há algum tempo. Sei que ela está ocupada cuidando do Harry e da Elsa, mas queria muito ouvir sua voz feliz por minha causa, queria muito deixá-la orgulhosa. Porém também já fiz isso antes, cedo demais. Não há nada pior que ouvir sua própria mãe se partindo de agonia. Não. É cedo demais.

Desligo a banheira, escondo os testes nas embalagens plásticas e jogo-as na lixeira. Bob me segue, preguiçoso, até o escritório. Não sei o que fazer. Eu me sinto fluida, nova, em choque pela alegria. Queria ter alguém para abraçar, gostaria de poder contar a alguém que não se assustasse por mim. Queria que fosse a primeira vez novamente, David me girando no colo pela sala, minha mãe rindo de felicidade no telefone. Por um momento louco eu penso em pegar o carro e voltar para o hospital, em contar para Frank e Cassie.

Em vez disso, eu me sento na cadeira do escritório, e Bob cai no chão novamente aos meus pés. Ligo o computador. De repente quero ver fotos de Cassie, sinto como se a conhecesse, como se conhecê-la — essa mulher cujo bebê sobreviveu a despeito de todas as probabilidades — fosse ajudar a vida minúscula dentro de mim.

Geralmente evito o Facebook, fotos demais de bebês e crianças pequenas. Ia até excluir minha conta, mas agora estou feliz por não ter feito isso. Encontro a caixa de busca, digito "Cassie Jensen" e clico na lupa. Eu me sinto um pouco tola, mas lembro que minha irmã Claire diz que todo mundo procura todo mundo no Facebook; é uma perseguição considerada legítima.

Passo por algumas outras Cassie Jensens até parar em uma foto que reconheço da exposição que Charlotte fez atrás da cama. Jack está bronzeado e sorrindo; Cassie, menos familiar para mim fora da cama do hospital, está vestindo uma saída de praia azul-vivo. Ela está menos bronzeada que Jack, mas parece tão feliz quanto ele. Jack está com o braço ao redor dos ombros dela, e ela está com a mão sobre o abdome dele. Seu rosto está iluminado por sardas, e o cabelo loiro ondulado por causa do sal marinho. Clico no ícone de fotos e inclino o corpo para me aproximar da tela. As fotos mais recentes foram postadas por Jack apenas alguns dias depois do Natal. A julgar pelo perfil austero de Cassie e pela falta de qualquer tipo de segurança, Jack usa muito mais o Facebook que a esposa. O álbum de Natal de Jack tem trinta e quatro curtidas. Sara Baker comentou: "O casal perfeito!", e Steve Langley pergunta: "Posso passar com vocês no ano que vem?" Parte meu coração ler a resposta de Jack; ele devia ter tanta certeza de que haveria mais Natais pela frente... "Valeu, Sara!" e "Steve, cara, você pode vir nos ver quando quiser!"

Há uma foto de Cassie segurando um terrier como se fosse um bebê nos braços, e uma selfie de Jack e Cassie ao ar livre, em um campo coberto de branco, com o cão de aparência rabugenta entre eles. A legenda diz: "Deixe a neve cair!"

Paro em uma foto em preto e branco, um close de Cassie pendurando uma bola prateada em uma árvore de Natal ricamente decorada, as alianças de noivado e casamento reluzindo na câmera. Jack escreveu abaixo da foto: "Minha esposa linda decorando a árvore no nosso primeiro aniversário de casamento". A câmera parece tê-la captado no meio de uma risada, seu sorriso tão amplo que os olhos grandes se curvam como meias-luas. Penso no que Jack disse sobre Cassie ter passado por momentos difíceis recentemente, mas não consigo enxergar: tudo parece dar náusea de tão perfeito. Apesar de o meu Natal ter sido feliz e do fato de que estou grávida, mordo o lábio e sinto outro choque de inveja e me lembro por que eu nunca entro no Facebook. Eu me aproximo com minha cadeira, a foto carrega, mas continuo fitando seus olhos fixos, distantes, e penso que ela sabia; ela sabia que estava grávida, mas manteve isso em segredo. Acho que ela esperou, queria ter certeza de que o bebê tinha uma boa chance. Depois do aborto espontâneo, aposto que ela queria proteger Jack e a família de outros possíveis sofrimentos.

Percorro mais algumas fotos antes de uma chamar minha atenção. Cassie alguns anos mais jovem, sorrindo para a câmera como se estivesse de férias, não em um hospital. Está com uma perna erguida na cama onde uma mulher mais velha, de pele amarelada e emaciada, está deitada, um lenço azul-vivo amarrado na cabeça careca. Elas estão de mãos dadas. Não se parecem, mas é a doença. Sei imediatamente que a mulher é April, a mãe de Cassie. Do outro lado de April há um homem de cabelo branco um pouco comprido; a câmera o pegou sorrindo, mas seus olhos estão fechados. Ele está segurando a mão esquerda de April com muita delicadeza, como se uma borboleta tivesse pousado nele e ele quisesse que ela ficasse. Ambos usam alianças de ouro brilhantes.

— Facebook? Você nunca entra. — David está bem atrás de mim. Eu estava tão absorta que nem o ouvi entrar.

— David, que susto você me deu. — Eu me viro no lugar e fico de frente para ele. Dou um tapinha brincalhão nele. Sua camiseta está suada, levemente úmida.

— Ahhh — diz ele, defendendo-se do meu ataque, agarrando meus pulsos. — Então, o que estamos procurando? — Ele se inclina para o computador.

— Ah, na verdade ninguém. — Eu me volto de novo para o computador, liberto meu pulso de seus dedos e fecho a página antes que ele possa ver. Enquanto David começa a alongar a panturrilha meio sem vontade, tento manter minha voz normal. — Meu Deus, esqueci que o Facebook era esse negócio esquisito, todo mundo postando coisas sobre a própria vida.

— Sim, mas é tudo vitrine, umas bobeiras cuidadosamente editadas. As pessoas postam fotos abraçadas com os cônjuges e namorados que elas detestam, tentando convencer o mundo de que está tudo bem, porque, se os outros acharem que elas estão felizes, com certeza elas estão, não é mesmo?

Será que ele não consegue perceber? Não pareço um pouquinho mais viva? Como se uma luz tivesse sido acesa dentro de mim?

— Ah, aí está ele... meu pequeno Grinch particular — digo.

— É verdade! — Ele dá de ombros e solta a panturrilha ao se virar na direção do banheiro, dizendo em uma voz engraçada: — Ah, a boa esposa está enchendo uma banheira para mim.

Eu me levanto rapidamente do computador.

— Cai fora, é minha!

Apostamos corrida até o banheiro como crianças e ele puxa a faixa do meu roupão. Eu o deixo cair pelos ombros e David coloca a mão sobre minha barriga, mas ele ainda nem imagina. Passo os braços ao redor dos seus ombros e o beijo profundamente na boca. Ele fica surpreso — geralmente evito beijos suados —, mas eu o beijo novamente e digo:

— Eu te amo, David.

Ele segura minha nuca e diz:

— Eu te amo, Piolha. — Penso em Cassie e acho que posso começar a chorar de repente, porque, seja qual for o motivo, o mundo deu uma nova chance a nós dois.

8
FRANK

É difícil pegar no sono na 9B. A enfermaria parece o Serengeti à noite. Lembro de ter ouvido isso em um documentário sobre vida selvagem, cheio de gritos e grunhidos e de conversa noturna. Aqui a comoção é liderada por Ellen, a idosa que volta para o tempo da Blitzkrieg na maioria das noites. Como não consigo me mover e meus olhos estão fechados, imagino que deva parecer que estou dormindo como os mortos, mas sou como a maioria das pessoas: tenho que estar confortável, o que, na maior parte do tempo, não estou. Não posso tirar os cobertores se estiver com muito calor nem gritar para todos os outros pacientes calarem a porra da boca.

Devo ter cochilado em algum momento, pois, quando abro os olhos, Alice está comigo, tagarelando sobre David, contando que ele começou a correr. Minha cabeça escorregou sozinha para a direita, como uma marionete com cordinhas frouxas. Consigo ver meus cartões de Natal e a foto que Luce mandou. Não sei o que Alice está fazendo, mas ela deve estar ocupada, mexendo de um lado para o outro em volta de mim. Normalmente ela arruma minha cabeça no leito. Há uma nova leveza nela. Ainda deve estar toda animada sobre Cassie e o bebê.

— Na verdade, Frank, isso me lembra que preciso comprar uns equipamentos refletores para o David. Não gosto que ele corra em estradas escuras...

Alguém dá uma tossidinha e, de trás da cortina, Lizzie diz:
— Alice?

Alice puxa a cortina e, pelo canto do olho, noto Lizzie e Charlotte em pé na frente dela.

— Bom dia, Charlotte — Alice diz para a mulher mais velha, bem-arrumada.

Ela se vira para Lizzie.
— Obrigada.

Lizzie assente e volta para a recepção.

— A sala de visitas está livre. Aceita um café? — Alice pergunta para Charlotte.

— Ah, não, não, na verdade eu só tenho alguns minutos, Alice. Eu só queria perguntar... — Ela olha rapidamente para mim, educada demais para me encarar, e sua voz se suaviza. Ela não quer ofender. — ... sobre o quarto particular para a Cassie. O sr. Sharma mencionou que ela seria transferida há alguns dias, não foi?

Cassie vai sair daqui? Meu coração afunda no peito.

— Ah, o sr. Sharma não falou com você? — Alice pergunta.

— Não depois que esse assunto foi mencionado.

— Os coordenadores na verdade decidiram mantê-la aqui, na 9B.

Charlotte estala a língua, mas deixa Alice continuar falando. Meu coração se equilibra novamente.

— A questão é: nós temos todos os equipamentos de emergência aqui para ela, caso seja necessário. Não podemos ter esses equipamentos à disposição em outro lugar para um único paciente; pode colocar os outros em risco. Além disso, eles estavam tendo dificuldade para encontrar um quarto com espaço suficiente para os aparelhos que precisamos ter à disposição dela.

Ela vai ficar.
— O que você acha, Alice, sinceramente?
Pelo menos ela não vai ficar sozinha.
— Eu acho que é provavelmente a decisão mais sensata. Nós temos pelo menos duas enfermeiras aqui vinte e quatro horas por dia, o acesso mais rápido a equipamentos e medicamentos. E é uma ala pequena, é bem tranquilo aqui, e vamos fazer tudo o que estiver ao nosso alcance para garantir que você e seus visitantes tenham privacidade.

Ela anui novamente e olha para mim, como se para se assegurar de que não vou ser um incômodo.

Não levo para o lado pessoal. Ela não precisaria se preocupar; sou um vizinho silencioso.

— Na verdade eu queria falar com você sobre isso também — Charlotte diz, virando-se de novo para Alice. — Nós decidimos ter o mínimo de visitantes por ora.

Alice acena com a cabeça.

— Sim, claro, se é o que vocês querem.

— Foi ideia do Jack. Ele quer que por enquanto sejamos apenas ele e eu.

Ouço surpresa na pausa de Alice. Charlotte continua falando.

— O telefone não para de tocar com amigos perguntando como ela está, mas não queremos que muitas pessoas saibam sobre o bebê ainda, por enquanto estamos nos acostumando com tudo isso. Como você disse, o mais importante é ficarmos calmos e positivos perto da Cassie, e, para ser sincera, eu não quero que o Jack precise lidar com um monte de visitas. Ele não precisa disso agora. Ele me contou sobre o Jonny ter conseguido entrar na ala. Não queremos que nada assim aconteça de novo. Achamos que, se ela fosse transferida e nós limitássemos o acesso de visitantes, ele não poderia... Enfim, reduzir a nós dois parece a opção mais simples no momento. Tudo bem?

— Sim, claro, Charlotte. O que vocês acharem melhor. Vocês podem reavaliar mais tarde se quiserem.

Sinto uma punhalada de decepção. Eu estava ansioso para ver os amigos de Cassie, mas, se isso significa que ela vai ficar mais tranquila, mais segura sem pessoas como o vizinho de olhos arregalados, então que assim seja.

Passo a maior parte do dia olhando para o pé da cama de Cassie, me perguntando onde ela está em seu coma, se está viajando no subconsciente, me perguntando se ela, como eu, já foi visitada pelos mortos. A maioria das minhas visitas aconteceu em um avião. Era para ser meu primeiro voo, e estou com vinte e poucos anos novamente, no voo que eu deveria ter pegado para os Estados Unidos a fim de começar meu emprego novo, minha vida nova. No sonho, o assento ao meu lado está sempre vazio, e estou inquieto de medo, incapaz de ficar parado no lugar, tamborilando os dedos no folheto plastificado com as instruções de emergência que seguro no colo sobre uma perna febril que não para de tremer. As aeromoças bonitas e sorridentes — embaladas em seus uniformes como se fossem bonecas de plástico, cabelos brilhantes e lábios vermelhos — não são o suficiente para me distrair. O ruído a trinta mil pés não é o que eu esperava. É um tipo de ruído branco, um gemido longo e gigantesco envolto no mundo. Ele estica a mesma nota, e meus ouvidos se enchem dele.

— Vamos, rapaz, chega pra lá.

Eu não tinha ouvido essa voz áspera em nossa salinha de estar com papel de parede estampado, que cheirava a horas sem ar na frente da televisão misturadas a alguma coisa meio doce, pão branco talvez, já que eu era um adolescente, mas sou compelido a obedecer à voz, então, sem me virar, passo para o assento do meio, e meu pai, que morreu quando eu tinha dezenove anos, se acomoda com um chiado do estofado e aperta os olhos para o assento do corredor. Não me lembro de alguma vez já ter sentado tão perto dele quando ele estava vivo, sua calça de poliéster marrom quase toca meu jeans de lavagem desbotada.

— Sua mãe e eu — sempre sua fala de abertura preferida — queremos que você saia deste voo. — Nesse momento, olho para ele. Ele está olhando para a frente, pelo corredor, em direção a uma aeromoça loira e magra que está se curvando na frente do carrinho para pegar uma limonada para alguém. Sua papada se espalha por cima do colarinho da camisa, como a massa extra de uma torta. Há um tufo de cabelo branco em seus ouvidos e eu estou perto o suficiente para ver centenas de cravinhos no seu nariz que se abrem para formar marcas maiores no restante de seu rosto largo. Seus olhos profundos se fixam no traseiro da mulher loira, e suas sobrancelhas cinzentas se movem tanto quanto a boca quando ele diz de novo: — Sim, sua mãe e eu...... Nós queremos que você saia deste voo.

— Pai. — Minha voz, muito mais velha, mais grave do que era aos vinte e sete anos. — Do que você está falando? Não tem como a gente sair daqui.

Ele consegue tirar os olhos da loira e então, assentindo, vira o rosto largo na direção do meu. Seu hálito fede, como sempre fedeu, a chá forte.

— Não é seguro, filho, não é seguro. Não é assim que se faz. Você pode ficar preso nesta coisa para sempre. Não está certo, então é melhor você vir comigo.

— Pai, isso é loucura. Estamos em algum lugar sobre o Atlântico, não é seguro.

Seus olhos se estreitam para mim.

— Não discuta comigo, filho. Eu conheço um jeito, venha atrás de mim. — Ele começa a se levantar, mas é muito gordo ou o assento na frente está muito próximo, porque ele faz algumas tentativas e todo o bloco de assentos estremece com o esforço. Olho para os outros passageiros: executivos com notebooks, casais aconchegados, crianças rindo ao assistir a um filme; mas nenhum deles parece ter notado meu pai morto.

Ele agora está me esperando no corredor.

— Vamos, meu bom rapaz — ele chama.

Eu me levanto e começo a segui-lo, dobrando meus joelhos para sair da fila de assentos, e então percebo que a aeromoça loira se virou. Ela está puxando seu carrinho de aço na minha direção, quadris oscilando, de salto alto, e está olhando diretamente para mim. Debaixo da maquiagem, vejo que é June Withers, da escola. Ela namorou meu irmão mais velho Paul por alguns meses, o que fez de mim o cara mais popular da classe por um breve momento, antes de June trocar Paul por um drogado. Ela foi encontrada alguns meses depois, de bruços, com a cara no próprio vômito, na casa da mãe dela. Agora eu acho que aquela história da heroína e do vômito deve ter sido balela. Ela devia estar treinando para ser aeromoça desde o início.

Seus lábios vermelhos se curvam como uma concha do mar no formato de um sorriso, seus dentes como pérolas, seus olhos se apertando em descrença.

— Frankie?

— June?

— Ah, meu Deus, é você *mesmo*! Que engraçado! — Seu sorriso se alarga sobre mim.

— Frank! — Meu pai late como um terrier furioso mais adiante no corredor.

Não desvio os olhos de June, mas ela deve conseguir vê-lo por cima do meu ombro, porque pergunta:

— Aquele é o seu pai?

— Ah, sim. Acho que a altitude mexeu com ele. Ele não para de dizer que não estamos seguros aqui.

O sorriso dela desaparece imediatamente, e seu rosto se fecha todo.

— Não, Frank, dê ouvidos a ele. Nós estamos seguros, mas você não. Você tem que ir com ele, ou vai ficar preso neste avião por sabe Deus quanto tempo.

Ela começa a me enxotar com as mãos bem-feitas, instruindo:

— Vá em frente, siga-o, Frankie, vá em frente. — E vai me forçando a andar, empurrando o carrinho na frente do corpo.

Meu pai avançou pelo corredor, está esperando por mim. Quando o alcanço, ele começa a andar de novo. O cardigã marrom e o jeito como seu pescoço robusto recuou entre os ombros largos o fazem parecer uma toupeira em retirada. Agora estou imprensado entre meu pai e June, que ainda vai me tocando para a frente, como se eu fosse uma mosca irritante.

Passamos na frente dos banheiros e de fileiras e mais fileiras de pessoas. Sou escoltado por meu pai e June até os fundos do avião, onde há mais banheiros e uma pequena área com armários bege. Mais dois carrinhos como o que June está empurrando estão estacionados ali e há outra comissária de bordo sentada em uma caixa e comendo macarrão instantâneo. Ela nos olha de relance com olhos cansados e delineados de preto, e depois desvia o olhar novamente. Pelo canto do olho, vejo movimento, e, para meu horror, meu pai está se preparando, tenso e com as bochechas estufadas. Ele está puxando a alça vermelha da saída de emergência.

Avanço contra ele, mas a mão afiada de June no meu braço me puxa para trás e ela diz, com uma risadinha:

— Não se preocupe, Frankie. Ele está fazendo a coisa certa.

Então ouvimos um som alto de sucção. A luz que indica o banheiro passa de vermelha a verde, e a porta camarão se abre. Depois de um segundo, minha Luce sai.

Ela bate palmas quando me vê. Tem cerca de doze anos, o rosto redondo e impecável com a juventude. Estende o braço para mim e pega minha mão.

— Vem, pai — chama. — Vamos pousar logo, logo. Vem sentar perto de mim.

Meu pai para de lutar com a porta, e June faz uma leve careta do meu lado. Eles parecem saber que não podem me impedir de ir com Luce, mesmo se tentarem. De mãos dadas, Lucy me orienta de volta para meu assento. É a última coisa que lembro do sonho. Há diferentes personagens, pessoas mortas da minha vida. Às vezes é minha avó, minha tia Christina e, uma vez que eu me lembre,

Boots, nosso pequeno terrier escocês, tentou me expulsar do avião a latidas, mas Lucy sempre chega e me segura na hora H.

É o riso agudo de Carol que me traz de volta das memórias do avião, me fazendo aterrissar de novo na UTI do hospital. Carol normalmente fica na sala dela, mas hoje há uma escassez de assistentes de saúde, então parece que Mary arrastou Carol para ajudá-la a trocar os lençóis da cama de George. Meus olhos estão só um pouquinho abertos. Mary moveu minha cabeça, de modo que tudo o que eu consigo ver agora é o pé da minha cama, e um pedacinho do piso da UTI. Meu queixo está quase pressionado contra o peito, mas meus ouvidos estão perfeitamente afinados.

— Exatamente como nos velhos tempos, hein, Carol? — diz Mary, e eu ouço a cortina de George dançar pelos trilhos quando ela a arrasta ao redor da cama dele. — Nós duas pondo a mão na massa.

Diferentemente das outras enfermeiras, elas não contam antes de levantar George e não lembram uma à outra de enfiar os cantos dos lençóis ao redor do colchão. Essas duas trabalham juntas há tanto tempo que já conhecem todos os passos dessa dança.

— Então você falou com a polícia, Carol?

Entendi. Mary, é claro, está atrás de alguma fofoca.

— Ligaram hoje de manhã para avisar que prenderam aquele cara que a encontrou, o vizinho. — A voz de Carol é mais baixa que o normal, uma voz para dizer coisas que ela sabe que provavelmente não deveria dizer. — Eles o acusaram de dirigir embriagado e de tentativa de homicídio. A Paula falou que está surpresa por terem demorado tanto. Ela disse que todo mundo sabia que era ele quando ele tentou invadir a ala para ver a Cassie na semana passada.

Sinto movimento atrás da cortina, o puxão quando elas arrancam os lençóis usados. As mulheres param de falar.

— Bom, sabe o que eu acho? — Mary não espera uma resposta. Carol vai ouvir o que Mary acha, quer deseje ou não. — Eles estavam tendo um caso, não estavam? O vizinho e a Cassie. É óbvio. Ela contou a ele sobre o bebê, o bebê deles, e ele entrou em pânico como um maldito idiota.

— Ah, meu Deus, você acha mesmo, Mary?

— Acho sim. Só é uma pena que a gente não possa fazer um teste de paternidade agora, acabar logo com isso, pelo bem do Jack e da pobre mãe dele, mas, com a Cassie na condição dela, está fora de cogitação.

Ouço um farfalhar familiar quando uma delas faz os lençóis limpos flutuarem sobre a cama.

— É de partir o coração. Aquele pobre homem, ele adora a esposa. Sabe o que a Lizzie disse no outro dia? Que ela o viu lendo um daqueles livros sobre desenvolvimento de bebês em voz alta para a Cassie, acredita? Ele seria um pai incrível.

— Eu sei, fico pensando na mãe dele também. Eles não vão descobrir por meses se é do Jack ou não, pelo menos não até o bebê nascer. Mas sabe de uma coisa? Eu preferiria saber a verdade. Você não? Digo, imagine criar um filho pensando que é seu e descobrir anos depois que é de outra pessoa. Tem como ser pior?

Por um momento, Carol não diz nada. Mãos treinadas dão batidinhas sobre o lençol rígido e engomado.

— Só espero que esse vizinho seja decente e conte a verdade antes de o bebê nascer. O bichinho não deveria nascer para ver tudo isso, deveria?

Momentos mais tarde, carregando sacos plásticos com os lençóis sujos de George embolados, vejo os tênis brancos das duas enfermeiras trilharem o caminho pelo espaço estreito da minha visão. Elas param de sussurrar assim que entram na ala, e eu tento me sentir alegre como elas, aliviado que a justiça esteja um pouco mais ao alcance de Cassie e do pequeno, mas não paro de pensar no rosto daquele homem, nos olhos arregalados, incendiados de terror, desesperados em busca de uma nova imagem de Cassie para apagar a outra da mente: Cassie no riacho, jogada, sangrando. Penso em como ele congelou, tenso feito um cervo que sabe que está sendo caçado.

A tarde se desenrola tranquilamente até o início da noite. Jack visita Cassie. Ele põe música para ela. Não consigo ouvir o que ele está dizendo, se é que está dizendo alguma coisa, por causa da música. As notas cantam pelos meus ossos; bebo cada uma delas como se fossem gotas de néctar. Em algum momento meus olhos se fecham e eu vou para longe, para um lugar onde uma brisa suave toca de leve a minha pele e Lucy está ao meu lado.

Meus olhos só se abrem novamente depois que escurece. Minha cabeça está apoiada levemente para a esquerda, então vejo pelo limite inferior do olho direito o canto da cama de Cassie e uma parte do chão, brilhando por causa da luz ao lado da cama dela. Deve ser tarde; Paula frequentemente abre as cortinas entre mim e Cassie por volta da meia-noite, pois é mais fácil para ela ficar de olho em nós dois dessa maneira. Estou contando com a minha respiração, inspirando, expirando, inspirando, expirando e tentando enganar minha mente para pegar no sono, para escapar para meu sonho novamente, para o sol lá fora e a mãozinha de Lucy na minha, quando ouço a porta da ala se abrir com um chiado. Pensando que é uma enfermeira, volto a me concentrar na respiração. Mas então percebo que tem algo faltando. Seja lá quem tiver vindo, não está fazendo coisas apressadas como as enfermeiras geralmente fazem. Na verdade, está se movendo tão silenciosamente que só consigo discernir os rangidos mais leves do calçado no assoalho emborrachado a cada passo. O estranho para no fim da ala, antes de começar a se mover novamente e uma sombra vir pairar na minha visão, uma cabeça espichada e estranha por causa da luz atrás dela.

Talvez seja um médico de outra ala.

A pessoa se move até o pé da cama de Cassie. Só consigo vê-lo dos quadris para baixo. Ele está vestindo um jeans que se encaixa em torno de suas pernas como uma segunda pele. Mantém o peso do corpo apoiado do lado esquerdo, levemente desajeitado, descansando o direito. Ele avança cautelosamente na direção dela e sai da minha visão.

Nunca vi um médico de jeans, não aqui.

Tudo o que posso ver agora é sua sombra entrando e saindo da minha visão como uma chama aprisionada. Ele está em movimento, está fazendo alguma coisa com Cassie, e não posso fazer nada. Não posso fazer nada além de imaginá-lo puxando o tubo da cabeça dela, o sangue de Cassie borrifando, vermelho-carmesim, no teto, meus gritos ecoando, inúteis em torno do meu corpo. Eu anseio por me virar, desaparecer em uma nuvem de fumaça, mas é isso; é isso que devo suportar por ser tão inútil, forçado a assistir, mas sem ver direito qualquer coisa cruel que ele esteja fazendo com ela, com eles, prostrados e vulneráveis na mesa de sacrifício.

Um resmungo ecoa de Ellen ou George, e de repente a sombra para de se mexer. Por trás de sua cortina Ellen grita:

— Não! — Como uma gaivota raivosa. — Isso não!

Ellen!

Meu coração parece se reencontrar, recuperando o ritmo normal quando a sombra toma forma e o jeans passa rapidamente pelo meu campo de visão.

De novo, grite de novo, Ellen!

Um alarme, vindo de George, começa a soar desafinado, em tom baixo. Com a força do pensamento tento fazer um dos meus aparelhos se unir ao pânico, ajudar a mandá-lo para longe, longe dela. O sujeito se move muito depressa. Há um barulho metálico estridente quando ele chuta, desastrado, um carrinho de inox. Meu monitor cardíaco começa a apitar. Parecemos um bando de aves raivosas, guinchando contra o intruso. É barulhento demais e meu coração ainda está batendo como um peixe morrendo dentro do peito, então não consigo ouvi-lo ir embora, mas o imagino tentando andar apressado, arrastando a perna como se tivesse levado um tiro, saindo da nossa ala.

— Estou indo, estou indo. — Paula entra de repente. Imagino-a balançando a cabeça, contrariada, ao ver a bandeja mexida, e ouço as rodinhas guincharem ao serem empurradas de volta para seu lugar perto de Cassie.

Ela atende o outro paciente e vem até mim por último. Paula passa soro fisiológico nos meus olhos e, por fim, levanta minha cabeça. Meus olhos saltam sobre Cassie. Ela ainda está lá; ainda está viva. Mas não parece mais serena. Seus músculos faciais não estão relaxados; estão retorcidos, a boca redonda petrificada em um grito silencioso, e a verdade me atinge claramente, como se eu tivesse me cortado com o entendimento afiado: mesmo aqui, Cassie e seu bebê não estão seguros.

9

CASSIE

— Era para ser à esquerda aqui — diz Cassie, estreitando os olhos para a confusão de linhas no mapa, levantando o olhar rapidamente e o baixando de novo, tentando avistar alguma correlação entre a estradinha arborizada por onde eles vão sacolejando a bordo da van de Jonny e as linhas que parecem capilares no mapa aberto sobre suas pernas, os pés descalços apoiados no porta-luvas.

Ela sente Jonny se virar em sua direção, antes que ele se volte novamente para a estrada, ainda sorrindo.

— Do que você está rindo? — ela pergunta.

O sorriso de Jonny se abre mais atrás dos óculos de sol.

— Você não faz ideia de onde a gente está, não é mesmo? Não tem nada à esquerda aqui.

Cassie baixa a cabeça novamente, franzindo a testa, olhando para o mapa com intensidade, como se ele tivesse mentido para ela.

— Jesus! — ela exclama. — Por que chamar Brighton, quando claramente é onde Judas perdeu as botas?

— Bem observado, se bem que eu acho que "Festival de Comida e Bebida de Onde Judas Perdeu as Botas" não atrairia multidões.

Cassie ri. As caixas de geleia deslizam na parte de trás do carro quando Jonny faz uma manobra, uma guinada à direita acentuada para outra estradinha, sebes carregadas com flores-de-maio.

— Todas essas estradas parecem idênticas — Cassie reclama.

— Vamos seguir nosso instinto, não pode ser muito longe — comenta Jonny. Cassie apoia a cabeça no encosto, se vira e olha para ele. Ele está novamente com a bermuda jeans cortada. Jogou os chinelos na parte de trás da van e começou a dirigir descalço; até mesmo aquelas coisas frágeis eram restritivas demais para ele. Seus braços já estão com cor de caramelo queimado, os pelinhos claros como teias de aranha. Um caminho um pouco mais escuro de pelos desponta de sua camiseta desbotada.

O mundo é leve com Jonny. Ele diz que é porque passou muito tempo de terno, correndo pela vida como se fosse algo que ele precisasse suportar. Agora, é como se ele tivesse chegado a um acordo com o mundo: eu te aceito se você me aceitar. Jonny diz que as pessoas sempre complicam demais as coisas. Cassie pensa em Jack. Ele não dormiu bem na noite passada; estava fora da cama, debruçado sobre suas planilhas como nas últimas noites, o brilho da tela do computador iluminando seu rosto doentio e anêmico. Ele diz que os problemas no trabalho são complicados demais para explicar, então simplesmente se volta para o computador e nem sequer tenta. Ela ainda não o tinha visto assim. Seu estresse tem uma grandiosidade, uma importância que Cassie não sabe como penetrar.

Ela conversou com Jonny sobre isso em uma "pesquisa de campo" em uma fazenda de chili. Jonny havia levantado os óculos do rosto, apoiado as hastes atrás das orelhas e encarado Cassie quando ponderou:

— Bem, me parece que você tem uma escolha, Cas. Você tanto pode confrontá-lo e dizer que vocês precisam trabalhar juntos para mudar as coisas.

— Ou?

— Ou pode aceitar que isso é parte dele por enquanto e levar um uísque quando ele não conseguir dormir.

Jonny faz tudo parecer tão simples. O problema é que, em algum ponto da jornada entre deixar Jonny e ir para casa encontrar Jack, a lógica simples do vizinho pareceu se contorcer, como um colar fino. Então, quando usou as palavras de Jonny para explicar a Jack como estava se sentindo, ela soou superficial, infantil. Jack se limitou a franzir a testa para ela, esfregou as têmporas e se virou para as planilhas, e ela se desculpou por trazer o assunto à tona e o deixou a sós com o trabalho. Porém não era assim com Jonny; ele parecia entender sem que ela tivesse que explicar.

— Ah-ha! — Jonny se endireita no assento do motorista. — Está vendo o que eu estou vendo?

À frente deles, há um pequeno bloco do edifício do hipódromo, como um Lego, e uma faixa dizendo que eles tinham finalmente chegado ao FESTIVAL DE COMIDA E BEBIDA DE BRIGHTON.

Cassie pega o mapa de suas pernas, expondo as coxas, e, sem se dar o trabalho de dobrá-lo de volta ao formato sanfona, joga-o na parte de trás do carro, sabendo que Jonny não vai se importar, e ele sorri ao vê-la erguer os braços, vitoriosa, e dizer:

— Conseguimos! Chegamos ao Festival de Onde Judas Perdeu as Botas!

Eles entram em um pequeno campo para encontrar um local para estacionar. Não existe nenhuma vaga perto da entrada, então têm que ir mais para a frente no estacionamento. Cassie reconhece uma echarpe rosa familiar e o cabelo chanel prateado. Ela diz a Jonny para ir devagar ao ver Charlotte atravessando o estacionamento em direção à entrada do festival.

— Charlotte! — ela chama pela janela. — Você chegou cedo!

A mulher olha ao redor, sem saber se acabou de ouvir seu nome ou não, antes de ver Cassie acenando da van. Charlotte segura um pouco mais firme a toalha de mesa que costurou para Cassie ao caminhar na direção deles.

— Ah, oi, Cas — ela diz, seus olhos perpassando as pernas nuas da nora, os pés ainda apoiados no painel. — Peguei uma carona com a Maggie, sabe? A cabeleireira? Ela está ajudando em uma barraca de bolo. Aqui, eu trouxe a sua toalha de mesa. — Ela levanta o pano listrado de vermelho e azul que terminou de costurar ontem. Cassie abaixa lentamente as pernas.

— Charlotte, você é incrível — elogia, levantando os quadris para puxar a saia jeans mais para baixo sobre as pernas. Ela sente um choque, um calor, quando os olhos de Jonny desviam rapidamente até suas coxas e retornam para encontrar o olhar de Charlotte.

Jonny se inclina para a frente em seu assento, as mãos no volante, passando por Cassie e exclamando alegremente:

— Oi, Charlotte, só vamos estacionar e já encontramos você.

Charlotte acena com a cabeça e dá um passo para trás. Ao ver a van avançar, a unha do polegar bate no tecido em seus braços e ela sente a pele sobre a pálpebra começar a pulsar — um velho tique. Isso não acontece há anos, e ela sente um desconforto familiar no fundo do estômago enquanto observa a van sacolejar sobre o campo. Ela sabe o que isso significa imediatamente. Charlotte está preocupada com o filho.

Jonny pega a maioria das caixas de dentro do carro e as coloca sobre a mesa de cavaletes no canto oposto do vestíbulo principal, enquanto Cassie se registra com os organizadores e começa a montar sua banca. Agora eles já conhecem seus papéis. Esse é o quarto evento do Geleias da Fazenda, e Jonny esteve ao lado de Cassie para ajudá-la em todos eles. Cassie tem o cuidado de equilibrar suas invenções mais novas e audaciosas, como creme de chocolate com pimenta e conserva de flor de sabugueiro, com sucessos tradicionais, como geleia de framboesa e de damasco. Ela posiciona os potes rotulados a mão sobre a mesa em seus frascos de vidro, como pequenos soldadinhos doces.

Ao longo das últimas semanas, Cassie passou de comer colheradas de geleia direto do pote a sentir que poderia vomitar só de pensar em sentir cheiro de geleia. Provavelmente tinha exagerado, como se tivesse ouvido uma música vezes demais. Hoje ela vai pedir para Jonny abrir os potes de degustação.

Cassie achou que Charlotte fosse oferecer ajuda para montar as coisas, mas não a viu desde que sua sogra entregou a toalha de mesa no estacionamento e disse que ia ver se Maggie precisava de algo.

Cassie olha o recinto a sua volta. As pessoas começam a entrar aos poucos, mas não há sinal de Charlotte. Ela ouviu um boato de que representantes do Prêmio Sabor viriam hoje, mas incógnitos. Charlotte não iria embora sem se despedir, iria? Cassie esperava que a sogra fosse comentar com Jack, dizer como a banca tinha ficado bonita, como Cassie tinha se esforçado para deixar tudo com aspecto profissional, mas ainda preservando o ar do campo, de produto caseiro.

— Certo, este é o último. — Jonny, de volta com seus chinelos, vem arrastando os pés na direção de Cassie com mais uma caixa de papelão. Então a abaixa cuidadosamente no chão atrás da mesa e enxuga a testa com o dorso do pulso.

Cassie toca as costas dele por um breve instante e sente os músculos de Jonny se moverem debaixo de suas mãos. Ela não agradece; ele sabe que ela é grata, da mesma forma como ele é grato a Cassie.

Ele bebe uma golada de sua garrafa de água. Cassie tomou um golinho da mesma garrafa antes e quase cuspiu: a água estava com um sabor salgado, calcário, quase parecido com barro. Jonny deve ter colocado um antiácido dentro da garrafa antes de sair de casa.

Ontem à noite ele conversou por telefone com Lorna, sua esposa, em Londres. Ele sempre bebe muito quando fala com Lorna. Cassie sabe que as coisas ficaram piores para Jonny desde que Cassie atendeu o telefone na casa dele enquanto ele estava fora passeando com Dennis, dois dias antes. Lorna ficou maluca ao telefone, chamou-a de vagabunda e destruidora de casamentos antes de Cassie desligar e deixar o fone fora do gancho para que Lorna não pudesse ligar de volta. Cassie ficou abalada, mas Jonny a abraçou, lembrou-a de que

Lorna não estava bem. Servindo uma taça de vinho para ela, Jonny disse que não era culpa de Cassie.

— Você não viu Charlotte por aí, viu? — ela pergunta para Jonny.

— Não, só quando chegamos — ele responde, olhando de um lado para o outro, como se esperasse que Charlotte estivesse escondida perto deles.

— Está bem. — Cassie anda ao redor da banca. — Acabei de lembrar que deixei os folhetos no carro. Me empresta a chave?

— Eu vou lá buscar — Jonny responde.

— Não, não, eu vou. Quero tomar um pouco de ar. Estou com enjoo de novo.

Ele lança as chaves para Cassie e sorri para ela.

— Bela pegada — diz com uma piscadinha, assim que os dedos dela se fecham ao redor das chaves no ar.

Do lado de fora, Cassie dá uma olhada na banquinha de Maggie e no banheiro feminino, antes de verificar a barraca do café. Sua sogra está sentada em uma das mesas de aparência raquítica, a mão apertada em torno de um copo de isopor. Seus olhos estão nebulosos, como se estivesse perdida nas memórias. Ela só levanta o olhar, um pouco assustada, quando Cassie coloca a mão no seu ombro.

— Charlotte, eu estava procurando você! Está tudo bem?

— Ah, Cas, desculpe. Eu só queria sentar um pouco.

— Tudo bem, eu só preciso ir lá no carro rapidinho — diz Cassie. — Não vá embora sem ir ver a nossa banca, hein?

Charlotte pega o copo e bebe o restinho do café.

— Na verdade eu já acabei. Vou com você agora.

Charlotte se levanta e as duas caminham lado a lado até o porta-malas da van. A grama está achatada, tatuada com o caminho percorrido pelos pneus. Um humor que Cassie nunca presenciou paira ao redor de Charlotte hoje, como uma névoa; ela não sabe como dissipá-lo, então é um alívio quando Charlotte fala primeiro:

— Qual é a última entre o Jonny e a esposa dele? O Jack disse que ela ainda está em Londres.

Cassie se vira para Charlotte, mas a sogra mantém os olhos fixos em um ponto à frente. Cassie não consegue ler a expressão deles por baixo dos óculos.

— Ela não está muito bem. Acabou se tornando impossível para os dois continuarem morando juntos, então mudar para cá foi uma decisão importante da parte do Jonny.

— Como assim? Se ela não está bem, precisava do marido mais do que nunca, não é?

Cassie olha para a sogra. Às vezes ela sabe não ser nada sutil.

— Isso é confidencial, mas ela tem problemas psicológicos, Charlotte. Ela ficou violenta com o Jonny, começou a perseguir uma das colegas de trabalho dele e acabou sendo internada compulsoriamente.

— Por quê? Ele tinha um caso com a colega? — Charlotte pergunta, um toque gelado na voz.

Cassie franze o rosto. Charlotte é sempre muito astuta.

— Charlotte, eu realmente não acho que... — Ela estava prestes a defender Jonny, mas Charlotte de repente parou de andar.

Cassie volta alguns passos e fica de frente para ela.

— Não seja tão ingênua, Cassie. — A mulher mais velha tira os óculos escuros como se de repente estivessem queimando seu rosto. — Ou ele mentiu para a esposa, ou não.

Cassie percebe que nunca tinha ouvido sua sogra gentil em tom irritado.

— Qual é o motivo disso tudo, Charlotte? — Cassie balança a cabeça de um lado para o outro. Até hoje, só tinha visto os olhos de Charlotte transbordarem de felicidade. — Você parece muito chateada.

Charlotte levanta os olhos na direção de algo ao longe, por cima do ombro de Cassie; ela aperta os olhos quando a pálpebra começa a tremer novamente.

— Cassie, olha, vou te dizer uma coisa, porque eu confio em você e acho que você deveria saber para talvez conseguir entender minhas preocupações em relação ao Jonny.

Cassie sente o nevoeiro se dissipar ligeiramente entre elas. Charlotte confia nela. Está tudo bem com ela. Ela faz um sinal afirmativo com a cabeça e espera que a sogra continue falando. Os ombros de Charlotte se curvam um pouco, como se finalmente cedessem sob um peso invisível.

— Depois que o Mike morreu, uma mulher veio à nossa casa. Ela me disse que tinha sido amante do Mike. Que eles ficaram juntos e se afastaram várias vezes ao longo dos anos. Ela veio porque, depois que ele morreu, ela descobriu que não era a única, que o Mike tinha casos com outras mulheres.

Charlotte para de falar por um instante e aperta os lábios como se tivessem sido costurados um no outro por uma linha invisível. Ela solta a respiração antes de começar a falar novamente. A voz é dolorida.

— Ela me contou porque agora sabia como era se sentir a outra, como era ter sido enganada por tanto tempo. Ela achava que estava fazendo a coisa certa. — Charlotte balança a cabeça, um riso seco e sem humor se prendendo a sua garganta como um caco de vidro. — A verdade é que eu já sabia. Alguma parte profunda e fundamental dentro de mim sabia que ele não era totalmente meu. — O silêncio cresce ao redor delas.

— O Jack...

Os olhos de Charlotte finalmente se fixam no rosto de Cassie.

— O Jack não sabe de nada. Eu odiei aquela mulher por me fazer mentir para o Jack ainda mais do que a odiei pelo que ela fez com o meu marido. O Jack já tinha perdido o pai... já o tinha encontrado morto, pelo amor de Deus. Ele queria acreditar que o pai era um herói. Eu queria manter a memória dele perfeita, não vi motivo para tirar isso dele. E continuo defendendo esse ponto de vista, Cas. Não acho que teria ajudado nada ele saber na época, e certamente não vai ajudá-lo saber agora.

Algumas lágrimas finalmente irrompem pelas faces de Charlotte. Cassie coloca a mão no ombro dela e, não sentindo nenhuma resistência ao gesto, puxa a sogra para um abraço. Ela está feliz por Charlotte permitir isso. Espera que ela consiga sentir o amor, a admiração que Cassie nutre por ela. Charlotte libera os braços primeiro e procura na manga por um lenço, com o qual seca os olhos dando batidinhas.

Cassie quer saber por que Charlotte está revelando tudo isso, por que agora, no meio de um estacionamento de grama, em uma manhã de sexta-feira. Ela quer saber, mas não quer perguntar. Em vez disso, segura a mão de Charlotte, o lenço amassado entre as palmas, e diz o que tinha planejado dizer para Jack.

— Charlotte, você sabe, como o Jack está se esforçando demais no trabalho, o Jonny tem me ajudado com as geleias. Nós nos tornamos amigos, isso é um... Eu... — Mas não consegue terminar o que ia dizer, porque de repente o estacionamento começou a girar e ela estende a mão para a sogra em busca de ajuda. Ela ouve Charlotte chamar: "Cassie, Cas? O que está acontecendo?", antes que a onda de náusea passe e ela se veja com um cansaço tão incapacitante que faz seus joelhos cederem e ela achar que poderia desabar e adormecer bem ali, no meio do estacionamento, se Charlotte não a estivesse segurando.

Ela queria poder pedir para a sogra ir buscar Jonny, mas sabe que só pioraria as coisas. Em vez disso, Charlotte a ajuda a sentar no banco do passageiro do carro de Jonny.

Charlotte está prestes a sentar atrás do volante ao lado dela, mas Cassie diz:

— Charlotte, desculpe pedir, mas será que você poderia ir ajudar o Jonny? Daqui a alguns minutos vou estar bem, mas não quero que ele fique sozinho lá. — Uma onda forte de náusea ondula em seu estômago mais uma vez. Ela sente a testa gotejar de suor.

— Sério, Cas, acho que você não deveria...

— Por favor, Charlotte. Olha, foi só a minha pressão que caiu. Eu sei que foi. Vou descansar um pouco, tomar uma água e já vou me sentir melhor. Venha me ver daqui a quinze minutos e eu vou estar bem novamente, prometo.

Charlotte parece chocada por um momento, sem saber o que fazer, então Cassie repete: "Por favor, Charlotte", antes que a mulher finalmente a deixe sozinha.

Cassie fica imóvel no banco do passageiro por alguns segundos enquanto deixa os fatos se alinharem no cérebro. Ela está com enjoo e a menstruação atrasou. Ela apalpa um dos seios. Está inchado e dolorido quando ela aperta suavemente. Merda. Ela pensa em mandar uma mensagem para Jonny, pedir para ele vir buscá-la, mas isso apenas aguçaria ainda mais as suspeitas de Charlotte, e ela não consegue lidar com mais nada naquele momento. Não, não, é melhor fazer um teste primeiro. Ela precisa saber com certeza antes de contar a alguém. Ela olha para a aliança de ouro, gira-a no dedo e enche os pulmões com um grande e estremecido suspiro. Cassie já havia imaginado esse momento, costumava fantasiar sobre descobrir que estava grávida, mas está chocada por não conseguir sentir alegria nenhuma. Em vez disso, ela sente outra onda de náusea e cobre o rosto com as palmas, como se tentasse se esconder do mundo, e chora nas mãos.

10

ALICE

A policial Brooks está em pé na recepção, esperando por mim. Ela já se encontrou com Elizabeth Longe para se atualizar sobre o quadro clínico de Cassie. Foi sugestão de Jack que eu falasse com Brooks depois. Ele afirmou seu desejo de que todos tivessem bem claro o que aconteceu. Ele quer baixar o volume das afirmações e fofocas que se espalham pela ala do hospital como se fosse a trilha sonora de um filme, mas suspeito que seja algo mais. Um músculo pulsou no queixo de Jack quando ele me contou que Jonny tinha saído da prisão mediante o pagamento de fiança.

Brooks tingiu o cabelo curto de um tom ocre enferrujado depois que nos encontramos pela última vez. Nunca sei como abordar policiais: "policial" ou apenas "Brooks"? "Jane" parece informal demais para alguém vestido com o uniforme da polícia.

— Olá — cumprimento e acrescento na sequência: — Como vai? — Evito usar algum nome.

Seus lábios finos sorriem brevemente, e, por um instante, vejo mais "Jane" que "policial Brooks".

— Pensei que poderíamos conversar aqui — acrescento, indicando a sala de enfermagem.

Eu esperava que pudéssemos tomar um chá, que pudéssemos conversar livremente uma com a outra. Se não exatamente de mulher para mulher, pelo menos ter uma conversa profissional entre duas pessoas trabalhando na linha de frente. Quero descobrir o que ela pensa sobre o caso, mas a policial Brooks está rígida e impassível diante de mim; seu uniforme é como uma armadura entre nós. Tenho a impressão de que ela quer ir direto ao ponto, então começo a preparar a voz para falar.

— Nos disseram que o vizinho, Jonny Parker, foi indiciado.

— Positivo.

Receio que eu vá ter que arrancar as palavras dela como se estivesse torcendo uma toalha molhada, gota a gota, então fico aliviada quando ela aperta as mãos no colo e, sentada na cadeira, inclina o corpo para a frente.

— Os vizinhos que compareceram à mesma festa de Ano-Novo depuseram como testemunhas — ela diz com a voz baixa, mas clara. — Eles viram a sra. Jensen e o sr. Parker discutindo do lado de fora da festa. O sr. Parker afirma que a sra. Jensen voltou andando para casa no escuro logo depois que eles foram vistos. Ele ficou na festa por mais algumas horas antes de ir para casa de carro, com velocidade cinco vezes acima do limite.

— Então ele mora perto da Cassie e do Jack?

Brooks pisca e assente para mim, surpresa, talvez, que eu não esteja usando os sobrenomes, como se fôssemos amigos. Ela sabe o que estou realmente perguntando.

— Ele dirigiu pela mesma estradinha onde a sra. Jensen foi atingida, sim. A teoria é que ele voltou para casa, ainda catatônico, e soltou os cachorros para que eles pudessem, de fato, "encontrá-la".

— E o que ele está dizendo?

— Receio que eu não possa revelar mais nada a respeito disso.

— Pensei que o Jack quisesse...

— O sr. Jensen queria que tivéssemos esta conversa porque o sr. Parker está sob fiança agora, e, embora os movimentos dele sejam, naturalmente, restritos e ele não tenha permissão para entrar em contato com os Jensen, não podemos expedir uma ordem de restrição que o impeça de vir até o hospital caso esteja envolvido em uma emergência médica. O sr. Jensen sabe que o sr. Parker tentou entrar à força na ala logo depois do acidente e está compreensivelmente preocupado que o sr. Parker possa tentar ver a sra. Jensen, o que seria muito estressante para ele e a mãe. Já falei com a segurança daqui. Eles sabem que devem reforçar a vigilância, mas pensamos que também seria uma boa ideia alertar a equipe da ala.

— Acha que ele vai tentar voltar?

Os olhos de Brooks se fixam nos meus por um momento. Ela parece suavizar um pouco, e tenho a impressão de que fala mais do ponto de vista pessoal que do profissional:

— Bem, ele disse que não iria voltar, é claro, mas já vi gente desse tipo antes. Eles parecem sãos até estarem em casa, sozinhos, com as emoções à flor da pele, e de repente estão abrindo garrafas e sabe-se lá o que vão fazer depois, então tome providências para que a sua equipe esteja alerta e que todos os visitantes sejam monitorados, certo?

Brooks se abaixa na direção dos pés e abre a aba de velcro de sua bolsa de policial.

— O sr. Jensen me pediu para te dar isto. Ele esqueceu de levar quando nos encontramos. Disse que viria pegar depois com você. — Brooks me passa um pequeno envelope pardo. O interior é macio, cheio de embrulhos. Na frente do envelope, alguém endereçou: "Sr. Jack Jensen".

Brooks se levanta abruptamente assim que pego o envelope. Ela não me pergunta se eu tenho alguma dúvida. Alisa a calça de poliéster azul-marinho.

— Acho que isso é tudo por ora — diz e lança outro sorrisinho para mim antes de sair.

Fico sentada na sala de enfermagem, sem janelas, por alguns minutos depois de Brooks partir, o envelope no colo, o polegar mexendo na aba. Não está bem fechado; metade da aba está solta, franzida e levantada. Eu me pergunto se Brooks notou isso. Passo os dedos pela abertura, forço a aba mais um pouquinho. Sei que deveria pegar uma fita adesiva e fechar o envelope do jeito certo, mas já está quase aberto. Não seria melhor colocar em outro envelope, um que eu consiga lacrar? Este parece que foi violado. Não quero que Jack pense que alguém que ele não conhece mexeu no envelope.

Antes que eu tenha tempo para me convencer a não o fazer, mexo com a cadeira para ficar de costas para a porta, caso alguém entre. Passo o dedo sob a aba do envelope, que se solta facilmente. Vejo um saquinho de plástico transparente com um anel turquesa dentro. Já o vi antes; estava no dedo fino de April na foto que encontrei no Facebook de Cassie — a foto em que ela, April e o cara de cabelo branco estão no hospital. A turquesa é marmorizada, o aro de prata está desgastado e sulcado, como se estivesse cheio de histórias. Há uma etiqueta branca colada na frente do plástico. Diz que o anel foi encontrado no terceiro dedo da mão esquerda de Cassie. O dedo anelar.

Meu coração pula no peito quando batem na porta. Enfio o saquinho de volta no envelope e me levanto, segurando-o atrás das costas. Viro de frente para a porta. Sue, a técnica da ala, põe a cabeça dentro da sala e pergunta se eu vi Mary ou sei alguma coisa sobre um pedido que ela fez hoje mais cedo. Balanço a cabeça em negativa, e Sue franze a testa rapidamente, murmurando algo sobre sistemas existirem por um motivo antes de fechar a porta.

Pego um novo envelope no armário de material de escritório e rapidamente escrevo o nome de Jack na frente, exatamente como a polícia fez. Ao unir as partes colantes do envelope, procuro um caminho coerente para meus pensamentos, como se tentasse encontrar a ponta de um novelo de lã. Eu sei que houve alguma coisa, alguma coisa que eu vi sobre as alianças de noivado e casamento de Cassie. Segurando o novo envelope, caminho de volta para minha ala e paro ao lado da cama dela.

Pego sua mão esquerda e apalpo o lugar onde a aliança deveria estar. De repente minha memória se desenrola. Lembro de Jack no dia seguinte a Cassie ter sofrido o acidente. Eu o vejo novamente colocando as alianças de noivado e casamento no bolso da camisa. Lembro de como ele dava batidinhas no bolso, como os anéis repousavam em segurança sobre seu coração. Achei que a equipe de socorristas tivesse dado os anéis para ele, mas agora sei que estava errada. Cassie não estava usando as alianças quando foi atingida; ela estava usando o anel da mãe. Jack deve tê-las trazido especialmente de casa.

Coloco a mão curvada de Cassie novamente sobre a cama e olho para seu rosto murcho. Cada dia que passa é um ano para ela. Sua pele vai ficando cinzenta e as linhas vão sulcando cada vez mais fundo em sua pele. Queria saber o que Jack estava planejando fazer com aqueles anéis. Será que ele os guardava consigo para se sentir próximo de Cassie? Ou será que estava planejando deslizar os anéis de volta no dedo dela, reclamando-a como sua, quando ninguém estava olhando?

Penso em Jonny entrando correndo na 9B. Ele teria se jogado sobre Cassie se eu não tivesse impedido.

Quando puxo a cortina ao redor de Cassie, eu me lembro de que é Jonny, não o devoto Jack, que devo questionar, e tento me distrair da memória de seus olhos, os olhos de Jonny, cheios de algo que parecia amor.

O aniversário de Carol foi um pouco antes do Ano-Novo, então Mary e eu a convidamos para beber alguma coisa depois do trabalho. O Ox and Cart é uma rede de pubs com tapetes esponjosos e um caça-níqueis que explode a cada dois minutos com musiquinhas e luzes brilhantes. A única coisa que conta a favor do pub é que faz fundos com o estacionamento do hospital. Mary e Carol já estão em uma mesa redonda para quatro pessoas. O vestido preto apertado de Carol se estica sobre os seios ao lado do casaco de flanela com zíper até em cima de Mary, o que faz delas companheiras improváveis. Estão sentadas em banquinhos, e sobre a mesa há uma garrafa de vinho branco semivazia. Esqueci de trazer uma muda de roupa, então ainda estou nos meus trajes azul-escuros de hospital. Dou uma pequena pirueta, e Mary assobia.

— Que roupa sexy, Alice! — diz ela.

Compro uma garrafa de vinho para o aniversário e lembro a Carol e Mary que estou no meu janeiro abstêmio, para evitar comentários quando pedir uma limonada. Carol nos atualiza sobre Shane, seu novo cara. Eles se conheceram em um site de namoro, um fato que parece ter feito Carol perder o tesão, embora ela mesma tenha se inscrito nesse site.

— Eu sei, eu sei que é irracional — comenta ela. — Sinto um pouco de vergonha quando as pessoas perguntam como nos conhecemos, sabe, pelo fato de a gente não ter uma doce história romântica.

— Então invente uma. — Mary dá de ombros. — Todo mundo mente sobre a vida de tempos em tempos. — E toma um gole de vinho.

— Eu não — devolve Carol, um tanto afetada.

— Bem, é isso que estou tentando dizer. Talvez você também devesse dar uma chance.

Sempre prometemos não falar sobre trabalho quando saímos, mas esta noite quebramos a promessa ainda mais depressa que de costume quando Mary diz:

— Aposto que até mesmo a Cassie, com a vida maravilhosa que tinha, dava uma distorcida na verdade de vez em quando.

— Bem, ela obviamente fez isso com o bebê. Ainda não acredito que ela não sabia que estava grávida. — Carol balança a cabeça enquanto fala.

Seguro meu copo e penso em ir ao banheiro por alguns minutos, esperando que a conversa tenha desviado para outro assunto quando eu voltar. Sei que algumas das enfermeiras andaram fofocando sobre isso. Eu provavelmente me juntaria a elas se não entendesse por que Cassie não contou à família sobre a gravidez. Ela estava protegendo Jack, para que ele não precisasse passar pela dor de outro aborto. Eu sei que é preciso ter coragem... coragem e muito amor.

— Terra chamando Alice, Terra chamando Alice! — Mary estala os dedos na minha frente.

Pisco duas vezes.

— Desculpe.

Mary segura a haste da taça de vinho entre o indicador e o dedo médio, como um taco de sinuca. Estou com desejo de tomar uma taça; limonada não dá conta do recado quando estou com essas duas.

Carol se inclina na minha direção de um jeito conspirador.

— Estávamos dizendo que temos uma fofoca das boas para você. Ela apareceu em um anúncio.

— Quem?

— Cassie Jensen. — Carol fala com um tom vagamente irritado por eu não estar acompanhando direito, o que arruína sua grande notícia.

— Um anúncio? — Enrugo a testa. Minha mente está em branco; não consigo pensar em nenhum anúncio.

Mary revira os olhos para mim e se inclina para a frente, ao lado de Carol.

— A Lizzie estava falando sem parar que tinha reconhecido a Cassie e não queria deixar por isso mesmo. Então, de repente, alguma coisa se encaixou. Ela disse "Aí está o sol", e foi aí que alguma coisa se encaixou para mim também.

Mary para de falar. Carol me dá um sorriso. Ambas querem capturar o momento em que aquilo vai fazer sentido para mim.

Encolho os ombros para as duas.

— Não entendi. — Não tenho ideia do que elas estão falando.
— Ela é aquela garota do anúncio de suco de laranja. Juice-C? — Carol explica, como se fosse óbvio. — Sabe? Aquela loira que parece toda infeliz? Fala sério, Alice. Você deve lembrar. Quer dizer, faz alguns anos, mas todo mundo, *todo mundo* repetia aquele bordão, até você...

Minha mente está totalmente em branco. Ainda não consigo pensar em anúncio nenhum, ainda mais um que eu imitasse.

Carol segura a taça ao lado do rosto. Toma um longo gole e acaba com seu vinho de uma só vez. Ela solta um suspiro, como que saciada, e diz com uma voz fina à la Marilyn Monroe:

— Aí está o sol.

Olho fixo para Carol e depois para Mary.

Carol começa a rir de novo, deliciada.

— É ela, Alice! Foi a Lizzie que descobriu. A Cassie é a garota do anúncio da Juice-C.

Mary e eu damos um golinho, Carol toma uma golada. A máquina caça-níqueis parece ter um ataque.

— Você não lembra, né? — Mary parece decepcionada.

— Não, não, eu lembro de algo assim. Vou ter que pesquisar quando chegar em casa. Ela fez alguma outra coisa? — Na verdade eu não lembro, mas quero que elas parem de olhar para mim com esse ar de expectativa, como se eu estivesse prestes a apresentar algum truque incrível.

— Na verdade não, não que eu saiba. Ela parece um pouco aquele pessoal de um comercial só, não parece? Tem gente que não faz mais nada. — A voz de Mary já está embargada pelo vinho.

— Que mundo estranho, hein? — Carol se vira para mim. — A menina do comercial da Juice-C na sua ala, grávida e em coma. Você não poderia ter inventado uma história assim.

— Mais alguém sabe? — pergunto. — Sobre a Cassie e esse comercial, quero dizer?

Mary pisca para mim, e Carol balança a cabeça.

— Ah, que bom — comento. — O Sharma ficou me falando sem parar ontem sobre confidencialidade, *silentius maximus*.

Carol faz um ruído de desdém pelo nariz, e Mary zomba:

— *Imbecilius arrogantus*.

Mary passa ao assunto seguinte e nos conta sobre seu neto, Thomas, que teve sarampo recentemente. Ele está choramingando tanto que a filha de Mary não sai de casa há três dias. Carol se solidariza. Sua filha teve quando era pequena e, pelo visto, foi bem difícil de curar.

Quero ir embora, procurar o comercial da Juice-C, mas, agora que elas estão falando sobre filhos, vou ter que ficar por pelo menos mais quinze minutos. Não quero que elas se sintam mal ou pensem que é por esse motivo que estou indo embora. Aguardo, tentando ser paciente, enquanto Carol nos pergunta pela décima vez se achamos que ela deveria fazer cirurgia a laser nos olhos. Mary lhe diz novamente que ela é jovem demais para usar "óculos de leitura".

Provavelmente me desliguei do assunto por pouco tempo, de modo que elas não chegam a se preocupar, mas não consigo deixar de pensar no anúncio. Então, quando começo a falar, minha esperança é de usar uma voz feliz.

— Desculpem, meninas, mas vou ter que deixar vocês com o vinho. — Dou um beijinho de despedida em ambas. — Feliz aniversário atrasado — digo para Carol.

Elas soltam exclamações contrariadas, decepcionadas por eu estar partindo tão cedo, mas me conforto sabendo que vão voltar a suas histórias assim que eu pegar minha bolsa do chão.

No carro, vejo o comercial no celular duas vezes. Assim que o cenário da rua em preto e branco, ao estilo dos anos 1950, entra na tela, eu me lembro. Uma jovem atraente — mais uma menina, na verdade — caminha na rua de cores opacas, embora eles tenham deixado a pele dela cinza-claro, semelhante a como está agora. Ela é inegavelmente bonita, mas tem uma beleza discreta e natural. Seu rosto não é vistoso, não exige adoração, e as covinhas e o pescoço longo são discretamente bonitos; ninguém deveria notar. A Cassie do comercial caminha na direção da câmera e fala diretamente para a lente:

— Onde está o sol?

Imediatamente, uma caixa de Juice-C desce dos céus e cai nas mãos dela. Ela toma um bom gole através de um canudo conveniente e, de repente, o céu se abre, a imagem ganha cores brilhantes. Do nada, pessoas bonitas e risonhas pulam na rua. Cassie se transforma. Fica cintilante, o cabelo preso em um rabo de cavalo, o sorriso largo e os dentes branquíssimos. Uma banda de metais marcha atrás dela, líderes de torcida rodopiam, fogos de artifício explodem ao fundo, e Cassie olha para a embalagem em sua mão, seu sorriso nunca vacila, e se vira de novo para a câmera.

— Aí está o sol! — diz, com riso na voz.

O comercial parece ter sido feito para grudar, de um jeito irritante e agressivo. Lembro de promotores na frente de supermercados distribuindo amostras grátis do suco para quem falasse o bordão: "Aí está o sol!" Eu fugia disso às pressas.

Não conheço essa Cassie. Está produzida demais, brilhosa demais para se encaixar na minha ideia da artista forte e bonita, que fez frente a todos os desafios que o mundo jogou contra sua dignidade e graça. Tentar conhecer Cassie é como lutar com fumaça. Sempre que acho que a estou conhecendo, a imagem borra e ela entra de novo em foco como outra pessoa.

O celular começa a tremer na minha mão. É David. Merda, já são sete horas da noite. Jess e Tim vão chegar à nossa casa a qualquer minuto. Ligo o carro para que David possa ouvir o motor ao fundo e digo a ele que estou a caminho. Enquanto espero a máquina ler meu cartão de funcionária e abrir a cancela para eu poder sair do estacionamento, uma perua azul velha para do outro lado da rua, na frente da cancela. O homem, que parece quase um idoso, estacionou longe demais do outro lado da cancela e não consegue alcançar o tíquete de estacionamento. Ele abre a porta bruscamente e a usa como apoio para se ajudar a levantar. Vacila um pouco ao se inclinar para a frente e retirar o tíquete da máquina. O vento sopra seu cabelo branco, a cancela levanta com um solavanco e ele se segura na porta do carro novamente ao se abaixar, com uma careta de dor, para voltar para trás do volante. Talvez esteja chegando ao Kate's para cuidar do quadril.

O carro atrás de mim buzina para eu seguir em frente. Eu me agito para despertar e faço um aceno de desculpas para o motorista quando começo a andar.

O calor queima meu rosto quando tiro do forno a lasanha que David preparou. Está borbulhando, então a deixo de lado para esfriar um pouco e me viro para Jess, sentada à nossa mesa da cozinha, cercada pelas revistas de arquitetura de David, velas e papelada. Ela liberou um espacinho para picar tomates para a nossa salada. Está vestindo um avental surrado com estampa de flores silvestres, que eu tenho desde que era criança, por cima de seu vestido de trabalho cinza-claro, de corte ajustado. Ela deixou os sapatos de salto alto na porta dos fundos, em favor dos meus chinelos. Seu batom vermelho está começando a desbotar, tornando-se uma cor diluída de beterraba, mas o cabelo curto cor de chocolate permanece impecável. Ainda há um traço da executiva da Sony que ela trabalhou tanto para se tornar.

— Devo cortar as azeitonas ao meio ou nem me incomodar? — ela pergunta, tomando um gole de vinho tinto.

Eu me sento na frente dela.

— Não se incomode — digo, antes de lhe passar um pepino.

Ela estava me contando a história de uma nova boy band de que nunca ouvi falar, mas cujos integrantes acabaram de ser pegos pela imprensa com notas de cinquenta libras enroladas na narina, cheirando cocaína.

— Enfim, parece que vamos ter que rescindir o contrato. Na verdade fico um pouco triste por eles. É como se já tivesse acabado antes de começar. Coisas demais, jovens demais. Sabe, imagina se a gente tivesse um milhão de libras com vinte anos?

Resgato na memória nós duas quando nos conhecemos na Universidade de Bristol, eu usando meus Doc Martens falsificados, delineador escuro ao redor dos olhos, quase sem sorrir para esconder o espaço entre os dentes, tentando fingir que não estava toda boba por causa da liberdade, e Jess ao meu lado com roupas tie-dye que comprou na Tailândia, um cigarro enrolado à mão permanentemente nos lábios. Ela odiava o dormitório onde ficara, então se mudou para o meu quarto. Dormimos uma virada para cada lado na minha cama de solteiro por meses. Naquela época, tentávamos imaginar como seria quando fôssemos mulheres casadas com carreira, família... Agora, quase vinte anos depois, tentamos lembrar como éramos naquela época.

Nenhuma de nós diz nada por um momento. Jess continua picando e eu tiro azeite e vinagre do armário para fazer o molho da salada. Ela termina de cortar o pepino e se recosta na cadeira com o vinho entre as mãos, cruzando as pernas longas.

— Então, como estão as coisas no Kate's? Como vai o Frank?

— Ele está na mesma. Fico muito nervosa que aquele médico, sobre o qual te falei, acabe conseguindo o diagnóstico de EVP que está tentando. Vai ser o fim para o Frank. Aí o caso dele vai deixar de ser reabilitação, apenas manutenção. Ele acabou de fazer cinquenta anos, pelo amor de Deus, tão jovem para ter um derrame tão extenso. Embora seja irrealista esperar uma recuperação completa, eu não acho loucura demais pensar que ele possa recuperar um pouco da qualidade de vida. Caso contrário, ele talvez tenha mais trinta anos só olhando para o teto.

— Jesus. — Jess pega a garrafa de vinho e acena com ela na minha direção. Nego com a cabeça e me sirvo de mais água com gás.

— Na verdade, nós temos uma subcelebridade na ala neste momento. — É bom ter uma história que Jess vai apreciar, para variar um pouco.

— Ah, é? — Ela não ergue os olhos ao encher a taça de vinho mais uma vez.

Sinto um calor de culpa de repente. Cassie não é uma "boa história"; é uma paciente. Eu ficaria furiosa se ouvisse alguém falando sobre ela dessa forma. Lembro a mim mesma que Mary conta tudo para Pat, e, além disso, Jess é, na maior parte do tempo, expert em guardar segredos. No seu trabalho, ela tem que ser.

— É aquela mulher do comercial da Juice-C.

O rosto de Jess parece vazio por um segundo antes de ela dizer:

— Meu Deus, aquela menina do "Aí está o sol"?

Confirmo.

— Estranho, né? — Conto a ela sobre o atropelamento e fuga, sobre Cassie, Charlotte e Jack. Não menciono o bebê. Seria uma quebra de sigilo ampla demais.

— Como são os amigos dela? — Jess pergunta, mas o celular vibra em cima da mesa. Habilmente ela começa a teclar na tela com a ponta da unha, *tec-tec-tec*, imediatamente desinteressada. Mas é oportuno; pela primeira vez estou feliz que o celular a tenha distraído e eu não precise responder a sua pergunta.

Gostaria de conhecer os amigos de Cassie. Imagino que sejam do tipo boêmio e criativo: pessoas que provavelmente viveram no exterior por um tempo, talvez na Itália; pessoas que praticam meditação e visitaram todos os teatros em Londres. Eu gostaria de conhecer alguns. Eles iriam me assegurar de que Cassie é mais parecida com eles, não com aquela personagem do anúncio, ao estilo da Disney.

Jess continua teclando no telefone e balança a tela na minha direção. Ela já encontrou o nome completo de Cassie nos créditos do comercial e descobriu o perfil dela no Facebook. A foto é aquela do Natal, o close de Cassie em preto e branco decorando a árvore. Sinto outra pontada vergonhosa de inveja. Sem fazer nada e apesar de tudo, Cassie parece ter o dom de me causar inveja. Para neutralizar o sentimento, comento:

— Linda, não é?

Jess vira a tela de volta para si. Ela franze o nariz olhando para a foto.

— Sim, mas ela não parece particularmente feliz, se você quer saber a minha opinião. Eu trabalho no ramo dos sorrisos falsos, e este... — ela bate o dedo no celular, e eu queria que não fizesse isso; parece indelicado, desrespeitoso de alguma forma — ... é um sorriso falso.

Não olho para Jess. Em vez disso, viro as costas e começo a chacoalhar o vidro de tempero com força. Ouço a voz de Jonny, perto, como se ele estivesse aqui na minha cozinha, sussurrando no meu ouvido.

Ela estava com medo.

Jess, graças a Deus, larga o telefone em cima da mesa. Por ora ela terminou.

— Então, o que mais está acontecendo? — ela pergunta.

Paro de sacudir o molho da salada. Quero contar para alguém. Quero contar para Jess, afinal de contas tenho feito um bom trabalho em não lhe contar sobre o bebê de Cassie, mas posso contar sobre o meu; é uma escolha minha. Coloco o molho sobre a mesa e flexiono os joelhos para ficar no nível de Jess. Ela parece um pouco assustada quando pego sua mão.

— Eu tenho novidades.

Ela sabe imediatamente, mas nem mesmo Jess é rápida o bastante em esconder o franzido na testa, a preocupação que perpassa seu rosto. Levantamos e ela me puxa para um abraço que dura um pouco demais.

— Ah, Ali! — diz ela sobre o meu ombro. — Que demais!

Mas sinto que estou sendo consolada, não parabenizada. No mesmo instante, eu me arrependo de ter contado. A notícia azeda na minha garganta como uma piada de mau gosto. Jess sabe de tudo, claro, sobre todos os meus abortos. Sinto que preciso provar a ela que estou calma em relação a tudo isso, que eu sei que ainda estou longe de ser mãe.

— Mas estou de umas três semanas apenas. Você é a primeira a saber.

— Você vai contar para o David? — ela pergunta. Seu celular vibra novamente, mas ela ignora desta vez. Continua segurando minhas mãos e tentando avaliar se estou bem de verdade.

Sinto meu rosto corar e penso em Cassie não ter contado a Jack. Penso em como ela foi corajosa e amorosa ao protegê-lo. Quero fazer o mesmo por David. Ele não precisa passar por tudo isso de novo. Balanço a cabeça para Jess.

— Não, ainda não. Daqui a algumas semanas, provavelmente. — Dou de ombros e encontro seu olhar. — Mas estou bem e prometo que vou te contar se alguma coisa mudar.

Nós duas viramos para a porta. Ambas ouvimos a risada de Tim e David, prestes a entrar na cozinha. Jess me beija rapidamente na bochecha e eu me desvio da porta, me ocupando em encontrar os pegadores certos para servir a lasanha, ao mesmo tempo em que componho o rosto.

David e Tim irrompem na cozinha. Estão muito imersos em sua própria conversa para notar minha notícia delicada pairando no ar. David abre outra garrafa de vinho, e ele e Tim falam um por cima do outro ao explicarem o grande avanço que acabaram de ter com o projeto da casa. Sirvo a lasanha com David e, quando todos nos sentamos, respiro aliviada novamente porque sei, a despeito do medo, que ainda há uma chance de termos um filho, e sinto no peito que um broto antigo e familiar de esperança começa a desabrochar.

11

FRANK

Lembro do copo de água. Em uma situação de emergência, tem sempre algum coitado que busca um copo de água, não tem? No meu caso, ninguém sabia o nome dele. Era apenas um daqueles que bebem numa terça-feira pacata, um daqueles que bebem solitários; a maioria dos pubs tem um. Já fui um desses por algum tempo. Ele provavelmente sentiu que precisava fazer alguma coisa, queria ajudar. Então foi atrás do balcão e serviu um copo com água da torneira — sem gelo, sem limão — e colocou na frente do meu nariz, onde eu estava largado, cercado por vidro quebrado no chão frio e levemente pegajoso de pedra. Um pouco da água derramou pela borda.

Podia ter me pagado uma bebida, cara.

Olhei através do copo. O pub era mais sereno assim. Tinha uma qualidade mágica e onírica. Até mesmo Ange, que estava aconchegando minha cabeça no colo e gritando mais alto que qualquer um ao telefone.

— Como é que eu sei se é um derrame?! — Seus dedos pressionados com força no meu pescoço lhe conferiam uma qualidade celestial. Eu queria perguntar, se eu largasse a bebida, de verdade desta vez, se ela me aceitaria de volta. Dizer que precisava da ajuda dela. Que as coisas estavam piores, muito piores, sem ela... sem Luce. Mas minha voz saiu em latidos estranhos e pequenos, como se fosse um cachorrinho irritante ganindo. Não queria irritá-la mais, então desisti de tentar.

Começou cerca de uma hora antes de Ange e eu nos encontrarmos no Green Man. No início pensei que fosse uma dor de cabeça, porque iríamos nos encontrar para assinar os papéis do divórcio. Eu não tinha começado a desintoxicação, como prometi que faria, e fracassei no ultimato de Ange — a bebida ou nós — pela terceira e última vez. Toda vez que eu lhe dizia que escolhia "nós", sentia a criatura se mexer, esticar as garras para testar se estavam afiadas e lamber as presas. Honestamente, eu não tinha chance. Antes de chegar ao Green Man, a dor era elétrica, agarrava e soltava, agarrava e soltava, bem atrás dos meus olhos, no fundo da minha cabeça, como se eu estivesse apertando um bloco de gelo entre os dentes.

Meu segundo pensamento foi o de que aquela dor era apenas meu novo sabor de ressaca. Então decidi ir ao Green Man mais cedo. Eu tinha tempo suficiente para tomar mais umas antes de ela me dizer que eu tinha fracassado, que o caixão do nosso casamento tinha chegado e que tínhamos enterrado nossos últimos vinte e três anos.

Um pequeno grupo de adolescentes, mais jovens que Lucy, carregando fogos de artifício a caminho de uma festa da fogueira, dava risadinhas ao passar por mim na rua. Eu sabia o que devia parecer para eles: um homem desalinhado com bolsas abaixo dos olhos andando com passos rígidos de zumbi na direção do pub — mas eu estava perto demais para me importar. Pequenas bênçãos.

Tentei mover o braço direito para abrir a porta do pub, mas tinha ficado distante, como se ele tivesse sido decepado do resto do corpo. Então joguei o corpo contra a porta e quase caí no conforto do pub escuro e com cheiro de umidade.

Que ressaca maldita.

Quando levei o copo de bebida à boca, percebi que minhas mãos tinham congelado, ficado rígidas, como garras de dinossauro. Tive que usar as duas para pegar o copo. O líquido escorreu pelas minhas bochechas quando inclinei a cabeça demais para trás. Molhei o suéter.

Onde quer que eu tenha estado, havia uísque, e muito. Só fico desse jeito quando estou com uísque na cabeça.

Terminei minha primeira dose e depois a segunda. Senti cada uma dos bilhões de células no meu corpo tilintar ao lado das células vizinhas, como se fossem cristais finos, e achei que provavelmente era um bom sinal, o álcool fazendo seu trabalho. Então pedi a terceira dose, habilidosamente evitando contato visual com o barman. Ange chegou. Fazia quatro meses que eu a vira pela última vez. Quatro meses desde que ela havia recebido o telefonema da polícia. Eu estava fora fazia uma semana e acabei debaixo da Ponte de Waterloo, aparentemente tentando encontrar um canteiro de obras que estava gerenciando. Eu tinha sido demitido fazia um ano. Sem uma palavra, ela me levou até um hotel barato em Worthing, a alguns quilômetros de casa. Ela já tinha largado minhas roupas lá.

No Green Man, o cabelo loiro de Ange era mais longo do que eu me lembrava. Eu queria dizer que ela estava bonita, mas ela franziu os lábios quando me viu, como se eu estivesse cheirando mal, e não pareceu mais bonita. Minhas mãos crispadas se agarraram à borda do balcão como a garra de um morcego quando me levantei abraçado a ela, mas calculei mal. Ange esticou os braços para tentar me segurar, porém eu era pesado demais. O copo de bebida caiu primeiro, o líquido se esparramando no chão em uma onda linda cor de âmbar. Lembro de pensar em quanto ia doer quando eu caísse em cima daquele copo, mas então imediatamente parei de me preocupar, porque já estava no chão, e o copo devia ter escorregado silenciosamente através da minha pele, dentro da minha carne, mas eu não senti. Em vez disso, cada célula do meu corpo derreteu e se misturou com as células do chão de pedra, a fronteira entre meu corpo e o chão não existia mais e eu só queria ficar ali, aproveitar a sensação do meu corpo evaporando, a criatura enrolada e ronronando no chão ao meu lado. No momento em que Ange gritou para mim, aquele olhar familiar demais de vergonha e raiva em seu rosto deu lugar ao horror quando ela começou a berrar por uma ambulância, e, apesar de todo o sofrimento que causei, todo o constrangimento e angústia, me livrei de tudo, tão fácil como exalar fumaça de cigarro.

Puff!

E foi o mais tremendo alívio.

Foi a última vez que me lembro de vê-la. Alice me diz que ela veio com bastante frequência no começo, mas paciência nunca foi uma das virtudes de Ange. Por um tempo eu gostava de pensar que ela achava difícil demais me ver nesse estado, mas Ange sempre foi do tipo pragmático, prático. Ela está certa em seguir em frente com sua vida; passou tempo demais esperando que eu resolvesse a minha.

Felizmente, Jack perturba meu chafurdar em autocomiseração. Esta manhã ele está tocando música em seu celular, conectado a um pequeno alto-falante, para Cassie.

— *Adágio para cordas*, de Samuel Barber — ele explica para ela (para nós). Mal acabou de começar quando o celular toca pelo alto-falante. Ele rejeita a ligação. Toca imediatamente de novo. Ele franze a testa, irritado, e pressiona alguns botões no aparelho, presumivelmente para impedir que toque uma terceira vez. Então põe a música mais uma vez, do começo, segurando a caixinha na barriga de Cassie, como dizem nos livros para as pessoas fazerem com os bebês. Isso abafa a qualidade do som, mas continuo conseguindo ouvir. As cordas voam. Imagino o bebezinho dando cambalhotas, contorcendo-se dentro de Cassie. Fico feliz por Jack estar aqui, com ela. Deve ser um conforto para Cassie o fato de o visitante da noite não voltar se o marido dela estiver por perto.

Decidi que era ele, Jonny. Afinal, antes, ele esteve desesperado o bastante para entrar na ala correndo. Vendo o bebê crescer, não paro de pensar nos olhos de Jonny, como pareciam em pânico quando ele tentou entrar na ala, a vida atrás deles parecendo um cão de briga, que ou vai morder ou vai lamber se você colocar a mão perto demais.

Existe apenas uma razão para ele ter entrado aqui, consigo pensar em apenas uma, e ela faz todos os pelos do meu corpo ficarem de pé e todos os meus órgãos se apertarem só de pensar: o horror de ele levantar um travesseiro ou inserir alguma coisa no acesso de Cassie. Ele quer terminar o trabalho e eu vou estar aqui, sendo forçado a assistir.

Ora, Frank, tome vergonha!

Deve ser a música mexendo comigo. Vejo Jack olhando para a esposa. De vez em quando ele sorri. Acho que está se lembrando. Queria que ele se lembrasse em voz alta. Daqui, parecem memórias felizes, e eu poderia usar algumas delas num dia como hoje.

Ao que parece cedo demais, Jack se endireita no lugar, limpa a garganta e, olhando ao redor rapidamente, tira o alto-falante da barriga de Cassie, beija a testa dela e acaricia sua face antes de nos deixar a sós novamente.

Estou tentando reproduzir a música, captar aquelas cordas ascendentes na minha cabeça, quando Alice puxa a cortina. Ela está cantarolando uma melodia; também deve ter ouvido a música. Ela vira o meu rosto em direção a ela, a lacuna nos dentes visível. Sorrisinhos escapam. Eles ondulam pelo seu rosto, e, pelo menos uma vez, eu queria que não fizessem isso. Preciso que ela fique séria, atenta, caso esteja aqui quando ele voltar.

Ela me olha e, pelo canto do olho, vejo seu sorriso fraquejar. Ela lubrifica meus olhos, e a solução faz escorrerem lágrimas molhadas pela lateral da minha cabeça, na direção das têmporas. É uma sensação maravilhosa; ultimamente meus olhos andam coçando mais que o habitual. Espero que não esteja pegando uma infecção.

— Jonny Parker, o vizinho da Cassie e do Jack, foi formalmente acusado, Frank.

Eu sei, Alice.
Ela me conta sobre um anel que Cassie estava usando, o anel da mãe dela. Conta sobre Jack segurar o anel de noivado e a aliança de Cassie nas mãos. Não sei bem aonde ela quer chegar. Alice é obrigada a usar o anel de noivado preso em uma corrente no pescoço durante o trabalho. Haverá uma explicação perfeitamente inocente semelhante para o motivo de Cassie não estar usando a dela; talvez o anel turquesa combinasse melhor com a roupa dela de Ano-Novo. Jack provavelmente trouxe as alianças porque sabia que Cassie iria querê-las no hospital consigo, um talismã de esperança para o futuro. Se Alice soubesse, se tivesse alguma ideia de que Jonny passou por aqui à noite, mudaria a melodia. Penso nas minhas cordas vocais inúteis como um pequeno navio naufragado no fundo da garganta, como elas e apenas elas poderiam salvar Cassie, poderiam salvar seu bebê.

Recentemente alterei minha fantasia de melhora. Ainda saio desta UTI segurando a mão de Luce. Ainda paramos na frente de Alice, que me abraça, e eu a agradeço com todo o meu ser. A diferença é que, antes de Luce e eu irmos para casa e deixarmos a 9B para sempre, eu conto para aquela policial sobre Jonny, sobre ele ter entrado aqui de fininho e que a polícia deve levá-lo imediatamente. Sem fiança, sem liberdade dessa vez. Cassie, por trás de sua grande barriga de grávida, sorri para mim em agradecimento. Ela acorda logo depois de mim e dá à luz uma menina linda. Então ela, Alice, Jack e a pequena vêm visitar a mim e a Luce em nossa casinha no campo.

Alice enxuga as lágrimas artificiais do meu rosto com um pouco de algodão, e seu sorriso cauteloso está de volta quando ela se vira e olha para mim, os olhos castanhos cintilando de alegria, e eu sei o que ela vai dizer antes mesmo que ela abra a boca.

— Tenho mais novidades, Frank. Advinha só.
Me conte, Alice.
— Estou grávida!
Isso é maravilhoso.

— Estou só de algumas semanas, mas estou me sentindo bem, Frank. Estou, de verdade. Desta vez parece diferente. Eu realmente acho que é diferente. — Seu sorriso desaparece apenas um pouco. — Estou mantendo em segredo por enquanto. Só você e minha amiga Jess sabem.

Prometo que não vou sair por aí contando pra todo mundo.

Ela sorri para mim outra vez, então pressiona o lábio inferior contra os dentes algumas vezes.

Que tal um médico, Alice? Você não deveria contar a um médico?

Mas ela já se levantou da minha cadeira de visitante. Ela verifica a leitura dos meus aparelhos antes de eu ouvir outra enfermeira chamar seu nome.

Ela retorna a mim apenas alguns minutos depois, a alegria de volta na sua voz quando diz:

— Você tem visita, Frank.

Não me permito pensar que pode ser ela até ouvir a palavra mais doce, mais doce que qualquer música já composta:

— Pai?

Luce?

— Se você se sentar nesta cadeira aqui — Alice diz — e se inclinar, ele vai conseguir vê-la melhor.

Luce!

Ouço o barulho de passos e de coisas sendo arrastadas. Lucy segue na direção de Alice e eu a vejo. Eu a vejo. Seu cabelo está mais escuro, mais grosso, cortado curto. Ela sopra a franja da testa, exatamente como fazia quando era pequena e estava nervosa. Sua pele ainda é branca como leite e impecável. Ela pôs um piercing no nariz, um brinco prateado na narina esquerda. Ela mexe nele. Há uma marca vermelha onde ele penetra a pele, o que parece doer, e eu me encolho involuntariamente.

— Então, pai — diz Lucy, sorrindo com nervosismo. — Prometi que não faria tatuagens, mas você nunca disse nada sobre piercing no nariz. — Ela solta uma risadinha e uma lágrima rola pelo seu rosto, caindo nas costas da minha mão. É glorioso, um beijinho triste e valioso. Ela enxuga outra com a mão rápida.

Não fique triste, meu amor, não fique triste. Eu não estou! Estou muito feliz por você estar aqui.

— Vou estar do outro lado da ala se você precisar de mim — Alice avisa.

Lucy move os olhos de mim para ela e assente. Coloca a mão sobre a minha, onde a lágrima acabou de cair. Sua mão é quente e curativa. Lucy começa a chorar com vontade.

— Desculpa, pai. Desculpa. Eu prometi para mim mesma que não ia fazer isso — diz ela, apontando para o rosto molhado de lágrimas.

Não precisa se desculpar comigo, meu amor. Você sabe disso.

Posso ver no rosto dela que Luce está tentando se lembrar do conselho de Alice, tentando se lembrar de como falar naturalmente comigo. Ela olha para baixo rapidamente, mexendo com o lenço no colo. Ela franze a testa. Vejo a pequena cicatriz no meio da testa, onde ela machucou a cabeça numa queda, quando estava começando a andar. Ela ergue os olhos, animando-se um pouco. Ela pensou em alguma coisa.

— Eu peguei uma gatinha, pai! Adotei. O proprietário do apartamento não sabe, é claro, mas ele nunca está por perto, e eu queria um gato desde o quê? Uns seis anos? Todas as minhas colegas de apartamento adoram ela. Vou te mostrar uma foto.

Ela continua falando ao mexer em uma bolsa que não consigo ver.

— É a coisinha mais fofa. Sou louca por ela. Me lembra daquela vez que a gente cuidou dos gatos daquela vizinha idosa, sabe? Lembra daquele que fez cocô na banheira? A mamãe ficou louca. Enfim, aqui está ela. Se chama Betty. — Lucy segura o celular na frente dos meus olhos. Ela está usando esmalte rosa, descascando. Ainda rói as unhas. A tela é brilhante demais e não consigo ver a foto. Tudo o que vejo é um rosto esquelético refletido perfeitamente para mim, ossos mal cobertos por pele translúcida, como frango com a pele flácida antes de ser cozido. Meus olhos estão fundos nas órbitas, como se alguém tivesse tirado os tecidos macios com uma colher de sorvete. Não consigo ver cabelo nenhum, e um tubo azul, como uma gravata de brincadeira, desponta da extremidade inferior da imagem. Meus olhos são olhos de peixe morto, translúcidos e vagos.

Afaste isso, Lucy. Por favor, afaste isso.

Mas ela não o faz. Sou forçado a olhar para mim, um narciso chocado enquanto ela tagarela sobre Betty.

— Ela é muito boazinha, mas arranha *tudo*. — Enfim ela afasta o celular.

Não faça isso de novo, por favor, querida.

— Enfim — ela diz, mordendo o lábio, mais uma vez tentando encontrar algo para falar. — A faculdade está muito legal. Conheci muitas pessoas brilhantes, pai, e eu amo morar em Londres. Vou ter que arrumar um emprego, talvez trabalhar em um bar ou algo assim. É que tudo é tão caro... — Ela deixa a frase no ar e coloca a mão de leve novamente sobre a minha, o melhor remédio. — É por isso que eu não vim te ver nessas últimas semanas. Desculpa. Parece tão egoísta, mas eu fiquei muito atarefada com as minhas coisas. Decidi passar o Natal em Londres. A mamãe queria eu ficasse em casa, em Brighton, é claro, mas eu preferi fazer as coisas do meu jeito...

Lucy olha para mim, franzindo um pouquinho a testa. Ela mastiga uma das unhas. Sinto um aperto no coração. Ela tem alguma coisa na mente, eu sei.

O que foi, meu amor?

— A mamãe ia vir comigo hoje para te ver, pai, mas desistiu no último minuto, disse que aconteceu alguma coisa com a minha avó e que ela tinha que ir até lá para ajudar. — Lucy revira os olhos para a desculpa evidente da mãe.

Nós dois sabemos que a mãe de Ange se orgulha de nunca pedir ajuda, e, mesmo que não se orgulhasse, sabemos que não iria pedir à filha.

— Pensei que ela mesma fosse te contar, mas... — Lucy esfrega o rosto com as mãos e balança a cabeça algumas vezes — ... a mamãe tem um novo namorado, pai. Craig. Ele trabalha com seguros e é basicamente o homem mais sem graça que eu já conheci.

Ange tem um namorado, um namorado chamado Craig. Estranho, a frase simples não me perturba nem me surpreende tanto assim. Imagino Craig, o corretor de seguros, rosto encaroçado, cor de mingau, levantando o queixo duplo do colarinho do terno barato de poliéster, e espero que ele seja bem-sucedido onde eu fracassei inúmeras vezes. Gostaria de saber se ele vai ser capaz de fazer Ange feliz, aliviar uma vida cheia de decepções. Eu me pergunto se ele consegue fazer a boca de Ange, tão frequentemente franzida como um nó apertado, enfim se soltar e se transformar em um sorriso há muito perdido. Espero que sim. Gostaria de pensar que ela pode ser feliz; seria bom para Lucy ver a mãe feliz.

Lucy se inclina na minha direção para olhar nossa foto: eu vestido de Papai Noel, ela no meu joelho, rindo uma risada pequena e molhada.

— A gente se divertiu, não foi, pai? Você e eu.

Lembra da nossa viagem de pesca ao País de Gales?

— Lembra quando fomos ao País de Gales? Eu peguei, tipo, dez peixes e você pegou uma coisinha de nada. — Ela ri novamente antes de olhar para mim, e seu sorriso desaparece. Quando eu estava com Lucy, a criatura parecia tirar uma soneca. Eu não queria beber quando estava com ela; não queria perder nada.

Ela coloca a foto de volta na mesa de cabeceira e vem se sentar de novo na cadeira de visitante. O silêncio se instala ao nosso redor, e sinto sua luta interna para encontrar algo para dizer. Luce e eu costumávamos rir de coisas que ninguém mais tinha visto ou entendido: uma pessoa correndo de um jeito engraçado; um cachorro chutando porções de grama no ar com as patas traseiras depois de fazer cocô. Ange costumava nos mandar calar a boca. Também éramos bons em silêncio, Luce e eu, mas antes o silêncio era escolhido, não forçado sobre nós, como agora. Ela mexe no brinco do nariz, olha para as mãos. Eu queria que ela não precisasse pensar em coisas para dizer; é como se não fôssemos mais nós dois.

— Eu comecei a conversar com uma pessoa, pai — ela conta, sem erguer os olhos das mãos. — Um orientador da universidade. É de graça, então achei que podia experimentar.

Ela dá de ombros e olha para mim, novas lágrimas correndo rápido como chuva por suas bochechas. Sua voz é uma coisinha pequena e assustada quando ela começa, mas fica mais forte, mais treinada, conforme continua falando.

— Quero que você saiba que eu te perdoo. Eu te perdoo por beber, te perdoo por desaparecer e te perdoo por mentir para nós. Agora eu sei que é uma doença, como câncer ou sei lá. Você não podia evitar. Não é sua culpa. É por isso que eu te perdoo.

Ela se inclina para a frente e aperta minha mão. Suas lágrimas molham minha cama e eu morreria feliz se o mundo me deixasse acariciar seu cabelo uma vez, ou dizer a ela que a amo. Mas, é claro, estou pedindo demais. Seu perdão ecoa pelas minhas veias como um pico de açúcar que neutraliza, pelo menos por um breve momento, o amargor da minha vergonha.

Eu te amo. Estou tão orgulhoso de você.

Repito isso de novo e de novo, meu corpo todo pulsando com a energia, e espero que ela sinta o sabor do meu sentimento, o que eu acho que ela sente, pois deixa escapar uma risadinha e sorri para mim.

Ficamos em silêncio por alguns minutos. Lucy chora mais um pouco antes de beijar minha bochecha, o que provoca uma onda adorável pelo meu sangue.

— Eu volto em breve, pai. Te amo.

Chega de piercings! Isso é uma ordem!

Ela me dá um sorriso final e depois desaparece.

O espaço ao redor da minha cama parece sofrer com sua ausência e eu estou sozinho novamente.

12

CASSIE

Cassie toma um gole de seu café e dá um passo atrás para olhar para a tela à sua frente, que brilha com a tinta molhada. O café tem gosto de processado, artificial demais. Ela não está acostumada a descafeinado. Cassie estremece e o coloca no peitoril, tomando cuidado para evitar a abelha gigante que está se debatendo inutilmente contra a janela durante toda a tarde. Toda vez que ela tenta resgatar o inseto, a coisinha estúpida sai voando.

Ela se volta para a tela.

A inspiração para pintar surgiu quando ela estava nadando no mar com Jonny em Birling Gap. Era uma daquelas tardes absurdamente quentes de junho, e eles tinham passado o dia todo em um mercado fechado e abafado. Jonny ficou nervoso e gritou com Cassie quando ela mergulhou na água. Ele disse que havia correntes invisíveis, mas ela estava hipnotizada pela maneira como a luz do sol, vista de sob a água, deixava prateada a superfície ondulante, estranha e mercurial. Ela queria captar aquela luz manchada e refratada em sua tela, e esperava que enchesse os ouvidos dos espectadores com o silêncio infinito do oceano. Queria que eles se sentissem em paz, protegidos, seguros.

Antes de começar a pintura, Cassie imaginou tirar uma foto de seu trabalho para que Jonny finalmente entendesse sua visão, mas agora parece carência, parece que está desesperada por elogios. Além do mais, ela mesma ainda não captou. A tela é plana, unidimensional; parece uma tentativa primária. Uma merda completa.

De repente o galpão parece abafado, claustrofóbico. Ela tira a camisa velha que usa para pintar. A peça desliza e cai no chão, mas Cassie não dá a mínima para pegá-la. Ela deixa o café nojento no parapeito da janela. A porta do galpão bate atrás dela, e, depois de um breve armistício, a abelha recomeça seu ataque, colidindo contra o vidro de novo e de novo e de novo.

Lá fora, Cassie larga o corpo no gramado entre o galpão e o chalé. Os dedos descalços rastejam na grama decorada de margaridas e outras flores silvestres de verão que ela não sabe como se chamam. Nuvens brancas se espalham pelo céu azul como desenhos animados, e um besouro parecendo um bombardeiro pequeno e enferrujado faz pequenos ruídos sem ser visto nas proximidades. Cassie sempre achou que fosse especialmente cruel April ter morrido no verão, em uma tarde perfeitamente ensolarada — nesse dia, exatamente dois anos atrás. April amava o verão. Cassie se inclina para trás e se abre para o céu. Fecha os olhos e tenta não pensar muito. Sente-se leve, como se pudesse ficar deitada ali para sempre.

Ela cochila, mas depois de alguns minutos o celular vibra, fraturando o silêncio. Ela o tira do bolso, esperando que não seja Marcus ligando de novo. Já ignorou uma chamada dele hoje, mentindo para si mesma que retornaria a ligação mais tarde. Ignorar uma segunda chamada seria cruel demais. Só que não é Marcus; é Nicky. O nome da amiga, tão familiar para Cassie quanto o seu próprio, pisca na tela, desesperado por atenção. Ela passa o polegar sobre o botão "Aceitar", mas faz uma pausa, e de repente é tarde demais, cai na caixa postal.

Cassie diz a si mesma que ligará para Nicky mais tarde.

Ela se deita e fecha os olhos novamente, tentando encontrar sua paz, mas não consegue. O telefone vibra de novo, dessa vez uma mensagem de Nicky no correio de voz. Cassie coloca a mão sobre a testa contra o sol e tecla para ouvir a gravação no alto-falante do aparelho. O tráfego e as marteladas dolorosas de obras rodoviárias explodem pelo celular, o ruído parece distópico e alienígena no meio daquele cochilo soporífico de verão no pequeno jardim. Uma saudade revira em Cassie como uma faca. Londres, o cheiro do asfalto derretido, o zum-zum-zum distraído de pessoas, gente por toda parte.

— Deus, desculpe, Cas. Espero que você consiga me ouvir. — A voz de Nicky mal irrompe acima dos gritos do trânsito e das obras. Cassie pode ouvi-la correndo, tentando passar pelo barulho. — Estou em Victoria. Nossa, é sempre um pesadelo por aqui. Só liguei para dizer que estou pensando muito em você e na April. Não acredito que já se passaram dois anos. Que loucura. Enfim, espero que você esteja bem. Deve estar lindo aí no sul. Você tem tanta sorte; Londres é imunda. Me liga depois se puder, tá? Vamos combinar uma data para eu ir visitar de novo. Muito amor.

O braço de Cassie cai pesado na sua cama de grama. O que há de errado com ela? Achou que estaria bem hoje, afinal é só outro dia, não é? Cassie se lembra da frase de Jack: "O luto é um tipo de arte". Ela deita a cabeça para trás e pensa que talvez exista alguma verdade nisso. Talvez seja um bom dia para tentar se render a esse luto. Cassie tem o diário que April escreveu no México, quando engravidou. Está no andar de cima, em uma gaveta. Ela considera lê-lo estendida na grama. Provavelmente resolveria: liberaria um pouco das lágrimas que ela sente se acumularem na garganta como uma tempestade.

Está prestes a se levantar quando o celular vibra de novo. Desta vez é uma mensagem de texto de Charlotte.

> Pensando em você e na April hoje, Cas. Me avise se precisar de alguma coisa. Todo o meu amor, C. Bj

Charlotte e Cassie nunca mais falaram sobre os casos extraconjugais de Mike desde aquela conversa no estacionamento do festival, a grama da primavera sob seus pés, o cheiro oleoso dos carros e caminhonetes estacionados ao redor. Cassie quer saber mais. Como foi que Charlotte escondeu isso de Jack por todos estes anos? Como foi que ela o deixou acreditar que o pai era algum tipo de herói e não o infiel escorregadio que ele era na realidade? Ela não quer vingança? Cassie sente uma nova admiração por Charlotte; é uma nova perspectiva estonteante em relação ao amor que ela sente por Jack, sempre colocando os sentimentos dele antes dos seus, mesmo que às vezes o coração deva estar partido e cravado pela dor no peito. Cassie acaricia a barriga. Ela espera ser capaz de ter o mesmo amor por seu filho e promete àquela vidinha que, aconteça o que acontecer, vai se esforçar ao máximo para ser uma mãe como Charlotte.

De repente, ouve um ruído crocante de pneus sobre a entradinha de cascalho na frente da casa. Ela se apoia nos cotovelos; o coração fica leve. Jack. Ele chegou cedo de surpresa, então ela não vai ficar sozinha! Seus joelhos estalam quando se dobram para se levantar, e, já se sentindo melhor, ela corre na ponta dos pés pelo gramado e dá a volta na casa, onde acha que vai se jogar de cabeça nos braços de Jack. Ela vira bruscamente pelo canto da casa e depois para de súbito. Cassie conhece o velho Volvo parado na frente do chalé, mas, como um rosto que não se vê há anos, leva um momento para ligar o nome à pessoa. A porta do motorista se abre, e um par de pernas longas em calças de veludo cotelê e sapatos de bico redondo de couro marrom que parecem ter pelo menos vinte anos pousa nas pedrinhas. Marcus usa a porta para se erguer e endireitar a postura. Ela o vê estremecer quando o quadril ruim sustenta o peso do corpo. Ele abre os braços para ela, que anda cautelosamente sobre o cascalho na direção dele, tentando sorrir para Marcus apesar da surpresa.

— Marcus, o que você está fazendo aqui?

Ela dá um beijo cuidadoso em cada uma das bochechas de Marcus, que tem o rosto amassado como a camisa xadrez que está vestindo, quente demais para aquele tempo. Seu cheiro é de coisa velha, naftalina e fumaça de madeira. O cheiro faz Cassie sentir como se tivesse doze anos de novo, decepcionada por ele não ter o cheiro do pai que ela sempre sonhou: loção pós-barba e couro caro.

— O que você está fazendo aqui, Marcus? — ela pergunta de novo, sentindo os seixos cravarem em seus pés.

Os olhos dele se alargam.

— Cassie! — É como se fosse ela que o estivesse surpreendendo.

— Marcus, eu não esperava te ver! — ela insiste, sorrindo para ele não se sentir tolo.

Ele franze a testa novamente e olha para o chalé.

— Achei que seria bom fazer uma visita e tomar um chá. Não é tão longe assim, na verdade.

— Está dizendo que você estava na região? — Cassie pergunta.

Marcus encolhe os ombros. Cassie sabe que ele não estava. Ele dirigiu por duas horas lá da ilha de Wight, com poucas chances de encontrar Cassie em casa.

Marcus estreita os olhos novamente ao olhar para a fachada amigável do chalé de tijolinhos vermelhos.

— Lugar lindo, Cas — elogia. Ele ganhou mais rugas, seu rosto é um mapa de linhas sinuosas; aquelas ao redor dos olhos são mais vincadas. April sempre adorou o cabelo branco de Marcus, mas até mesmo ela o despacharia para o cabeleireiro se o visse agora. Está frisado e desgrenhado, mas plano na parte de trás, onde sua cabeça ficou apoiada durante a longa viagem. Ele ficou mais frágil nos sete meses desde o casamento, como se a balança de sua vida estivesse suportando o peso dos anos e, finalmente, se inclinasse para o lado da velhice.

Cassie pega o braço dele.

— Venha, vou fazer um chá para nós. — E o leva, ambos vacilando um pouquinho sobre o cascalho, na direção da casa.

Sentam-se em cadeiras de madeira ao redor da velha mesa do mesmo material, esverdeadas pela vida do lado de fora. A mesa balança enquanto Cassie equilibra um bule de chá, xícaras e pires no tampo — as xícaras e os pires foram presente de casamento de um dos amigos de Charlotte, até aquele momento sem uso.

— Então você está pintando novamente, Cas? — Marcus olha para as mãos de Cassie. Ela esfrega o dedo sobre um risco de tinta azul.

— Sim, só por diversão — ela diz, tímida de repente. — Tenho um galpão logo ali que uso para trabalhar. Na verdade tenho algumas telas da minha mãe lá dentro. Já te mostro.

— Eu gostaria de ver. Então, você ainda está atuando, né?

— Marcus, isso foi há quatro anos. — Ele costumava saber exatamente o que estava acontecendo na vida dela. Ela está prestes a dar uma chamadinha nele por ter esquecido, mas Marcus franze as sobrancelhas. Está confuso, parece não conseguir compreender os pensamentos. Deve ser o aniversário de morte que está mexendo com ele. Ela tenta aliviar o humor. — Você é exatamente como a minha mãe, Marcus. Um comercial idiota não faz um ator. — Ela enuncia as palavras da mãe, imitando um ator shakespeariano, e logo acrescenta, na sua voz normal: — Acho que a minha mãe esperava sinceramente que a academia me indicasse ao Oscar por aquele comercial bobo.

Marcus dá risada e balança a cabeça levemente ao pensar na lembrança, mas ele é um pouco lento demais, a risadinha é rígida. Cassie sabe que o perdeu.

— April tinha muito orgulho de você, sempre acreditou em você — diz ele.

— Eu sei, mas, sério, pergunte ao Jack; eu não sou atriz. Minha praia é a pintura. Igual à minha mãe, lembra?

Marcus dá um tapa em uma vespa para afastá-la da mesa e se reclina na cadeira.

— Ah, lembrei o que queria te contar — ele continua. — Outro dia encontrei a série *Face e fruta*. Meu Deus, vê-los novamente me deu vontade de rir.

Cassie sorri, aliviada ao ouvir um pouco do velho e mais definido Marcus de novo na voz dele. As pinturas da série *Face e fruta* vieram todas aos pares, uma imagem de uma fruta e a outra de uma pessoa que se assemelhava àquela fruta. Um era de um homem gordo com o rosto redondo e covinha no queixo, ao lado de uma única e roliça cereja vermelha. Outro par era formado por uma mulher com o rosto oblongo e um rabo de cavalo alto como samambaias sobre a cabeça, ao lado de um abacaxi. April disse que podia se dar ao luxo de pintar retratos desrespeitosos, alegando que era uma das poucas vantagens de ter câncer. Cassie se lembra da mãe dando risadinhas atrás da tela enquanto pintava.

Ela se levanta para servir o chá.

— Então você cancelou este fim de semana, né? — ela pergunta, tentando manter uma leveza na voz.

Marcus aperta os olhos, como se estivesse verificando uma longa sequência de opções sobre qual é o possível assunto de Cassie, então ela acrescenta:

— O aniversário da mamãe, Marcus?

Cassie mantém os olhos fixos na xícara ao acrescentar o leite, tentando esconder um pequeno lampejo de constrangimento, pelo bem dele.

— Ah, sim, isso. Não, bem, podemos fazer no ano que vem, não podemos? — diz ele, mas é como se os pedaços turbulentos de sua compreensão ainda não estivessem completamente encaixados.

Um pouco do chá de Marcus se derrama sobre a borda da xícara quando ela o coloca na frente dele. Cassie se senta novamente, segurando sua xícara com as duas mãos, erguendo os pés descalços na borda da cadeira, de forma que os joelhos pressionem o queixo.

Marcus se inclina para a frente, franze os lábios para um gole e estremece; está muito quente para ele.

— Mas por que você cancelou? — Cassie persiste, claro que eventualmente ele vai ceder.

Marcus encolhe os ombros.

— Muita coisa acontecendo, eu acho, Cas. Só estou muito ocupado.

Ela franze a testa, mas ele não vê. Do que ele está falando? Ele está muito ocupado com o quê? Lendo jornais? Fazendo as compras da semana? Se dá para dizer uma coisa é que a vida dele não tem ocupação suficiente. Talvez seja isso, talvez ele só esteja entediado.

— Marcus, está tudo... — Mas ele a interrompe antes que ela possa perguntar se ele está bem. O rosto dele se ilumina e ele se vira para ela, de repente alegre, como se tivesse se dado conta de uma coisa maravilhosa.

— Falei com a Lindsay esses dias, Cas — conta ele. — Falamos sobre aquele fim de semana do mistério que a sua mãe organizou, lembra? — Marcus narra para Cassie a história muito repetida daquele fim de semana confuso, quando April misturou todos os personagens e figurinos, então Marcus acabou ficando com o papel de um vigário assassino vestido de jóquei de corrida. Ele conta a história como se Cassie não estivesse ali. Seu jeito desajeitado de lembrar das coisas, especialmente sobre April, faz Cassie sentir coceira. A mesa dá um solavanco para a direita quando ela apoia o cotovelo na superfície e passa os dedos pelo cabelo, que chega até os ombros.

Houve um tempo em que ela conversava, realmente conversava com Marcus. Ela se lembra de uma vez que contou a ele quanto se sentia abandonada, essencialmente uma órfã sem pai e agora sem mãe, sem nenhum parente vivo de sangue, pelo menos nenhum que ela soubesse. Ele não disse nada, só a abraçou, o que era — ela percebeu depois, com uma pontada de culpa por não ter mencionado o fato de que tinha ele na vida — a resposta perfeita. Ela sentia que sua solidão estava completa, uma dor sob medida, projetada especialmente para Cassie. Mas isso vai mudar; ela não vai ficar sozinha para sempre. Ela pensa na vidinha, do tamanho de uma castanha, que há dentro dela. Jack a pegou no colo quando ela contou, girou-a pela cozinha. Ele já tinha começado a falar sobre nomes.

Marcus acabou a história das fantasias. Ele está olhando para Cassie, franzindo a testa de novo, e diz, sem mais nem menos:

— Você sabe que estou sempre aqui para você, não sabe, Cas? — A mesa balança de novo quando ele coloca a mão sobre a dela. — Quero que saiba que você nunca precisa se sentir sozinha.

Embora ela não acredite totalmente nas palavras, pode ouvir o amor na voz dele, o carinho, e sorri, pois de repente se sente um pouco mais segura. Talvez pudesse contar a ele sobre o bebê? Talvez fosse ajudá-lo na questão do estranho sofrimento.

Mas ela não tem tempo, porque, de repente, ambos se viram na direção de uma voz inesperada do outro lado do jardim.

— Achei mesmo que tinha ouvido vozes.

Jack dá a volta na casa segurando um buquê de girassóis, as flores preferidas de April e, consequentemente, de Cassie. Ele afrouxou a gravata e tirou o paletó, mas a calça do terno e a camisa azul-clara ainda são incongruentes, fora de lugar naquele jardim. Debaixo do leve bronzeado, ele parece cansado; um dos outros dois gerentes de projeto está fora há duas semanas por licença médica, o que dobrou a quantidade de trabalho de Jack. Uma aura impenetrável de estresse o cerca. Quando Jack beija Cassie, ela sente o cheiro do dia cheio, um sanduíche comido no almoço, cafés demais, Jack correndo de uma sala de reuniões quente para outra.

— Achei que poderia voltar cedo para casa para ver como você estava, amor, mas claramente alguém chegou antes.

Marcus se levanta e a mesa balança quando ele a usa como apoio para apertar a mão de Jack. Eles sorriem um para o outro, mas a falta de calor da parte de Jack em relação a Marcus é como uma presença em si.

— Quer um chá, Jack? — Cassie pergunta, mantendo um tom leve na voz.

— Sabe de uma coisa? Acho que vou pegar uma cerveja na geladeira — ele diz, beijando-a.

Ela pega as flores que ele trouxe.

— Eu busco para você.

— Obrigado, Cas — responde Jack, e ela vai em direção à cozinha. Logo antes de alcançar a porta, ela ouve Jack perguntar para Marcus: — Então, o que motivou essa visita surpresa?

Ela morde o lábio ao caminhar de volta pelo gramado manchado em direção a eles com os girassóis em um vaso alguns minutos depois, a condensação da cerveja molhando sua outra mão. Marcus está balançando a cabeça em afirmação, um sorriso polido e preocupado no rosto, como se estivesse tentando não ser mal-educado com um estranho familiar demais, que acha que eles são conhecidos. Alguma coisa não está certa. Talvez ele só esteja nervoso? Afinal de contas, Marcus e Jack não se veem desde o casamento. Jack disse que eles não se falaram naquela ocasião, então é a primeira vez que conversam em bastante tempo.

— Eu queria o fim de semana para celebrar a minha esposa, April, mas você conhece a Cassie... — Ele ergue o rosto e sorri para ela, que se aproxima da mesa. — Esta moça adorável, minha enteada, estava ocupada demais, então abortei a ideia.

— Ainda estamos falando desse fim de semana? — diz Cassie, colocando os girassóis na mesa e entregando a cerveja a Jack. Ela revira a cabeça em busca de mais alguma coisa para falar, talvez os retratos *Face e fruta* ou as roupas do fim de semana do mistério de novo?

Seu estômago afunda quando ela reconhece o humor de Jack. Ele não está no seu jeito normal e comedido. Está implicante e estressado, sempre uma combinação ruim.

Jack balança a cabeça para Marcus.

— Ah, corta essa, Marcus. Não coloque o fim de semana inteiro nas costas da Cas. Se ela não queria ir, ela não queria ir. Você podia ter dado andamento nisso sem ela. Fim de papo.

Marcus encolhe os ombros e franze as sobrancelhas.

— Ela disse que estava ocupada demais — repete ele.

— Mas é o suficiente. Você não pode colocar nas costas da Cassie o fato de que você cancelou. Você queria fazer o fim de semana e escolheu cancelar, não a Cas. Foi por isso que você apareceu aqui desse jeito? Para tentar provar que ela não está ocupada?

Marcus franze ainda mais o rosto. Ele balança a cabeça.

— Do que você está falando?

— Jack... — Cassie, ainda de pé, coloca a mão no ombro dele para acalmá-lo. Ele não sabe quanto Marcus tem agido de maneira estranha e ela não pode lhe dizer isso agora, na frente do homem. Mas Jack não consegue senti-la tentando acalmá-lo. Sua mão cai quando Jack se inclina para a frente na cadeira, em direção a Marcus.

— Não, desculpe. Não é justo, Marcus.

Marcus leva a mão à testa e massageia as têmporas com o polegar e o indicador. Cassie tinha esquecido que ele faz isso quando está cansado ou confuso com alguma coisa.

— Eu só vim ver a Cassie, minha enteada, não você. — A voz de Marcus é mais calma que a de Jack, mas Cassie ouve o tamanho do esforço que ele está fazendo para não gritar.

— Ela te disse que estava ocupada hoje, Marcus. Caramba, você não se toca?

— Jack, se acalme — diz Cassie, mas ela vê o músculo no queixo do marido saltando e sabe que ele não vai se acalmar.

— Cassie — Marcus olha para Jack de relance —, isso não está certo. Não sei exatamente o que é, mas tem alguma coisa aqui que não está certa.

— Já chega, Marcus. Você não pode simplesmente aparecer na minha casa e começar a falar essas merdas para a minha esposa quando este já é um dia difícil para ela.

— Acho melhor eu ir embora — diz Marcus, o polegar e o indicador novamente nas têmporas quando se levanta, numa rapidez surpreendente, o que faz a mesa oscilar. E faz as xícaras tilintarem sobre os pires.

— Essa foi a única coisa sensata que você falou até agora — dispara Jack.

Marcus mantém a cabeça inclinada para a frente e começa a caminhar arrastando a perna.

Cassie se levanta para chamá-lo:

— Marcus, espere. Não vá! — Mas ele não volta. Em vez disso, segue em frente arrastando a perna sobre o gramado. Cassie sente um machucado se formar no coração.

Ela se vira para Jack.

— Que porra foi essa?

— Só estou farto de ele ficar pisando em você. Olhe só para você, está tremendo.

— Isso é por causa do seu envolvimento, não por causa do Marcus. — A voz dela é estridente. Ela não se importa se Marcus consegue ouvi-los. Não se sente zangada assim há meses, e, caramba, a sensação é maravilhosa. — Alguma coisa não está certa com ele, Jack.

— Sim, eu sei. Ele é um maluco da porra.

— Não, Jack, pelo amor de Deus. Estou dizendo que eu acho que ele não está bem. Ele nunca esteve assim antes. Eu só ia perguntar, sugerir que ele fosse ao médico, quando de repente você aparece feito um furacão, estressado por causa do trabalho e descontando nele.

Jack se levanta, chutando a cadeira para longe com a parte de trás da perna. A cadeira tomba para trás na grama, como se tivesse acabado de desistir. O músculo na mandíbula de Jack salta quando ele exclama:

— Eu só estava tentando te proteger, Cas, sair em sua defesa como eu sempre faço quando você não se defende sozinha. Você nunca foi assim.

— Ah, vai se foder, Jack. — Cassie se vira para sair atrás de Marcus.

— Com prazer — Jack responde e dá um grande gole na garrafa de cerveja ao entrar pisando duro na cozinha.

As xícaras abandonadas de Cassie e Marcus continuam na mesa, os pires cheios de chá. Antes ela nunca tinha visto sentido nos pires, mas agora, de repente, entende. Muitas discussões devem ter começado sobre xícaras de chá. Cassie tem um impulso poderoso de lançar as xícaras e as merdas dos pires contra a parede do chalé. Os girassóis estão apoiados no vaso, as faces viradas para o outro lado, como se estivessem envergonhados pelo que acabaram de ver ali. Ela nunca tinha visto uma flor tão bonita parecer tão triste.

Cassie ouve Marcus dar partida e, de repente, sente uma vontade desesperada de que ele fique, para lhe mostrar as pinturas de April, como ela disse que mostraria, para tentar descobrir o que está errado, ajudar se puder.

Ela dá a volta no chalé e chega à fachada, chamando o nome dele, tropeçando de novo nos seixos, mas chegou tarde demais. Ele já está saindo pelo pequeno caminho para carros na frente da casa. Quando ele vira a esquina, uma força invisível manipula Cassie, como uma forte atração gravitacional no seu ventre, puxando. Ela segura forte a barriga, sente uma contração muscular e sabe que algo mudou, e, o que quer que seja, não pode ser bom, porque, onde antes ela sentia um início, agora só o que consegue sentir é a certeza vazia de um fim.

13

ALICE

— Por favor, me chame de Elizabeth — diz a coordenadora da obstetrícia quando abro a porta para ela na sala de visitas. Ela tem um sotaque escocês rústico, em desacordo com seu terninho bem cortado. Ela me lembra de Jess, e me pergunto se as pessoas muitas vezes a interpretam mal, como fazem com a minha amiga. Ponho a chaleira no fogo para fazer um chá enquanto esperamos Jack e Charlotte.

— Posso tomar um café em vez do chá? — Elizabeth pergunta. — Temos uma filha de dois anos, e você sabe como é quando a gente não consegue fazer a pestinha dormir. Estou vivendo à base de cafeína.

Sorrio e faço um gesto afirmativo com a cabeça, como se entendesse, mas viro para o outro lado de modo que ela não consiga ver meu rosto enquanto tento pensar em um jeito de mudar de assunto que não pareça falta de educação, ou de me forçar a confessar que na verdade eu não sei como é. Mas aprendi que, na maior parte do tempo, é mais fácil endossar as suposições das pessoas.

— Ela manda na casa, é claro. Me disseram que esta fase não vai durar muito... — Parece que ela está esperando uma confirmação da minha parte.

Não faço contato visual quando entrego o café para Elizabeth, e felizmente há uma batida na porta antes que eu possa responder.

Jack está usando terno azul-marinho e gravata. Barbeou-se recentemente; é um homem diferente daquele que conheci. Charlotte está atrás dele, usando jeans e uma camisa justa listrada. Ela segura um casaco preto sobre o antebraço e tem um cachecol rosa-acinzentado em volta do pescoço. Os dois já se encontraram com Elizabeth antes, então reduzimos as apresentações e a cortesia ao mínimo, e Jack nos diz que tem reunião com um cliente dali a meia hora. A equipe tem lhe dado apoio no trabalho, mas essa reunião é importante demais para ele perder. Digo que Jack pode sair quando precisar; eu ou Charlotte podemos atualizá-lo sobre qualquer coisa depois.

Jack e Charlotte ouvem Elizabeth atentamente, a cabeça inclinada para a direita no mesmo ângulo. Charlotte, hora ou outra, anota em um caderninho o que Elizabeth está dizendo. A essência não mudou. Cassie está do mesmo jeito; o inchaço ao redor do cérebro só diminuiu um pouco. O tubo foi removido, e Elizabeth colocou Cassie em um programa vigoroso de fisioterapia. O bebê está crescendo bem, e vamos nos preparar tanto para um parto normal como para uma cesariana.

— Obviamente queremos que o bebê permaneça no útero pelo máximo de tempo possível — diz Elizabeth —, mas é improvável que seja uma gravidez a termo. Conforme o bebê crescer, vai colocar a Cassie em uma situação de mais estresse, mas queremos evitar que nasça antes de vinte e sete semanas.

Charlotte escaneia o caderno com o dedo, lendo suas anotações em voz alta. Suas perguntas são detalhadas, sugerindo noites de pesquisa em claro. Ela pergunta sobre o efeito de anticoagulantes no feto, e se Cassie precisar de analgésicos, como isso vai afetar o bebê? Se Elizabeth fica impressionada com a linha do interrogatório, não demonstra; ela nunca se atreveria a parecer condescendente. Jack se senta em silêncio ao lado da mãe, como um assistente bem-vestido demais, estranhamente apático. Há alguma coisa errada. Ele faz uma careta quando o celular toca, interrompendo a lista de perguntas de Charlotte. Cancela a chamada, mas não pede desculpas. Provavelmente do trabalho. Nunca vi seu rosto tão nublado.

— Ah, sim, mais uma coisa. — Charlotte olha para o filho em busca de confirmação. — Nós decidimos que já tivemos surpresas demais, então gostaríamos de saber o sexo do bebê.

Jack confirma com a cabeça e toma todo o resto do chá. Ele se levanta conforme Elizabeth responde:

— Poderemos saber com certeza daqui a uns quinze dias, quando ela estiver com dezesseis semanas.

O encontro acaba de um jeito bastante abrupto, e apertos de mão gentis são trocados novamente. Então Jack beija Charlotte na bochecha.

— Até mais, mãe — ele diz, e percebo quando ele sussurra "te amo" no ouvido dela antes de partir para a reunião. Elizabeth o segue com um sorriso rápido e um aceno da cabeça.

Charlotte se senta mais uma vez, como se tivesse acabado de chegar ao sofá de casa depois de um dia longo. Fecha o caderninho com um estalo, solta o ar e cerra os olhos brevemente. É comum chegar um momento em que os familiares começam a falar sem filtro. Alguns fazem isso para preencher o silêncio, encobrir os bipes e os tiques do hospital; outros o fazem quando acham que vamos cuidar melhor de seus entes queridos se soubermos mais sobre eles. Charlotte não é nenhum desses casos. Tenho a sensação de que ela fala porque precisa, porque sente necessidade de desabafar.

— Você sabe que a polícia indiciou o Jonny, não sabe? — ela diz, seus olhos ainda fechados.

Aceno afirmativamente e arrasto a cadeira um pouco mais para perto dela.

— A polícia disse que eles se conheciam bem. A Cassie e o Jonny, quero dizer.

Charlotte ri, um riso contrito que sugere que eu não conheço nem metade da história. Ela ergue a mão até a têmpora.

— Ah, a Cassie gostava dele, eu acho. Ele a ajudava com o negócio da geleia, levava a Cassie para cima e para baixo, carregava caixas, esse tipo de coisa. Ele morava em um chalé na fazenda. Era o vizinho mais próximo que eles tinham. Veio de Londres só algumas semanas depois da Cassie e do Jack. Era bom que todos se dessem bem, mas eu sempre suspeitei de que não fosse totalmente platônico da parte do Jonny. Sabia que foi ele que deu a cachorra para ela? A Maisie?

De repente Charlotte para de falar e balança a cabeça, como se estivesse tentando sacudir os pensamentos que se instalaram ali.

— O Jack disse que ela foi resgatada? — Minha voz é gentil; não quero assustá-la.

— Foi. O Jonny ajudou a Cassie a pegá-la no centro de resgate nos arredores de Brighton, onde ele mesmo adotou o cachorro dele. Foi legal da parte do Jack deixar a Cassie adotar a Maisie. Ele é alérgico, sabia?

Charlotte pega o chá, que agora deve estar frio. Ela toma um golinho. Percebo que já terminou de falar sobre Jonny e Cassie. Os olhos cor de âmbar cintilam, como se ela estivesse revirando os pensamentos, desesperada para encontrar um que não tenha nada a ver nem com Cassie nem com Jonny. Meus braços estão apoiados no colo, as palmas na direção da minha barriga. Não percebo até que os olhos de Charlotte se desviem para baixo e as encontrem. Eu as afasto e estou prestes a oferecer mais chá quando ela pergunta:

— Não está se sentindo bem, Alice?

Ela pergunta com a confiança maternal tranquila de alguém confortável em demonstrar para uma pessoa não muito conhecida que ela se importa.

Desvio o olhar. Eu sei que, se mirar os olhos cor de âmbar, não serei capaz de disfarçar. Não percebo que estou sorrindo até ser tarde demais.

— Espero que não se importe com a pergunta, Alice, mas você tem novidades?

Deixo meu sorriso tomar conta do rosto quando me viro e olho para ela.

— Ah, Alice, achei mesmo que você poderia estar grávida. Você piscava cada vez que a Elizabeth mencionava o bebê da Cassie, e suas mãos não paravam de descer aqui como um reflexo. — Ela põe as mãos na barriga. Sentada na cadeira, se inclina na minha direção e dá um tapinha no meu joelho. Seguro a mão dela por um breve instante entre as minhas. — Que notícia maravilhosa — ela diz. Seu sorriso me amolece e eu sinto novamente o peso da minha alegria. — É seu primeiro?

Confirmo com a cabeça, e, nesse momento, uma lágrima que eu não sabia que estava ali cai do meu olho e pousa no joelho do meu uniforme de poliéster.

Charlotte tira um lenço da manga e o entrega para mim.

— Parabéns, Alice. — Ela se levanta, e minha lombar se aquece quando ela põe a mão ali.

— Ah, Charlotte, desculpe, desculpe. — Enxugo os olhos com o lenço. — É que eu estou de quatro semanas e ainda não contei para ninguém, nem mesmo para minha mãe ou o meu marido. É ótimo poder contar.

Não é verdade, claro. Jess sabe e Frank também, mas ela me fez sentir culpada, como se eu tivesse me permitido adoecer de propósito, e Frank, bem, Frank não pode dizer nada. Contar a uma pessoa nova — uma pessoa que não está preocupada por mim, que não tem medo de chamar minha gravidez de "notícia maravilhosa" — é ótimo.

— Acho que a Cassie deve ser um bom presságio — digo, com o lenço de Charlotte na mão.

— Talvez vocês sejam um bom presságio uma para a outra — ela responde com um sorriso e afaga minha mão antes de se sentar de frente para mim mais uma vez. — Alice, espero que não se importe com a pergunta, mas por que você não contou ao seu marido?

Começo a rasgar o lenço entre os dedos. O momento passa, o calor esfria. É hora de falar a verdade — para essa mulher sábia e gentil, que parece ver o mundo de uma maneira que a maior parte de nós não compreende.

— Ainda não contei ao David, meu marido, porque eu... nós tivemos alguns abortos. Bem, na verdade, mais do que alguns. — Olho para ela brevemente. Ela está olhando direto para mim. — Oito no total. — Me causa surpresa como é fácil dizer essas palavras, essas três palavrinhas, resumindo perfeitamente as oito vezes que a esperança acabou em horror.

Se Charlotte fica chocada com o número, não demonstra. Apenas acena com a cabeça sobriamente.

— Lamento ouvir isso, Alice.

Eu assinto.

— Já fizemos todos os exames, é claro. É uma anormalidade cromossômica. Não há nada que eles possam fazer. Eu tenho trinta e oito anos. O último aborto foi no verão passado. Prometi ao meu marido que iria começar a pensar em formas alternativas de sermos pais. Ele acha que nós já fizemos tentativas suficientes de termos os nossos. Ele tem razão, claro, e então, cinco dias atrás, eu descobri que estou grávida de novo.

Charlotte não desvia os olhos do meu rosto.

— Isso me faz lembrar daquele ditado, sabe? Você consegue o que quer quando para de tentar.

Ela afasta o olhar por um momento. Percebo que está pensando em Cassie, em sua decisão de não contar a Jack sobre o bebê.

Charlotte anui.

— Consigo entender por que você decidiu não contar ainda ao seu marido. Como está se sentindo?

De repente, minha notícia preciosa parece pairar ao nosso redor, frágil demais no ar abafado dentro desta sala sem graça e sem janelas. Não posso mais protegê-la. Sinto a necessidade de me mover, de mudar o espaço, de aliviar o peso do que acabei de contar a ela.

Eu me levanto de repente. Sinto os olhos de Charlotte nas minhas costas enquanto começo a me ocupar em recolher as canecas, colocando-as dentro da pia com força demais. Elas tilintam umas contra as outras de um jeito melancólico.

A emoção de contar para Charlotte passou. Vou tentar pensar nisso como auspicioso mais tarde, porém agora não quero mais falar sobre minha gravidez, não aqui, onde estou mais acostumada a pessoas morrendo que nascendo. Ainda não, enquanto David não sabe. Ligo a torneira com força, o fluxo de água parece tamborilar sobre a pia de inox.

— Só estou me mantendo equilibrada e cautelosamente positiva. Veremos. Enfim... — Eu me lembro de um dos meus ginecologistas salpicar suas frases com expressões do tipo "cautelosamente otimista", enquanto eu estava deitada como um frango assado, as pernas apoiadas em estribos. Meu "enfim" paira no ar. Desligo a torneira e começo a lavar nossas canecas.

Charlotte sente a mudança em mim. Ela também se levanta e olha para o relógio.

— Meu Deus, são quase onze horas. Vou só dar uma olhada na Cas e depois vou me encontrar com uma amiga e levar a Maisie para passear. — Charlotte pega o casaco e a bolsa.

— Você ainda está cuidando dela? — pergunto, feliz pela mudança na conversa.

— A Maisie? Sim, ela está comigo no momento. O Jack já tem trabalho demais, e, para ser sincera, tenho a impressão de que ele acha difícil ver a cachorra. Ela o faz lembrar do Jonny, de tudo o que aconteceu...

Charlotte pendura a bolsa no ombro. Ela vem na minha direção, aperta meu antebraço em um breve reconhecimento do momento que acabamos de compartilhar e, antes de ir embora, diz que vem me ver amanhã.

A porta se fecha atrás dela e eu tiro as mãos pingando de dentro da pia, chocada comigo mesma por não ter pedido a Charlotte que não contasse a ninguém sobre a minha gravidez. Penso em ir atrás dela, mas depois me lembro de seus olhos firmes e calmos em mim, o calor de sua mão nas minhas costas, e não preciso me preocupar. Ela não vai comentar.

Há uma pilha de papéis esperando por mim na recepção. Eu deveria começar a folheá-los, mas primeiro decido ir ver Cassie.

Tenho o cuidado de puxar a cortina ao redor de nós antes de me sentar na cadeira de visitante. Duas semanas neste lugar suspenso e seu rosto é uma máscara sem cor, os lábios estão entreabertos, como se ela tivesse adormecido no meio de uma frase inacabada. Já lavei seu cabelo três vezes até agora, mas apenas alguns dias depois da última lavagem já parece murcho. Os cortes no braço cicatrizaram, mas a pele, agora com uma leve cor de concreto, está ressecada e descascando. Vou hidratá-la depois. Suas mãos são punhos apertados. Envolvi seus dedos ao redor de suportes; embora eu tenha cortado suas unhas outro dia, ainda oferecem risco de ela se cortar. Ela tem apoios infláveis sob os braços e as pernas para aliviar os pontos de pressão e evitar trombose. A cama dela se tornou um minipula-pula. O bebê, agora com catorze semanas, mal é visível debaixo dos lençóis, um montinho delicado.

Eu me aproximo da cabeça de Cassie e olho para a exibição colorida, como um sonho de sua vida anterior, suspensa logo acima de sua cabeça. Charlotte ou Jack imprimiu a foto em preto e branco que vi no Facebook: Cassie decorando a árvore de Natal. Está pendurada na parte inferior do quadro de recordações, logo acima da cabeça dela, como um halo. Ela parece mais jovem na foto, seu sorriso largo, mas ligeiramente contido.

Olho para as duas: Cassie no hospital e Cassie na foto. Parecem pessoas diferentes. Penso no rosto de Jonny quando ele entrou na ala. Ele tinha o olhar nauseado e indefeso de uma pessoa que sabe que alguém amado está em perigo. Olho novamente para a pequena protuberância na barriga de Cassie e penso em todos os rumores que percorrem a ala. Talvez Cassie não estivesse protegendo Jack da possibilidade de outro aborto; talvez ela estivesse escondendo alguma coisa dele.

Eu o ouço novamente: *Ela estava com medo.*

A lembrança de Jack gritando quando descobriu que ela estava grávida ecoa na minha cabeça. Recuo e me afasto dela de repente, afetada pela consciência de que também fui tragada pelas mentiras. Sinto vertigem, de repente insegura em relação ao mundo, pois a Cassie que eu achei que conhecia desapareceu, e a mulher diante de mim, essa mulher adormecida cujo destino parece, de alguma forma, inextricavelmente alinhado com o meu, é uma estranha para mim, e eu sei que, para me sentir segura, para nossos bebês ficarem seguros, tenho que conhecê-la. Eu tenho que descobrir quem ela realmente é.

14

FRANK

É oficial! Lizzie tem um novo namorado! Ela me contou enquanto me dava banho na cama hoje de manhã, sua voz oscilando entre baixa e estridente como um xilofone, por causa da alegria. Meus olhos estão coçando cada vez mais nas últimas semanas. Estou aqui deitado como um prato de carne apodrecendo, querendo que Lizzie parasse um instante, que notasse meus olhos doloridos e talvez colocasse alguma coisa fresca para acalmá-los, mas ela não olhou para mim por tempo suficiente. Estava ocupada demais me contando sobre o novo namorado, Alex. Aconteceu na liquidação da Ikea, no fim de janeiro. Aparentemente, Lizzie gosta de levar potenciais namorados à Ikea como um teste de estresse. Ela me falou dele enquanto ensaboava minha pele sedenta. Eu poderia ouvi-la o dia todo, ouvir qualquer coisa que ela quisesse dizer, contanto que continuasse limpando minha pele com essa água deliciosamente morna.

Assim que estou seco e acomodado de novo sob os lençóis, me ocupo dando parabéns a Lizzie (e a Alex, por ter passado no teste da Ikea) e agradecendo por ela não se intimidar durante meu banho, quando, sem aviso, minha visão escurece por um segundo. Meus olhos, que ardiam, cantam de alívio, e então, como se nada tivesse acontecido, Lizzie reaparece, embaçada, mas inegavelmente Lizzie, com uma pasta ainda aberta diante dela.

Ela ergue o rosto e sorri para mim.

— Olá, sr. Ashcroft — diz antes de voltar a cabeça para a pasta.

Que porra acabou de acontecer?

Meus olhos começam a arder de novo. Imagino chamas minúsculas dentro das minhas pupilas, e então, sem nenhuma força — minhas pálpebras de dez toneladas de repente leves como o ar —, minha visão fica preta novamente quando as pálpebras escorregam para baixo e encontram uma à outra.

Lizzie nem levanta o olhar.

Lizzie, eu pisquei! Merda, acho que eu pisquei!

Sinto as chamas nos meus olhos começarem a lamber novamente, e acho que é meu momento quando Lizzie recoloca minha pasta no lugar. Tento me preparar, lembrar da onda de alívio, do preto, mas, quando ela vem até mim com um algodão umedecido, minhas pálpebras congelam.

Vamos, Frank, pisque agora!

Mas não adianta. Ferrei com tudo. Perdi aquele ponto doce e sutil entre tentar e não tentar, e é como se minhas pálpebras estivessem grudadas abertas novamente. Ela dá leves batidinhas nos meus olhos com o algodão umedecido, como de costume. Só para variar, eu queria que ela calasse a boca e simplesmente se concentrasse em mim, mas ela diz, com a voz tensa de empolgação:

— Bem, sr. Ashcroft, temos mais notícias maravilhosas hoje. A Alice disse que eu posso lhe contar que é uma menina, sr. Ashcroft! Não é maravilhoso? O bebê da Cassie e do Jack é uma menina!

Tento não me importar. Era para ser o meu momento especial, mas não consigo evitar: a visão de Lucy pelada, recém-nascida, vem até mim e então, sem aviso, minhas pálpebras deslizam para baixo, lentas, anfíbias. Tenho um instante de escuridão espessa e gloriosa antes de meus olhos se abrirem e se fixarem no teto cor de magnólia sem nada, onde menos de dois segundos antes estava a cabeça de Lizzie.

Maldição, Lizzie, olhe para mim!

Mas ela já saiu para fazer alguma coisa, manuseando os equipamentos ao redor da minha cama, sua voz subindo algumas oitavas enquanto me conta sobre sua tia.

— Ela sofreu um monte de abortos espontâneos, os bebês simplesmente não ficavam dentro da barriga, até que ela teve uma menininha. Minha mãe disse que todos esses bebês que ela perdeu provavelmente eram meninos, até que ela engravidasse da Sacha. As menininhas são mais fortes — diz ela, finalmente se virando para mim com um sorriso, orgulhosa de fazer parte do sexo frágil que é o mais forte.

Aqui vamos nós!

Mas vejo a cabeça dela se virar novamente, logo antes de eu piscar de novo, e ela diz:

— Até mais, sr. Ashcroft. — O som de seus passos é como um alfinete estourando minha bolha.

Pisco mais algumas vezes ao longo do dia, mas, sem ninguém para ver, ninguém que confirme que isso está acontecendo, paro de me empolgar demais. Pode ser a minha imaginação pregando peças.

Os parabéns das enfermeiras gotejam atrás de Jack como uma cachoeira quando ele chega para a visita. Eu me pergunto se ele está secretamente um pouco decepcionado. Se, como eu, ele imaginou chutar uma bola de futebol e brincar com caminhões, e agora pensar em todo aquele rosa, nas brincadeiras de comidinha parece um pouco patético e não a história que ele tinha imaginado.

Se eu pudesse, diria a ele para não se preocupar. Lucy tinha o melhor pé esquerdo da classe, e não existe amor maior que aquele entre pai e filha. Esta noite tenho uma boa visão. Eu o observo acariciar o cabelo de Cassie, um hábito que ele desenvolveu, antes de pousar a mão na barriga dela, que agora é inegavelmente uma barriga de grávida.

Olhando para o rosto dela, ele diz:

— Minha garotinha. — E move a mão em círculos.

Não tenho certeza se ele está falando com Cassie ou com o bebê antes de se sentar na cadeira, colocar a mochila nos joelhos e tirar uma pequena pilha de envelopes coloridos. Ele começa a abri-los um por um, olhando para a frente por um breve momento antes de mostrá-los para Cassie e lê-los em voz alta. Ouço todos.

Alguns são formais, como se as pessoas não conhecessem bem Cassie — "Com os melhores votos de uma rápida recuperação, Alan e Cathy Jones" —, e outros são emotivos: "Queria poder fazer uma visita, Cas. Você está nos meus pensamentos o tempo todo. Com todo o meu amor". Jack não é muito bom em ler em voz alta. Ele lê cada cartão no mesmo tom monótono. Olha para Cassie de vez em quando e diz coisas sobre os amigos: "Quanta gentileza da sua parte, Beth", e "A cara do Sam, não é?" Uma pilha colorida de papéis logo preenche todo o espaço ao redor de seus pés. Ele reúne os envelopes sem a menor cerimônia em um amontoado caótico e os enfia de volta na mochila.

Ele transmite a Cassie — e a mim — uma atualização diária de sua nova vida. Nos diz que parece que a Jensen and Son vai ganhar a concorrência para reformar o pub Brighton, e é nisso que Jack tem trabalhado quando não está aqui no Kate's. Ele se inclina para a frente e acaricia o cabelo de Cassie para trás novamente, afastando-o da testa.

— Minha mãe falou que a Maisie ainda está dormindo no seu cachecol, amor. Ela sente a sua falta. Mas está comendo melhor agora. Minha mãe disse que ela comeu metade de uma lata de ração ontem à noite, então acho que é um sinal de que ela está se acalmando, né?

Ouço Alice andando na direção dele. Ela para logo na entrada da área de Cassie, atrás de Jack. Está olhando para ele e mordendo o lábio inferior. Está nervosa. Isso me deixa nervoso. Meus olhos ardem e eu pisco novamente.

Aqui, Alice! Olha!

Jack não se vira na direção dos passos dela. Ele não pode ouvir o que eu posso.

— Oi, Jack. Uma garotinha! Parabéns!

Ele se levanta quando Alice se aproxima e abre os braços para ela, sorrindo. Parece muito satisfeito quando puxa Alice em um abraço de urso desajeitado. Ela o solta antes dele.

— É uma notícia maravilhosa. A relação de pai e filha é realmente especial.

Jack abre um grande sorriso e ela retribui, mas não é o sorriso da Alice que eu conheço. Jack não nota; ele não a conhece como eu. Ela está segurando o sorriso. Parece forçado. Ela perdeu o jeito natural em relação a ele.

— Cá entre nós, eu esperava mesmo que fosse menina, para ser sincero. A Cassie e eu já escolhemos um nome de menina.

— Ah, é?

Jack se inclina perto de Alice e fala baixinho:

— Nós dois sempre adoramos Freya. Então ela vai ser Freya Charlotte April Jensen.

— Lindo — elogia Alice.

Ela parece prestes a se despedir quando ele diz:

— Na verdade, Alice, estou contente em te ver. Você tem um minutinho?

Ela reaplica o sorriso no rosto.

— Claro, quer ir à sala de visitas?

Jack ignora a pergunta, mas baixa a voz e vira as costas para Cassie, de modo que fique de frente para mim, e começa a falar:

— Não quero preocupar você sem necessidade, mas achei que você deveria saber que um cara chamado Marcus Garrett pode tentar visitar a Cassie.

Alice mantém os olhos fixos no rosto dele e assente.

— Ele se casou com a April, a mãe da Cassie, só seis meses antes de ela falecer.

— Certo, então é o padrasto da Cassie?

— Ela nunca o chamou de padrasto. — Jack encolhe os ombros. — Ela sempre o achou uma pessoa difícil, mas ele desmoronou quando a April morreu e, para ser sincero, dois anos e meio depois, ele ainda age como se ela tivesse morrido ontem. Ele sempre fez a Cassie se sentir muito culpada por continuar a vida dela, por ser feliz.

— Então ele sabe que ela está aqui?

Jack assente.

— Uma das amigas da Cassie contou, pelo visto. O problema é que eu pedi a ele para não visitar, mas minha mãe acha que o viu na cafeteria do hospital outro dia. Eu só não quero que ele saiba sobre o bebê. Acho que pode deixá-lo abalado de novo.

Jack faz uma pausa, olha para a ala e baixa a cabeça, aproximando-a do ouvido de Alice.

— Ele apareceu na nossa casa de surpresa, sem mais nem menos, no último aniversário de morte da April. Deixou a Cas muito nervosa, deu a entender que era culpa dela que ele tinha cancelado o fim de semana em homenagem à April, todo tipo de baboseira. — Jack para de falar e olha para Alice, como se para ter certeza de que ela está dedicando total atenção ao que ele está falando. — Aconteceu uma discussão. Eu tentei defender a Cas, fazê-la se impor em relação ao Marcus, mas ela ficou um pouco irritada comigo, para ser sincero. — Jack limpa a voz e franze a testa. — A Cas perdeu o bebê depois que ele foi embora.

Alice anui devagar, e, encorajado, Jack continua falando:

— Eu sei que você disse que ela talvez seja capaz de nos ouvir, e não quero correr o risco de ela ficar chateada se ouvir o Marcus. Eu realmente, realmente não posso deixar isso acontecer.

Alice continua assentindo com a cabeça. Ela dá um tapinha afável no braço de Jack.

— Está tudo bem, Jack. Tudo certo. De qualquer forma, não deixamos ninguém visitá-la sem a sua permissão, como nós combinamos. Mas, se você deixar o nome completo do Marcus na recepção, podemos ser mais cuidadosos ainda. Tudo bem?

Eu pisco de novo. O movimento chama a atenção de Alice e ela olha para minha cama, me olha nos olhos, mas ela não vê por muito pouco.

Dessa vez passou tão perto.

— Obrigado, Alice. Não quero parecer frio. Eu, você sabe, só quero ter certeza de que a Cas... De que a Cas e a Freya estão seguras. Parece que é a única coisa que eu posso fazer.

Ela balança a cabeça em um sinal afirmativo novamente.

— Claro, claro, Jack.

Há movimento no final da ala. Jack e Alice se viram na direção dele. Consigo ver de relance dois médicos e um pequeno grupo de residentes se juntarem como ovelhas para fazer as rondas da tarde.

Alice olha para o relógio pendurado no peito.

— Acho que é a nossa deixa.

— Obrigado, Alice. Agradeço muito. Você gostou do nome?

— Muito bonito. — Mas Alice está mordendo o lábio outra vez. Quando ele começa a se afastar, ela diz: — Ah, Jack?

Ele se vira para ela.

— Sim?

Alice parece perdida, desorientada por um segundo, como que surpresa em se ouvir pedindo a atenção dele novamente.

— Você pegou o envelope que a Brooks deixou para você? — ela pergunta depois de uma pausa.

Jack parece um pouco aliviado, como se esperasse más notícias. E sorri para Alice.

— Sim, peguei há mais de uma semana. Não era nada muito importante. — Ele faz um pequeno aceno e se vai.

Alice o vê ir embora. Ela morde o lábio de novo, puxando a pele com o dente, os olhos ligeiramente estreitos.

Reconheço esse olhar; já o vi no rosto de Ange muitas vezes. É o olhar focado e um pouco apertado de alguém que acha ter ouvido uma mentira.

Paula está na escala desta noite. Eu sei que são por volta das três da manhã, porque Paula é uma mulher de hábitos. Ela programa cuidadosamente o horário do segundo lanche para aliviar um pouco a parte final de sua jornada noturna. Esta madrugada tem barulho e cheiro de pipoca. Ouço a porta se abrir lentamente assim que os primeiros grãos começam a estourar. Eles produzem uma trilha sonora estranha. Meu coração aperta e eu sei que é ele; ele voltou.

Paula me deixou com o queixo no peito, assim, esta noite, vejo mais do sujeito, que entra mancando em direção a Cassie como uma sombra ferida. A cortina balança quando ele vai até a lateral da cama dela, onde Alice estava algumas horas antes. Penso em Jack avisando Alice sobre o padrasto de Cassie, Marcus, e em como ele estava preocupado que o homem pudesse entrar na ala. É ele. Deve ser ele.

Ele está parado sobre o leito dela de um jeito sinistro. Não se mexe por alguns minutos até eu começar a vê-lo tremer, os ombros subindo e descendo.

Ele está rindo. Que merda, ele está rindo, o louco maldito.

Jack deu a entender que ele era um pouco esquisito, mas nunca falou que o cara era completamente louco. Não posso fazer nada além de observá-lo chegar perto dela e se abaixar devagar na cadeira ao lado da cama.

Minha pele sente a tensão no ar, como se o ar estivesse sendo lentamente sugado para longe. Começo a me contorcer por dentro quando ele apoia os cotovelos na beira da cama e esfrega a base das mãos nos olhos, enquanto a cabeça balança de um lado para o outro, de um lado para o outro. Seus ombros sobem e descem e eu o ouço sugar uma respiração carregada no peito, úmida, e me dou conta de que ele não está rindo. Está chorando.

— Me desculpe, me desculpe, me desculpe.

De início acho que finalmente enlouqueci, que meu cérebro teve um curto-circuito, só que, quanto mais eu olho, quanto mais ouço as palavras "Me desculpe, me desculpe", mais convencido fico de que o visitante desta noite não é Marcus e não pode ser Jonny. Porque a pessoa que está implorando o perdão de Cassie é uma mulher.

15

CASSIE

Cassie está sentada à velha mesa de pinho de Jonny, a superfície quase completamente coberta de pedaços de papel, somas escritas a lápis, recibos e notas fiscais. Ela planejava levar para casa, mas começou a chover e pareceu mais fácil ficar na casa de Jonny que arrastar tudo pelo meio da rua, na chuva. Além disso, agora eles mantêm a maioria dos equipamentos — os esterilizadores, as panelas para geleias — na casa dele. Há mais espaço, e Jonny não se importa com a bagunça, como Jack se importa.

Certo, por onde começar?

Ela pega um pedaço rasgado de papel, um "Fico te devendo essa" escrito na letra torta de Jonny, por causa de um dinheiro que ele pegou do frasco cheio de moedas que eles chamam, brincando, de "esmola", para pagar algum café da manhã. Ele fez um desenho a lápis na parte de baixo da folha; na verdade é mais um rabisco. Cassie olha para a figura e reconhece sua própria orelha, ligeiramente curvada para dentro na parte de cima. April sempre chamava de "orelha de fada". Fios de cabelo flutuam ao redor da orelha, e ela reconhece os pequenos brincos de diamante que Jack lhe deu no dia do casamento. Ela levanta a mão para acariciar o lóbulo carnudo entre o polegar e o indicador. Jonny não perde nada.

Cassie, concentre-se!

Ela coloca o pedaço de papel novamente na mesa e tira o notebook de dentro da mochila. Jack anda pegando no pé há um tempão sobre fazer algum tipo de planilha financeira para manter o controle de todo o dinheiro da Geleias da Fazenda. Cassie imagina que conseguiram fazer duas mil libras durante o verão, ela e Jonny. Nada mau para o que era para ser apenas um hobby, um jeito de se envolver com a comunidade, de conhecer pessoas. Ela não sabe se consegue avaliar bem de quanto dinheiro está falando, já que entraram na rotina de ir para o pub depois da maioria dos eventos, comendo o que tivessem vontade e bebendo vinhos caros.

Como as coisas poderiam ter sido diferentes. Ela estaria com cerca de dezessete semanas agora, pensando em comprar carrinhos de bebê e em escolher nomes, não tentando decidir se será shiraz ou pinot noir.

Ela se levanta e liga a chaleira elétrica.

Certo!

Ela abre o Excel no computador, e várias caixas se abrem sozinhas, pedindo atualizações. Cancela todas. Talvez Jonny estivesse certo: ela deveria ter ido no lugar dele encontrar o agricultor do "Colha Você Mesmo" para falar sobre aproveitar as sobras de framboesas. Ele provavelmente teria construído um modelo de controle financeiro em meia hora. Mas ela se sentiu fraca e com frio naquela manhã, a mudança do verão para o outono penetrando em seus ossos, e teve vontade de ficar deitada.

Ficar no chalé quentinho de Jonny com Dennis roncando dentro da cesta era muito mais atraente que sair na chuva para olhar framboesas ensopadas.

Ela deve estar com os hormônios aflorados. Cassie faz uma xícara de chá. Jonny sempre toma de camomila, seu preferido. Ela liga o rádio.

As opções de modelos predefinidos na tela diante dela saem de foco. Talvez esteja abordando a questão da maneira errada. Primeiro é preciso organizar os pedaços de papel e depois tentar descobrir como registrá-los no computador. Então ela fecha o notebook e se move para a ponta da mesa. Jack teria um chilique se a visse enrolando desse jeito.

Ao longo do último mês, as jornadas de trabalho do marido têm se tornado um mistério completo para ela. Ele geralmente sai de casa antes de Cassie acordar. Uma toalha molhada do banho e água já quente na chaleira que ele usou para fazer o café são as únicas provas que ela encontra de que ele esteve em casa. Ele passa o dia em reuniões em canteiros de obras, conversas sobre coisas como reforços de estruturas metálicas e conexões de esgoto, e corre para Londres a fim de se encontrar com possíveis novos clientes. Todos querem fazer obras durante o verão, então é sempre o período mais movimentado para ele. Jack normalmente não chega em casa antes das nove da noite. Ela fica em silêncio à noite, ainda mais depois de um evento, fingindo estar mais sóbria do que se sente. Charlotte acha bom que os dois estejam ocupados. Ela abraçou Cassie por um longo tempo quando lhe contaram. Disse que o aborto espontâneo às vezes, infelizmente, faz parte do processo de ter um bebê.

Eles só precisam continuar tentando, disse ela.

Cassie organiza os papéis em uma pilha e a alisa sobre a mesa, uma falsa aparência de ordem.

Seus pés estão frios sobre o piso de pedra. Ela os ergue na cadeira, esfrega-os, mas não faz diferença nenhuma.

De dentro da cesta, Dennis levanta a cabeça ao ouvir os degraus rangerem sob os pés de Cassie, que está indo até o quarto de Jonny em busca de meias. Ela já usou um par de meias de lã de alpaca uma vez, um presente de Lorna para Jonny alguns anos antes, quando eles ainda estavam apaixonados. Cassie abre uma gaveta e se senta na cama desarrumada para calçá-las.

Dennis está esperando por ela no pé da escada. Ela pega a pilha de papéis novamente.

Certo. Agora vai dividi-la entre receita e despesas.

Mas ela se lembra de que não respondeu a uma mensagem de Nicky que chegou mais cedo nessa manhã. Não vejo a hora de te encontrar. Que horas você vai estar em casa? Bjs, a amiga havia escrito.

Ela chegaria de Londres essa noite para passar o fim de semana e pôr a conversa em dia depois de tanto tempo. Cassie pensou em ligar para ela algumas vezes desde o aborto, mas Nicky passou um mês inteiro em Nova York durante o verão, em parte por causa de seu novo emprego como assistente executiva de um empreendedor do ramo da internet, e em parte por estar em férias. Não parecia certo chorar no telefone quando a amiga finalmente tinha notícias boas para compartilhar. Além disso, Jonny estava por perto para dar apoio a Cassie.

Ela digita: Eu também! Faz uma eternidade. Vou estar em casa por volta das seis. Que horas seu trem chega? Avise o Jack, ele disse que vai te buscar na estação depois do trabalho. Bjs.

A mensagem faz um *vush* ao ser enviada.

Colocando as duas pilhas de papéis diante dela, Cassie abre o computador de novo e escolhe um modelo, um que separe as informações por data, começando hoje e seguindo de trás para a frente.

Deus, já é mesmo a metade de outubro? Ela rola a tela no documento e conta onze semanas desde a perda do bebê. Ela não revelou a Jack que tinha falado com Marcus por telefone algumas vezes. Nenhum deles mencionou a discussão. A voz de Marcus parecia melhor, mas ela ainda precisava encontrar um tempo para ir visitá--lo. O simples fato de ouvir o nome de Marcus deixa Jack irado. Ela sabe que Jack o culpa pelo aborto. Ela não está a fim de retomar a discussão, de tentar defender Marcus para Jack. Ele só precisa de tempo. Nada de ruim aconteceu com ele desde os catorze anos; é compreensível que a perda do bebê o tenha deixado abalado. Observando os dias e semanas organizadinhos em fileiras desde o aborto, Cassie se dá conta de que a última menstruação veio há um bom tempo. Ela olha o calendário no celular. Se arrepia toda e sua pele começa a formigar quando percebe que esqueceu completamente de registrar o ciclo.

Ai, meu Deus.

Ela tem que ir para casa, chegar em casa antes de Nicky, para fazer um teste de gravidez, descobrir com certeza se a resposta é positiva ou negativa. Não sabe se está empolgada ou apavorada, ou será que as duas coisas? Então calça as botas de caminhada que deixou na porta.

— Desculpe, Dennis, você fica aqui. — A cauda dele cai quando ela o segura e fecha a porta na frente do focinho. Em seguida, coloca a chave reserva de volta no lugar sob o capacho. Mais tarde mandará uma mensagem para Jonny explicando que precisou sair às pressas.

Cassie cobre a cabeça com o capuz. A chuva faz barulho ao cair sobre o material fino da capa de chuva vermelho-viva. Ela decide seguir para a estradinha; é o caminho mais rápido, o riacho borbulhando como um caldeirão a seu lado. Continua repassando as datas, de novo e de novo, na cabeça. Todas as vezes ela está pelo menos três semanas atrasada.

Como pode não ter notado?

Cassie sabe que há alguns testes que sobraram da última vez, guardados no banheiro da suíte. São apenas quatro e meia da tarde, cedo demais para Jack estar em casa. Faz semanas que ele não volta antes das sete da noite, então ela vai correr até o andar de cima, fazer o teste e saber a resposta antes de Jack buscar Nicky na estação. Perfeito.

A chuva começa a tomar corpo, caindo livremente, atingindo o solo na forma rítmica de um metrônomo. Ela passa sobre algumas poças recém-formadas ao virar na pista de entrada para carros e então dar uma corridinha na parte final. Há uma luz acesa na sala de estar. Estranho; ela normalmente desliga tudo. Ao se aproximar, sente alguém descendo do andar de cima como se fosse um fantasma. Os vidros da janela formam minúsculos rios de chuva. A imagem da pessoa é distorcida e alongada pela chuva. Quando se aproxima, ela reconhece o contorno largo do corpo de Jack.

Ele deve ter ficado doente. Não há nenhum outro motivo para estar em casa nesse horário

Através da chuva constante, ela observa o marido se sentar de novo no sofá. Ele relaxa o corpo e o sofá se molda levemente ao redor dele, cruzando a perna direita sobre a esquerda e bagunçando o cabelo. Ele ergue uma garrafa de cerveja até os lábios, a boca se curvando, sorrindo para alguém sentado a seu lado, alguém que Cassie não consegue ver. Ele não parece tão relaxado assim há meses.

Não pode estar assim tão doente se está tomando cerveja, Cassie pensa, contrariada. Agora ela está perto da janela. Ela tira o capuz e sente a chuva umedecer o topo da cabeça, como um batismo. Está prestes a erguer o punho para bater no vidro, mas se detém, porque a pessoa sentada ao lado de Jack está acariciando a perna do marido com belos e longos dedos brancos. Jack olha para a perna e entrelaça os dedos com os da mulher. Ela o puxa na direção dela, e Jack cede facilmente. Cassie observa, paralisada, os dois se unirem de um jeito que parece inevitável, a pressão grande demais para não juntarem os lábios, para que as mãos dele não segurem o rosto da mulher ao beijá-lo, o cabelo ruivo cascateando como lava sobre os dedos de Jack. Ele beijou Cassie assim tantas vezes. Ela toca o rosto, quase esperando sentir as mãos de Jack ali, onde deveriam estar, acariciando seu rosto, não o de Nicky. Cassie não consegue se mover. É como se sua mente tivesse sido removida do corpo. Ela os observa se puxarem e se empurrarem, a amiga sorrir durante o beijo e os dedos caírem na braguilha de Jack, como se já estivessem estado ali antes.

O coração de Cassie se dilata e contrai dolorosamente, como se o próprio órgão tivesse levado uma pancada forte. A força a empurra para trás e ela agarra a estrutura da janela para se impedir de cair.

O movimento chama a atenção de Nicky. Ela ergue a cabeça, afasta-se do marido de Cassie e sua mão deixa a calça dele. O cabelo ruivo cai pelas costas quando ela vê Cassie e diz uma palavra curta antes de Jack se virar também.

O rosto dele está branco, na verdade pálido, os olhos arregalados, parecendo um desenho animado em choque. Ele salta como se o sofá de repente o estivesse queimando e chega perto da janela. Está balançando a cabeça e dizendo o nome de Cassie sem parar, uma nuvem de vapor se formando ao redor da palma quando ele a posiciona contra o vidro frio.

Mas Cassie não está olhando para ele. Através da janela listrada pela chuva, ela está encarando a melhor amiga, agora perfeitamente imóvel no meio da sala de estar, e Cassie não pode evitar o olhar, pois o corpo de Nicky deve estar possuído por alguma outra coisa, alguma outra pessoa. Esta não pode ser a mesma pessoa que dormiu na cama com Cassie durante um mês depois que April morreu, porque sua boca, que costumava chamar Cassie de irmã, estava beijando seu marido.

Cassie vê os lábios de Nicky formarem seu nome novamente, e então dá as costas para a janela e corre o máximo que consegue em meio ao dia choroso.

16
ALICE

Estou correndo, meus pés rítmicos e constantes sobre o asfalto. Meu corpo está tenso, enérgico, como se eu pudesse correr para sempre. A estrada se estreita e se torna nebulosa. Vejo uma silhueta na minha frente, outro corredor, apenas alguns metros adiante. Não consigo ver seu rosto; é uma mulher loira com um rabo de cavalo saltitante. O cão pequeno, de pelos eriçados — o mesmo que aparece nas fotos de seu perfil do Facebook —, passeia ao redor de seus pés, e então eu sei quem é.

— Cassie! — chamo.

Ela para no meio da pista, girando lentamente no lugar, e é quando vejo que o rosto dela está todo errado. Suas feições estão congeladas como uma máscara da morte; sua boca, retorcida em um grito silencioso, a pele de um cinza impecável. Suas pálpebras estão apenas entreabertas, veias vermelhas como se fossem uma estranha renda sobre o branco de seus olhos. Não consigo ver as íris.

Nosso quarto está um breu, os lençóis da cama úmidos com meu suor. Acendo o abajur e David se mexe, mas não acorda.

Jesus.

São vinte para as seis da manhã. Tento fechar os olhos. Eles ardem de exaustão, e meu corpo anseia por mais sono, mas não adianta. Minha mente estala como chicote, então pego meu roupão e desço.

Sempre adorei a paz do início da manhã, a privacidade de ser a única acordada. Como se o mostrador do mundo estivesse desligado e o início da manhã fosse um espaço suspenso, uma pausa, uma chance de recuperar o tempo comigo mesma.

Sem acender nenhuma luz, olho pela janela da cozinha. O céu da manhã ainda é de um índigo profundo. Está congelando lá fora, o quintal coberto de folhas petrificadas e geladas de grama. Alguma coisa — um coelho, talvez — deixou um pequeno rastro de patinhas ao seguir para os arbustos de ciprestes leilandeses. Bob vai gostar de tentar expulsá-lo depois.

Eu sei que alguns enfermeiros precisam se esforçar para não levar trabalho para casa, mas isso nunca foi um problema para mim. Assim que tiro o uniforme, também me dispo do dia e da dor dos outros. Nunca pensei que fosse incomum; a maioria das pessoas vive em pelo menos dois mundos. Mas agora é diferente, com Cassie. Quero ficar perto dela, como se a sobrevivência de seu bebê fosse um bom presságio, como se um pouco de sua magia, só um pouquinho, pudesse passar para mim. Encho um copo com água e volto ao andar de cima, para o escritório. Ligo o computador. A luz da tela é dura, fria no cômodo escuro.

Abro o Facebook e pesquiso os amigos de Cassie. Não há Jonathan Parker nem Jonny Parker. Ou ele não está no Facebook, ou excluiu sua conta. Todas as fotos de Cassie foram postadas por outras pessoas, principalmente Jack, nos últimos dois anos, e antes disso por uma tal Nicky Breton.

Olho para as mais antigas, as que foram postadas por Nicky. Essa é a Cassie que não conheço tão bem. Seu rosto está mais cheio, mais de menina nas fotos, a pele é uniforme, firme com a juventude, e o cabelo, em tom de manteiga, é longo e cai nas laterais do rosto. As roupas são diferentes nas fotos mais antigas: coloridas, de tecidos naturais, tie-dye, flutuantes, o tipo de roupa que as pessoas compram em feiras e festivais.

Uma das fotos de Cassie e April é um close dos rostos. Ambas estão olhando para a câmera como se alguém tivesse pedido para fazerem cara séria, mas elas parecem risonhas demais, como se tentar deixar a cara séria as fizesse querer rir. Elas têm os mesmos olhos, azuis com risquinhos cor de avelã. April está usando um lenço azul-vivo na cabeça — talvez tivesse acabado de começar a quimioterapia —, e mechas do cabelo de Cassie dançam ao redor de seu rosto. Ao fundo há pedras escorregadias, irregulares como dentes incisivos, uma espuma de água branca ao redor delas. As duas parecem pertencer àquele lugar, à beira do mar.

Sou amadora em matéria de Facebook, então tenho dificuldade para encontrar as fotos mais recentes e paro naquela, agora familiar, que Jack postou de Cassie decorando a árvore, seu cabelo curto e macio. As pessoas deixaram comentários como "Uau!" e "Linda!", mas não há nada de Cassie, nenhum agradecimento nem nada. Dou um zoom no rosto congelado dela, a trinta centímetros do meu; ela quase está na escala real na tela. Um pedregulho frio se forma na minha garganta quando a encaro. Agora ela me parece diferente. Eu me lembro do que Jess disse sobre o sorriso parecer falso. Agora percebo. Na foto, Cassie está exibindo o tipo de sorriso que deve ter feito seu maxilar doer. Ela está com o rosto flexionado, rígido, como se estivesse rangendo os dentes. Parece estar segurando o sorriso. Eu o imagino desaparecendo assim que a câmera foi baixada. Há algo levemente intrusivo na foto. O brilho nos olhos dela é como um segredo.

A pedra fria cai no meu tórax. Eu me lembro do que Jonny disse quando entrou na UTI. Do que ela tinha medo? De Jack descobrir que o bebê não era dele? Ou de Jonny descobrir que era dele? Cassie estava mentindo? Bancando a esposa apaixonada, mas tendo um caso com Jonny? Penso no bebê dela. Peço novamente para estar errada, para Jonny não ser o pai. Uma mãe em coma e um pai na prisão? Não quero isso para Freya e não quero isso para Jack.

De repente, meu celular vibra no bolso do roupão.

— Alô? — Minha voz é pequena na manhã escura.

— Alice? — O sotaque de Sharma soa mais forte ao telefone.

Amarro o roupão mais firme ao redor do corpo. Sua proximidade parece desconcertante.

Sem esperar minha resposta, ele pergunta:

— Você viu o *Sussex Times* esta manhã?

— Não, o que foi? — Mexo a setinha rapidamente na tela, de repente culpada, como se Sharma pudesse me ver bisbilhotando a vida de Cassie. Fecho as páginas.

— Só olhe e vá o mais rápido possível, sim? Já estou a caminho. — Ele não se despede antes de desligar e não diz nada em latim. Alguma coisa deve ter acontecido.

A manchete, "Celebridade local em coma: grávida", parece saltar da tela e me dar um tapa na cara. Tenho que ler duas vezes.

Passo os olhos rapidamente sobre o artigo. A maior parte não me interessa; vou diretamente para o trecho que significa alguma coisa.

"Uma fonte próxima a Cassandra Jensen, que deseja permanecer anônima..."

Eu me recosto pesadamente na cadeira. Usaram o nome verdadeiro dela, eles sabem sobre a Juice-C, e o artigo menciona Buscombe e um tal "Jonathan Parker", descrito como um "amigo íntimo" (imagino os jornalistas dando uma piscadinha entre si ao escolher essa descrição) e um alcóolatra local acusado de dirigir embriagado e de tentativa de homicídio. Parece que me peguei falando na frente do espelho. Uma história familiar, mas enquadrada do jeito todo errado. A pedra fria parece torcer e virar, faz meu peito todo doer.

Não percebo que estou murmurando "merda, merda, merda" até o focinho preto e forte de Bob aparecer na curva do meu braço.

— Hum, boa coisa não é. O que foi? — David entra no escritório só de cueca. Ele coloca a mão no meu ombro e franze a testa para a tela do computador. Fico olhando com ele. — Meu Deus. Que horror. — Ele se vira para mim. — Ela é uma das suas?

Sinto uma reviravolta de culpa por não ter contado a ele sobre Cassie, mais culpada ainda por não ter dito que estou grávida.

Pisco os olhos, forçando-os a ganhar foco.

— Então é por isso que você não tem dormido. Deus, eu nem sabia que isso era possível. Por que você não disse nada?

— Não posso te contar tudo sobre os meus pacientes, David — respondo, irritada por ser interrompida quando quero ler o artigo novamente.

— Sim, mas isso? Você me conta sobre o sujeito com a esposa religiosa fanática, o paciente que não recebe visitas, mas não conta sobre uma grávida em coma?

Ele se afasta quando levanto da cadeira, criando um espaço entre nós. Parece estranho, gelado.

— Por que você não me contou? — pergunta ele, um pouco ofendido.

— Ah, David, ela não é uma fofoca. É uma paciente. E você sabe muito bem por que eu não te contei.

— Porque você acha que eu me preocuparia demais?

— Não! Por causa da confidencialidade! Olha, não tenho tempo para isso, tenho que ir trabalhar. — Antes de chegar ao nosso quarto, ouço David murmurar:

— Uma ova.

Nem me dou o trabalho de tomar banho e escovar os dentes enquanto tento me aprontar, o que não economiza tempo nenhum.

Derrubo pasta de dente no uniforme limpo; parece cocô de passarinho. Minha mente se corrói pensando em quem poderia ter passado a informação para a imprensa. Poderia ser qualquer pessoa. A ala está sempre cheia de visitantes, estudantes de medicina e carregadores de macas.

Sinto os olhos em mim. David está me encarando do vão da porta, com a cabeça inclinada inquisitivamente para um lado, como Bob faz quando um coelho que ele estava perseguindo desaparece em um buraco.

— Desculpe, Ali, desculpe por ser um idiota.

Eu me levanto e caminho na direção dele. Ele se inclina para a frente, mais perto de mim, de modo que eu possa passar os braços em volta do seu pescoço e beijá-lo rapidamente na boca. Ele cheira levemente a cama, como alguém que acabou de acordar de um sono pesado.

— Está tudo bem — digo por cima do seu ombro. — Você estava certo em parte. Eu não queria que você se preocupasse.

— Você está bem com tudo isso? É uma loucura, tem muito a ver com a gente.

Agora seria a hora de fazer... de contar a ele. Agora, Alice!

Em vez disso, porém, eu me afasto e começo a enfiar grampos no cabelo. Nem vou me preocupar com o rímel. Encolho os ombros ao me ver no espelho.

— Ela é uma paciente especial, mas, para ser sincera, é só trabalho, mais nada — minto. Beijo David novamente, digo a ele para não se preocupar e às seis e quinze estou no carro, dirigindo rápido demais pelas ruas quietas e ainda escuras em direção a Cassie.

Lizzie estava no turno da noite ontem com uma enfermeira temporária. Ela me passa uma xícara de café. É tão jovem que a noite não transparece em seu rosto de jeito nenhum. Eu pareço e me sinto uma morta-viva depois de uma jornada noturna.

— O sr. Sharma disse que você chegaria logo, então achei que ia querer um café também.

Eu agradeço.

— Você ficou sabendo, Lizzie?

— O sr. Sharma me contou — responde ela, fazendo um sinal afirmativo com a cabeça. — Eu estava agora mesmo lendo nos sites. Outros jornais estão começando a ir na cola, *Daily Mail* e *The Sun*...

— A exaustão pode não transparecer no seu rosto, mas sua fala é entrecortada; ela parece assustada.

Faço que sim e tomo um gole do café, que está pelando.

— Você sabe, provavelmente vai haver repórteres no hospital por alguns dias, então você vai precisar redobrar o cuidado, especialmente com os visitantes, tá? Se alguém te perguntar alguma coisa, você simplesmente diz...

— Nada a declarar? — ela me interrompe. — Como na televisão.

Confirmo com a cabeça.

— Como na televisão.

Quando começo a andar na direção do posto de enfermagem, Lizzie pergunta:

— Já aconteceu alguma coisa assim antes?

Penso por um momento.

— Houve um cara alguns anos atrás, um baterista velho dos anos 1970, que teve um dano cerebral depois de consumir muita bebida e drogas. A imprensa se apossou do assunto. A pobre recepcionista na verdade desenhou um mapa da ala para um repórter. — Lizzie arregala os olhos quando acrescento: — A recepcionista foi demitida.

Bato na porta de Sharma e ele leva um momento para responder.

— *Intrare!*

Sua orelha está colada ao telefone de sua mesa.

— Incrível. — Ele balança a cabeça para o fone, segurando-o em minha direção.

Ouço uma voz distante, minúscula, de uma mensagem gravada. Ele aponta o fone.

— O diretor de comunicação ainda não tem ideia do que está acontecendo. — Sharma recoloca o telefone no lugar com um suspiro e balança a cabeça outra vez. — E eu ainda não consegui falar com o chefe da segurança. — Uma faísca, uma ansiedade, anima seu rosto.

— Como você acha que isso escapou?

Somos interrompidos por uma batida silenciosa e incerta na porta. Sharma não está interessado no que eu estava dizendo. Ele exclama novamente:

— *Intrare!* — E o rosto cheio e jovem de Lizzie aparece.

— Desculpe incomodá-lo — ela diz para Sharma. Então olha para mim. — Mas Charlotte Jensen acabou de chegar.

Charlotte está de volta com a calça jeans que não serve bem e uma camisa grande demais com bolsos, que reconheço dos primeiros dias depois que Cassie sofreu o acidente.

— Ah, Alice — começa ela, franzindo a testa como se não entendesse o que está dizendo. — Receio que o Jack esteja bem aborrecido com essa história toda. Ele está no telefone falando com o escritório. Parece que os jornalistas já começaram a ligar. Ele está tentando descobrir a melhor maneira de lidar com isso. — Sua mão pequena oscila até a têmpora. — Receio que tudo isso tenha virado uma bagunça, não? Como se ainda não tivéssemos passado pelo suficiente.

Puxo Charlotte pelo braço em direção à sala de visitas, e Jack entra um momento depois feito um tufão. Charlotte faz um gesto para ele sentar, mas ele a ignora e continua em pé.

— Eu sei quem foi — vocifera ele. — O padrasto da Cassie, Marcus Garrett, tenho certeza absoluta disso. — Ele ergue o jornal como uma forma de fazer um gesto obsceno para nós. — É óbvio, porque não deixamos que ele viesse vê-la.

Charlotte se senta, seu tom equilibrado.

— A Cassie sempre disse que ele poderia ser uma pessoa complicada, mas nunca o fez parecer vingativo. Você acha mesmo que ele iria tão longe?

— Ah, vamos falar sério. Você não lembra como ele agia estranho com a Cas? Ele é vingativo e está delirando e...

Charlotte ergue a palma da mão para Jack parar.

— Chega, Jack. — Ela não precisa levantar a voz. — Não podemos colocar a culpa só no Marcus sem pensar em outros caminhos plausíveis. Quer dizer, aqui é sempre tão cheio de gente. — Ela se vira para mim. — Espero que você não se importe que eu diga, Alice, mas será que não poderia ter sido, não sei, não digo uma enfermeira ou um médico, mas um maqueiro, um faxineiro ou alguém assim?

Respondo concordando com a cabeça.

— Sim, eu tive o mesmo pensamento, para ser sincera.

Jack não diz nada. Ele encontrou seu culpado. Esta discussão é só para deixar sua mãe feliz. Um músculo em seu maxilar salta com tensão. Uma pessoa de RP do hospital se junta a nós. Eles conversam sobre o que pode acontecer, aconselham Charlotte e Jack sobre como lidar com os repórteres. Mãe e filho passam o resto da manhã com Cassie e eu ajudo a coordenar uma reunião de equipe. Vamos ter nossa própria equipe de segurança nos próximos dias, e todos são lembrados de que visitantes que não estejam na lista de um paciente precisam ligar para conseguir a autorização da família antes de poderem visitar.

Depois da reunião, encontro Carol e Mary no posto de enfermagem. Carol enche a chaleira elétrica com água da torneira e Mary lê em voz alta da tela do celular. Ela faz uma pausa e ergue os olhos brevemente quando entro.

— É disso que eu estava falando — diz ela. — Aqui na seção de comentários, um cara que assina como Peckham Tim falou que Jonny Parker vivia enchendo a cara.

Carol acena com a cabeça, julgando. Esquecendo que eu estava lá naquela noite, ela enruga o nariz e diz:

— A Paula falou que dava para sentir o cheiro de bebida nele.

— Sim, mas aqui a questão é esta... — Mary começa a ler em voz alta do celular: — "Minha ex-namorada não gostava dele. Ele sempre a deixava desconfortável. Uma vez ele passou a mão nela no pub, e, quando fui tirar satisfação, ele negou, o que levou a uma briga, e foi a última vez que eu o vi. Ele é um traste. Tem que ser preso!" — Mary e Carol se entreolham, os rostos animados, encantadas com o vilão.

— Maldito — xinga Carol, sacudindo a cabeça. A chaleira chia e ferve. — Você vai tomar chá, querida? — ela me pergunta. Confirmo, e Mary continua falando.

— No site do *Mail*, as pessoas estão dizendo que ele era obcecado por ela, que não a deixava em paz. Há testemunhas da festa que os viram discutindo, bem quando o relógio bateu meia-noite, antes de eles brigarem e a Cassie ficar chateada.

— Quem estava? — pergunto, me sentindo franzir a testa. — Discutindo, quero dizer.

— Ali, presta atenção! O Jonny e a Cassie. Muitas pessoas na festa viram os dois juntos. Eles se estranharam um pouco antes de ela voltar para casa andando... chorando e tudo mais. Ele ficou bebendo por mais uma hora antes de pegar o carro e ir para casa absolutamente furioso e, para ser mais específica, zangado com a Cassie...

— Você acha que não foi acidente?

Mary levanta as sobrancelhas em um olhar que diz, pelo que eu conheço dela, que definitivamente não foi um acidente.

Não percebo que estou balançando a cabeça até Mary perguntar:

— O que é? Por que você está com essa cara, Ali?

— Eu só... Não sei. — Penso em Jonny. Já vi o suficiente para saber que rosto tem a verdadeira tragédia. Eu sei que não pode ser falsificada. — Ele parecia muito arrasado.

— É claro que ele estava arrasado! — Mary bufa diante da minha ignorância. — Devastado porque sabia que ia ser pego. — Ela serve o chá e toma um gole, sentando-se à mesa com Carol. Eu as deixo com os olhos colados nas respectivas telas, famintas por mais detalhes que possam manchar ainda mais a reputação de Jonny.

Uma hora mais tarde, Mary e Carol já encerraram o expediente e foram embora. Vou até o posto de enfermagem para pegar meu casaco e minha bolsa, quando o armário que temos para os pertences dos pacientes chama minha atenção.

A bolsa de couro que Charlotte trouxe para Cassie tem um cheiro terroso de animal. É velha e vincada, como se tivesse passado por muitas aventuras. Eu a coloco sobre a mesa e abro o zíper. Charlotte dobrou tudo lindamente. Tiro um pijama listrado passado com esmero, um pacote de calcinhas brancas de algodão, um sutiã básico, um suéter de caxemira, meias de usar em casa e uma calça esportiva de algodão.

Está tudo tão bem lavado que parece novinho em folha. Há um romance de Kate Atkinson e um nécessaire com uma escova de dentes elétrica e alguns produtos da Clarins já abertos. Charlotte fez a mala da nora cuidadosamente. Eu me sinto decepcionada. Um pijama não consegue contar a verdade sobre uma pessoa.

Enquanto recoloco os itens na bolsa, encontro um bolso interno escondido na costura; há alguma coisa ali. Puxo o zíper, deslizo a mão dentro do compartimento e tiro um pequeno envelope. Não há nada escrito na frente, e o verso está bem fechado. Olho para a porta enquanto deslizo o polegar sob a aba. Ninguém vai saber. O papel se rasga facilmente. Dentro, há uma folha de caderno. A nota é curta, escrita em caneta preta.

Jack, vou ficar fora por um tempo. Não sei quanto. Preciso de espaço. Por favor, não me ligue nem me procure. Entro em contato quando estiver pronta. C

Leio três vezes, virando-o, procurando outras pistas. Meu coração está batendo rápido, como se estivesse aprisionado dentro da caixa torácica. Há vozes do lado de fora da ala, e parecem estar se aproximando. Enfio as roupas, o nécessaire e o livro de volta na bolsa, sem me preocupar em dobrar as coisas. Guardo a bolsa no armário bem na hora em que Lizzie abre a porta. Ela não me vê enfiar o envelope no bolso.

— Alice, aí está você. Eu estava te procurando. Queria dar uma palavrinha rápida.

— Eu estava indo... — Mas então olho para ela. Ela parece tensa, tanto quanto seu rosto redondo e aberto permite que ela pareça, e eu sei que deve ser importante. — Desculpe, Lizzie, claro. O que foi?

Ela franze as sobrancelhas. Está prestes a começar a chorar. Eu me levanto, coloco o braço ao redor de seus ombros, conduzo-a até uma cadeira e passo um lenço para ela.

— Lizzie, o que aconteceu?

— Ah, Deus, desculpe, Alice. Eu só... — Ela abana a mão na frente do rosto e dá batidinhas nos olhos com o lenço. — Desculpe, eu sei que você está ocupada, então vou ser rápida. — Ela solta a respiração. — Vou entregar minha carta de demissão.

Enrugo a testa.

— Que pena, Lizzie. Pensei que tudo estivesse indo bem. Você parecia feliz aqui.

Ela confirma enfaticamente e assoa o nariz no lenço.

— Eu sou, sou muito feliz aqui.

— Então por quê, Lizzie?

Ela olha para mim, seus olhos brilhando com as lágrimas.

— Fui eu, Alice. Foi por minha culpa que a imprensa descobriu sobre a Cassie.

Enrugo a testa ainda mais.

— O quê?

As lágrimas começam de novo. Lizzie está balançando a cabeça.

— Desculpe, desculpe. Eu não tive a intenção. Eu sinceramente não tive a intenção.

— O que aconteceu, Lizzie?

— Eu saí com o Alex, sabe, meu novo namorado? Fomos jogar boliche com o irmão dele e a namorada, e, para ser sincera, Alice, eu estava muito nervosa porque a namorada do irmão dele é linda. Quer dizer, ela parece uma modelo, é divertida e tudo mais. Enfim, eu fui uma idiota. Sempre achei que ela me desprezasse por ser só uma enfermeira, então contei sobre a Cassie. Eu queria provar que estava envolvida em coisas importantes. Não sabia que o pai dela é repórter do *Sussex Times*. — A respiração de Lizzie sai em pequenos sopros irregulares; parece doloroso.

— Ah, Lizzie — digo, e ela está balançando a cabeça novamente, fazendo sons chorosos no lenço. Eu me levanto, coloco um braço em volta dela e acaricio seus ombros. — Vamos, respire.

Depois de alguns minutos ela se acalma o bastante para me entregar uma carta.

— O que é isso?

— Minha carta de demissão. Achei melhor oficializar a coisa.

— Bem, eu não vou aceitar, Lizzie.

Ela olha para mim, seu rosto inchado e confuso.

— Como assim?

— Não aceito sua demissão porque não há necessidade de você se demitir. Veja. Você está feliz aqui e é uma ótima enfermeira. Você cometeu um erro. Sem dúvida. Um grande erro. Você quebrou a confidencialidade do paciente e isso teve consequências terríveis, mas você está assumindo e eu sei que não vai acontecer de novo, certo?

Lizzie não tira os olhos de mim. Ainda está balançando a cabeça, mas desta vez está dizendo:

— Não, não vai, eu prometo.

— Então. Ninguém é punido por falar com a imprensa. Se alguém for acusado, então nós vamos precisar intervir, mas é pouco provável que isso aconteça. Da outra vez que esse tipo de coisa aconteceu, a poeira baixou rápido.

Lizzie se levanta e me abraça, o rosto úmido contra o meu, e diz mais alguns "obrigada" e "desculpe", antes de finalmente sair silenciosamente da salinha.

Fico ali no meio por apenas um instante antes de uma enfermeira temporária entrar para pegar as coisas dela e ir embora.

Volto para a ala. Penso em ir direto até Cassie... mas decido deixar a descoberta do bilhete e a conversa com Lizzie se instalar na minha mente antes de ir vê-la.

Puxo a cortina de Frank cuidadosamente atrás de mim e sento na cadeira de visitante de seu leito. Lizzie penteou o cabelo dele e cortou suas unhas. Aprecio esses pequenos toques, e aposto que Frank também. Seus olhos estão fechados, mesmo assim viro seu rosto suavemente em minha direção. Sinto o envelope amassar em meu bolso e sei que não posso ignorá-lo. Prometi que cuidaria de Cassie e de seu bebê. Eu me inclino mais para perto de Frank para ter certeza de que ele pode ouvir.

— Eu encontrei uma coisa, Frank. Um bilhete da Cassie para o Jack. O bilhete diz que ela precisava de um tempo longe dele, precisava dar um tempo no casamento. Estava escondido na bolsa dela, como se ela fosse entregar a ele ou mandar pelo correio. Todo mundo está muito convencido de que foi o Jonny, mas eu não acredito.

Olho para o rosto pálido de Frank. Eu o conheço bem o suficiente para saber que ele não está dormindo. Seu rosto parece focado, concentrado.

— Mas não é só isso, Frank. Acabei de descobrir que o Jack estava errado. Não foi o Marcus quem contou à polícia. Eu me pergunto em que mais ele pode ter errado. Ela tirou as alianças, estava usando o anel da mãe. Lembra quando o Jonny entrou aqui, Frank? O Jonny me falou uma coisa. Ele me disse que ela estava com medo, que a Cassie estava com medo.

Eu queria saber o que Frank está pensando, o que ele acha disso, e então a verdade corta, certeira e afiada como uma faca. Penso na foto em preto e branco, em como o maxilar dela estava tenso, no sorriso duro e forçado, e ainda assim os comentários embaixo a chamavam de "linda", quando parecia que ela estava à beira do abismo.

— Ela estava com medo. — Chego mais perto de Frank e sussurro, porque não posso acreditar que vou dizer as palavras em voz alta. — A Cassie não estava procurando a cachorra, Frank. Ela estava com medo. Ela estava fugindo.

17

FRANK

Sharma, o idiota pomposo, está chamando o episódio de "vazamento para a imprensa".

As enfermeiras começaram a usar a frase e não preciso vê-las para saber que a pontuam com olhadinhas e sorrisos cuidadosamente escondidos. Sharma parece alheio, no entanto; suponho que sarcasmo não possa ser aprendido.

Mas ele estava certo sobre os jornais. Eles pegaram a história imediatamente. A esta altura as versões impressas dos artigos já foram banidas da ala, mas as enfermeiras me contaram o suficiente. Os jornais sabiam sobre a Juice-C. Chamaram Cassie de mãe órfã, Bela Adormecida moderna. Ela se tornou a nova garota-propaganda da campanha "Respeite os limites de velocidade" de Sussex, e as vendas da Juice-C quase dobraram.

Agora os funcionários do hospital falam sobre repórteres de um jeito tão casual quanto falam do tempo. Eu os imagino, esses repórteres, se escondendo nos corredores, mexendo no celular nas áreas de espera, esperando cruzar o olhar com alguma enfermeira, alguém que possa saber sobre Cassie, idealmente alguém que trabalhe na mesma ala. Eles irritam as enfermeiras como vespas em um piquenique.

Em qualquer outro momento o "vazamento para a imprensa" se tornaria entretenimento, uma nova trilha sonora para acompanhar as horas infinitas em que fico olhando para o teto cor de magnólia, mas não posso me divertir com os sussurros e as fofocas porque, mesmo que eu saiba que ela se foi, a mulher parece pairar no ar ao redor da ala, a mulher que atropelou Cassie. É como se aquela mulher tivesse deixado o ar carregado aqui, como se sua visita tivesse alterado a constituição celular da ala: o ar parece apertado, o oxigênio forçado nos meus pulmões é mais rarefeito, como se nutrisse menos de alguma forma. Como se temesse um vírus pairando no ar, não confio mais na 9B. Não é mais seguro para Cassie, não é mais seguro para o bebê dela.

Penso nela constantemente, naquela mulher. Não sei nada sobre ela, não vi seu rosto, então não saberia identificá-la em uma multidão, mas conheço a voz. Como ela falava baixinho aquelas palavras que provavelmente esperava que acalmassem a culpa, pelo menos por um momento: "Me desculpe, me desculpe".

Eu conheço esse tipo de pedido de desculpas. Eu mesmo tentei fazer o mesmo com Lucy e Ange nas vezes que as abandonei, em todas as vezes que estraguei tudo como pai, como marido. Eu sei quando alguém está se desculpando do fundo da alma, e ouvi isso naquela noite. Ainda ouço: "Me desculpe, me desculpe".

Mas como se perdoa alguém por quase matar uma mulher grávida? Por deixar outra pessoa levar a culpa? Se a teoria de Alice está correta e Cassie estava fugindo, então era essa mulher que a estava caçando, e, não importa o que ela diga ou de onde venha o pedido de desculpa, não pode haver perdão, ainda não, não até alguém conhecer a verdade, e por enquanto a verdade está trancada, aprisionada dentro de mim, lamentável e inútil como uma borboleta tentando voar através de uma janela fechada.

Hoje é um dia calmo, um domingo preguiçoso, um pouco pesado. Todos rezam para que os domingos sejam assim, já que a maioria dos funcionários seniores está em casa, comendo carne assada, bebendo vinho tinto.

Ellen foi levada há alguns dias para um asilo, segundo Alice contou. É um pensamento estranho e solitário saber que ela pode morrer e, embora tenhamos passado semanas lado a lado, eu posso nunca vir a saber.

George Peters foi levado para outra ala. Celia, a esposa dele, deu um beijo em todas as enfermeiras antes de ir embora. É a primeira vez da minha temporada na 9B que estou com dois leitos livres — somos só eu e Cassie —, e me pergunto se os pacientes que deveriam estar aqui foram levados para outras alas... se o hospital está tentando proteger Cassie dos repórteres. Pequenas bênçãos. Os Jensen ainda não vieram hoje, então há menos entra e sai, e Alice está com um jeito quieto, se movendo devagar, o que é bom, porque é mais provável que ela me note.

Ela verifica se a cortina de Cassie está fechada antes de se sentar na minha cadeira. Não diz nada; não precisa dizer. Ela me olha, e a pele sob seus olhos é da cor das nuvens pesadas de chuva. Ela está pensando em Cassie, eu percebo. Ela está sempre pensando em Cassie. Queria que ela pensasse mais em si mesma, em sua própria saúde, para variar. Mas talvez, talvez em breve, eu seja capaz de ajudá-la. Vou contar a ela sobre a mulher, fazê-la ligar para a polícia, resolver essa confusão da Cassie, e eu sei que este é o meu momento! Este é o momento em que vou contar que ela estava certa em confiar nos seus instintos, que eu estou aqui, que estive aqui o tempo todo. Eu pisco!

Vamos lá, Alice.

Mas ela não vê, porque está olhando para as mãos e me contando sobre a policial Brooks, dizendo que levou para ela a carta que encontrou. Alice aperta as mãos enquanto me conta que Brooks insinuou que a carta não muda nada, pois, segundo ela, eles sabiam que Cassie e Jack tinham seus problemas. Todos acham que Jonny é a causa. O álibi dele ainda não deve ter sido comprovado. O lábio inferior de Alice está lívido, machucado, cor de carne crua quando ela o puxa com os dentes. Ela não contou a ninguém sobre a carta, acha que ninguém vai dar ouvidos. Eu sei como é, saber e ficar em silêncio.

Me enxergue.

Ela está olhando para mim agora e eu sei que não tenho muito tempo, então convoco cada célula do meu corpo a se unir e juntar esforços e pisco!

Ela se levanta como se tivesse sido eletrocutada.

— Frank?

Seu rosto está acima do meu e posso ver o pequeno espaço bonitinho entre os dentes, e a covinha, e acho que tenho o bastante nas minhas reservas de energia para arriscar outra vez, então eu consigo, pisco de novo. Fogos de artifício explodem e uma pequena banda começa a marchar na minha cabeça, porque ela está sorrindo para mim. Agora está rindo!

— Você piscou, Frank! Você piscou! — E ela está acariciando meu rosto e chamando Mary, e é como se alguma coisa celestial tivesse despertado dentro de mim, porque, pela primeira vez em meses, transmiti uma mensagem, um telegrama minúsculo para o mundo, de que eu ainda existo! Eu estou aqui!

O rosto pequeno de Mary aparece ao lado do de Alice e ela me pede para piscar de novo e eu pisco, e Mary diz:

— Ah, Frank, você é um vencedor absoluto. — E ela passa um braço ao redor de Alice, que ainda está acariciando minha bochecha e sorrindo para mim daquele jeito que parece que as lágrimas estão chegando.

— Você pode tentar mais uma vez, Frank?

E, como a estrela do time de futebol, sigo para repetir o feito uma terceira vez. Minha visão fica preta, mas algo está errado; minhas pálpebras estão muito pesadas. Perdi o controle, não consigo abri-las. Elas se fecharam firmemente e eu grito pelo meu corpo, como um inseto desesperado preso em um frasco, porque o momento passou e não consigo ver Alice sorrindo ou Mary me chamando outra vez de "vencedor". Estou na escuridão e sinto a decepção delas no meu rosto, como uma queimadura de sol. Porém não dura muito tempo, porque Alice está falando sobre eu fazer uma tomografia hoje, enquanto Sharma está fora. Elas se apressam em ligar para a radiografia e descobrir qual é o responsável que está de plantão.

Percebo que tenho estado tão focado em alguém me ver piscar que não pensei muito sobre o que aconteceria imediatamente depois: tomografias, exames, mais empurrões e cutucões. Quanto tempo vai demorar para que eu possa falar sobre a mulher? Quanto tempo vai demorar para que eu possa agradecer a Alice por tudo? Quanto tempo para que eu possa abraçar minha Luce novamente? Agora sei o bastante para compreender que não vai ser como nos filmes. Se piscar significa qualquer coisa, minha reabilitação vai ser lenta, dolorosa e terrivelmente frustrante, e o primeiro passo é a tomografia. Não tenho certeza se estou pronto, mas de repente ouço a voz dela novamente — "Me desculpe, me desculpe" — e percebo que essa mulher, seja quem for, é de alguma forma minha redenção. Vou trabalhar ainda mais para melhorar e não vou descansar até conseguir contar ao mundo sobre ela... sobre o que ela fez com Cassie e o bebê. Talvez até ganhe em escala, e o mal que eu fiz finalmente seja contrabalançado com esse novo bem. Talvez eu finalmente perdoe minhas próprias cagadas?

Passos contidos interrompem meus pensamentos e de repente, sem aviso, minhas pálpebras são puxadas para trás como a pele de uma lichia e uma luz penetrante brilha diretamente na minha pupila.

Não consigo vê-lo, mas uma voz gentil masculina com sotaque francês me diz:

— Sr. Ashcroft, sou Matthieu Baret, o responsável de plantão hoje.

Matthieu solta a pálpebra direita e vai direto para a esquerda. Cores lampejam dentro da minha cabeça como se estivessem no interior de um caleidoscópio. Em seguida, ele me pede para piscar, o que parece um pouco delicado depois que ele quase arrancou minhas pálpebras, mas, para meu espanto e com relativamente pouco esforço, eu pisco. Por um momento, vejo que Matthieu é um homem negro um pouco acima do peso de aparência gentil, e que Alice e Mary estão sorrindo para mim atrás dele. Matthieu vai batendo em mim um pouco para verificar meus reflexos e está dizendo para Alice e Mary agendarem para mim um PET scan com uma tomografia computadorizada, o que me tranquiliza por parecer bem completo. Antes de sair, ele se inclina o suficiente para eu sentir sua respiração quente na minha pele.

— Sr. Ashcroft — ele diz com uma voz excessivamente alta, como se estivesse falando com uma criança de cinco anos —, se puder me ouvir, saiba que o senhor está em um hospital. O senhor esteve em coma. Está seguro e nós vamos cuidar do senhor.

Minhas entranhas estremecem quando sua voz ribomba ao redor da minha cabeça e então eu o sinto se mover na direção de Alice e Mary.

— Bem, vamos esperar que um pouco da magia da 9B contagie o resto do hospital. — Ele dá risada e Alice ri junto, só para que ele não ria sozinho.

A ligação da radiografia vem mais rápido do que eles tinham pensado, já que houve um cancelamento. Não fico me perguntando por que o exame de alguém foi cancelado. Não tenho tempo para pensar, não tenho chance de me apegar às minhas cobertas.

Eles usam uma grua para me tirar da cama, e, como uma escultura grotesca, sou transportado para uma cama portátil. Alice guia meu baú com o equipamento de traqueostomia e Mary leva meu suporte para soro e medicamentos e o monitor cardíaco, um emaranhado complicado de tubos.

Não saio da ala há meses. Uma mulher idosa de aparência alegre gira na cadeira de rodinhas para me olhar quando passamos um pelo outro no corredor. Ela fica boquiaberta quando me vê, uma mistura de curiosidade e horror preenchendo seu rosto, claro como se as próprias palavras fossem tatuadas na sua pele vincada. Decido que não quero ver mais nada e fecho os olhos.

Cerca de uma hora depois estou de volta na cama, e minhas pálpebras se abrem um pouco. Não pisquei desde antes do exame. Alice me disse que Lucy estava a caminho, então eu estava guardando minha energia para ela.

Ouço minha garota se aproximar e penso: é isso! É agora que Luce vai acreditar em mim de novo.

Minha cortina chocalha para trás e Lucy entra no meu campo de visão, o cabelo preso e as bochechas coradas. Ela diz "Pai!", eu pisco e imediatamente ela começa a chorar.

Ah, Luce, não chore! Isso é bom! Olha, olha!

Pisco de novo e começo a fazer uma dancinha interna, porque agora ela está rindo, mais que chorando. Ela agarra minha mão e a beija, e eu queria poder rir e chorar com ela, mas só consigo piscar, o que faz Luce suspender a cabeça acima de mim. Ela se inclina para a frente, seu rosto em direção ao meu, e algumas de suas lágrimas caem no meu rosto, como se ela soubesse o que eu estava pensando e estivesse chorando por mim.

Alice aparece atrás de Lucy e coloca a mão no ombro dela.

— Lembre-se do que eu te disse, Lucy. Só o tempo dirá, e ainda precisamos pegar o resultado dos exames.

Lucy se senta e enxuga os olhos com as costas da mão. Todo o choro deixa suas íris um marrom ainda mais profundo.

— Pisque se puder me ouvir, pai — ela sussurra perto do meu ouvido.

Eu pisco. É um dos bons — cheio de propósito, completo —, e Lucy deixa escapar uma risada molhada e chorosa, então se vira para verificar se Alice ainda está ali, se ela também está vendo.

— Você estava presente o tempo todo, não estava, pai? — E eu pisco de novo, dizendo "sim".

Lucy agora está borbulhando de perguntas. Combinamos um código: uma piscada para "sim" e duas para "não". Não consigo lhe dizer que ainda não tentei piscar duas vezes.

— Você está com dor, pai? — Lucy pergunta, e estou para piscar uma vez, para falar que "sim", mesmo que não esteja, porque poderia encorajar Alice a pegar a morfina, mas minhas pálpebras viraram pedra. Eu me esforço, começo a tremer por dentro, mas não adianta nada. O show acabou por hoje. Meus olhos se fecham e não se abrem mais. Ainda bem que não tenho que ver a decepção no rosto de Lucy.

— Ele provavelmente está exausto — Alice diz gentilmente. — Foi um dia longo. Ele só precisa descansar até amanhã.

Depois de uma pausa, Lucy pergunta:

— Posso ficar sentada aqui com ele um pouco?

— Claro, o tempo que quiser.

Alice se afasta, e a mão macia de Lucy pega o dorso das minhas garras rígidas.

Lucy se aproxima do meu ouvido, e sua voz sopra minha bochecha com pequenas lufadas. Quando ela era pequena, costumava me acordar assim. Ela vinha para o meu lado da cama e sussurrava para não perturbar Ange. Sua respiração fazia cócegas na minha orelha enquanto ela dizia que tinha uma surpresa para mim na cozinha, e eu tinha que levantar imediatamente para não perder.

— Estou aqui, pai — ela diz agora. — Não vou mais te deixar por tanto tempo. Eu prometo. Você vai melhorar, pai, eu sei que vai. Um dia você vai sair deste lugar e eu vou estar ao seu lado, torcendo por você e te encorajando a seguir em frente, e nós vamos para casa, pai. Nós vamos para casa.

Vou tentar, Luce. Vou tentar deixar você orgulhosa de mim.

Pela primeira vez, eu vejo; eu consigo nos ver de mãos dadas, saindo daqui. Posso sentir a rajada de ar fresco no rosto quando as portas do hospital finalmente se abrirem para me cuspir para fora. Ainda fechados, sinto meus olhos começarem a queimar. Algo chega ao ápice e escorre do meu olho direito, derramando-se volumosamente na minha bochecha. Traça uma linha molhada no meu rosto. Não choro há anos, mas, a partir de hoje, sou um novo eu.

18

CASSIE

Ela abre os olhos. Deve ter adormecido com o abajur ainda ligado. O diário de sua mãe no México — cheio de aventuras envolvendo peiote e pegar carona em um caminhão de bodes até Yucatán — está aberto em cima da cama. Através das cortinas entreabertas, Cassie percebe que é muito cedo. O dia ainda está escuro e cheio de novidade, e as pálpebras de Cassie parecem grandes demais, inchadas sobre as órbitas. A dor não é o que ela esperava. Ela pensou que ficaria furiosa, mas a traição acabou sendo mais sutil, um tumor pegajoso de decepção que ela ainda carrega consigo para todo lado.

Ela se levanta e se senta, e Maisie se mexe, levanta a cabecinha cinzenta na direção de Cassie, os bigodes grossos raspando na cesta onde o centro de adoção disse que ela dormiria a vida inteira.

Suas sobrancelhas balançam para Cassie. "Faça o que quiser, mas não pense que vou levantar agora", ela parece afirmar, e com um pequeno suspiro se deita de lado.

Cassie pensou em contar a Jonny sobre Nicky e Jack na semana anterior, quando ele a levou até o centro de adoção de cães para buscar Maisie. Jonny tinha perguntado sobre a mudança de opinião de Jack em relação a adotar um cachorro. Cassie pensou em falar a verdade a Jonny: que Maisie é um símbolo da culpa de Jack, seu ramo de oliveira, mas em vez disso respondeu encolhendo os ombros. Não tinha parecido o momento certo de contar a ele, quando Jonny tinha passado o último mês em Londres tentando acalmar as coisas com Lorna pela última vez. Lorna estava de novo com seus truques delirantes, aparecendo no antigo escritório de Jonny, exigindo saber o que tinha acontecido entre ele e sua pobre colega. Aparentemente a colega tinha pedido demissão como resultado, o que Lorna encarou como uma prova de culpa. Jonny tinha começado o processo de divórcio no dia seguinte, na esperança de que isso talvez provocasse um choque em Lorna capaz de fazê-la ir atrás de ajuda profissional.

Por mais horrível que fosse admitir, foi um alívio para Cassie ouvir os problemas de outra pessoa, pausar momentaneamente na memória o vídeo dos dois no sofá.

Sem aviso, a porta do quarto de hóspedes se abre e Cassie fica ouvindo as tábuas no assoalho do corredor rangerem sob o peso de Jack indo ao banheiro. Ele sempre acorda às seis da manhã, mesmo aos domingos. Já faz duas semanas que ele está em casa, dormindo no quarto de hóspedes. Ele disse que não poderia justificar que a empresa pagasse um quarto de hotel por mais que três dias. Há um breve silêncio enquanto ele faz xixi, então o som da descarga e as tábuas do assoalho rangem de novo quando ele volta para a cama.

Mesmo que ele não seja capaz de ouvi-la, Cassie prende a respiração. Ela prometeu que finalmente iriam conversar hoje — que ela iria ouvir o que Jack tem a dizer sem gritar com ele ou bater a porta —, mas quer que a manhã se estabilize primeiro.

Maisie agita as pernas na cesta, já perdida em um sonho. Cassie se levanta da cama, veste o jeans e um suéter cinza de caxemira que ganhou de Charlotte, que havia dito que era pequeno demais para ela. Pega um elástico e prende o cabelo em um coque bagunçado. Ela decidiu deixá-lo crescer de novo, usá-lo comprido, como era antes de conhecer Jack, e olha para a cachorrinha e se pergunta se Maisie está sonhando que corre na direção de alguma coisa ou que foge correndo.

Agora que novembro chegou, o galpão tem um cheiro diferente; o ar abafado do verão foi substituído pelo odor pesaroso e terroso das folhas úmidas. Cassie coloca Maisie no chão e lhe oferece uma almofada para que ela possa continuar dormindo, mas a cachorra fica parada no meio do espaço, as costas ligeiramente eriçadas, a cauda rija e sem balançar, as sobrancelhas erguidas em confusão.

Cassie acende as duas luminárias de chão e liga o aquecedor, só por alguns minutos.

— Pode ir, Maisie — diz Cassie, olhando para a almofada, até que a cachorrinha, finalmente, unhas tamborilando no piso de madeira, o equivalente canino a caminhar na ponta dos pés, anda devagar até sua cama temporária.

Cassie sopra ar quente nas mãos, se senta na cadeira giratória — a velha cadeira de escritório de Mike — e olha para as trinta e poucas telas que enchem o espaço como uma multidão colorida.

Dois dias atrás, ela tirou as telas do sótão onde Jack as havia guardado e então as organizou no galpão. São todos trabalhos de sua mãe, uma coleção de telas de diferentes tamanhos, e todas representam Cassie de alguma forma. Cassie ao lado de um ônibus londrino, parecendo minúscula; Cassie com uns cinco anos, vestindo um tutu de balé; uma natureza-morta dos Doc Martens surrados de Cassie, intitulada *As botas da Cas*. Cerca de metade delas exibe um homem de casaco ocre olhando para Cassie. Antes ela achava que ele parecia sinistro, mas agora percebe que a mãe o pintou com amor, uma única linha preta para representar a boca sorrindo gentilmente. Talvez, em algum momento, April tenha tentado contar a Cassie quem ele era, mas a menina provavelmente saiu de perto, consumida pela própria vida. Há coisas demais que ela nunca vai saber.

O celular vibra no bolso. Ela olha. É outra mensagem de Nicky. Uma sensação oca familiar, como luto, toma conta dela, mas logo Cassie se livra disso, deleta a mensagem sem nem abrir e desliga o celular. Ela sabe que será exatamente como os e-mails e as mensagens de voz, implorando que Cassie fale com ela, que a deixe explicar. Cassie só respondeu uma vez, exigindo que Nicky deletasse seu número, que não entrasse mais em contato, mas Nicky não respeita Cassie o suficiente nem mesmo para isso.

Ela irá à cidade na próxima semana para mudar o número, e deveria também criar um novo endereço de e-mail, os primeiros poucos passos em direção a uma nova Cassie, embora ela não saiba ainda quem poderá ser essa pessoa.

Ela se levanta e ergue o cavalete até o meio do espaço. Ontem fez alguns esboços a lápis em uma grande tela branca. Vai pintar o que está vendo diante dela, uma pequena homenagem ao trabalho de sua mãe, à vida delas juntas, e uma preparação para a nova vida que vai compartilhar com seu segredinho minúsculo.

Maisie começa a roncar baixinho. Cassie se move depressa ao preparar as tintas; não quer pensar demais. Ela pega um pincel, passa a pontinha em um vermelho violento e começa a pintar grandes cortes cruzados na tela.

Ela não sabe há quanto tempo está pintando quando Maisie ergue a cabeça em direção à porta e Cassie ouve uma batinha suave na sequência.

— Cas?

Cassie apoia o pincel. A porta começa a se abrir devagar e ela pede:

— Um segundo. — Então se levanta rapidamente e os pés do cavalete estremecem pelo atrito no chão quando ela o vira de costas para a porta. Agora parece íntimo demais que Jack veja o que ela está pintando.

Ele abriu uma fresta de alguns centímetros na porta e uma jarra com café muito preto flutua para dentro.

— Achei que você ia gostar de uma dessas.

Ela abre a porta. Jack, em seu roupão azul-escuro, abaixa o braço que está segurando o café. Ela pisca para ele, percebendo de repente que seus olhos ainda estão sonolentos, o rosto inchado de mais uma noite sem dormir. Ela solta o cabelo do pequeno coque e assente. Jack está ligeiramente mais barbudo que o normal — ele a faz lembrar alguém, mas ela não consegue pensar em quem. No entanto, exceto pela barba, ele parece exatamente o mesmo, como se as últimas três semanas nem sequer tivessem acontecido. Ele lhe entrega uma caneca cheia até a metade de leite morno (não quente!), do jeitinho que ela gosta. Eles não falam nada enquanto ela segura a caneca e a enche de café.

— Obrigada — ela diz então.

— Como está indo aqui? — ele pergunta. E olha por cima do ombro de Cassie; ela adorava mostrar seu trabalho a Jack.

— Tudo bem, tudo bem.

Ele faz que sim, e seus olhos disparam de novo para Cassie, a cabeça baixando um pouco, como uma flor murcha.

— Cas, eu estava pensando que a gente podia conversar agora de manhã, se estiver tudo bem para você.

Ela faz uma careta. Queria poder dispensar Jack e suas súplicas de perdão, cortá-lo de sua vida, exatamente como fez com Nicky. Ela sabe que a conversa que prometeu a ele vai modificar seu humor pelo dia inteiro, que vai ser quase impossível colocar a cabeça de volta naquele espaço doce de torpor.

— Me dá algumas horas?

Ele faz que sim, dá um passo para trás e responde:

— Tudo bem. Pode ser lá pelas dez, então?

Ela confirma vagamente com a cabeça.

— Tudo bem. — Então a porta se fecha na cara de Jack, antes que ele possa virar as costas.

Às dez e quinze ela abre a porta do galpão. Folhas outonais caídas grudam em suas botas conforme ela caminha sobre o gramado em direção à cozinha. Maisie, mais desperta agora, segue a dona dando corridinhas.

Jack já está sentado à mesa da cozinha quando ela entra, os jornais de domingo diante dele. Seus olhos se desviam para o relógio na parede, e ela nota com um pequeno lampejo de satisfação que ele está sugando a parte interna das bochechas e o pescoço parece tenso. Ele está nervoso. Que bom.

Ela não tomou café da manhã, o que está começando a deixá-la enjoada, então abre a geladeira e encontra um Tupperware de Charlotte. Ela coloca um muffin de chocolate em um prato. Jack dobra os jornais e ela se senta na frente dele.

— Certo — diz ela, beliscando o muffin com o polegar e o indicador. — Pronta. — Olha para Jack e ele tenta sorrir para ela, tenta amaciá-la, mas ela olha de novo para o muffin. Ela vai chorar se retribuir o sorriso e não quer ser novamente aquela que chora.

Ele solta a respiração.

— Cas, nós temos que conversar. As coisas não podem continuar assim.

Ela faz que sim, tenta piscar para impedir as lágrimas salgadas de brotarem e olha para ele.

— Certo, o que você propõe?

— Eu quero te contar de novo toda a minha parte da história, e depois quero que você reflita se pode me perdoar.

— Você disse que já me contou tudo, sobre o fato de se sentir solitário, sobre o fato de ser minha culpa, porque eu estou sempre com o Jonny, a perda do bebê, você trabalhando tanto, e você acabou cedendo quando a Nicky, a pessoa que eu chamava de irmã, se jogou em cima de você em algum tipo de ataque de inveja contra mim.

Cassie já sente a raiva aquecendo-a, subindo rapidamente pelo seu corpo até chegar à cabeça, como mercúrio em um termômetro.

— Cassie, por favor. Nunca vamos conseguir chegar a lugar nenhum enquanto você não me ouvir de verdade.

Ela solta a respiração. Ele está certo, é claro. Cassie sabe que está se fazendo de difícil, mas a verdade é: ela ainda está zangada demais, e há uma parte dentro dela que se deleita com a raiva. É muito mais transparente que a tristeza.

Ela junta os farelos do muffin no prato e anui.

— Tudo bem — responde, olhando para Jack. Ele está inclinado na direção dela, as mãos unidas com força sobre a mesa. — Tudo bem, você está certo.

Ele solta a respiração, esvazia completamente os pulmões antes de inspirar fundo e começar a falar.

— A Nicky me ligou na hora do almoço, disse que ia chegar mais cedo para te fazer uma surpresa. Achei um pouco estranho, mas ela disse que queria fazer o jantar para você, deixar tudo pronto até a hora que você chegasse em casa, como costumava fazer antigamente. Não havia nenhum táxi, então ela me ligou quando chegou à estação. Eu tinha passado por outro dia de merda e sentia que ia implodir se não fizesse uma pausa. Então pensei em ir buscá-la, trazê-la aqui para casa e trabalhar um pouco enquanto ela fizesse sabe-se lá o quê que ela queria fazer na cozinha para você.

— Mas aí ela te deu uma cerveja e você simplesmente não conseguiu se controlar.

— Não, Cas. Vamos lá, você disse que ia ouvir. Olha, pareceu bom simplesmente poder conversar com alguém para aliviar a pressão. Nunca achei que gerenciar uma empresa fosse ser assim. Eu sabia que ficaria ocupado, mas o estresse não é causado pela quantidade de trabalho. Agora eu sou responsável pelas famílias dos outros. Se nós não tivermos sucesso, vou ter que demitir pessoas. Meu pai nunca fez um único corte de funcionários na carreira toda dele, sabia disso? Então, é claro, nós perdemos o bebê e eu senti que não devia me sentir tão mal por isso, não tinha o direito quando devia ser tão mais difícil para você, mas você não conversava comigo sobre o assunto, você só conversava com o Jonny. — Ele para de falar e esfrega o rosto com as mãos. — Ela não falou nada. Só me ouviu e depois me beijou. Eu juro, Cassie, só nos beijamos aquela única vez. Nunca passou daquilo.

— Não era o que parecia.

— Cassie, por favor, foi tudo tão rápido. Em um minuto eu estava dizendo quanto sentia falta da gente, de nós dois, sentia falta de sermos como uma dupla, e no minuto seguinte ela estava me beijando e então eu vi você e o meu coração morreu.

— Desculpe ter interrompido vocês.

Jack sabe que a melhor coisa é não contestar o sarcasmo dela.

— A Nicky tem inveja de você, Cas. Aposto que sempre teve.

— Como ela pode ter inveja de mim, porra? Sem pai, sem mãe, só uma merda de um padrasto maluco, e agora, graças a ela, uma merda de marido que me trai.

Jack apoia os cotovelos na mesa, passa os dedos pelo cabelo.

— Por Deus, Cas, por favor não diga isso. Eu sei que você está brava, você tem todo o direito de estar, mas eu morro de medo de você jogar tudo o que nós temos para o alto por causa desse erro idiota.

Cassie bate as duas palmas na mesa, como se precisasse acordar Jack.

— Ela era minha melhor amiga, Jack. A merda da minha melhor amiga.

As mãos dele ainda estão segurando o cabelo e ele começa a balançar a cabeça de um lado para o outro.

— Eu sei, Cas, eu sei. Mas você precisa me perdoar. — Ele enxuga os olhos.

— Não, eu não preciso.

Ele ergue os olhos tempestuosos para ela.

— Sério, Cas, não destrua a nossa vida por causa de um deslize idiota.

— Eu não destruí nada — ela responde, sentindo o mercúrio ir às alturas, mas então ele olha para Cassie, os olhos contornados de vermelho, e ela percebe quanto ambos estão solitários.

— Olha, quer que eu fique no escritório por um tempo?

— Por que você não fica na casa da sua mãe? — ela sugere, mas já sabe a resposta.

Ele voltou a balançar a cabeça.

— Você sabe que eu não posso contar a ela sobre tudo isso. Ela vai ficar muito chateada. Você concordou que ela não precisa saber.

Cassie sabe que ele está certo, é claro. Charlotte ficaria arrasada, mais do que Jack pode imaginar, se soubesse que o filho amado fez exatamente o que Mike fizera com ela. Não, Cassie não suportaria magoar Charlotte dessa forma.

— Não vou contar nada para a sua mãe — diz ela, sentindo os olhos de Jack se desviarem do seu rosto —, e você pode ficar aqui, mas eu realmente quero que você me dê espaço pelos próximos dias, tá?

Jack concorda e balbucia um pequeno "obrigado", um sorriso de agradecimento brinca em seus lábios.

Cassie empurra o muffin parcialmente comido. Tem um gosto amargo. O chocolate gira em seu estômago como roupa suja na máquina de lavar.

— E eu acho que seria bom priorizar passar o Natal no meio de tudo isso e depois reavaliar no Ano-Novo. — Ela vai estar com doze semanas nessa época, e o bebê vai estar mais seguro. Então terá que contar a Jack, tomar uma decisão sobre o futuro dela e de seu filho.

Jack concorda, um sorriso frágil irrompendo no rosto.

— É bom ouvir isso, Cas. De verdade, é muito bom. — E então acrescenta, com a voz escorregando em um tom muito mal escondido de ciúme: — Imagino que você tenha contado ao Jonny sobre isso tudo.

Cassie olha para o marido, que agora parece tão comum, tão menor, de alguma forma, que o homem com quem ela se lembra de ter se casado.

— Jack, não é da sua conta o que eu escolho contar ao meu amigo.

— Só pensei que talvez pudéssemos manter isso entre nós.

Cassie ri na cara dele, mas a sensação não é boa. Queima sua garganta.

— Espero que seja a porra de uma brincadeira, Jack.

Ele volta a esfregar o rosto, e, de repente, sem saber que ia fazer isso, ela diz:

— Acabei de me dar conta.

Ele espera que ela continue falando.

— Hoje de manhã, quando me levou café, você me lembrou alguém, mas na hora não consegui identificar. Só que agora eu sei exatamente em quem eu estava pensando.

Antecipando outro ataque, Jack diz:

— Me deixe adivinhar: eu te lembrei algum idiota?

Cassie sorri.

— Bem, sim, obviamente — ela responde, mas então balança a cabeça, de um jeito que quase parece um flerte, antes de uma frieza se envolver ao redor do seu coração de novo e ela perceber que está falando completamente sério. — Você me lembrou o seu pai.

O semblante de Jack fica pasmo, pesado como pedra, e de repente ela queria poder puxar Jack para junto de si, tirar do ouvido dele as palavras que acabou de dizer e enterrar o rosto no peito dele, falar que ela não queria ter dito aquilo, trazê-lo de volta para a segurança.

— Por quê? Por que você diz isso? — pergunta ele. As linhas ao redor dos seus olhos se estreitam em dor, e Cassie nota um lampejo, um reconhecimento passando por trás deles, e pensa, não pela primeira vez, que em algum nível ele sabe sobre Mike, ele sabe quem o pai realmente era: um mentiroso que quebrava a promessa feita a Charlotte cada vez que alugava um quarto de hotel, cada vez que desabotoava o cinto.

— Só porque você está mais parecido com ele agora, com a barba por fazer, só isso — diz Cassie.

Ela dá de ombros e se levanta da mesa. Jack também se levanta, espelhando-a. Maisie, na cesta, ergue a cabeça e Cassie sabe que a tristeza de Jack está se transformando, se consolidando em algo mais familiar e perigoso.

— Você não pode dizer uma coisa dessa e simplesmente sair andando — ele lança, caminhando na direção dela em dois passos rápidos. Tenta pegar o braço dela, mas Cassie se afastou e ele não consegue alcançá-la.

— Jack, se acalme — ela pede, virando-se na direção da pia. — Só vou pegar um copo d'água.

— O que você sabe sobre o meu pai? — Ele segue Cassie ao redor da ilha da cozinha, exigindo atenção.

— Jack, eu só disse que você me lembra o Mike, ou as fotos que eu vi dele, só isso.

— Sim, mas por que você está tocando no nome dele agora, quando estamos falando sobre tudo isso? Me pareceu estranho.

Cassie deixa a torneira aberta por um momento e coloca o dedo na água para verificar a temperatura. E se ela contasse a Jack o que Charlotte revelou sobre os casos de Mike?, Cassie se pergunta. Ele parece estar na metade do caminho para isso; talvez seja hora de ele saber a verdade, talvez salve a história dos dois, ou finalmente deixe cair a guilhotina que paira sobre seu casamento. Mas então ela pensa em Charlotte. Sua sogra passou os últimos vinte anos amando e preservando a memória de Mike a fim de proteger Jack. Cassie sabe a verdade sobre Mike, mas também sabe que não deveria contar uma história que não é sua. Ela coloca o copo embaixo da torneira.

— Para de me ignorar, porra!

Jack puxa os braços de Cassie em sua direção, e o copo que ela está segurando atinge a quina da pia esmaltada. Um grande caco se desprende da borda e penetra a pele da sua mão.

Ela solta o copo na pia, a torneira ainda ligada. Um pequeno botão de sangue desabrocha no polegar de Cassie.

Jack dá um passo para trás.

— Merda, Cas, você está bem? — Ele entrega a ela papel-toalha, mas Cas balança a cabeça e, em vez disso, suga a ponta cortada. O toque metálico do sangue enche sua boca. — Cas, desculpa, foi sem querer.

Ainda com os lábios sobre o pequeno corte, ela balança a cabeça afirmativamente para ele antes de se afastar. Ele nunca a agarrou durante um momento de raiva. O corte é minúsculo, o sangramento já parou. Ela segura a mão longe de Jack, para que ele não possa ver, e garante:

— Eu estou bem, Jack, eu estou bem...

— Tem certeza? Me deixa ver. — Ele tenta pegar a mão dela, mas Cassie está se afastando.

— Não se preocupe com isso, Jack. Só me deixe voltar para a minha pintura, como você prometeu, tá?

Ela não olha mais para ele, deixando que ele recolha os cacos de vidro, e vai andando na direção do jardim.

A porta do galpão bate atrás dela e Cassie nota um movimento pelo espelhinho ao lado da porta. Seu próprio reflexo a assusta, como se um estranho estivesse andando perto demais dela. Ela começa a se olhar, o suéter cinza-claro, o cabelo loiro já abaixo dos ombros, despenteado, mas ainda tão liso. Como uma luz naquele cenário tão cinzento, a mulher no espelho parece pronta para desvanecer completamente. Ela se parece com Charlotte. Cassie joga a cabeça para a frente, passa os dedos pelo cabelo de novo e de novo. Tira o suéter de Charlotte e bate no rosto com as mãos espalmadas, para trazer um pouco de cor às bochechas. Então se endireita novamente. A mulher que olha para ela agora é mais desgrenhada, menos arrumadinha, os olhos borrados de rímel velho, o cabelo despontando em ângulos, como se de um palhaço perturbado. Ela sorri para si mesma, porque vê April de novo, sua mãe corajosa, e percebe quanto tempo ela esteve fora e quanto sentiu falta dela.

19

ALICE

Finjo estar dormindo quando sinto David sair da cama. Hoje vou fazer o turno da noite, então não há urgência em deixar nossa cama quentinha. David liga a água da banheira. Consigo sentir o cheiro de meu óleo de banho chique, que eu sei que ele odeia, então o banho deve ser para mim. Abro um pouquinho um olho e ele sorri e me beija.

— Entre lá — diz. — Eu vou preparar o café.

A banheira está um pouco quente demais. Eu ainda sou cautelosa o suficiente para prestar atenção em algumas velhas histórias de parteiras, então acrescento um pouco de água fria antes de entrar, sentindo a água me envolver, me segurando no calor amniótico. Minha barriga se eleva um pouco acima da água; estou quase de nove semanas agora. Estar ocupada tem suas vantagens. Eu me pergunto se Cassie teve que fingir que tinha parado de beber, e como ela explicava seu cansaço de início de gravidez.

Faço uma pequena onda e a vejo deslizar sobre minha barriga. A gravidez (parece perigoso demais para pensar nela como "um bebê") está sempre na minha mente, mas de uma forma mais sutil que antes, como um segredo que, guardado, causa mais satisfação que compartilhado. Ouço David assobiando e tilintando canecas e pratos na cozinha e acho que talvez agora, esta manhã, seja a hora de contar. Eu poderia tranquilizá-lo e dizer que estou me sentindo melhor do que nunca, que desta vez é diferente, e tentar fazê-lo acreditar que vai ser diferente.

No entanto, quando visto meu roupão e me junto a ele na cozinha, e o vejo fazer café, ele parece tão despreocupado — sorrisos e risadas lhe vêm facilmente —, e eu sei que isso vai mudar se eu contar. Ele vai ficar sombrio, o medo vai se assentar em torno de nós como um pó grosso, um medo que nenhum dos dois pode expressar, porque falar sobre ele em voz alta pode nos trazer azar.

Da última vez que aconteceu, quase não nos falamos durante um mês. Eu nos imaginava como personagens de um desenho animado, pessoas tristes com uma nuvem negra pairando sobre a cabeça, as palavras "qual o sentido?" escritas dentro.

Então, em vez de dizer qualquer coisa, eu o beijo nos lábios. Um programa de notícias na Rádio 4 está narrando as manchetes. No final de um boletim sobre o mais recente escândalo político, eles passam uma reportagem resumida que já ouvi inúmeras vezes. A voz profunda e arredondada de Jack pedindo privacidade durante esse período "tão difícil".

Mostrei essa gravação para David pela primeira vez ontem à noite. Ele disse que Jack parecia um personagem de uma radionovela vespertina. Não contei a David que eu entendia o que ele queria dizer; em vez disso, falei que era o estresse que deixava a voz de Jack afetada, alongando as pausas em seu discurso. Não sei por que o defendi. Talvez eu ainda queira estar errada, desejando que o bebê de Cassie tenha um pai saudável, livre.

David muda de estação, e a voz de Jack é substituída pelas notas claras de uma peça de piano. Ele me quer aqui, totalmente aqui, com ele esta manhã. Tenho que ser justa; eu preciso tentar. Ele arrumou a mesa com croissants, prosciutto, melão cortado em pedacinhos, além de suco de laranja natural.

— Se já não estivéssemos casados, eu pensaria que você ia me pedir em casamento — comento, puxando uma cadeira e pegando um pedaço de melão com os dedos.

— Merda. — David bate a mão na testa. — Nós já somos casados, né?

Faço uma cara de "você é um idiota" e pego um croissant.

— Desculpe — digo, servindo suco de laranja para nós dois. — Eu sei que o trabalho tomou conta de tudo recentemente.

David se senta à minha frente e toma um gole de suco.

— Está tudo bem, Ali. Eu entendo, é importante. — Mastigando um pedaço de presunto, ele pergunta: — Então, quais são as novidades? A imprensa ainda está fuçando por lá?

O croissant amanteigado derrete na minha boca.

— Está ficando um pouco mais tranquilo agora. — Olho para o rádio. — Eles estão reprisando. — Se estivessem exibindo a entrevista completa, agora Jack contaria que Cassie e ele gostavam de viver em uma pequena comunidade tão unida quanto essa e como ele é grato por todo o apoio.

— E como está a Cassie?

— Ela... está na mesma, na verdade.

Agora Jack estaria falando sobre como eles queriam ser pais, como Cassie queria ser mãe.

David franze a testa para mim.

— Alice, o que foi? No que você está pensando? — Ele sabe, é claro que sabe, que existe alguma coisa que estou escondendo.

Eu me forço a desligar o som do rádio na minha cabeça.

— São só umas coisas em que eu fico pensando.

— Tipo o quê?

Posso ainda não ter conseguido contar a ele sobre nosso bebê, eu acho, mas posso falar sobre Cassie, pelo menos.

— Quando a Cassie chegou, a Charlotte, a sogra dela, trouxe uma mochila com um pijama e outras coisas para ela.

David anui para me encorajar a continuar.

— Eu achei uma carta, da Cassie para o Jack, dizendo que ela queria distância, queria dar um tempo.

— Entendi.

— Ela tirou o anel de noivado e a aliança. Acho que ela estava fugindo, David.

— Sério, Alice?

Tudo parece tão paranoico em voz alta. Não tem o sentido sensato que tinha na minha cabeça.

— Achei que ela estivesse procurando a cachorrinha. — Ele faz uma pausa. — Não esqueça que o Bob fica maluco quando ouve fogos de artifício. Um cãozinho adotado em uma casa nova ficaria muito assustado, e lembra quando você achou que tinha perdido o anel de noivado? — Ele se levanta e serve mais café em sua xícara.

Eu tinha esquecido disso. Deixei meu anel no bolso do jeans quando fui nadar um dia e passei a semana seguinte inteira virando a casa de cabeça para baixo tentando encontrar. Pego um segundo croissant.

— E, sabe, todos os casais têm seus momentos difíceis, não têm? O fato de que ela não entregou a carta ao Jack é significativo. Talvez ela tenha escrito para extravasar e nem pretendia entregar a ele.

Minha convicção evapora como um truque de mágica. Decido não contar a David sobre os olhos de Jonny, o fato de ele parecer um homem que estava perdendo alguém que amava, ou sobre as fofocas no hospital a respeito da paternidade do bebê.

— Desculpe. — Balanço a cabeça. — Não sei por que estou...

— Você só é protetora, Ali. Claro que é. Faz total sentido: os riscos são ainda maiores para essa paciente do que normalmente são para os outros. Eu entendo. — Ele me passa o café e eu dou um gole. Não é descafeinado, então o coloco de novo sobre a mesa.

Ele se senta na minha frente e cruza as pernas. David está se movendo mais depressa que o normal. Ele está nervoso.

Estreito os olhos para ele.

— Por que você está tão nervoso?

Ele descruza as pernas e esfrega as mãos nas bochechas. Está sorrindo. Algo está acontecendo e ele está animado com alguma coisa. Talvez tenha pegado o cliente dos sonhos? Talvez finalmente tenhamos o suficiente no nosso fundo de férias para a viagem longa que estamos sempre prometendo a nós mesmos?

— Eu estive pensando, Ali... Eu realmente gostaria de preencher os formulários na agência de adoção.

Nossos olhos se encontram e eu desvio imediatamente. Cada célula do meu corpo parece dar um pequeno salto. David continua falando.

— Eu sei que você não conseguia pensar nisso antes, mas já faz mais de um ano. Eles disseram que o processo vai levar um bom tempo, lembra? Então eu pensei em preencher o formulário inicial, pelo menos, entregar e ver o que acontece.

Imagino uma fileira de crianças diante de nós, David e eu apontando para uma delas e pegando um menino ou uma menina pela mão, para ser escaneado como em uma daquelas máquinas de checkout automático. Nós traríamos a criança para cá e tentaríamos fazer dela o nosso filho. E se não conseguirmos criar um vínculo entre nós? E se a criança não gostar de mim? Tento sentir a vida dentro de mim, para me lembrar de que nada disso vai acontecer; nada disso vai precisar acontecer.

— Alice, é só a papelada inicial. Eu prometo, não vamos adotar uma criança a menos que nós dois estejamos absolutamente certos de que é o que queremos. — Ele curva a palma da mão no dorso da minha. — Mas nós sempre concordamos que poderia ser uma opção.

Faço que sim, sorrio para ele e tento parecer feliz, até mesmo empolgada.

— Não, é uma boa ideia. Temos que começar a ver a papelada, dar o pontapé inicial...

David sorri para mim, e eu dobro o último pedaço do croissant na boca. Ele me beija e diz "Te amo" ao pegar as chaves e sair para sua reunião matinal.

Faço algumas atividades burocráticas, como um sanduíche e à tarde tento tirar um cochilo antes do meu turno da noite, mas não consigo relaxar. Minha mente fica oscilando, como um interruptor defeituoso, voltando para a entrevista de Jack no rádio. Ele falou sobre a comunidade unida de Buscombe. Nunca estive lá, mas Buscombe fica a apenas vinte e cinco quilômetros daqui. Eu soube que eles têm boas trilhas e estou devendo uma caminhada longa para o Bob. Olho para meu relógio. Eu sei que deveria tentar dormir novamente, se é que tenho alguma esperança de aguentar a noite toda. Mas estou ligada demais para descansar. Calculo que tenho tempo suficiente para ir de carro até lá, voltar para casa e chegar ao Kate's no horário do meu turno. Digo a mim mesma que vou dar uma passada rápida lá, ver o lugar que Cassie chamava de casa e então encontrar um bosque ou um campo para Bob poder dar uma boa corrida. Ele se levanta quando pego sua guia do gancho na porta dos fundos.

A maior parte da jornada é uma via de mão dupla anônima, com lojas de fast-food e cinemas, mas chega um momento em que esses estabelecimentos começam a rarear. Seguindo as placas, viro na estrada principal e o mundo parece se abrir como um pulmão grande e poderoso respirando fundo. A terra parece ter mais oxigênio ali. Os primeiros tufos de brotos cor de esmeralda nos campos captam a luz como escamas de peixe, e narcisos e campânulas brancas estremecem nos montes gramados. Baixo o vidro, e a brisa em si cheira a coisas verdes, frescas e novas.

O centro do vilarejo está posicionado ao redor de um parque aberto gramado chamado Buscombe Green. Grandes casas em estilo georgiano rodeiam o parque como anciãs ao redor de uma mesa de reunião, botões de glicínia envolvendo portas como bigodes de cera. Consigo imaginar Charlotte saindo de uma dessas portas. Sigo por todo o caminho até um pequeno retângulo, passando por cinco ou seis estradinhas sombreadas que poderiam levar ao chalé.

Meu celular está sem sinal, então não consigo carregar o mapa; não tenho ideia de aonde ir a partir daqui.

Sem querer admitir para mim mesma que estou perdida, viro em uma das estradinhas a partir do parque e imediatamente me deparo com um velho quatro por quatro. Estou olhando por cima do ombro, imaginando como poderíamos passar um pelo outro, quando o carro pisca os faróis e eu vejo que ele já está em marcha à ré, habilmente recuando até um ponto que libere a passagem para mim. Sigo lentamente e baixo o vidro. É uma mulher, mais ou menos da minha idade, sozinha no carro; há cadeirinhas infantis vazias no banco de trás. Ela já está com o vidro abaixado, por isso é fácil me inclinar e perguntar onde fica a Steeple Lane. Tenho que voltar ao parque, ela diz, e virar logo ao lado do pub. Ela pergunta aonde exatamente estou indo, mas não quero que ela saiba, então digo para não se preocupar, que lá eu me acho, e agradeço pela ajuda. Ao fazer a manobra desajeitada para retornar, eu me pergunto se essa mulher conhecia Cassie, se eram amigas.

Exceto pelo riachinho que segue ativamente, a Steeple Lane se parece muito com todas as outras ruas por aqui. A rua em si é estreita e escura, as sebes cheias com seus galhos. É como viajar por uma artéria. A estrada se abre depois de pouco mais de um quilômetro, o suficiente para que dois carros passem, lentamente, lado a lado.

Uma pequena placa na sebe diz: "Cuidado, vala profunda". À minha esquerda há uma casa de fazenda antiga, vigas pretas se entrecruzando na fachada, contrastando com paredes brancas, um par de árvores desarrumadas no jardim. Na placa está escrito "Fazenda Steeple". Eu me lembro de Charlotte dizer que Jonny alugava um dos chalés da fazenda. Eu sigo em frente. Não quero prestar atenção demais; ele poderia estar lá agora. Continuo por quase dois quilômetros, até que cruzo por cima do riachinho e a estrada começa a se estreitar novamente, e então vejo uma placa à direita: Chalé Steeple. Cheguei. Esta era a casa de Jack e Cassie.

De onde estou, não consigo ver a construção do outro lado da pista de entrada. Tenho que estacionar em algum lugar por aqui. Paro bem perto da estrada e digo a mim mesma que só vou dar uma olhadinha rápida. Quero ver por um momento, só isso. Baixo o vidro para Bob e ignoro seu latido ofendido quando tranco a porta atrás de mim.

A pista de entrada do chalé é cercada por árvores, revestida de cascalho e faz uma curva acentuada para a esquerda antes de se abrir em um pequeno círculo na frente de um chalé de pedras claras. Liguei para o hospital no caminho. Jack, eu sei, está com Cassie, mas ainda não quero estar em campo aberto, por isso me inclino contra uma das árvores que parecem se amontoar ao redor da casa, como se tentassem mantê-la longe do mundo.

O chalé é mais velho do que eu imaginava e perfeitamente simétrico. Duas grandes janelas retangulares dominam o piso térreo, de cada lado da varanda de pedra. Mais duas janelas estão diretamente acima, onde eu imagino que sejam os quartos. Na parte superior da casa, uma janela redonda espia do ático, como um ciclope. Narcisos delicados pontuam lindamente os canteiros da frente. Imagino Cassie de joelhos plantando os bulbos, as mãos na terra. Não sei por que, mas a imagem me faz sentir solitária por ela.

Nuvens furiosas se acumulam no alto, sugando a luz. Os pardais mergulham e voam e um morcego isolado dá um rasante em busca de insetos invisíveis. Vou na direção da casa. O musgo abafa meus passos até eu chegar ao caminho de cascalho. Imediatamente uma luz de segurança se acende e sou banhada em claridade. Ofuscada, esqueço que não estou fazendo nada errado. De repente sou uma intrusa. A casa não me quer aqui. Ela me viu e seu calor esfriou. Dou as costas para ela e volto pelo caminho, meus pés fazendo barulho demais no cascalho. A luz de segurança brilha forte às minhas costas, como a presença da casa atrás de mim, me expulsando. As árvores também mudaram, quase pretas ao cair da noite. Seus galhos parecem doloridos, como se fossem mãos artríticas. As folhas, perturbadas pelo vento, espalham umas para as outras a fofoca da minha visita. Um coelho salta pelo caminho alguns metros à minha frente, saindo de seu esconderijo. Parece assustado, e acho que eu também pareço. Quero correr, mas fico preocupada que a corrida exponha meu medo, e isso o tornaria pior. Faço a curva acentuada e pego o caminho de volta para meu carro.

Só depois que a porta do carro se fecha eu solto a respiração. Bob veio até o banco do passageiro e está abanando a cauda. Sinto meu coração dando bicadas dentro do peito; agora estou a salvo. Puxo Bob mais para perto de mim, beijo sua cabeça e dou uma risadinha para mim mesma. Sempre fui boa em me desesperar. Quando era menina, imaginava tubarões em uma piscina ou zumbis em um guarda-roupa. Graças a Deus David e eu não nos mudamos para cá; em pouco tempo eu estaria ouvindo o vento chamar meu nome. Eu me pergunto se Cassie já pensou ter ouvido o nome dela ser sussurrado pelas bétulas prateadas, se já sentiu a solidão envolvê-la como um cobertor frio. Olho pelo retrovisor. O chalé ainda está iluminado, como holofotes em uma prisão. Quanto tempo as luzes de segurança ficam ligadas? Certamente devem apagar logo.

Bob choraminga para mim e pressiona as patas no banco da frente, lembrando-me de que lhe prometi uma caminhada. Coloco as chaves na ignição e dirijo devagar pela pista, para longe do chalé. Estaciono depois de algumas centenas de metros. Começou a chover um pouco. Lembro que a previsão do tempo disse que só pioraria mais perto do anoitecer. Vou deixar Bob sair agora, só para dar uma corridinha, e então me mandar para casa e depois para meu turno no Kate's. Bob passa por cima de mim e salta para fora do carro assim que abro a porta. Penso em Maisie correndo e chamo Bob para mantê-lo por perto, mas ele me ignora. Eu o sigo e chamo seu nome de novo, apertando o passo quando viro em uma curva.

Bob viu alguém. Ele está trotando em direção a um homem com uma jaqueta escura de aspecto ceroso, em pé sozinho na beira da pista, ao lado de um montinho do que parece ser lixo. O homem se vira na direção de Bob quando este para, sentado nas patas traseiras em frente ao homem, o peito estufado como um centurião, a cauda balançando de um lado para o outro no asfalto. Ele está se esticando na direção do homem, farejando, guiado pelo nariz.

— Ah, Deus! Desculpe! — exclamo, começando uma corridinha para tirar Bob dali. — Bob!

Mas o homem está sorrindo para ele. Ele tem cabelo branco um pouco comprido saindo de debaixo do chapéu, e a enfermeira em mim avista um quadril com problema ao perceber que ele se apoia melhor do lado esquerdo. Já o vi antes. Era o homem que chamou minha atenção no estacionamento. Então ele vira o rosto para o meu lado e eu paro, com um nó no estômago, pois o homem é Marcus Garrett e está sorrindo para mim. Ele não tem ideia de quem eu seja, e por que teria? Ele acaricia a cabeça sedosa de Bob.

— Acho que ele está sentindo o cheiro do folhado que eu comprei no vilarejo. — Ele ri, apontando para um saco de papel pardo saindo de um de seus bolsos grandes.

Olho para ele, e Marcus olha para mim de novo, sobrancelha levantada, esperando minha resposta. Chego mais perto, pego a coleira de Bob com uma das mãos e tento recuperar a voz, livrá-la da surpresa.

— Ah, ele adora folhados. Meu marido e eu temos uma piada de que o Bob parece mais um porquinho que um cachorro, não é, Bobby? — Bob não tira os olhos da mão de Marcus, que vai até o saquinho de papel dentro do seu bolso e parte o que parece ser metade do folhado.

— Tudo bem se eu der um pedaço para ele? — Marcus pergunta.

Concordo e solto a coleira de Bob. Ele avança avidamente, como se nunca tivesse comido na vida, em direção ao pedaço de folhado bege e brilhante.

Marcus continua sorrindo ao se abaixar para acariciar Bob no ombro.

— Bom menino.

Vejo que o que eu achava que era lixo é, na verdade, um pequeno santuário na beira da estrada, um trechinho comum da estrada, com o riacho gorgolejando e sibilando como algo ferido. Foi aqui que ela caiu. As flores não são mais flores; a maioria se tornou gravetos amarronzados e encharcados. Imagino que ninguém tenha coragem de jogá-los no lixo. Marcus segue meu olhar, e percebo que não estou de uniforme. Para Marcus, sou apenas uma mulher passeando com seu cachorro. Sou livre para perguntar coisas que normalmente não poderia.

— Foi por isso que você me encontrou aqui, receio — explica ele, de um jeito carregado, como se as próprias palavras tivessem peso, acenando para a pilha de flores moribundas.

Eu me preparo. Consigo fazer isso. Lembro que estou mentindo por causa de Cassie, não para meu próprio benefício.

— Ah, houve um acidente? Alguém que você conhecia?

Marcus balança a cabeça, como se quisesse mudar os pensamentos que se instalaram ali. Quando ele fala, reconheço o mesmo alívio que vi em centenas de parentes chocados e de olhos arregalados que conheci no Kate's, ansiando por conforto, até mesmo de uma enfermeira desconhecida. Marcus está tão desesperado que é capaz de falar com uma estranha passeando com seu cachorro.

— Uma moça, uma moça jovem e bonita, minha enteada, então, sim, eu a conhecia — ele diz. — Eu a conhecia — repete, como se precisasse confirmar o fato para si mesmo.

— Ela vai ficar bem?

Ele encolhe os ombros.

— Eu não sei, realmente não sei. — Sua voz racha como uma casca.

Deixo o silêncio fazer minha próxima pergunta.

— O marido não me deixa vê-la. — Ele se vira um pouco na minha direção e me encara. — Eu nunca gostei dele. Ele tem um temperamento ruim, muito ruim mesmo. Eles nunca deveriam ter se casado. Ele fingia que a amava, mas nunca a conheceu, não como eu.

A chuva faz um som suave de chocalho no meu casaco. Penso em Jack, em como ele estava certo de que era Marcus quem havia contado à imprensa sobre Cassie. Ouvindo Marcus falar tão livremente, como se estivesse dizendo seus pensamentos embaralhados em voz alta e sem filtro para mim, uma estranha, agora eu entendo por que Jack suspeitava dele.

Marcus solta a respiração devagar.

— Então em vez disso eu venho aqui para pensar nela, para me sentir perto dela. Veja, eu prometi à minha April que cuidaria dela.

Ele está olhando para o riacho, como se tivesse perdido alguma coisa na água. Sigo seu olhar para o lugar onde Cassie caiu. Grossas gotas de chuva caem no riacho, fazendo círculos perfeitos dançarem na superfície vítrea da água escura.

— Eu costumava fazer isso antes, sabe... antes do acidente. Ficar de olho nela de vez em quando, só para ter certeza de que ela estava bem. — Marcus olha para mim rapidamente.

Eu pergunto:

— E você acha que ela estava? Quer dizer, ela estava bem antes do acidente?

Marcus baixa os olhos para a estrada e sua cabeça tomba para a frente, como se para se unir às flores, e eu percebo que ele está desviando os olhos de mim porque está chorando.

— Ela não era feliz. Eu me lembro agora. Eu sabia que ela não era feliz. Eu queria que ela soubesse que podia contar comigo, que eu iria ajudá-la quando ela percebesse seu erro.

— Que erro?

Marcus ergue a cabeça para mim, mas não enxuga as lágrimas das bochechas.

— Se casar com aquele homem.

Fico tensa. Não sei por que Marcus não consegue dizer o nome de Jack.

— Marcus, quem você acha que a atingiu?

Percebo meu erro assim que digo o nome dele, mas Marcus está muito emotivo, muito confuso para perceber. Em vez disso, ele se vira para mim, seus olhos escurecendo.

Os pingos estão ainda mais pesados agora, golpeando do céu como pequenos punhos conforme a chuva se transforma em gelo.

— Ele sempre parecia zangado com ela. Acho que ele não queria uma mulher, ele queria liberdade. Foi por isso que ele... — Marcus se vira para mim, a boca aberta, como se estivesse chocado ao me ver, ouvindo-o ali. — Você disse meu nome agora há pouco. — Seu rosto fica encoberto. — Quem é você?

— Não, não, desculpe, eu... Você ouviu errado... — Merda, merda, merda. Mas eu o perdi.

Marcus abana a cabeça, começa a se afastar e olha para o céu, como se pedindo orientação de um poder superior, como se achasse que April está lá nas nuvens. Ele ergue os ombros até as orelhas, tentando se proteger do granizo, se proteger de mim.

— Não, eu juro, eu... — Marcus se vira bruscamente, porém, e o vejo mancar o mais rápido que consegue pela estradinha antes de me voltar novamente para a pilha de flores, minha respiração provocando nuvens esparsas. Alice, sua idiota. Apesar do granizo que cai do céu, eu me sinto pegajosa, de repente com calor demais neste casaco, como se estivesse pegando fogo depois de conhecer Marcus. Algo não está certo com Marcus, algo mais que tristeza e idade.

Bob gane perto dos meus pés. Devíamos voltar para o carro, mas eu preciso de um momento. Olho para as flores e me inclino para pegar uma foto apoiada em um conjunto de girassóis que estão ficando marrons.

É de Cassie, por volta da época do anúncio da Juice-C, seu rosto cheio de juventude, e a ruiva que vi no Facebook dela, Nicky Breton. Nicky se virou para olhar para Cassie. Ela está sorrindo para a amiga, admirada, como se estivesse perto de algo celestial. Cassie parece alheia à luz que irradia. Está totalmente virada para a câmera, sorrindo como se nunca pudesse haver nada errado com o mundo.

O ganido de Bob se torna um latido. Ele começa a girar, alarmado ao redor dos meus pés, perturbado com a chuva de granizo, querendo desesperadamente se sentir seguro novamente. Coloco a foto de volta sobre as flores, tentando protegê-la das condições climáticas, mas não adianta: a foto é atingida e sacudida por bolinhas minúsculas de gelo. Nunca fui religiosa, mas parada ali, no lugar onde Cassie foi atropelada, minha esperança se transforma fluidamente em uma oração, e, acima da martelada da tempestade de granizo e da onda do meu próprio medo, eu sussurro rapidamente:

— Por favor, por favor. — Não sei se estou implorando por Cassie ou por mim.

Sinto o medo se aproximar de mim novamente. Como olhos, ele vai crescendo atrás de mim feito fumaça, e me pergunto se Marcus partiu ou ainda está me observando, como costumava observar Cassie. Sinto um arrepio. Olho mais uma vez para as flores de Cassie, antes de chamar Bob e começar a andar de volta para o carro. A noite que vai se aproximando parece mãos escuras que me empurram. Eu quero correr, o asfalto iridescente e escorregadio, um caminho para a segurança diante de mim. Um carro rosna, inquieto, atrás de mim. Não acendeu as lanternas. Será que o motorista está nos vendo? Pego a coleira de Bob e nos pressiono com força contra a encosta do outro lado da pista em relação ao riacho. Marcus só acende as luzes quando passa por nós. Olho para ele, mas ele mantém os olhos fixos à frente, como se estivesse à procura de outra pessoa.

O óleo estala e estoura na frigideira quando coloco as coxas de frango, a pele para baixo. Bob está sentado nas patas traseiras, peito estufado, os olhos em mim. De vez em quando ele rói seu osso ruidosamente, como se para me lembrar que está muito, muito faminto. Nós dois sabemos que vou ceder mais cedo ou mais tarde. Mexo o frango na frigideira e tento endurecer meus pensamentos.

Marcus não está bem e continua aparecendo sem aviso. Ele estava lá antes que Cassie perdesse o bebê. Eu sei que esteve no hospital e agora, hoje, novamente no lugar onde Cassie sofreu o acidente. Meu estômago revira quando me lembro do que ele disse, que Jack não queria se casar, que queria liberdade. A questão é que Marcus estava confuso, agindo de um jeito estranho. Posso confiar nele? O barulho da carne fritando fica mais alto, mais urgente. Bob, que não é fã de barulhos estranhos, mesmo se o cheiro é delicioso, se retira para o cesto dele na área de serviço.

Eu me lembro de Marcus atrás do volante, nos forçando contra o lado da pista como um valentão, seus olhos fixos no vazio.

Meu celular começa a vibrar em cima da mesa, deslocando-se como um besouro de costas. É Jess. Eu o seguro. Não sei se estou com vontade de falar com ela; ela sempre sabe quando algo está acontecendo e não estou a fim de me justificar. Assim que decido não atender, uma dor que me faz sentir simultaneamente mordida e chutada no abdome me atravessa e eu grito.

— Ai, meu Deus! — E caio de joelhos. O choque suga o ar dos meus pulmões, meus braços se dobram em volta da barriga, como se toda essa dor necessitasse de um abraço bom e reconfortante. Minha mão direita, ainda segurando o celular, aperta a tela. Devo ter apertado o botão de atender, porque consigo ouvir a voz de Jess em miniatura, encolhida, perguntando:

— Ali? Ali? Você está aí?

Grito de novo quando outra onda de dor me rasga. Parece que estou sendo devorada viva. Ouço Jess me chamando.

— O que está acontecendo, Ali? Você está aí? — E eu solto um gemido que se torna o nome de Jess. Olho para a tela do celular e, com os dedos trêmulos, aciono o viva-voz. Minha cozinha está cheia de repente com toda a vida na cozinha de Jess. Há música de fundo, alguma coisa com guitarra espanhola. Tim deve estar ao telefone, ou então eles estão com alguém em casa, porque sua risada profunda, ressonante e geralmente tão tranquilizadora ecoa no fone e chega ao meu ouvido.

Ha! Ha! Ha!

Agora ele parece rir de mim.

Ha! Ha! Ha!

— Ali? Alice? — E então Jess faz uma pausa e exige, longe do receptor: — Por Deus, Tim! Dá para calar a boca? Tem alguma coisa errada com a Ali. — E eu solto outro gemido sentindo a dor começar a me devorar por dentro.

Tim sempre atende Jess. A risada para imediatamente e as guitarras espanholas também desaparecem. Bob vem ver qual é o problema. Sua cabeça preta de foca está baixa. Ele me cheira, incerto. Eu o assustei. Todo esse barulho o assustou.

— Ali, está acontecendo de novo?

Eu estava na casa de Jess quando perdi o sexto; ela reconhece os gemidos. Tudo o que posso fazer é grunhir uma confirmação e tentar sussurrar:

— Está tudo bem, Bob. Está tudo bem.

Recusando-se a desligar, Jess liga para David do celular de Tim e diz que ele precisa ir para casa. Ele vai demorar pouco mais de uma hora, ela me fala, com uma voz ofegante que ela acha que está controlada, reconfortante. Jess quer chamar uma ambulância, mas eu grito: "Não, sem ambulância", e ela sabe que estou falando sério. Ela quer vir até minha casa, mas vai levar quase tanto tempo quanto David. Além disso, eu conheço essa batalha e preciso que seja particular. Entre inspirações profundas, eu a convenço de que ela vai me ajudar mais por telefone.

O único pensamento claro que tenho é que David não pode me encontrar derrubada e chorando no chão da cozinha. Isso o deixaria arrasado. Então, lentamente, como um animal mutilado, eu me levanto me apoiando na gaveta de talheres. A cauda de Bob começa a balançar com cautela. Ainda dobrada no meio e agora segurando o celular na direção da minha barriga, com a voz de Jess saindo abafada, cambaleio e me levanto como uma velha corcunda e então vou me arrastando até o fogão cuspidor de óleo. O frango está arruinado: frito só de um lado, a pele carbonizada. Pequenos borrifos de óleo saltam da frigideira e fazem meu rosto arder. Eu poderia lamentar o desperdício, mas não há tempo. Eu sei que não tenho muito tempo para chegar ao banheiro antes de outro espasmo. Desligo o fogão e, usando a parede para me guiar, me impulsiono para cima. Começa de novo assim que entro em nosso quarto, me forçando a me curvar quando meu abdome é rasgado em pedaços, mas não chega a me tirar o fôlego, e consigo chegar à cama, com Jess me lembrando em um tom de voz autoritário de que eu preciso ficar calma. Sento na beira da cama e olho para meus pés ao respirar ofegante. A respiração de trabalho de parto surge instintivamente, mesmo que eu nunca tenha chegado tão longe... Nunca tive essa aula.

Depois de alguns minutos, acho que estou forte o suficiente e fico em pé de novo, meu corpo tremendo como uma corda tensa, minha pele escorregadia de suor, e, pegando o celular, cambaleio mais rápido, mais urgente, para o armário de remédios no banheiro. Guardei um pouco de morfina da última vez, como se soubesse nos meus ossos que isso aconteceria de novo. Engulo dois comprimidos e então sinto o primeiro cair profundamente dentro de mim, um distanciamento naquele espaço profundo do estômago, a sensação terrivelmente familiar de estar virada do avesso. Consigo me sentar no vaso sanitário, e o sangue vem rapidamente. Eu me concentro na dor que em poucos meses teria sido feliz, uma dor bem-vinda, mas agora é apenas uma lembrança angustiante de uma verdade que recusei tantas vezes, e eu seguro a cabeça e me permito chorar.

É assim que David me encontra, curvada no vaso sanitário, meu rosto inchado de tristeza. Ele não faz nenhuma pergunta, não agora. Vê a morfina, que agora está gentilmente fazendo efeito, suavizando tudo para mim.

Ele pega meu celular. Jess ainda está na linha. Ela me diz que David chegou em casa, que eu vou ficar bem. Ela o lembra, como pedi que fizesse, de ligar para o Kate's e avisar que não vou poder ir hoje, e ele desliga. Ele me limpa, veste meu pijama e o tempo todo me diz que vai ficar tudo bem, que ele está aqui agora, que me ama.

Ele me carrega para a cama e deita atrás de mim, de conchinha, e é só então que sinto o corpo dele tensionar e relaxar, tensionar e relaxar enquanto ele chora, e quero me virar para abraçá-lo, mas a morfina é forte demais, e eu mergulho fundo em um sonho violento e químico.

Quando acordo, há apenas um amontoado de lençóis ao meu lado. Eu me sento.

— Oi, Ali — David diz suavemente. Ele puxou a poltrona para perto da cama. Seu rosto está inchado pela falta de sono. Sinto como se tivesse bebido duas garrafas de vinho tinto ontem à noite, uma dor de cabeça que parece uma tempestade pulsa atrás dos meus olhos. A cólica se acalmou e agora tenho espasmos abafados no baixo-ventre. Minha língua está pegajosa, então estico o braço para a água, mas David o intercepta. — Como você está se sentindo? — ele pergunta e me entrega um copo que acabou de encher.

Descubro que não consigo responder e apenas levanto os ombros, balanço a cabeça e não sei como estou me sentindo; ainda não consegui me localizar.

— Por que você não me contou, Ali? — Seu rosto está distorcido com linhas e confusão. — Isso é o que estou tentando entender a noite inteira... por que você não me contou. Eu... — Ele abaixa a cabeça.

Sinto meu coração se partir quando ele começa a balançar a cabeça. Vou para a frente, cruzando a cama, e coloco a mão nos seus cachos, tentando acalmá-lo o melhor que posso, quando uma onda de dor, como uma lembrança de ontem à noite, me percorre e tudo que consigo dizer é:

— Me desculpe, David. Me desculpe.

Ele se senta na cama. Eu me enrolo em seu tronco e ele enxuga os olhos com o polegar e o indicador.

— Tenho pensado. Vou fazer uma vasectomia para impedir que isso aconteça. Não posso mais passar por isso, ver você sofrer, e eu totalmente incapaz de fazer alguma coisa para realmente ajudar...

Nenhum de nós diz nada, agarrados um ao outro, e acho que, em vez da sensação familiar de solidão onde antes eu sentia esperança, sinto algo mais ali, um sentimento de possibilidade, para variar, uma centelha de algo diferente.

Afastar-me dessa rotina terrível me assusta menos que ficar presa dentro dela, e, embora pareça uma blasfêmia pensar nisso, percebo que estou pronta para acenar uma bandeira branca, pronta para me render à verdade de que meu corpo não pode carregar o nosso filho.

Ficamos na cama o dia todo, nos revezando entre chorar e nos acalmar, até que David adormece de novo ao meu lado e eu ouço o subir e descer de sua respiração, esperando que o sono chegue.

20

FRANK

Lucy manteve a promessa: ela me visitou todas as tardes desde que fiz minha primeira tomografia, há quatro dias. Hoje está encolhida na cadeira de visitante ao lado do meu leito, roendo as unhas, sentada em cima dos pés. Ela está folheando um manual brilhoso de um centro de reabilitação em Birmingham.

— Diz aqui, pai, que eles têm uma piscina especial para ajudar os residentes a recuperar a força muscular. — Ela olha para mim. — Nooossaaa... — exclama, como se eu fosse para um spa. Imagino pessoas como eu flutuando feito águas-vivas.

Estou tentando piscar duas vezes para "não", porque ainda não consigo piscar para "nunca, jamais me coloque em uma merda de piscina", quando Lizzie se aproxima da cama.

— Oi, Lucy. Oi, Frank — ela cumprimenta. — Esta é a dra. Sarah Marsh, nossa fonoaudióloga sênior. Ela vai apresentar a vocês a placa piscante de que eu estava falando.

Uma mulher mais velha, com cabelo grisalho crespo e óculos que parecem estar prestes a escorregar do nariz e cair sobre mim, sorri.

— Olá, sr. Ashcroft. Posso te chamar de Frank? — ela pergunta.

Eu pisco uma vez e ela aperta a mão de Lucy.

Alterno entre prestar atenção e sair do ar durante as instruções de Sarah Marsh. A placa piscante é um pedaço de plástico em tamanho A3 com o alfabeto dividido longitudinalmente em faixas de cores diferentes. Vermelho para letras de A a D, amarelo para letras de E a H e assim por diante. Sarah Marsh fica realmente animada quando nos diz que em pouco tempo Lucy vai poder personalizar o quadro para mim, adicionando palavras que eu costumo usar para que eu possa apenas olhar para elas, sem ter que piscar por toda a maldita placa.

— Espero que a senhora não se importe com palavrões! — Lucy brinca.

Sarah Marsh franze a testa.

— Vamos só tentar, que tal?

Ela posiciona a placa bem na frente do meu rosto e, em uma voz excessivamente alta que faz meu crânio vibrar, exclama:

— Vermelho.

Eu pisco.

— Certo, o que significa que a letra dele está na primeira linha de letras — explica Sarah Marsh em voz normal para Lucy antes de voltar para mim: — A.

Eu pisco.

— A. Então sabemos que ele quer que a palavra comece com "A".

Fico animado demais e erro a letra seguinte, piscando muito cedo em "K" em vez de "L", então a próxima letra, "I", não faz sentido.

— A, K, I? — diz Sarah Marsh, parecendo incerta.

— Aki, pai? Não consigo pensar em nenhuma palavra que comece com Aki...

Ambas se voltam para mim, confusas, talvez preocupadas que eu tenha ficado maluco, afinal.

Tento piscar duas vezes para "não", mas estou exausto demais, então deixo as pálpebras se fecharem.

— Acho que isso o deixou cansado — diz Lucy.

— É um grande passo — Sarah Marsh parece desapontada, embora esteja fingindo não estar. — Melhor ir devagar. Hoje foi só o gostinho.

Ela sai e eu ouço Luce murmurar para si mesma um par de vezes:

— Aki, A. K. I.

Na escuridão, eu me preocupo que Lucy possa questionar se estou melhorando ou não, que ela comece a pensar que minhas piscadas, afinal, sejam apenas um reflexo muscular.

Mas então um médico que eu não conheço vem até a cama e nos diz que o exame cerebral recente foi encorajador, que parece haver alguns pequenos fragmentos de luz na minha massa cinzenta confusa.

Há algo muito íntimo em fazer uma tomografia cerebral. Espero que não sejam muito precisas — detesto pensar no que eles veriam na minha cabeça. Imagino os caras de avental branco estremecendo com os resultados: "Puxa vida, roxo ali por causa do arrependimento, e aquelas grandes manchas vermelhas? Raiva. Frank Ashcroft não é um homem pacífico".

Lucy me dá um beijo.

— Volto amanhã, pai. Aí podemos tentar novamente com o quadro. É tão emocionante pensar que daqui a pouco você vai conseguir falar uma palavra! — Eu a ouço sorrindo, um grande sorriso para me estimular, para manter nosso ânimo.

Eu a escuto ir embora e me pergunto onde será que Alice está. Já faz três dias que ela está desaparecida. Ouvi Carol dizer a Lizzie que era "uma das dores de cabeça dela", o que para mim é novidade. Meu plano é resolver logo essa confusão de "AKI", piscar o que eu obviamente pretendia piscar, fazê-la se animar e esquecer a dor de cabeça, se esse for o problema.

Os últimos quatro dias foram movimentados. Agora tento manter os olhos abertos enquanto sou levado para meu exame diário. Preciso me acostumar com as pessoas olhando para mim. Mesmo depois de tudo isso, fico surpreso ao descobrir que ainda me importo com o que estranhos pensam. Quando não estou fazendo tomografia ou com Lucy, estou sendo cutucado e empurrado por um fisioterapeuta enérgico, ou minhas pupilas são examinadas por algum médico visitante. A principal diferença é que agora eles me dizem onde vão cutucar ou empurrar, em vez de apenas fazer isso sem aviso, como antes. Pequenas bênçãos. Eles me perguntam antes de cada sessão: "Como vai, Frank?", o que é muito chato, porque ainda sou um homem de "sim" ou "não".

Assim como as coisas se aqueceram para mim, esfriaram para minha vizinha. Parece que os repórteres perderam a maior parte do interesse, pelo menos por enquanto. Agora eles apontam suas câmeras e microfones para um apresentador de rádio local que aparentemente gosta demais de meninas novas.

Jack vem todos os dias. Ele senta ao lado da esposa, põe música para tocar, principalmente coisas clássicas e calmas, ou lê o jornal para ela. Ele só lê atualizações políticas e esportivas em voz alta para ela. As guerras e as tristezas, ele mantém para si. Sou grato por isso.

Charlotte também vem todos os dias. Ela gosta de se manter ocupada. Lixa as unhas de Cassie e lava o cabelo dela, mas às vezes apenas espera — as mãos pousadas sobre a barriga de Cassie e os olhos fixos no rosto dela — por qualquer sinal do bebê. Ela chorou a primeira vez que sentiu o bebê chutar. Estão tão ocupados com a Cassie deles que acho que nem sabem que estou aqui. Eu poderia ficar roxo com bolinhas cor-de-rosa da noite para o dia que eles não notariam. É justo.

O sol preguiçoso de fevereiro já se foi há muito tempo e eu dormi desde a ronda da tarde, então acho que é o início da noite quando Alice chega. Ela faz uma parada na cortina de Cassie antes de vir até mim. Minha cabeça está inclinada para a frente, de modo que tudo que posso ver é o fino contorno das minhas pernas inúteis, mas, segurando os dois lados da minha cabeça, ela atrai meu olhar para cima, para que nos olhemos diretamente, e eu sei assim que a vejo: não foi uma enxaqueca.

Ela está abatida e magra, como se tivesse sido esvaziada, gota a gota, de seu brilho, da essência que faz dela Alice. Me olha diretamente nos olhos e eu os vejo se encherem por trás das pálpebras. Ela morde a pele que está descascando dolorosamente de seu lábio inferior, olha para dentro de mim e balança a cabeça de um lado para o outro algumas vezes. É o suficiente. Eu sei. Eu sei que aconteceu de novo. Ela enxuga uma lágrima que escapou em sua bochecha e baixa os olhos por um segundo antes de nós dois ouvirmos o chacoalhar da cortina de Cassie nos trilhos, ao ser aberta.

— Alice, você voltou? — Charlotte pergunta. Hoje ela veio mais tarde que de costume.

Vejo o rosto de Alice mudar em um instante. Alice, a profissional, está de volta. Ela se vira para Charlotte, e tudo que consigo ver agora é sua nuca enquanto ela caminha em direção à mulher mais velha.

— Charlotte, oi. Sim, desculpe. Fiquei fora, com uma enxaqueca terrível.

O cabelo de Charlotte cai para o lado quando ela inclina a cabeça ligeiramente, ouvindo Alice.

— Mas muito melhor agora — continua Alice. — Então pensei em só dar uma passadinha, ver como está todo mundo, depois eu volto para o meu turno matutino amanhã.

A voz de Alice é contida, eficiente. Ouço um pequeno aviso para Charlotte não fazer perguntas.

Os olhos de Charlotte se estreitam ligeiramente. Acho que ela não acredita em Alice, mas parece ter percebido o aviso na voz dela. Charlotte sabe que não deve bisbilhotar.

— Bem, cuide-se para não se cansar demais, Alice. Era para eu ter ido embora há algum tempo, na verdade, mas a pequenina está bem ocupada esta noite. Só fiquei aqui sentindo os chutinhos. Sinceramente, é incrível quanta energia ela tem. Venha sentir.

Alice segue atrás de Charlotte até o leito de Cassie, mas mantém as mãos entrelaçadas atrás das costas, longe do bebê. Sei ela é bem--intencionada, mas eu gostaria que Charlotte deixasse Alice em paz.

— Na verdade, Charlotte, não estou planejando ficar muito tempo. Eu... ainda não estou no meu normal, na verdade, então acho que...

Charlotte olha para Alice. Seus olhos se estreitam novamente, como se Alice fosse um quebra-cabeça que ela está tentando resolver. Então ela olha para as mãos, apoiadas no topo da cama de Cassie, e acho que sabe que há mais alguma coisa errada. Talvez, como eu, ela tenha visto a nova ausência em Alice, a perda nela.

Charlotte assente e olha para Alice com um pequeno sorriso tranquilizador.

— Claro, Alice, eu entendo. Você deveria ir para casa descansar um pouco. Peça para o seu marido fazer o jantar.

Alice balança a cabeça em sinal de confirmação e ergue um pequeno, mas vazio, sorriso para Charlotte.

— Vai ficar um pouco mais? — pergunta. — Vou avisar a Paula que você está aqui.

Charlotte faz que sim.

— Eu comprei aquele creme de que falei para você, sabe aquele para a elasticidade da pele? Acho que vou passar um pouco nela agora e depois vou para casa também.

— Bem, a gente se vê em algum momento amanhã — diz Alice. Ela lança um último olhar especialista sobre Cassie, seus olhos repousando na barriga de grávida apenas por um segundo. O sorriso desaparece assim que ela se afasta. Alice fecha as cortinas quase completamente em torno delas, mas quer fugir depressa e não cerra totalmente o vão. Ela só me dá um breve sorriso de boa-noite.

Meu coração se parte por ela. Seus passos soam muito solitários conforme ela se afasta.

Tento me interessar pelo que Charlotte está fazendo, para me distrair da terrível queda livre da perda de Alice. Vejo quando ela tira o casaco e o coloca com cuidado na cadeira de visitante. De sua bolsa, ela pega um tubo branco e começa a puxar o lacre até que a tampa finalmente se solta com um pequeno suspiro. Ela puxa cuidadosamente os lençóis de Cassie, ajeitando-os em torno dos tornozelos. As pernas da moça parecem finas, o tipo de magreza que pessoas idosas têm quando seus músculos murcham como frutas maduras demais. Charlotte levanta a camisola, expondo a barriga de Cassie. Não vejo essa barriga assim há algum tempo. A saliência apareceu como uma uva pequena e suculenta. O ventre é impressionante, deixa Cassie diminuta. Parece maior ao lado de seus músculos encolhidos, como se tivesse sua própria presença, como se o bebê já estivesse aqui, e, de certo modo, acho que está.

Charlotte não se senta na cadeira de visitante. Está acima de Cassie quando mergulha a mão no pote e tira um punhado de creme branco. Ela o aquece nas mãos antes de começar a espalhá-lo na barriga de Cassie em movimentos fluidos e redondos, como se estivesse passando cobertura em um bolo. Ela mantém o olhar fixo no trabalho, olhos nas mãos e na barriga de Cassie, ambos agora cobertos de creme. Começa a murmurar, com a voz contida, mais baixa do que já ouvi antes.

— Ah, minha pequena Freya — diz, sorrindo. Mas então suas mãos param de se mover e, por um breve momento, ficam tensas. — Eu quero que você saiba que o seu pai nunca quis que nada disso acontecesse. — Ela olha brevemente para o rosto de Cassie e o calor em sua voz esfria, torna-se um chiado. — Eu tentei avisá-la. — E então ela começa a mover as mãos novamente em pequenos círculos, a barriga de Cassie inocente como um ovo cozido, branco e brilhante de creme.

21

CASSIE

Jack, bonito em seu smoking, um lenço de seda vermelho-escuro jogado sobre os ombros, abre a porta do táxi para Cassie e, em seguida, com um floreio da mão, oferece o banco do passageiro a Charlotte. Quando Jack se abaixa ao lado de Cassie, esta vê Charlotte sorrindo para o filho no espelho, orgulhosa do homem divertido e cavalheiresco que ela criou.

Este ano, o tema da festa de Ano-Novo dos Clark é "Os loucos anos 20". Cassie havia esquecido de arranjar alguma coisa para criar uma roupa típica, então agora está vestindo uma estranha variedade de peças que nunca deveriam ser usadas juntas: um vestido de veludo preto que ela comprou em uma loja de segunda mão há dez anos, luvas vermelhas de cetim de Charlotte e sua jaqueta impermeável, para o caso de ainda estar chovendo quando voltarem caminhando para casa mais tarde. O material sintético do vestido pinica a pele, e ela pode sentir as meias já escorregando pelos quadris, criando um amontoado desconfortável de tecido entre as coxas. Pela centésima vez, Cassie se arrepende de ter concordado em ir à festa, preferiria ter ficado em casa debaixo de um cobertor, quentinha e segura com Maisie. Porém prometeu a Jack em um momento de fraqueza que iria, então ali está ela. O Natal foi uma tarefa árdua. A culpa transformou Jack em uma versão sentimentaloide de si mesmo. Ele está pegajoso há semanas, desfazendo-se em favores para ela. Para o Natal, ele lhe comprou um casaco vermelho caro que eles não podiam pagar e do qual ela realmente não gostava. Jack limpou a casa e tentou lhe fazer massagens. Então a fez posar para fotos, que postou no Facebook com a legenda "linda". A julgar pelos comentários, ninguém parecia ter notado quanto esforço Cassie tinha feito para manter o sorriso no lugar. As pessoas só veem o que querem ver.

Cassie não conhece essa versão de Jack. Será que é o jeito dele de se garantir? Ou seja, se o casamento se dissolver, o mundo vai acreditar que ele fez tudo o que podia para que as coisas dessem certo? Cassie não sabe mais. Ela não faz ideia do que está acontecendo por trás daqueles olhos cor de âmbar, não faz ideia do que ele é capaz.

Na parte de trás do táxi, o celular de Cassie toca no bolso da jaqueta impermeável. Ela ainda não conseguiu mudar de número. Olha para a mensagem e lê a primeira linha, que diz: "Feliz Ano".

— Puta que pariu — Cassie sussurra baixinho enquanto apaga a mensagem não lida de Nicky. A sogra não parece perceber como as coisas andam forçadas e artificiais entre ela e Jack. Ela se vira em seu assento e olha para a nora, franzindo a testa ligeiramente em resposta ao xingamento.

— Que delícia estar com as minhas duas mulheres favoritas. — Jack se inclina para dar um tapinha no joelho de Cassie, de uma forma estranha, mas Charlotte não percebe. Pelo retrovisor, Cassie a vê sorrir para o filho novamente.

Cassie imagina o que ela diria se a sogra não estivesse no carro com eles. Talvez: "Ah, então somos nós suas favoritas esta noite?", ou "Onde a Nicky fica no ranking?", ou algo parecido. Em vez disso, ela afasta o joelho da mão de Jack e o taxista diz:

— Vamos lá.

Quando começam a se afastar, fogos de artifício disparam no céu antes da hora, e o coração de Cassie fica tenso ao ouvir Maisie latir assustada dentro do chalé.

A fazenda dos Clark foi organizada em torno de um pátio de pedras achatadas, as peças do piso irregulares como dentes tortos. A família desistiu de criar gado há mais de uma década e, desde então, transformou o velho celeiro em uma pequena pousada. Muitas camadas de tinta em tons pastel não conseguiram cobrir o cheiro de ferrugem e silo que parece fluir pelas artérias da antiga casa de fazenda. Ao lado da porta dos fundos há uma enorme coleção de botas de borracha lamacentas e também uma pilha de jornais velhos. Cassie não tem ideia de para que servem. Ela não reconhece o bando de convidados que se reuniram na cozinha, brilhando em chapéus baratos estilo art déco e bigodes falsos comprados às pressas. Eles parecem ter chegado à festa errada, ao lado da mesa de pinho e da cômoda rústica, desgastada pelas décadas.

Jack e Cassie recebem cada um uma taça de espumante da anfitriã agitada que esqueceu que eles vieram no ano passado, logo depois de voltarem da lua de mel. Ela indica para eles a porta que dá para o celeiro antes de se virar e mostrar a um moço vestido de marinheiro o caminho para o banheiro. A atmosfera está carregada, como se no Natal todos tivessem sido chacoalhados feito Coca-Cola na lata, e esta noite, a derradeira noite festiva, o anel de metal tivesse sido removido lentamente.

Casais e famílias, de peito estufado, ligados por causa da reunião, olham para Jack e Cassie com um misto de reconhecimento e solidariedade enquanto eles entram no celeiro principal.

Deus, a gente é assim?, Cassie se pergunta. *Para eles, temos essa aparência?*

Ela toma um gole de espumante e pensa que provavelmente estão piores.

A solidão de um casal que está junto é vívida. Ela grita, e grita especialmente alto para aqueles que conhecem o sentimento. Cassie sabe disso agora. O jazz rápido vibra em enormes alto-falantes pretos. Ela sente os pelinhos do braço se arrepiarem por causa das vibrações energéticas que a música provoca em sua pele. Sempre odiou jazz; é o tipo de música que a deixa nervosa.

Jack termina o espumante em alguns goles. Cassie observa a fronte dele se suavizar quando lhe entrega sua taça, fingindo que é doce demais para ela. Cassie sabe que ele vai tomar aquilo como um bom sinal, o de que as coisas podem finalmente estar descongelando entre eles.

Ele se vira para ela e segura seu pulso.

— Cassie — sussurra —, eu só quero dizer que fico muito feliz por você ter vindo esta noite. Mais do que nunca, eu quero um recomeço. Prometo que vou fazer de tudo para você me perdoar.

— Os adoráveis Jensen!

Os dois se viram para encarar Martha, uma velha amiga de Jack, que cresceu nos arredores de Buscombe, e o marido dela, Paul. Cassie tira o pulso de entre os dedos de Jack. Os ombros largos de Martha estão cobertos com uma echarpe de seda preta com franjas compridas, e Paul está usando um monóculo que cai quando ele educadamente beija a bochecha de Cassie.

Cassie se deparou com Martha algumas vezes no ano passado e agora percebe, com uma pequena bofetada de vergonha, que nunca respondeu à mensagem da mulher convidando-a para sair e tomar alguma coisa. Deveria se desculpar? Ou apenas agir como se nunca tivesse recebido a mensagem? Ela se sente um peixe fora d'água ali, como se as últimas semanas tivessem apagado as regras de interação social da sua memória.

Martha, como se sentisse o desconforto de Cassie, não tenta conversar com ela e, em vez disso, brinca com Paul e Jack, e Cassie fica abandonada à margem da pequena roda, com o casaco impermeável quente sobre o braço. Nenhum deles parece notar quando ela se afasta em direção à mesa de bebidas. Sua garganta imediatamente parece mais livre. Ela pega um suco de laranja.

Nas mesas de bebidas, ela encontra Maggie, a cabeleireira local, os seios lutando por espaço dentro de um vestido roxo apertado que pertence a uma época pelo menos cinco décadas posterior ao tema da festa. Maggie reclama que as obras nas estradas do vilarejo foram ruins para seus negócios. Cassie fricciona os pés no chão para evitar fugir quando Maggie levanta uma ponta de seu cabelo entre os dedos, como se estivesse pegando o lixo de outra pessoa, e diz a Cassie com um pequeno suspiro de paciência forçada que ela ainda precisa cortar as pontas, mesmo se estiver deixando o cabelo crescer. Uma mulher mais velha pega a mão de Maggie, e Cassie recua quando as duas começam a falar simultaneamente no mesmo tom alto, uma por cima da outra.

Um saxofone berra pelos alto-falantes.

Cassie olha para Jack. Paul desapareceu, mas Martha está balançando a cabeça em sinal afirmativo e sorrindo enquanto Jack sussurra algo no ouvido dela. Parece um segredo. O que ele está dizendo?

O suco de laranja queima no seu estômago como ácido.

Aquele não é o lugar dela; ela não deveria estar ali. Cassie sente como se tivesse acordado dentro da vida de outra pessoa.

Atrás dela, ouve dois homens rindo como gansos grasnando ruidosamente um para o outro. Soa forçado, sem alegria.

Jack está certo: ela precisa recomeçar, mas está começando a pensar que tem que fazer isso sozinha, amassar esta vida como uma bolinha de papel, jogá-la fora e partir do zero.

Ela examina o espaço. Onde está Jonny? Ele passou duas semanas com a mãe em Edimburgo, para o Natal. Ela não vai sobreviver a menos que veja um rosto amigo esta noite, mas tudo o que consegue enxergar são sobrancelhas levantadas, lábios curvados em sorrisos indelicados. Ela se sente exposta, nua, como se todo mundo soubesse que seu marido a traiu com sua melhor amiga. Ha! E ela está grávida e não sabe que merda fazer. Ha, ha, ha!

Debaixo da jaqueta, ela cerra os punhos para que as unhas se finquem nas palmas. A dor a estabiliza e ela mantém os olhos fixos na porta enquanto caminha em direção a ela, virando de lado para passar nos espaços reduzidos entre os corpos estufados. Ela percorre o espaço barulhento da festa. O ruído é tão alto que é quase uma presença física, como uma gelatina, o bafo de vinho quente, o riso, a música estridente.

Ela abre a porta, e os últimos minutos do ano parecem se abrir para ela como uma caverna. Ela toma grandes e gulosos goles de ar gélido. O gramado é um pequeno retângulo modesto, um pouco elevado em relação à casa, e, no outro extremo, Cassie vê Jonny fumando, de jeans e camiseta branca, conversando com um homem mais velho, com a barba eriçada e que segura um charuto como se fosse uma caneta. Eles parecem os únicos a ignorar completamente o código de vestimenta.

Cassie expira aliviada, uma longa nuvem branca de vapor. Está prestes a chamar o nome de Jonny quando uma mão em seu ombro a impede. Ela se vira e vê Charlotte, cujo olhar tem o mesmo aspecto indeciso e perturbado que tinha no carro durante o caminho.

— Cassie, você está se sentindo bem? — ela pergunta, a cabeça tombando levemente para o lado.

Ficaria bem se tivesse permissão para ir falar com o amigo, pensa ela. Em vez disso, distende os lábios em um sorriso.

— Só um pouco de dor de cabeça, Charlotte. Vou tomar um ar por alguns minutos e depois entro de novo.

Os olhos de Charlotte se dirigem para onde Jonny está parado. Ambas o observam jogar as cinzas do cigarro no gramado e oscilar nos calcanhares, balançando a cabeça e rindo de algo que o homem mais velho diz, encarnando o camarada afetado dos anos 20 sem nem precisar se vestir a caráter. Charlotte para de falar por um instante, como se pensasse antes de dizer alguma coisa, seus olhos percorrendo o rosto de Cassie como se de repente não reconhecesse a nora.

Lá dentro, alguém baixou a música berrante e uma voz masculina grita:

— Certo, pessoal. Peguem uma bebida e se preparem para a contagem regressiva!

— Você deveria voltar para dentro, Charlotte. Vou logo atrás de você.

Ela sente os olhos da sogra rastejarem em suas costas enquanto se afasta e atravessa o gramado em direção ao amigo.

O homem mais velho, graças a Deus, já foi embora. Provavelmente entrou para se preparar para a contagem regressiva. Jonny finalmente vê Cassie. Ele acena e começa a andar na direção dela. Eles se encontram no meio do gramado.

— Eu estava procurando você! — ele diz. Os dois se abraçam, mas Jonny a solta antes de Cassie soltar. Ela não quer soltar. É tão bom ser abraçada por alguém em quem ela confia, alguém que a conhece. Ela o beija na bochecha.

O barulho da festa diminui, um silêncio carregado que não pode se conter por muito tempo.

— Deus, nem sei dizer como estou feliz em te ver. — Ela segura a mão dele.

Jonny olha para ela, seu sorriso um pouco assimétrico. Ele bebe uma golada no gargalo de uma garrafa de vinho e dá um passo para trás. Cassie reconhece o olhar ausente, como se Jonny se afastasse de si mesmo, seus gestos estranhos e exagerados.

— Eu também, Cas — ele diz, apertando a mão dela. — Mas você não vai acreditar na merda que eu encontrei quando cheguei. O Natal deixou a Lorna ainda mais maluca que o normal. De algum jeito ela fez a conexão de que você é a garota do anúncio da Juice-C e surtou comigo no celular hoje, dizendo que a gente estava transando...

Lá dentro, a multidão começa a contagem regressiva. "Dez, nove, oito..."

Jonny, bêbado o suficiente para esquecer o que estava dizendo, pega a outra mão dela e se junta ao coro: "Cinco, quatro, três, dois, um... Feliz Ano-Novo!"

Ele pega Cassie no colo e a gira ao redor, seus pés instáveis abaixo deles, e ele está rindo, por isso não ouve quando ela bate nas costas dele e grita para colocá-la no chão. Todo mundo dentro do celeiro começa a cantar uma versão chorosa de "Auld Lang Syne". Enquanto Jonny a gira, ela vê algumas pessoas amontoadas na porta dos fundos, bebendo champanhe, ainda se abraçando e se beijando, como se estivessem parabenizando umas às outras por sobreviver a mais um ano. Jonny finalmente coloca Cassie de volta na grama.

— Afff, Jonny. Isso me embrulhou o estômago — reclama ela, segurando a cabeça. Ele lhe oferece a garrafa de vinho. Ela sacode a cabeça.

Ele estreita os olhos e pergunta:

— O que houve?

— Sua mulher acha que estamos tendo um caso, foi isso que houve.

Jonny balança um dedo vacilante para ela.

— Ex-mulher.

— Jonny, para de ser petulante. Estou falando sério.

— Eu também. O único jeito de lidar com essas acusações idiotas é dando uma boa gargalhada delas.

Cassie de repente sente vontade de chorar. Fazia duas semanas que estava ansiosa para ver Jonny e agora ele está tão bêbado, tão preocupado com os próprios problemas novamente, que ela sente que não há espaço para ela, mas ela precisa da ajuda dele. Precisa pelo menos tentar falar com ele.

Cassie pega Jonny pelo pulso e o puxa para o canto do jardim. Agora há mais pessoas do lado de fora. Uma mulher vestida de melindrosa está distribuindo velas de faíscas. Cassie não quer arriscar que alguém a escute contando a Jonny que está grávida, que está pensando em deixar Jack e precisa da ajuda do amigo.

Mas Jonny interpreta mal a mão dela em seu pulso. Ele ergue a mão no ar e a puxa para uma dança desconfortável aos solavancos, a garrafa de vinho pressionada nas costas dela. Ele a gira no lugar e a segura antes de tentar tombá-la sobre o braço, mas eles estão fora de sincronia, com o peso desequilibrado, e ele tem que se inclinar para a frente, puxá-la para um abraço junto do corpo para impedi-la de cair. Ele fica segurando Cassie, rindo, seu bafo de vinho sopra na pele dela e o coração bate rápido de encontro ao peito dela. Cassie o empurra para longe.

— Caramba, Jonny! Para com isso, merda! — exclama ela. Um ardor quente está começando a se acumular, e pela lateral dos olhos ela sente o olhar pesado de outros convidados focalizando os dois. Seu coração afunda no peito, porque ela sabe que não pode contar a ele agora, não quando ele está assim, desleixado e descuidado com a bebida. Não pode revelar o delicado segredo que ela protegeu por doze semanas.

Jonny finalmente se acalma quando a vê enxugar as grandes lágrimas que rolam pelo rosto. Elas viajam rapidamente, presas por tempo demais. Ela não está chorando por si mesma; está chorando pelo bebê que ainda não nasceu. "O segredo." Ela não vai deixar o bebê nascer em meio a toda essa suspeita. Jonny, de repente sério, coloca o braço em volta dela.

— Merda, desculpe, Cas. Por que você está chateada? — ele pergunta, mas Cassie se livra do braço dele.

— Estou chateada porque estou com medo, Jonny. Estou com medo, ok? — Sobre o ombro de Jonny, ela vê algumas pessoas olhando para eles do mesmo jeito vago que olham para programas de TV ruins, com medo de talvez perder algo terrível acontecendo com outra pessoa. Filhos da puta. No mesmo instante ela se arrepende de ter contado a Jonny que está com medo. Agora não é hora de se abrir com ele sobre os medos que sente pelo futuro de seu bebê. Ela não quer causar um espetáculo para todos verem. Então dá as costas para a multidão, mas não consegue parar de chorar. As lágrimas parecem boas demais, parecem exorcizar a pessoa desolada e infeliz que ela está com medo de ter se tornado desde que os viu juntos.

— Ah, Cas — diz Jonny, com os olhos arregalados, mas a voz ainda rouca de vinho. — Desculpe, eu não quis...

— Não se preocupe, não é isso. É... Eu estou bem, sério. Olha, estou exagerando. Eu vou para casa. — Ela acena com a cabeça para Jonny. — Eu só quero ir para casa — repete com mais firmeza.

— Tudo bem, eu te levo de carro.

O rosto de Cassie agora está molhado, as mãos manchadas de preto por causa do rímel. Ela sorri para o rosto preocupado dele, mas nega com a cabeça.

— Não, não — recusa. — Jonny, sério, eu juro, estou bem, certo? Podemos conversar amanhã, quando eu tiver dormido e você estiver no meio de uma ressaca. Vou precisar da sua ajuda amanhã, mas agora eu volto andando. Vou levar quinze minutos no máximo. Eu vou ficar bem, tá?

— Por favor, me deixe te levar para casa.

Se fosse uma decisão apenas sua, ela poderia ter dito que sim, mas não era apenas sua segurança que estava em jogo: ela precisava levar o bebê para longe dali.

Ela acaricia a lateral do rosto preocupado de Jonny.

— Não, eu quero andar. Vai me fazer bem. Eu prometo que vou ficar bem.

— Você não vai dizer ao Jack que está indo embora?

Fogos de artifício estouram vindos do campo ao lado da fazenda, seguidos por um pequeno brilho luminoso. A multidão faz um tímido som de "ohhh".

Cassie sacode a cabeça.

— Não diga a ele que eu estava chateada, tá? Eu não quero que ele se preocupe. Se você vir a Charlotte ou o Jack, diga que eu fui para casa ver a Maisie, que eu estava preocupada com ela por causa dos fogos e tudo mais.

Jonny analisa o rosto de Cassie em busca de confiança, mas seu olhar está embotado pelo álcool, seus olhos não enxergam.

— Divirta-se — ela diz, apertando o braço dele. — Eu passo na sua casa amanhã, tudo bem?

— Feliz Ano-Novo, Cas. — Ele beija sua bochecha antes de ela começar a andar em direção ao portão que leva diretamente à Steeple Lane. Em dado momento, o barulho da festa desaparece e ela pode ouvir o fluxo do riacho, mais volumoso por causa de toda a chuva, vivo diante dela. Seu celular vibra com uma mensagem. Ela acha que é Jack, já se perguntando onde ela está. Olha para a tela. Não é Jack e não é Nicky. É Marcus.

> Feliz Ano-Novo, Cas. Estou sozinho aqui em casa, tranquilo, mas só queria que você soubesse que estou pensando em você. Bjs, Marcus

Ela sente os olhos se encherem novamente, e as lágrimas caem, aterrissando como bombas na tela, distorcendo a mensagem de Marcus. Ela o imagina na sala de estar silenciosa, equilibrando um uísque no braço da velha poltrona favorita, apenas sua memória falha como companhia. E percebe, com um choque de surpresa, que gostaria de estar lá com ele. Quer estar na casa que sua mãe chamava de lar e quer estar com o homem que era o marido de sua mãe, o homem que amava e conhecia April quase tão bem quanto Cassie. Marcus precisa dela e ela precisa dele.

Claro. Ela quase ri quando deixa o celular cair de volta no bolso. É tão óbvio. Ela não pode decidir seu futuro, o futuro de seu bebê, ali. Precisa de uma pausa, de um tempo e distância de sua vida sufocante, e vai poder finalmente levar Marcus ao médico. Cassie começa a andar, revigorada com a energia de sua decisão. Por fim vai honrar os desejos da mãe. Ela vai cuidar de Marcus e vai deixá-lo cuidar dela. Vai ligar para ele logo pela manhã e dizer que vai ficar com ele lá por um tempo. Ele vai adorar. Depois vai até a casa de Jonny, antes mesmo de Jack acordar, e pedir que a leve até a estação de trem. Se tiver sorte e a ressaca não for tão ruim, ele pode até levá-la a Portsmouth. A ilha de Wight deve ser um lugar pacífico. Cassie terá espaço e tempo para pensar e pintar, se quiser. É onde a mãe dela encontrou consolo, afinal.

Ela deixa a mão cair sobre o ventre. Imagina a mãe voltando do México sozinha, Cassie em sua barriga. Talvez perceba um pouco da coragem da mãe se estiver junto ao mar, caminhando pelos altos penhascos que tanto amavam.

Agora está no portão que leva à estradinha. Está prestes a abri-lo quando ouve um galho rachar. Ela para. Tem uma leve sensação de comichão nas costas, como se estivesse sendo observada.

— Olá? — Sua voz é pequena, solitária à noite, mas não há resposta, apenas o rangido das árvores e o zumbido distante de gargalhadas bêbadas da festa. Fogos de artifício explodem, espalhafatosos no céu. Iluminam o espaço ao redor dela em uma piscina natural de luz breve.

Está sozinha afinal, a Steeple Lane à sua frente, o riacho sibilando ao seu lado. Os fogos morrem no céu e a escuridão volta a envolvê-la. Ela vira à esquerda na pista, em direção ao chalé. Parece certo caminhar sozinha, afastando-se da multidão, na primeira madrugada do Ano-Novo, em direção a um futuro que ela percebe, com um sobressalto, que é inteiramente dela. O vento fica mais forte e Cassie estremece. Ela puxa a jaqueta mais junto do corpo, congelando. Sua respiração forma espirais de nuvens brancas e densas ao redor, cada inspiração gelada eletrocuta seus pulmões. Sua boca se enche de um sabor incomum. A sensação a faz lembrar de algo, algo metálico, e, conforme se aprofunda na noite, ela sabe qual é o gosto em sua boca. O gosto de sangue.

22

ALICE

— Alice, o que você está fazendo aqui? — Paula ergue o olhar de sua cadeira na recepção, os jornais de ontem abertos diante dela. Se está feliz em me ver, ela não demonstra. Seu rosto pálido se franze em confusão, como se fosse massa de bolo. — Achei que estivesse de folga hoje. Não?

Tento ignorar o lampejo de diversão que vejo sombreando suas feições largas. Eu provavelmente estou ganhando a reputação de estar sempre no hospital, sem ter uma vida fora dos meus turnos de trabalho.

Dou de ombros e minto:

— Deixei uma coisa no meu armário, então pensei em dar uma passada para pegar.

— Pelo amor de Deus, são sete da manhã, Alice!

— Paula, eu dormi cedo, então acordei cedo, tá? — Agora é a vez dela de dar de ombros, e eu pergunto: — Como foi a noite da Cassie?

Paula dobra o jornal.

— Ah, ela ficou quieta como um cordeirinho — responde com um suspiro. — Foi o Frank quem teve uma mudança, receio dizer. O radiologista esteve com ele agora há pouco. — Paula franze o nariz. — Eu nunca ouvi os pulmões dele assim, teria jurado que era pneumonia, mas o radiologista disse que é mais provável que ele tenha pegado uma infecção por causa do excesso de esforço nos últimos dias, falta de sono adequado e tudo mais. Acabei de higienizar a traqueostomia dele, dei os antibióticos e o deixei confortável. — Ela faz uma pausa antes de acrescentar como uma reflexão tardia, talvez na defensiva por eu tê-la pegado enrolando. — Terminei as anotações no prontuário dele logo antes de você chegar. Estão todas atualizadas. — Então ela lambe o polegar e o indicador e abre o jornal novamente.

Paula deixou Frank ligeiramente virado para a esquerda. Ele está de olhos abertos, como se estivesse esperando por mim — ou por outra pessoa. Ele pisca assim que me vê. Paula estava certa, seus pulmões estão congestionados, chiam a cada respiração. Largo a bolsa na cadeira de visitante e o coloco em uma posição mais central. Veias serpenteiam pelo branco de seus olhos como minúsculos rios vermelhos. Ele está exausto.

— Frank, o que está acontecendo? — Ele olha para mim e eu me chuto em pensamento (idiota!) por não fazer perguntas de sim ou não. — Tem algo errado?

Ele pisca que sim.

— Quer o quadro, Frank?

Pisca.

— Tudo bem, podemos tentar por um tempo, mas depois você tem que me prometer que vai tentar descansar. Combinado?

Pisca. Tenho a sensação de que ele está dizendo sim apenas para que eu cale a boca e pegue o quadro. Eu o pego, atrás da cama dele.

Ele começa a piscar assim que levanto o quadro na frente dele. Vai rápido demais. Não conheço bem o painel e tenho que alternar entre olhar para ele e olhar para Frank, então perco algumas das piscadas. Não sei o que ele está tentando dizer. Sinto meu peito se rasgar e fico com medo de chorar de repente: ele precisa de mim e eu não entendo.

— Sinto muito, Frank, eu... — Olho para ele. Há uma ferocidade por trás de seus olhos que eu não tinha visto antes. — Vamos começar de novo, Frank?

Ele pisca, mais fraco desta vez. Cada piscada drena um pouco mais de sua energia.

— Tudo bem, tente ir mais devagar — digo a ele antes de voltarmos a trabalhar.

Eu acho que ele pisca "L", mas então faz uma série trepidante, pois as pálpebras se fecham em espasmos de exaustão, e acho que entendi errado. Seus globos oculares estremecem nas órbitas fundas. Posso ouvir o esforço dentro dele, o catarro ecoa dentro do peito, e sei que não podemos continuar.

— Frank, me desculpe, mas isso é suficiente por enquanto. Você precisa descansar. Eu volto mais tarde, aí a gente termina, tá? Eu prometo.

Frank pisca duas vezes para "não", mas, quando faz isso, ouço Mary dizendo "bom dia", avisando Paula para tomar cuidado com as obras na estrada, e sei que é hora de eu ir. Consigo lidar com o desdém de Paula, mas sei que Mary vai enxergar além das minhas desculpas fracas. Ela vai saber que tem algo acontecendo e eu não tenho energia para tentar convencê-la de que estou bem. Pego minha bolsa da cadeira de Frank, ignoro suas piscadelas furiosas, coloco a mão em sua bochecha e digo a ele de novo, com mais firmeza desta vez, que ele tem que descansar. Prometo que vou voltar mais tarde e é só quando ouço Mary entrar na sala de enfermagem que puxo a cortina de Frank e saio rapidamente da enfermaria.

Mary estava certa: o tráfego, mesmo tão cedo pela manhã, está ruim, e levo o dobro do tempo para chegar em casa. Ainda estou preocupada com Frank, mas digo a mim mesma que, quando os antibióticos fizerem efeito, ele vai se acalmar novamente e a infecção vai começar a curar. No trânsito parado, observo os primeiros narcisos balançarem a cabeça de pétalas na beira da estrada, e meus pensamentos se voltam novamente, magnetizados, para Cassie, e sei o que vou fazer com meu dia de folga.

Assim que chego em casa, enfio Bob na parte de trás do carro. David só vai chegar à tarde. Os trens andam ruins na cidade, então ele ficou em um hotel em Londres esta noite, porque teria uma reunião no início da manhã. Eu disse a ele por telefone ontem à noite que ia levar Bob para uma caminhada na praia hoje, talvez em Birling Gap, mas, assim que entramos de novo no trânsito, sei que não vou seguir as placas em direção à costa. Em vez disso, paro num posto de gasolina, compro um buquê de tulipas vermelhas e amarelas e sigo as placas até Buscombe.

O céu da manhã é como um livro ilustrado azul em contraste com as colinas pacificamente adormecidas da região de South Sussex Downs. Bob põe o focinho para fora do carro quando abro a janela. O ar parece fresco e novo, um novo lote. Visitar um vilarejo local não é crime, é? É uma quarta-feira, então Jack deve estar trabalhando, e, mesmo que eu encontre Charlotte, vou fingir que estou visitando uma amiga que mora perto. Se ela não acreditar em mim, eu realmente não me importo. Agora que sei que não vou ser mãe, sinto-me estranhamente invencível, mais ousada na minha nova e difícil pele endurecida. Posso não ser capaz de proteger e abrigar meu próprio bebê, eu sei disso agora, mas me lembro de que ainda posso tentar proteger o de Cassie quando viro e pego a pista sombreada pelas árvores da Steeple Lane.

Pressiono o pé no freio ao passar pela placa de Steeple Farm and Cottage, a casa de Jonny. Bob enfiou o focinho pela janela em direção a um pastor-alemão de aparência idosa, deitado no pequeno caminho pedregoso que leva à fazenda. O pastor se levanta artriticamente e, jogando a cabeça no ar como se pensasse que ainda é um filhote, vai trotando pelo caminho, latindo para Bob o tempo todo, querendo que ele pare e diga olá ou que dê o fora de seu território. Estou prestes a me afastar quando um homem que não consigo ver grita:

— Dennis! — O homem assobia e depois diz: — Venha cá, rapaz!

Bob quase cai do banco da frente quando piso no freio. Minha mente percorre rapidamente meu treinamento de enfermeira. Será que perdi a aula sobre "não visitar o principal suspeito no caso de homicídio do seu paciente"? Será que fiquei completamente louca? O pastor ainda está latindo, sacudindo os pelos da cabeça e do pescoço para nós e ignorando a voz que continua chamando por ele, cada vez mais próximo. Não consigo me mexer. Tenho que vê-lo. É por isso que estou aqui; deve ser por isso que estou aqui. Bob começa a ganir no banco da frente pedindo para eu deixá-lo sair. Continuo olhando além dele, em direção ao pastor, e vejo um homem alto de cabelo loiro usando bermuda jeans e velhas botas de couro ocre que se agarram ao redor de suas panturrilhas, caminhando com passadas longas até a entrada de carros. Jonny.

— Dennis — ele chama, um grunhido de aviso em sua voz. Finalmente, Jonny ergue o rosto. Não tenho certeza se ele me vê espiando pela janela, por cima do ombro de Bob. Ele se ergue, costas eretas, coloca a mão na testa para proteger os olhos do sol e nenhum de nós se move por alguns segundos. Eu me pergunto se este é o momento em que vou pensar duas vezes e me arrepender. Será que o meu eu futuro gritará com a lembrança deste momento: "Droga, Alice, dê meia-volta!" Mas não faço isso. Não posso fazer. Dennis olha para o lado, passando de Jonny para Bob e de volta para Jonny, antes de quebrar o armistício e começar a correr em nossa direção, o que faz Bob dançar no seu lugar no banco da frente e começar a latir.

Jonny começa a segui-lo cautelosamente. Suas pernas e braços compridos balançam ao lado do corpo, como se só estivessem no lugar por causa de uma corda fina. De longe, há um jeito de menino em seus movimentos, mas, quando ele se aproxima, vejo como as maçãs de seu rosto se projetam e como a preocupação esculpiu linhas reveladoras por todo o seu rosto, feito cicatrizes de batalha. Baixo o vidro um pouco mais e seguro a coleira de Bob, puxando-o para trás enquanto ele enfia o pescoço pelo vão. Jonny se curva para a janela e nos espiamos por cima do ombro de Bob.

— Posso ajudar? — ele pergunta educadamente.

Seu rosto escurece assim que me vê. Ele me reconhece, mas não tenho certeza se sabe de onde.

— Jonny? — Minha voz é pequena.

Ele franze a testa, imediatamente em posição de guarda; eu sei o nome dele. Dennis percebe a hesitação e rosna ao lado do dono. Jonny apoia a mão na cabeça do cachorro para acalmá-lo.

— Quem é você? — ele pergunta.

Bob pula do carro comigo. Sou obrigada a puxá-lo pela coleira para trazê-lo de volta para o banco do passageiro, fechando a porta, antes de andar em volta do capô do carro até onde está Jonny. Ele olha para o meu rosto, sua testa franzida e os olhos cheios de alerta. Tem o olhar sombrio e incerto de alguém que aprendeu recentemente a não confiar nas pessoas. Paro na frente dele e digo simplesmente:

— Sou a Alice. — Ele olha para mim como se eu fosse idiota por um segundo, e eu acrescento: — Sou uma das enfermeiras que cuidam da Cassie.

Seu rosto se franze finalmente e ele balança o dedo na minha direção, anuindo.

— Certo, certo... Você estava lá quando eu tentei vê-la.

— Era eu — confirmo com um sinal da cabeça.

— Você não me deixou vê-la.

— Eu não podia, Jonny. Entenda, nós temos que ser...

Ele me interrompe gentilmente, levantando as mãos:

— Não, tudo bem, eu entendo. Foi uma coisa estúpida de fazer, agora que eu paro para pensar. Aquilo não ajudou ninguém, muito menos a mim mesmo. — Seu rosto se rearranja e repousa em novas rugas de preocupação. — Ela está bem? Meu Deus, alguma coisa aconteceu?

Mordo o lábio e percebo que tenho uma chance, uma chance antes de ele se assustar e virar as costas para mim.

— Tudo bem se eu estacionar na entrada da sua casa, Jonny? Talvez possamos entrar e conversar?

Há uma inquietação nele, um tremor em seus movimentos, como se ele tivesse tomado café forte demais para ficar acordado. Eu entendo isso às vezes. Embora pareça cerca de uma década mais velho, reconheço em seu rosto o olhar de antes, quando ele irrompeu na enfermaria. Traz uma certa luz para os olhos dele que não pode ser fingida, e eu sei — como soube na primeira vez que o vi — que ele a ama, não necessariamente de forma romântica, mas ele simplesmente a ama.

Ele faz que sim, mas diz:

— Por favor, só me diga. Ela...

— Ela está viva, Jonny.

Ele solta a respiração e fecha os olhos brevemente, um rápido agradecimento ao universo antes de se virar para o chalé e perguntar:

— Você vai me dizer como ela está? Posso perguntar sobre o bebê?

— Sim, vou te contar o que você quiser saber.

Ele me olha por um momento, como se procurasse uma resposta na estrada atrás de mim.

— Venha, então. Vou ligar a chaleira.

Jonny me diz que sua casa é onde morava o pastor da fazenda quando ela ainda funcionava produzindo laticínios. Parece que Dennis detém o controle do lugar há um tempo. Passo por cima de uma grande vara bem mastigada; lascas sujam o chão. Metade da mesa está coberta de folhas abertas de jornal, como se fossem asas quebradas de enormes insetos mortos, e a outra metade é dominada por um pequeno exército de garrafas de vinho e latas vazias. A pia está cheia de xícaras e panelas, as superfícies iridescentes de sujeira. Um pequeno circo de moscas zumbe em torno da lixeira que está transbordando em um canto. Uma desabou e zumbe no caminho até o aparador. Jonny fecha a porta da máquina de lavar louça com a perna; ela se abre novamente, colidindo contra utensílios que vão caindo de suas mandíbulas.

— Desculpe, está tudo um lixo — diz ele, ligando a chaleira elétrica e olhando de forma otimista dentro de um armário em busca de canecas limpas. — Não tenho vindo muito. Eu odeio ficar aqui agora, por razões óbvias. — Ele se vira para mim. — Você se importa de tomar chá em um copo?

Balanço a cabeça, ainda de pé.

— Merda, estou sem leite. Camomila serve?

— Perfeito — eu digo e ele tira um suéter, comida de cachorro e alguns mapas de cima de uma cadeira.

— Eu sempre tenho camomila para a Cassie — ele diz enquanto faz um gesto para eu me sentar no espaço que acabou de limpar. — É o favorito dela.

Sorrio para ele, grata por esse detalhe, grata a ele por deixá-la um pouco mais clara para mim. Quando me sento, eu a imagino aqui, sentada nesta cadeira, bebendo seu chá de camomila, olhando pela janelinha até a casa principal da fazenda. Este espaço era o QG da amizade deles, onde ela fazia a geleia, um lugar onde ela se sentia segura. Quero que ele continue falando sobre ela, então pergunto:

— Ela vinha bastante?

— Sim, especialmente no verão. Nós guardávamos todo o material para as geleias no quarto sobressalente aqui. Ela usava minha chave reserva para ir e vir, mesmo quando eu não estava. — Ele coloca um copo na minha frente. O interior do vidro sua com a condensação, e um saquinho de chá flutua no meio, flácido como uma água-viva. Jonny estala a língua quando acorda gentilmente uma gata malhada que eu nem tinha notado, colocando-a no chão para poder se sentar na cadeira à minha frente. Suas clavículas despontam dolorosamente debaixo da camiseta, e noto que a pele ao redor de suas unhas está machucada e mordida. Ele não toma chá.

— Então, você pode me dizer como ela está?

Solto a respiração. Cheguei até aqui. Não posso perder a coragem agora.

— Eu vou falar, Jonny, prometo, mas primeiro quero ouvir o que aconteceu naquela noite. Quero ouvir de você.

Ele olha para mim, alarmado, e passa a mão pelo cabelo. Eu mudei o acordo e me sinto cruel, mas sei que não posso ajudar Cassie se eu não tiver a verdade. Eu me inclino para a frente na mesa em direção a ele.

— Ela tirou a aliança, Jonny. Acho que ela não estava procurando a Maisie. Para mim, ela estava abandonando o Jack e alguém a surpreendeu na estrada. Você disse que ela estava com medo.

Jonny faz que sim e se reclina para trás na cadeira, fechando os olhos por um momento antes de esfregá-los com as duas mãos.

— Ela chorou na festa. Todo mundo pensou que eu a fiz chorar porque havia algo acontecendo entre nós, mas é tudo balela. Acho que ela chorou porque... como sabemos agora... ela estava grávida e acho que não sabia o que fazer.

— Com o bebê?

— Não, não com o bebê. Eu sei que ela queria o bebê, especialmente depois que houve o aborto. Ela não sabia o que fazer com o Jack.

— Você acha que ela não estava feliz com o Jack?

Jonny entrelaça os dedos e olha para as unhas enquanto as rói. Imagino que tenha feito o mesmo quando foi interrogado na delegacia, hora após hora.

— Pensando agora, acho que algo mudou. Eu não sei o que, mas ela deixou de parecer feliz e começou a parecer distante. Eu ficava fora com muita frequência, tinha muita merda acontecendo entre mim e a minha ex. Eu falava sem parar com a Cassie sobre a Lorna, sobre como ela podia parecer uma louca. Mas agora, é claro, eu queria ter perguntado mais, ter ouvido mais. — Ele para de falar e ergue os olhos, que estavam fixos na mão. — A única pessoa que pode nos dizer agora o que estava acontecendo entre eles é o Jack, e não existe nenhuma possibilidade de ele falar, então... — Jonny encolhe os ombros. — Sabe, quando a gente para e pensa, o Jack, ela mudar para cá... tudo isso parece um pouco com uma bola curva. A Cassie passou a vida inteira em Londres. Ela começou a sair com o Jack só alguns meses depois que a mãe dela morreu. Acho que ele ofereceu a ela uma vida pronta, uma maneira de se sentir dona de si. Uma casa, um marido... uma chance de formar uma família. Tão diferente do jeito como ela cresceu. Acho que ele fez parecer que a entendia, que conhecia a dor dela, mas ele não conhecia, não de verdade.

Ele para de falar e, na pausa, eu pergunto:

— Então, o que mudou?

— Não sei exatamente, mas acho que o bebê fez a Cassie acordar, perceber que a vida que tinha com o Jack, embora parecesse perfeita, não era autêntica.

— Então você acha que ela tentou ir embora naquela noite. Você disse que ela estava chateada?

— Eu quis dizer que ela estava chateada porque estava com medo, com medo do futuro, com medo de tomar uma decisão sobre ficar ou deixar o Jack.

— Mas ela escolheu ir embora.

— É isso que eu acho. Ela me disse que estava bem, que queria ir para casa ver como a Maisie estava e simplesmente foi embora. Ela me pediu para avisá-lo que ela tinha ido.

— Mas por que a Cassie teve que sair naquela noite? Por que não esperar até de manhã?

Jonny encolhe os ombros.

— Isso é o que eu não consigo entender. Antes de sair da festa, ela me disse que viria aqui em casa na manhã seguinte, que ia precisar de ajuda, mas não falou com o quê.

— O que aconteceu depois que ela foi embora da festa?

— Fiquei mais algumas horas, depois peguei o carro e voltei para casa, umas três da manhã. Eu já admiti que nunca deveria dirigir, mas lembro da viagem toda e nada aconteceu. Eu devo ter passado direto por ela.

Ele para de falar e cutuca a unha do polegar com tanta força que tira sangue. Estremece e enxuga a mão na bermuda.

— Quando cheguei em casa, minha ex-mulher estava aqui. Ela não está bem, tem o hábito de dar barraco. Eu estava bêbado demais para lidar com ela, para manter a calma, e falei algumas coisas, coisas horríveis para ela. Ela saiu dizendo que nunca mais queria me ver. Ela não confirmou a minha história com a polícia até agora só para me fazer sofrer. Depois que a Lorna saiu, a Maisie apareceu na porta dos fundos. A cachorra ficou louca quando me viu. Assim que eu abri a porta, o Dennis correu para fora com a Maisie e os dois não voltavam quando eu chamava. Eu pensei que fossem os fogos que os estavam assustando, mas eles correram pela estrada, latindo alto demais.

— Eles a encontraram?

— Eles sabiam que ela estava lá. A Maisie deve ter visto a cena toda. Eu gritei chamando a Cassie. Pensei que fosse uma pegadinha fodida no começo. Ela parecia estranhamente em paz, como se estivesse só flutuando ali. Mas então eu vi o sangue. — Jonny fecha os olhos por um breve instante, como se desejasse poder fechar a mente, limpar a memória.

— Você não viu mais ninguém? — pergunto, desesperada para ele continuar falando.

— Não, como eu disse à polícia, passei por uma perua antiga estacionada na beira da estrada, bem perto de onde ela foi atingida. Eu lembro porque estava com o farol alto, quase me cegou pelo retrovisor.

Minhas entranhas se reviram.

— Poderia ser um Volvo, Jonny? — Penso em Marcus saindo do Volvo quando chegou ao estacionamento do hospital. Penso nele passando por Bob e por mim na pista... como ele parecia vazio.

— Sim, poderia. Já pensei e pensei nisso. Não posso afirmar com certeza se era, mas, sim, algo como um Volvo. Por quê? Você conhece...

Mas eu o interrompo. Quero que ele continue respondendo às minhas perguntas antes de eu responder a qualquer uma das suas.

— A Cassie por acaso falava do padrasto dela, Jonny, do Marcus?

— Não muito. Quer dizer, ela me disse que ele tinha chegado ao fundo do poço quando a mãe dela morreu, que ele não conseguia lidar com a dor e o luto de jeito nenhum. Disse que estava um pouco preocupada com ele, que ele estava ficando confuso. Minha avó teve demência, e o que a Cassie contou me lembrou de quando ela adoeceu pela primeira vez. — Faço que sim; pensei o mesmo. Jonny continua falando. — Acho que a Cas se sentia culpada por não visitar mais o Marcus, mas, sempre que ela o via, meio que mexia com a cabeça dela. Era óbvio também que o Jack e o Marcus nunca se deram bem. — Jonny para de falar. Tenho a sensação de que ele está pensando se deve me contar alguma coisa ou não.

— O que foi?

Ele balança a cabeça, como se não valesse a pena revelar sua lembrança.

— O quê? — repito.

— Eu estava só lembrando de uma vez que a Cas contou sobre o Marcus e falou sobre como as pessoas lidam diferente com as coisas que acontecem na vida delas. A Cassie disse que o Marcus deixou a dor dele o destruir, mas a Charlotte, que perdeu o marido quando o Jack era adolescente, passou por cima da própria dor pelo amor ao Jack. — Jonny faz uma pausa. — Ela realmente admirava a Charlotte.

Penso em como Charlotte é calma ao lidar com o mundo dela, como se não estivesse perdida, feito todos nós. É fácil admirá-la.

— Então digamos que ela tenha tomado a decisão de deixar o Jack. Quando ela disse que estava com medo, poderia estar falando dele ou de outra pessoa?

Jonny olha para mim. Ele balança a cabeça, como se conhecesse bem o terreno dessas questões.

— Ela estava falando do Jack. Ela me disse que o Jack tem pavio curto. Ele não está acostumado a não conseguir o que quer.

— Você contou tudo isso à polícia?

— Claro, mas eles não acreditam em mim. Eu sou um motorista bêbado. Sou escória para eles. Eu ter atropelado a Cassie foi a conclusão óbvia para eles. Levaram semanas para finalmente arrancar a verdade da Lorna, que ela estava aqui comigo naquela noite, que eu não poderia ter atropelado a Cassie.

Ele se aproxima de mim do outro lado da mesa, com os olhos pressionados e desesperados como quando entrou na ala do hospital.

— Como ela está, sinceramente? Como está o bebê? Não tenho permissão para saber nada além de qualquer besteira que esteja nos jornais.

Conto a ele que a bebê está crescendo, que é ativa. Conto que colocamos música para Cas e a bebê ouvirem, que todas as enfermeiras estão recebendo treinamento extra para o nascimento, que estamos planejando todas as possibilidades. Ele anui ocasionalmente, até sorri quando digo que é uma menina e diz "que bom, que bom" algumas vezes.

Quero lhe fazer mais perguntas, sobre Jack e seu pavio curto e sobre Marcus, mas somos interrompidos por um telefone tocando em outro cômodo, o volume alto, e Jonny pede licença para atender. Seu tom muda, tornando-se profissional com quem quer que esteja do outro lado da linha. Ele deixa a pessoa do outro lado falar por um minuto e responde:

— Que bom. — Ele respira. O alívio em sua voz é palpável quando acrescenta: — Essa é uma boa notícia. — Na sequência, diz que está muito ocupado e pede para retornarem a ligação em alguns minutos.

Quando ele volta para a mesa, vejo que o telefonema o mudou. Ele segura a parte de cima do braço, solta-o e move a mesma mão para o quadril.

— Era o meu advogado. Ele falou que estão colhendo o depoimento da Lorna. Ele acha que as acusações vão ser retiradas a qualquer momento. — Jonny começa a esfregar os polegares nas têmporas enquanto fala, e seus olhos brilham.

Não sei o que dizer.

Ele levanta a cabeça.

— Ele me falou que a polícia está revendo as primeiras declarações. Aposto que vão conversar com o Jack. Eu tenho que retornar a ligação do meu advogado, então...

— Você deve estar aliviado, Jonny — aponto e me levanto para que ele saiba que vou embora.

Ele balança a cabeça, como se não entendesse o que está acontecendo, e acho que precisa ficar sozinho para deixar sua mente trabalhar em torno da notícia, acreditar nela.

Quero abraçá-lo, mas, em vez disso, trocamos um aperto de mãos. Seguro seu braço brevemente. Ele é magro e seus músculos saltam de surpresa, como se ninguém o tocasse há algum tempo.

— Cuide-se, está bem, Jonny?

— O que você vai fazer agora?

É uma boa pergunta. Eu não estava esperando por isso.

— Vou levar meu cachorro para passear — respondo em voz baixa, como se este fosse apenas um dia normal e agradável para mim, como se não tivéssemos acabado de falar sobre uma tentativa de homicídio, antes de acrescentar: — Mas depois vou ligar para a Brooks, dizer que ela precisa falar com o Jack de novo.

Os olhos de Jonny se arregalam e ele faz que sim em silêncio. Assim que a porta se fecha atrás de mim, ouço-o ofegar, um grande soluço de alívio por receber sua vida de volta.

Meus pés esmigalham o cascalho enquanto ando devagar de volta para meu carro. Bob está dormindo no banco de trás; só acorda quando fecho a porta. Eu nos levo lentamente de volta ao lugar onde Cassie foi atropelada. Hoje é tão diferente, a luz brilhando através das folhas novas como se fossem vitrais, a água no córrego cascateando e borbulhando. O pequeno santuário ainda está lá.

Eu me inclino para colocar minhas tulipas rechonchudas na frente, obscenamente saudáveis e vivas ao lado dos restos frágeis e marrons das flores mais velhas. Eles caem no lugar e, enquanto tento deixá-las mais formes, noto uma foto na parte de trás. Não tinha visto antes; alguém deve ter deixado na última semana. Eu a reconheço da página do Facebook de Cassie: é a da clínica de cuidados paliativos, no dia em que Marcus e April se casaram, April definhando mas sorrindo em sua cama, Cassie de um lado e Marcus do outro, orgulhosamente segurando a mão esquerda de April para mostrar suas novas alianças de casamento.

Eu pego a foto; ainda não foi estragada pelas intempéries. Eu a viro e, no verso, em tinta preta, alguém escreveu apenas duas palavras, preenchendo todo o espaço com seu arrependimento: "Me desculpe".

Dobro a foto no meio, coloco-a no bolso e paro por um momento para deixar a respiração assentar. Ela estava com medo de Jack. Ele achava que ela tinha um caso com Jonny e foi atrás dela naquela noite. Inclino a cabeça e fecho os olhos, escuto o vento ondular através das árvores, como uma respiração lenta e constante. Eu acreditei nele. Pensei que o trauma não poderia ter sido falsificado. Eu estava errada. O vento fica mais forte. Eu o sinto como uma palma em minhas costas, me empurrando suavemente para o carro, e pela primeira vez em muito tempo sinto clareza, porque não preciso mais escolher o que fazer. Minha promessa a Cassie tomou a decisão por mim, e as rodas do meu carro vão sacolejando na superfície irregular da pista enquanto me afasto dali o mais rápido que posso.

23

FRANK

A placa com o alfabeto colorido flutua diante de mim. As cores borram e se confundem com Lucy e sua expressão preocupada logo atrás. Ela observa meu rosto em busca de qualquer movimentação, quase tão desesperada quanto eu por cada letra dolorosa. Só consigo chegar a "J-A" antes que minha cabeça comece a tremer e zumbir novamente com o esforço e minhas pálpebras se fechem. Ainda assim, é um progresso, muito melhor do que antes, com Alice. Sinto Lucy abaixar o painel. Eu gostaria que ligassem minha máquina de respiração novamente; o oxigênio não parece forte o suficiente para chegar aos meus pulmões problemáticos. Aquele radiologista, ontem à noite, disse que eu peguei uma infecção por causa do esforço exagerado. Ele não me viu piscar duas vezes para "não" quando disse que as enfermeiras me dariam antibióticos fortes diretamente no meu acesso intravenoso para curar a infecção.

Eu não quero os malditos antibióticos!

Mas, claro, não cabe a mim fazer essa escolha. Meu corpo não me pertence mais; pertence às pessoas de jaleco branco. Mary injetou uma segunda rodada de drogas diretamente no meu acesso, logo depois que Alice saiu hoje de manhã. Consigo sentir as drogas fazendo cócegas em minhas veias e, não importa quanto eu lute contra isso, tudo começa a ficar mais suave e lento, como se o mundo fosse feito de algodão. Meus pulmões parecem pesados e inúteis; eles se transformaram em dois pedaços suspensos de chiclete bem mastigado. Eu os sinto, escorregadios e pingando. Mas isso não importa, não posso descansar — não devo descansar — até contar a alguém sobre Charlotte, o que ela disse para Cassie. Posso não saber como é a risada de Cassie, se os olhos dela são verdes ou azuis, como ela toma o chá, talvez eu não saiba nada sobre ela, mas sei que ela não está segura. Ela não está segura e eu sou o único que pode ajudar.

Forço os olhos a se abrirem e sinto meus pulmões borbulharem com o esforço. O lindo rosto de Lucy parece preocupado na minha frente. Ela coloca algumas mechas de cabelo escuro atrás da orelha antes de umedecer meus olhos com discos de algodão embebidos em soro fisiológico, como Mary ensinou.

Ela sorri assim que termina.

— Oi, pai, como está se sentindo?

Pisco uma vez para tentar enganá-la, tranquilizá-la de que estou bem. Ela brinca com o piercing no nariz por um momento, a testa enrugada em pensamentos.

— A Alice me disse que você não quer que eu conte para a mamãe nem a vovó Ashcroft nem ninguém que você está melhorando, que está piscando, pai. Tem certeza? Você não acha que seria...

Mas eu a interrompo com duas piscadas fortes: *Não!*

— Mas, pai, acho que a mamãe poderia...

Pisca, pisca: *Não!*

Lucy olha para seu colo por um momento, a decepção ondulando em seu rosto, e eu sinto meu coração se enrugar como papel amassado.

— A Alice disse que é porque você quer esperar até conseguir se comunicar um pouco mais, dizer mais palavras, antes de contar a alguém. É isso mesmo, pai?

Pisca!

Sim, meu doce de menina, eu preciso estar melhor para contar ao mundo sobre a visitante noturna, sobre Charlotte tentando alertar Cassie, para dizer ao mundo que foi Jack quem tentou matar a esposa. Se começarmos a falar para as pessoas, elas poderão descobrir que eu sei a verdade sobre Jack. Até agora, nem Charlotte nem Jack perguntaram sobre a atenção extra que estou recebendo na ala. Talvez estejam tão focados em Cassie e no bebê que nem me notaram.

Minhas pálpebras ficam pesadas de novo e ouço Lucy dizer:

— Agora chega. Tente descansar, pai, por favor.

Mas, assim que meus olhos estão fechados, a visitante noturna invade meus pensamentos como o tempo ruim, implorando o perdão de Cassie repetidas vezes, mas por quê? A questão desencadeia meu sistema adrenal; a adrenalina se enfia entre os medicamentos, forçando meus olhos a se abrirem novamente. Tem algo a ver com Jack? Eles estavam juntos naquela noite? Eu sei que não posso descansar, não agora.

Eu pisco para o painel. Num primeiro momento, Lucy balança a cabeça em negativa.

— Não, pai. Você tem que descansar.

Pisco de novo, uma piscada bem firme e determinada.

Lucy olha para mim, a testa franzida em preocupação.

Me desculpe, meu amor, mas eu preciso que você faça isso por mim.

Pisco uma terceira vez para o quadro.

Lucy se vira e olha pelo espaço da enfermaria em busca de um conselho, mas estamos sozinhos: Mary está ocupada conversando com um sujeito de jaleco branco ao lado da cama do novo paciente. Não sei o nome — a pessoa foi trazida esta manhã, logo depois que Alice foi embora —, mas parece que, quem quer que seja, Mary não está feliz por essa pessoa estar aqui. Ouço fragmentos da conversa — "falência múltipla de órgãos", "falta de enfermeiras" — e é claro para mim que Mary está preocupada em ter outro paciente com necessidades elevadas de atendimento, com apenas duas enfermeiras aqui na 9B.

Lucy se vira para mim e pega a placa alfabética.

— Tudo bem, pai, mas só cinco minutos. Depois eu vou embora e deixar você ter um bom descanso. Combinado? — Lucy pergunta, sabendo que não vou desperdiçar um piscar de olhos para confirmar que estamos combinados. — Então, da última vez tivemos J e A, então vamos continuar com eles e seguir em frente. — Ela fixa os olhos em mim para não perder um piscar de olhos precioso e passa um dedo pelo quadro, enquanto recita: — Vermelho...

Pisca.

— OK, vermelho... A, B, C...

Pisca.

— C, certo. Então temos J, A, C... Eu poderia continuar, pai, mas você está tentando soletrar Jack, como o marido da Cassie?

Pisca!

Você conseguiu, Luce!

Lucy sorri para mim e chama:

— Mary, Mary! Meu pai acabou de conseguir mais uma!

Mary vem apressada até nós. Ela está sem fôlego quando chega ao meu leito.

— Eu não chamo isso de descanso! — Mary faz uma careta para Lucy e depois dá uma piscadinha para ela, antes de se virar para mim. — Vamos, Frank, estou precisando de boas notícias. Me diga que você finalmente soletrou meu nome.

A emoção me deu outra onda de energia. Consigo piscar duas vezes.

— Não.

— Safadinho — ela responde com seu falso sotaque de West Country. Adoro quando ela zomba de mim.

Lucy ri, impaciente para contar nossa novidade.

— Não, ele soletrou Jack! Eu acho que ele está tentando nos dizer que sabe ainda mais do que pensamos, que está ciente do que acontece aqui na ala com outros pacientes, com a Cassie. Estou certa, pai?

Consigo dar uma piscada antes de minhas pálpebras caírem e a escuridão me envolver novamente.

Sim, minha menina esperta, você está. Você está certa. Mas tenho mais coisas para te contar.

Cheguei um pouco mais perto de revelar o que sei. É minha palavra mais importante até o momento. Agora preciso pensar em como vinculá-la a outra palavra, e qual deve ser essa palavra. *Mau?* Como posso dizer que "mau" se refere a "Jack"? Talvez se eu tentar "polícia"...?

Mas Lucy me beija e diz:

— Vou deixar você descansar agora, pai. — E me ignora piscando para que não vá. Mary já desapareceu, por isso fico sozinho e sinto a mente sair de foco novamente por causa dos remédios. Como sorvete derretendo, meus pensamentos pingam do cérebro. Pelo menos agora meus pulmões parecem menos pegajosos. Dentro, fora, dentro, fora. Conto com meu aparelho de respiração e me vejo imaginando onde Alice está agora, em seu dia ensolarado de folga. Talvez tenha ido para a praia, jogando gravetos para Bob, e o vento faça seu cabelo dançar em volta do rosto. Logo alguém vai contar a ela que eu pisquei o nome de Jack e então ela vai saber o que eu estava tentando lhe dizer antes. Ela vai entender que Jack enganou todos nós, e ela vai à polícia e toda essa confusão vai ser limpa e resolvida. Isso é uma expressão? Não tenho certeza. Minha mente desliza e volta para a segurança novamente; encontra o rosto de Alice. Imagino Alice sorrindo, o pequeno vão entre seus dentes, como ela vai ficar orgulhosa de ajudar. Como vai se sentir melhor a respeito de tudo. Dentro, fora, dentro, fora, e finalmente desisto e deslizo para o preto infinito.

Acordo com um som de algo fazendo uma sucção molhada, como se fossem botas caminhando pela lama encharcada. Demoro um momento para perceber que vem dos meus pulmões. Sinto que estou dormindo há muito tempo. Alguém me limpou enquanto eu estava apagado, mas meus pulmões devem estar se enchendo rapidamente. Sinto a escuridão me puxando para si novamente, antes de me lembrar das mãos da visitante, frágeis acima de Cassie, e é como se um raio me atravessasse, fazendo meu coração bater. Acima do barulho dos meus órgãos, ouço passos desconhecidos se aproximarem. Tenho certeza de que Mary disse que cancelaram minha fisioterapia por causa da infecção, então digo a mim mesmo para me acalmar, para ignorá-los. Estou supondo que vieram para ver Cassie quando ouço minha cortina correr nos trilhos e Lizzie dizer:

— Frank, boa notícia: sua sobrinha está aqui para ver você.

Sobrinha?

— Então, tenha em mente que ele está um pouco zonzo por causa da infecção...

Eu sei que Paul tem filhos, sei que tenho sobrinhos, mas não lembro de nenhuma sobrinha.

Mais de um alarme começa a apitar no leito do novo paciente, e pés imediatamente correm na enfermaria, atraídos pelo ruído.

— Ah, meu Deus — diz Lizzie. — Desculpe, estamos um pouco fora do nosso normal hoje. Volto assim que puder... — E sai numa corridinha, juntando-se ao estouro da manada para salvar seja lá quem for.

Talvez o pedacinho do meu cérebro onde estava a memória da minha sobrinha tenha morrido no derrame ou derretido com os remédios.

Ainda estou virado para a janela, no meu lado direito, então, dependendo de onde ela esteja, não consigo ver essa minha sobrinha, mas eu a sinto se aproximar. Seus passos são pesados; parece que ela pode estar usando botas de couro. Ela cheira a fumaça, mas adocicada, como varetas de incenso. Tem cheiro de hippie.

Deus, não permita que minha sobrinha seja hippie.

Ela se move ao redor do meu leito, parando do lado para onde estou virado, no pé da cama. Está usando jeans. Suas pernas são longas e finas, mas ela tem uma postura sólida apesar disso. Está envolta em um casaco verde, que ela tira e pousa na minha cadeira de visitante. Sua longa trança ruiva desce pelas costas como uma cobra, mas é difícil distinguir mais detalhes. Meus olhos estão remelentos e doem de exaustão. Eu a ouço pegar a pasta bem manuseada que as enfermeiras usam para minhas anotações e então colocá-la de volta no lugar ao pé da cama. Em seguida, ela chega mais perto, me estuda como se eu fosse bactérias em um microscópio. Ela respira pelo nariz, longa e deliberadamente, e, colocando a mão fria na minha testa, se inclina e, a um centímetro da minha orelha, diz:

— Oi, tio Frank.

Meus órgãos se apertam. O reconhecimento me perfura de ponta a ponta, rápido como uma navalha.

Ela voltou.

Eu me lembro dela curvada sobre Cassie, de como ela tremia de remorso.

O que você fez?

Por dentro, solto uma tempestade de xingamentos. Mas para ela, é claro, devo parecer tão imóvel quanto uma represa. Sou forçado a olhar para ela. Ela olha para mim, tão completamente como se estivesse olhando para um raio x. Tem feições grandes e sólidas e pele branca de alabastro, coberta de sardas.

Por que você está aqui?

No final da ala há um quadro branco com os nossos nomes escritos. Eu me lembro de ela ter parado lá da primeira vez que apareceu. Ela deve ter visto meu nome escrito ali. Ela me inspeciona, estreitando os olhos com curiosidade, mas não estremece; deve ter uma constituição forte. Os alarmes do meu novo vizinho barulhento continuam berrando.

Ela pega uma foto emoldurada na minha cabeceira; é de mim e Lucy em nossa viagem ao País de Gales para pescar. Lucy a trouxe ontem. Ela deixou o porta-retratos na mesa de cabeceira, em uma posição alta demais para eu ficar olhando, e tudo o que consigo ver agora é o veludo preto atrás da moldura. No entanto, eu sei que foto é. Lembro que foi um dos dias mais felizes da minha vida. Lucy está com cerca de dez anos na foto. Estou ajoelhado ao lado dela e nós dois estamos usando uma das velhas boinas de aba achatada do meu pai. Estamos sorrindo para a câmera. O sorriso de Lucy é tão amplo que seus olhos estão quase fechados. Cada um de nós está segurando uma truta marisca que pegamos no rio Towy, que está atrás de nós. Lucy pescou várias, e a que ela segura na câmera é duas vezes maior que a minha (única) fisgada, o que sempre fazia Lucy rir. A mulher só olha a foto brevemente antes de soltar um suspiro triste enquanto a coloca de volta onde estava antes, fora da minha vista.

Então ela desvia os olhos de mim bruscamente e eu sei por que ela está aqui.

Não!

Nossas cortinas se contorcem com seu movimento, mas ela anda quase em silêncio, mesmo com as botas pesadas, até o leito de Cassie.

Ela lança os olhos sobre Cassie. Eu vejo como ela acaricia a bochecha de Cassie apenas uma vez com o dedo indicador e então diz:

— Deveria ter sido eu, Cassie, não você. Deveria ter sido eu.

— Deveria ter sido você o quê, Nicky?

Eu estava prestando tanta atenção nessa mulher, nessa Nicky, tentando captar as palavras apesar do barulho dos alarmes do novo paciente, que não cheguei a ouvir os passos nítidos de Charlotte no piso da ala.

Nicky gira para Charlotte e, naquele momento, um ou dois dos alarmes param. Apenas mais um permanece em seu lamento mecânico.

Charlotte avança em direção a Nicky. Ela tenta puxar o braço da moça para afastá-la de Cassie, mas Nicky se desvia. Então a ruiva vem na frente, seguida pela outra, de volta ao meu leito. Enquanto Charlotte caminha atrás dela, vejo seu rosto se desfigurar do sorriso contido, furioso e duro como um punho cerrado. Charlotte fecha cuidadosamente minhas cortinas antes de parar do outro lado da minha cama, em frente a Nicky.

Graças a Deus Cassie está mais segura.

— O que você está fazendo aqui? — Charlotte pergunta, sua voz embargada, a pergunta tão inflexível quanto um punhal.

— Eu tive que mentir para vê-la — diz Nicky. — O Jack não me deixou visitá-la, então não tive escolha. — Ela para de falar e seu rosto se franze, mas a voz fica mais suave quando continua: — Tentei oferecer apoio a ele, ao bebê. Achei que ele ia precisar de mim agora, agora que ele não tem mais a Cassie. Mas ele não me deixa ajudá-lo. Ele me ignora, exatamente como a Cassie me ignorava.

Charlotte se inclina sobre a cama, na direção de Nicky. Posso ouvir o esforço necessário para ela manter a voz firme.

— Foi isso que você quis dizer quando falou que deveria ter sido você? Você queria estar com o Jack?

Nicky olha para Charlotte. Ela sacode a cabeça e seus olhos se desviam.

— Eu nunca quis nada disso — responde Nicky. — Tudo o que eu queria era consertar as coisas entre nós. Ela não atendia às minhas ligações, não respondia às minhas mensagens. Eu não vi escolha. Fui lá naquela noite para fazê-la falar comigo.

Ela estava lá naquela noite.

Nicky mantém os braços travados ao lado do corpo, ocasionalmente flexionando a mão antes de fechá-la em punho. Ela está nervosa e é óbvio que Charlotte percebe isso.

— Você foi lá naquela noite... — Charlotte diz, a voz tensa.

Neste momento, o rosto de Nicky está limpo, estranhamente despido de qualquer expressão quando ela percebe o que disse. Ela dá um passo para trás, e o canto do painel de equipamentos na minha cabeceira range com força contra seu quadril. Deve **ter** sido doloroso, mas ela nem estremece.

— Você foi lá naquela noite, Nicky, mas não para se desculpar com a Cassie. Você foi para tentar tirar o meu filho da esposa dele.

Quando viu a Cassie com a bolsa na estrada, você enxergou uma oportunidade, pensou que poderia ter o que sempre desejou: a vida da Cassie para você.

Foi ela.

Por fim, a expressão de Nicky se rompe. Ela ofega, sua respiração rápida demais. Ela começa a hiperventilar.

— Não, não, não, não...

Eu estava certo desde o começo.

Mas Charlotte fala por cima dela:

— Foi você... Foi você, Nicky. Você tentou matá-la!

Nicky aperta a lateral das têmporas com as duas mãos, os olhos selvagens, e sua voz se torna um longo grito atenuado antes de ela berrar:

— Eu fui para pedir desculpas pelo que ela viu!

Charlotte parou de falar de repente, como se não esperasse que Nicky dissesse isso. Ela mantém os olhos fixos na garota, cuja respiração está ficando mais frenética. Seu peito palpita como se algo dentro dela estivesse tentando escapar.

— O que ela viu? — A voz de Charlotte é clara.

— Ela me viu com o Jack. — As mãos de Nicky caem de sua cabeça, sua voz sai frágil: — Ela viu nós dois.

Sinto meus lençóis se mexerem quando Charlotte agarra o topo da minha cama.

— Como eu vou saber que você não está mentindo? — Charlotte cospe a última palavra para Nicky.

— Ela nos viu juntos, Charlotte, no outono. Eu ia passar o fim de semana com ela e cheguei algumas horas antes do planejado para surpreender a Cassie. O Jack estava em casa. Fiquei feliz por ter algum tempo com ele. Ele tinha passado por um dia ruim, saiu do escritório mais cedo. Nós estávamos conversando no sofá. Ele estava me contando que estava estressado no trabalho, com a perda do bebê, que sabia que a Cassie não estava feliz e ele não sabia o que fazer. Acho que nenhum de nós sabia o que estava acontecendo, mas de repente estávamos nos beijando e a Cassie viu. Ela estava na janela. Ela viu a gente se beijando.

Observo quando as finas linhas se espalham pelo rosto de Charlotte como se fossem uma fissura geológica. Seu sorriso desaparece e seu olhar percorre, afiado como um chicote, o rosto de Nicky, procurando indícios de uma mentira.

Charlotte de repente se move, caminha ao redor do pé da minha cama e fica do mesmo lado que Nicky. Acho por um momento louco que Charlotte pode bater nela, aqui e agora. A violência que eu vi nela na outra noite está de volta, como se algo tivesse sido liberado, algo que não será enjaulado novamente.

— Ele não é... Ele não é assim — ela fala baixinho, mas parece que quer gritar. Sua mandíbula é rígida e seca ao redor das palavras.

Nicky apenas olha para Charlotte. Suas mãos estão fechadas em punhos.

— Ele é, Charlotte.

— Você o induziu a fazer isso. Foi você que o fez agir assim. — O rosto de Charlotte se retorce em torno de suas palavras.

— Eu não sou inocente, não estou dizendo que sou, mas eu não o obriguei a fazer nada, Charlotte — ela responde, antes de acrescentar fracamente: — Foi só um beijo.

— Você disse que foi só um beijo? Nunca é só um beijo.

Nicky se encolhe quando Charlotte se aproxima dela.

Charlotte fica tensa como um cachorro sendo puxado pela coleira. Parece que ela poderia morder o pescoço de Nicky. Ela aponta violentamente em direção à cortina, em direção a Cassie.

— Ela não teria deixado o Jack naquela noite — sibila as palavras entre os dentes. — Nós não estaríamos aqui agora se fosse só um beijo.

A raiva de Charlotte não tem a crueza de uma raiva nova. Ela não parece chocada. O sentimento é familiar para ela, quase ensaiado, como se ela tivesse praticado cenas semelhantes em sua cabeça tarde da noite, muitas vezes antes, e, finalmente agora, Nicky tivesse lhe dado um palco.

O olhar de Nicky recai na minha cama, afasta-se de Charlotte. Seus olhos brilham; sua visão deve estar embaçada. As palavras saem de sua boca como se estivessem fervendo sob sua pele por um longo tempo.

— Eu saí de uma festa logo após a meia-noite. Peguei o carro e comecei a dirigir. Era tarde quando cheguei ao chalé. Não havia ninguém lá. Estava frio. As luzes de segurança piscaram do lado de fora. O gelo começou a se assentar em todos os lugares... — Ela faz uma pausa, recupera o fôlego e olha para Charlotte. — Mas não havia se acumulado sobre o carro do Jack. Coloquei a mão sobre ele. Eu sabia que o Jack estava lá, porque ele tinha desligado o carro fazia pouco tempo. O capô ainda estava quente.

Jack.

— O que você está dizendo?

— Tentei dizer a mim mesma que devia ter uma razão para o carro dele estar quente, tentei dizer a mim mesma depois que o Jonny foi preso que tinha sido ele, o Jonny, que tinha atropelado a Cassie. No fundo, acho que eu sempre soube que tinha sido o Jack. Acho que eu não fui a primeira, acho que houve outras antes de mim. Ele não queria mais a Cassie...

— Pare com isso, Nicky...

— Ele pegou o carro e foi atrás dela, não foi? Eu sei que foi ele.

Charlotte fala mais devagar que Nicky, sua voz autoritária:

— Eu posso chamar a polícia agora. Eles vão assistir ao circuito interno de TV. Vão ver você indo para lá. Você tinha bebido... Você tinha uma motivação.

Nicky levanta as mãos para a cabeça novamente, como se as palavras de Charlotte fossem agulhas espetando seus ouvidos.

— Você pensou que poderia ficar com ele, mas não funcionou, não é, Nicky? Olhe só para você, ainda sozinha...

Mas, de repente, a voz de Charlotte se desvanece e sua cabeça se vira bruscamente pelo vão da minha cortina. Os passos se aproximam, e, quando Lizzie abre minha cortina com um puxão, Nicky deixa cair as mãos novamente.

Charlotte sorri para Lizzie enquanto a enfermeira vem avançando ao lado da minha cama, como se tivesse acabado de transmitir palavras de apoio a Nicky, e sorri para mim o tempo todo.

— Ah, olá, Charlotte. — Eu a ouço fazer uma expressão intrigada, ouço a surpresa na voz de Lizzie, mas ela não percebe a atmosfera que paira no ar como poluição. — Hum, desculpe deixá-la sozinha, srta. Breton. — E então ela acrescenta, com uma voz mais discreta: — Tivemos uma pequena emergência.

Nicky finalmente levanta a cabeça, os olhos vermelhos. Ela balança a cabeça e esbarra de novo na minha cama ao se mexer.

— Não, não, tudo bem. Tenho que ir agora, de qualquer forma.

Sua voz treme, mas Lizzie não percebe quando Nicky pega sua bolsa do chão, segurando a alça como se fosse uma tábua de salvação, enquanto Charlotte diz:

— Bem, foi uma boa conversa, na verdade. Que alívio ser compreendida, não é? — A voz de Charlotte não vacila, ela não pisca nem fica vermelha. Suas mentiras são indistinguíveis da verdade.

Nicky não responde e não olha para Charlotte. Ela faz que sim rapidamente e sai de cabeça baixa ao passar por Charlotte e Lizzie. As botas de Nicky soam pesadas novamente contra o chão quando ela sai dali às pressas, e eu sei que ela não estava aqui para se defender. Nicky estava aqui para finalmente dizer a verdade.

O carro de Jack estava quente.

Lizzie pisca, surpresa com a partida abrupta de Nicky.

— Ah, tchau, então — ela diz para as costas da minha falsa sobrinha, antes de se virar para Charlotte. — Foi alguma coisa que eu disse?

Jack queria Nicky. Ele queria outras mulheres.

Os olhos de Charlotte permanecem fixos no espaço onde Nicky estava. Ela se sacode rapidamente, como se tivesse acabado de acordar, e, voltando-se para Lizzie, sorri:

— Ela estava um pouco emotiva, só isso. Vai ver achou difícil ver o tio nesse estado.

Cassie estava no caminho dele.

O telefone começa a tocar na recepção. Lizzie olha na direção de onde vem o barulho, esperando que alguém atenda, e então diz para Charlotte:

— Meu Deus, acho que é um daqueles dias. — E se afasta de nós novamente, em direção à recepção.

Assim que ela sai, Charlotte parece se esvaziar, soltando a respiração longa e profundamente. Ela segura o canto da minha cama, perto dos meus pés, com ambas as mãos, fecha os olhos e recita um mantra baixo:

— Ela vai pagar, ela vai pagar. — Ainda com os olhos fechados, ela balança a cabeça suavemente, para a frente e para trás, dizendo: — Ninguém viu, ninguém sabe. Não foi culpa dele.

Suas palavras perfuram como os ferrões de um enxame de abelhas dentro da minha cabeça.

Ela não está acusando Nicky porque acredita que ela é culpada. Está acusando Nicky para proteger Jack.

Acho que ela sente meu olhar, porque abre os olhos e eu sei que ela viu uma sombra, esse pequeno fantasma de Frank Ashcroft, passar por trás do meu olhar apagado, e sem querer eu pisco.

Merda.

Ela olha fixo para mim.

— Você piscou — diz, com a voz atordoada de choque. Ela mantém os olhos fixos em mim e eu me concentro nos músculos ao redor dos meus olhos, forçando-os a ficar estáticos, a não piscar.

Mas ela não sorri como todo mundo quando me vê piscar. Não, sua expressão endurece como fez com Nicky.

Ela se vira para trás e chama:

— Lizzie!

Puxa minha cortina.

— Lizzie! — grita de novo, agitada agora, e Lizzie aparece, ligeiramente corada por causa do esforço.

— Desculpe mais uma vez, Charlotte. Sinceramente, não sei o que está acontecendo hoje...

— Ele acabou de piscar — diz Charlotte, interrompendo Lizzie, apontando um dedo na minha direção.

O rosto jovem da enfermeira se vira para Charlotte e abre um largo sorriso, como se estivesse prestes a revelar o mais delicioso segredo. Ela acena com a cabeça.

Não, Lizzie, não!

— O Frank quer manter tudo em segredo, não é mesmo, Frank? Até que ele esteja bem o suficiente para falar palavras adequadas. — Ela se vira para mim brevemente antes de voltar para Charlotte. — Mas suponho que você tenha adivinhado, Charlotte, então posso dizer que o Frank está melhorando!

Pare, Lizzie!

— Mas o sr. Sharma disse que ele estava em estado vegetativo permanente. — A voz de Charlotte é desprovida de choque.

— Bem, era o que ele pensava, mas fico feliz em dizer que ele estava errado desta vez. — Para provar seu argumento, Lizzie olha para mim: — Não é verdade, Frank?

Eu continuo perfeitamente parado.

— Ah, ele deve estar um pouco cansado. Está com uma infecção no momento, então provavelmente está sentindo os efeitos dos antibióticos — comenta Lizzie ao pegar meu prontuário e abrir para começar a anotar informações sobre meus sinais vitais. — Para ser sincera, estou surpresa que você e o Jack não soubessem que algo estava acontecendo, Charlotte. Ele é um superstar. Inclusive está começando a piscar as palavras. Mesmo com essa infecção, ouvi dizer que ele estava absolutamente determinado hoje. A Mary disse que era como se ele estivesse em uma missão. Ele não queria descansar até conseguir piscar o nome do Jack!

Ela se vira para Charlotte e franze a testa brevemente porque Charlotte não está sorrindo, não como Lizzie pensou que ela sorriria, mas isso não a impede de falar.

— O Frank esteve aqui o tempo todo. Ele ouve tudo o que estamos dizendo, entende tudo perfeitamente. Não é verdade, Frank?

Jesus, Lizzie...

Ambas as mulheres se viram para mim: o rosto de Lizzie sorri para mim brevemente antes de voltar para meus aparelhos. Charlotte parece pálida, enojada, a boca pequena e retorcida, como se estivesse se esforçando para se manter sob controle.

— Na verdade, os médicos acham que ele tem uma audição supersônica. Acham que ele pode ouvir um alfinete cair aqui dentro. Mas não se preocupe, o Frank me prometeu que não vai revelar nossos segredos. Não é verdade, Frank?

Ambas se voltam para mim, mas novamente eu não me mexo. Lizzie olha para mim antes de olhar para Charlotte. Ela está desapontada; geralmente Charlotte é toda sorrisos.

— Charlotte, você está bem? Você ficou muito pálida de repente.

Os olhos de Charlotte continuam fixos nos meus, e seu foco queima minha retina, pior que qualquer lanterninha dos médicos.

— Estou bem, Lizzie, sério. Apenas feliz pelo Frank e surpresa por não sabermos. — A voz de Charlotte tem uma qualidade nova e mecânica, parece a de um robô.

— Eu fico pensando, talvez, na época em que o bebê nascer, o Frank já vai estar conseguindo falar com todos nós! — diz Lizzie, mas seu sorriso desaparece porque Charlotte não desviou o olhar de mim. Lizzie franze a testa, lembra do que deveria estar fazendo e começa a rabiscar os números dos meus aparelhos enquanto Charlotte mantém os olhos nos meus, duros como balas.

Noto que ela sabe o que estou pensando.

Eu ouvi você avisando a Cassie.

Sinto seus pensamentos correndo ao lado dos meus.

Eu ouvi tudo o que você disse para a Nicky.

— Você ouviu — ela diz para mim, tão suavemente que posso ouvir a saliva se movendo em torno de sua boca.

— Desculpe, o que foi, Charlotte? — Lizzie ergue os olhos acima da pasta.

O *carro dele ainda estava quente.*

— Eu só estava dizendo como essa notícia é maravilhosa. — Charlotte sorri para Lizzie e Lizzie sorri de volta, encantada por Charlotte parecer finalmente entender.

Ele queria que ela desaparecesse.

Do outro lado da enfermaria, um alarme de emergência começa a berrar novamente, e o som cria uma atmosfera de pânico ao nosso redor.

Foi o Jack.

Lizzie deixa minha pasta no compartimento ao pé da minha cama.

— Ah, Deus, de novo não — ela diz, olhando para mim por um breve momento.

Não, não, Lizzie, você não pode...

Pisco duas vezes e de novo, mas Lizzie não me vê porque está se virando para ir embora, para se juntar aos outros pés urgentes que percorrem a enfermaria quando os médicos e as outras enfermeiras aparecem às pressas novamente na entrada da 9B.

Mas Charlotte me vê.

Os alarmes parecem soar através dos meus órgãos. Meu monitor cardíaco começa a apitar quando vejo Charlotte olhar para a esquerda e para a direita antes de fechar minhas cortinas silenciosamente e, voltando-se para mim, ela aproxima tanto o rosto do meu que posso sentir suas palavras como pequenas baforadas de ar quente contra minha bochecha quando ela diz:

— Você ouviu. Você me ouviu falar do Jack.

Penso em Luce, em Alice. Tenho que ficar imóvel por elas, tenho que ficar imóvel por Cassie, pelo bebê dela. Charlotte mantém os olhos nos meus. Ela está fixada dentro de mim, como se estivesse enxergando algo em mim, mesmo que eu não saiba.

— Eu sei que você está aí, Frank. Eu sei que você ouviu coisas que não deveria ter ouvido.

Seus olhos se arregalam ao redor da verdade, e, como que em solidariedade, sua pálpebra começa a pulsar com espasmos. Ela balança a cabeça e se afasta de mim, virando-se para que eu não possa vê-la. Ela não está mais falando comigo quando diz, com a voz desesperada:

— Meu Deus, ele sabe, ele sabe.

Então o ar ao redor da minha cama se acalma e o silêncio é pior que qualquer coisa que ela já tenha dito, e sinto meu coração virar gelo dentro do peito porque ouço seus pensamentos antes de ouvir suas palavras.

— Frank, eu sinto muito. Realmente sinto muito.

Você sente muito que o seu filho quase tenha matado a esposa?

— Você não deveria ter ouvido nada disso, Frank.

Ou sente muito por mentir para protegê-lo?

Então ela se move mais uma vez, para ficar acima de mim, olhando para mim. Ela está estranhamente ausente por trás de seus olhos, como se estivesse temporariamente se descolando de si mesma. Sua pálpebra continua pulsando; ela está concentrada. Mesmo que eu não possa me mexer, ainda me sinto paralisar.

Do outro lado da ala, um homem, um homem que caminha de um jeito pesado, grita números. Ele está fazendo uma massagem cardíaca na nova paciente. Através do guinchado agudo dos alarmes e das vozes gritando ordens, ouço um som baixo e crepitante, como se ele estivesse quebrando galhos, quando as costelas da paciente se quebram embaixo de suas mãos. Em pensamento, tento fazer alguém aparecer, qualquer pessoa, que alguém fique sabendo o que está acontecendo aqui.

Charlotte inclina a cabeça para a frente.

— Sinto muito que você tenha me ouvido, Frank — diz novamente. Ela fala em um sussurro sibilado, em ritmo mais rápido que sua fala normal. — Mas você tem uma filha. Você sabe até onde se luta para proteger um filho. Você faria o mesmo se precisasse, Frank. Você faria o mesmo.

O tempo parece se dilatar, se estender diante de mim. Não ouço mais o barulho do drama da nova paciente, ou os gritos das pessoas dizendo para salvá-la. Mantenho os olhos firmes, inflexíveis.

Sua mão treme quando ela começa a torcer a válvula na minha traqueostomia. Meu estômago estremece e se contorce como se estivesse cheio de vermes.

Não, não, Jesus, não.

Minha garganta começa a emitir um som borbulhante e não natural, como a água sendo sugada por um dreno.

Por favor, por favor, Charlotte.

Então, de repente, não há mais fôlego, nenhum chiado no meu peito, e é uma novidade até meus pulmões se apertarem em pânico. Minha respiração desapareceu. Estou imóvel há meses, mas isso é diferente; é um tipo sobrenatural de silêncio, como uma onda que é congelada de repente.

Eu não quero partir desse jeito.

Metal derretido, borbulhando, é derramado em meus pulmões, e eles endurecem.

Eu ia contar tudo para a Alice.

Charlotte está encolhida no canto da minha cadeira, suas mãos levantadas para a boca, como se ela estivesse tentando abafar um grito.

Eu ia deixar a Lucy orgulhosa.

Lágrimas fluem livremente de seus olhos, mas ela os mantém fixos no meu rosto. Minha visão começa a embaçar, as cores correm como tinta molhada, o que é um alívio. Não quero que o rosto dela seja o que eu vou levar comigo.

Eu ia sair daqui um dia, ao lado da Lucy.

Tudo derrete rumo ao silêncio. Até mesmo a esquisita orquestra de alarmes indignados despenca em um estado pacífico.

Desculpe, Luce, eu te decepcionei novamente. Sinto muito mesmo.

Lucy deve ter sentido que eu preciso dela, porque entra correndo e vem até minha cama.

Ah, Luce, aí está você!

Ela é uma garotinha de novo, sua franja despontando por baixo de uma das boinas velhas do meu pai. Ela está sem os dois dentes da frente, e suas bochechas estão coradas por causa do ar fresco, e ela ri enquanto pega minha mão e me puxa para cima. Não estamos mais no hospital; estamos no avião novamente, mas desta vez ela não quer que eu me sente no meu lugar. Ela quer que eu pule; ela quer que eu pule do avião com ela. Eu digo que ela é louca, mas, quando olho para as nuvens lá embaixo, acho que seria um alívio me entregar, e eu sei que é a coisa certa, a única coisa que eu posso fazer. Lucy contorce sua pequena mão na minha. Ela se vira para mim, seus olhos dançam de alegria e ela ri. "Pronto, pai?"

E nós caímos.

24

CASSIE

Todo o corpo de Maisie treme com a adrenalina. Ela salta com cada estrondo e chiado distantes dos fogos de artifício, como se estivesse aterrorizada com o Ano-Novo, com medo das mudanças que ele possa trazer.

    Cassie quer fazer as malas para ir para a ilha de Wight antes de Jack chegar em casa. Ela não sabe quanto tempo terá, então só para um instante breve para acalmar a cachorrinha. Ela olha para o celular; já passa de uma da manhã. Ele veio andando sem pressa, tranquilamente, no caminho para casa, respirando o rico ar noturno. A escuridão parecia nutri-la. Ela sentiu como se pudesse andar para sempre, enfim em sintonia com a terra debaixo de seus pés. Ela puxa a velha bolsa de couro da mãe para fora do armário do quarto de hóspedes. O cheiro animal familiar sopra ao encontro de Cassie. Só vai levar o necessário para passar uma semana, mais ou menos. Abre as gavetas, pega alguns jeans, roupas íntimas, suéteres e camisetas. Coloca o álbum de fotos e os diários da mãe no fundo da bolsa; talvez ela e Marcus possam olhá-los juntos. Sua bolsinha com produtos de higiene pode esperar até a manhã seguinte, para evitar que Jack entre no banheiro e perceba que as coisas dela não estão lá. Cassie não quer arriscar levantar suspeitas ainda esta noite. Isso só complicaria as coisas, embotaria sua decisão com gritos e lágrimas, quando a ação prática é muito mais clara, muito mais fácil. Apesar de tudo, quer minimizar a dor que vai causar a Jack. Cassie não acha que ele seja um homem mau, não de verdade. Ele apenas foi induzido ao erro, assim como ela foi induzida ao erro.

Cassie se concentra.

E o galpão? Ela pensa em suas tintas, pigmentadas e retorcidas dentro dos tubos, os pincéis rígidos por falta de cuidado. Ela vai se dar alguns de presente dali a um dia ou dois. Vai sair com Maisie de manhã cedo, assim que o dia estiver claro. Se tudo correr conforme o planejado, nem precisará ver Jack. Poderia estar na casa de Marcus na hora do almoço.

A bolsa está cheia apenas pela metade. Poderia levar muito mais coisas, mas gosta da ideia de viajar com pouca bagagem, de levar apenas o essencial. Cassie enfia a bolsa embaixo da cama. Ótimo. Qual é o próximo passo?

Ela remexe no porta-joias até encontrar o antigo anel turquesa de sua mãe. As alianças de noivado e de casamento parecem presas por sucção em seu dedo, como se não quisessem deixá-la. Ela as gira no dedo para tirá-las e não hesita ao deixá-las cair dentro do porta-joias. Que Jack as encontre e perceba como isso é sério. O anel turquesa de sua mãe é mais pesado em seu dedo, o metal é mais frio, mais substancial e seguro de si que os anéis finos de Jack. Parece certo.

Como Cassie vai contar a Jack que ficará fora por algum tempo? Dependendo do tamanho da ressaca, ele provavelmente só vai acordar depois das dez da manhã e, após verificar o galpão e encontrá-lo vazio, ligará para Cassie e provavelmente para Jonny. O amigo já está envolvido o suficiente. Ela não pode esperar que ele seja o responsável por contar a seu marido que ela foi embora; ele teria que suportar o peso da raiva de Jack, e isso não seria justo. Uma mensagem de texto seria muito desdenhosa, casual demais. Jack merece mais do que isso. Vai ter que ser uma carta.

Ela tira o vestido sintético, que fica pinicando, e veste um pijama. Em seguida, persuade Maisie a sair de debaixo da cama, onde ela está tremendo, intimidada e vulnerável, mesmo que os estouros dos fogos finalmente tenham silenciado. O andar de baixo está escuro; os móveis e seu conteúdo parecem espiá-la como guardas. Ela acende uma luz, liga a chaleira elétrica e arranca uma página do caderno que eles usavam para fazer anotações para a faxineira, lembretes rabiscados para comprar sabão líquido para lavar roupa e sacos de lixo. Encontra uma caneta preta e começa a escrever. Cassie não planeja, apenas deixa as palavras virem naturalmente. E elas seguem seu humor satisfatoriamente prático:

Jack, vou ficar fora por um tempo. Não sei quanto. Preciso de espaço. Por favor, não me ligue nem me procure. Entro em contato quando estiver pronta. C

Ela verte água fervente sobre um saquinho de chá de camomila; vai ficar com a carta durante a noite e a deixará na mesa no início da manhã para Jack encontrar quando ela já tiver ido embora. Cassie está prestes a apagar a luz e subir as escadas quando, do lado de fora, uma luz amarela aparece em torno da cozinha, como se estivesse procurando alguma coisa. Por um momento insano, ela acha que é alguém lá fora com uma lanterna, Jonny talvez, que veio ver como ela está. No entanto, ouve um crepitar baixo de pneus sobre cascalho e sabe que a luz não é de uma lanterna, mas dos faróis de um carro. Merda. Jack chegou em casa tão cedo? Se ela subisse agora, poderia ir para a cama, fingir estar dormindo e evitá-lo completamente. Cassie bate a mão na perna e chama Maisie, mas a cachorrinha se escondeu de novo, a cauda atarracada aparecendo embaixo do sofá. Cassie vai ter que puxá-la pela coleira para que as duas consigam subir a tempo, porém é tarde demais. Há palavras abafadas, a batida de uma porta de carro, as pedrinhas do cascalho colidindo umas com as outras quando o táxi dá meia-volta e depois o ruído metálico de uma chave na fechadura. Cassie se sente exposta. Queria poder se esconder como Maisie, se arrastar para debaixo do sofá. Em vez disso, enfia a carta no bolso do pijama e pega o chá quando a porta se abre. Seu coração se alivia ao ver Charlotte entrar pela porta da frente.

— Charlotte, o que você está fazendo aqui? — Cassie se concentra em manter a voz leve. — Pensei que fosse o Jack.

A mulher se mexe devagar, cintilando em seu vestido de lantejoulas enquanto pendura o casaco preto em um dos ganchos na porta e, pela janela, Cassie observa o táxi iniciar a saída pela pista de cascalho que leva até a casa. Por que ela está ali?

Charlotte tira os sapatos de salto baixo e os deixa perto da porta, e está tirando as luvas quando entra na cozinha. Ela parece pequena de repente, como uma criança brincando de se fantasiar com o vestido brilhante da mãe. Ela olha para Cassie brevemente e, vendo sua caneca, diz:

— Ah, você não faria um desses para mim, Cas?

Cassie não se move. Em vez disso, responde:

— Desculpe, Charlotte, na verdade eu estava indo dormir.

Mas Charlotte a ignora e se senta à mesa com um pequeno suspiro.

— Só preciso conversar com você por alguns minutos. Você veio embora cedo. O Jack ficou te procurando um tempão.

— Eu só não estava no espírito da coisa, só isso, e fiquei preocupada com a Maisie e todo esse barulho.

Charlotte olha para Cassie e depois para a cadeira na frente dela.

— Por favor, Cas — diz —, eu não estaria aqui a uma hora dessas se não fosse importante.

Cassie vai até a cozinha. Elas não falam nada enquanto ela prepara um chá de ervas para Charlotte.

Mesmo desejando ficar sozinha novamente, Cassie decide que não quer que Charlotte se preocupe, então coloca o chá diante da sogra e se senta na cadeira diante dela. Vai ouvi-la por algum tempo, engolir o chá e em dez minutos estará no andar de cima, verificando a bolsa uma última vez antes de ir para a cama e esperar o sol nascer.

Mas primeiro ela tem que lidar com Charlotte, que pousa a palma das mãos na mesa e olha para Cassie como se a enxergasse pela primeira vez.

— O que quer que esteja acontecendo tem que acabar, Cassie.

Cassie sente uma expressão contrariada chegar ao ápice em todo o rosto.

— Por favor, Cassie, me respeite. Não finja que não sabe do que estou falando. Eu vi você e o Jonny juntos. Eu vi vocês todos aqueles meses atrás no festival gastronômico, o jeito como ele olhava para você. Não achei que tivesse acontecido nada, mas percebi que ele queria que tivesse. Foi por isso que eu te contei sobre o Mike. Eu pensei que você entenderia. Eu não te contei só por contar. Eu estava te avisando para ter cuidado.

Cassie olha fixo para a boca de Charlotte, chocada demais para dizer qualquer coisa, então a mulher continua:

— Eu queria que você visse como eu trabalhei para proteger o Jack, os sacrifícios que eu fiz para que ele continuasse acreditando que o pai era um herói, um homem perfeito. Eu queria que você ouvisse isso de mim. Pensei que faria você refletir, que fosse te impedir de destruir o seu casamento. Desde que perdeu o bebê, você anda diferente. Era compreensível no começo, mas agora eu vejo você e o Jonny brincando como antes. — Ela olha intensamente para Cassie e diz: — Eu não vou deixar você destruir o meu filho.

Cassie quase ri com a ofensa.

— Sinto muito, mas não posso ficar aqui ouvindo isso. — Ela balança a cabeça e levanta da cadeira, mas Charlotte é rápida. Ela agarra o pulso de Cassie.

— Não se atreva a me ignorar.

Cassie torce o pulso para se desvencilhar da sogra e bate a mão com força na superfície da mesa.

— Charlotte, você está tão bitolada nisso! Você ainda acha que sou eu que está tendo um caso? Converse com o Jack, pergunte a ele o que realmente está acontecendo. Por hoje chega. Vou dormir.

Ela assobia para Maisie, que sai de baixo do sofá e dá uma corridinha, de cabeça baixa, sem fazer contato visual, em direção a Cassie. Maisie treme a seus pés. Ela parece ter sido repreendida. Cassie se inclina para apoiar a mão na cabeça de Maisie; é como se ela fosse uma cachorra completamente diferente, assustada e com medo da vida. Cassie olha para o anel turquesa em seu dedo, pesado na cabeça de Maisie, e percebe que, se for embora assim, não importa o que tenha feito, Charlotte sempre a culpará. Ela será a culpada se o casamento deles acabar, se o filho deles tiver que crescer em dois lares diferentes. Ela pensa no bebê de doze semanas. Mesmo se a vida de Cassie acabar ali, ela vai ficar inextricavelmente ligada a Charlotte e Jack para sempre. Charlotte precisa saber a verdade. Cassie não pode mais ser cúmplice, proteger Charlotte da verdade sobre Jack e proteger Jack da verdade sobre Mike. Ela se vira para Charlotte, que está sentada à mesa com as mãos em volta da caneca, o olhar ainda fixo nela.

— Charlotte, foi o Jack quem teve um caso, não eu. O Jack com a minha amiga Nicky. Eu vi os dois.

Os olhos de Charlotte lampejam para Cassie. Alguma coisa fantasmagórica passa por trás deles, como se a verdade despertasse algo adormecido dentro de Charlotte que não gostasse do que está ouvindo.

— Você está mentindo. Você está mentindo para se proteger. — Charlotte levanta de repente. Ela se inclina sobre a mesa diante de Cassie. Maisie, farejando a tensão, se arrasta pela porta e se encolhe, formando um pequeno "U" no pé da escada. De repente Charlotte parece diferente para Cassie. Onde antes ela via força, agora vê algo trêmulo e imprevisível habitar atrás de seus olhos. Parece familiar de alguma forma. Ela já viu isso antes em outra pessoa.

— Charlotte, acho que você deveria contar ao Jack sobre o Mike, sobre os casos que ele teve. Acho que é justo o Jack saber. Ele é um homem adulto agora, não um garotinho. — Mais delicadamente, ela acrescenta: — Ele ficaria zangado no começo, mas depois se acalmaria e seria honesto com ele mesmo. Acho que ele já desconfia.

Os olhos de Charlotte se voltam bruscamente para Cassie.

— Você contou a ele?

— Não, não, eu juro que não contei nada. — Cassie ergue as mãos para a sogra, mostrando as palmas, tentando acalmá-la.

Charlotte chega tão perto de Cassie que suas palavras fazem o cabelo dela balançar.

— Se você contou alguma coisa para ele, Cassie, o que eu te falei em confidência, eu... eu...

As palavras de Charlotte são engolidas pela raiva. Ela não consegue terminar a frase, exatamente como Jack.

Depois de uma pausa, ela grita:

— Eu só quero proteger o meu filho!

— Bom, acho que está na hora de parar com isso. — Cassie desvia o olhar primeiro. A raiva crepita entre elas, tornando mais difícil respirar. Cassie sente o coração saltar dentro do peito.

Charlotte ainda a está encarando, o olhar fixo em Cassie do outro lado da mesa.

— O que você acha que vai conseguir com tudo isso, Cassie, de verdade?

— Eu... — Cassie para de falar e, na pausa, acha que poderia contar a Charlotte sobre o bebê, dizer a ela que quer que o filho cresça em meio à verdade, como ela cresceu, mesmo quando a verdade não é bonita, mas em vez disso avisa: — Vou sair e ficar na casa do Jonny esta noite.

O rosto de Charlotte se retorce de novo, mas Cassie levanta as mãos mais uma vez para a sogra.

— Pode pensar o que quiser, Charlotte, eu não ligo mais. — A verdade de suas palavras soa deliciosa e real por todo o corpo. Ela não se importa! De repente, mal pode esperar para ser uma lembrança ali. Ela se vira para as escadas. Maisie salta, assustada com todo o movimento inesperado, e segue Cassie escada acima. Enquanto foge, Cassie ouve um barulho acentuado quando a caneca de Charlotte se espatifa contra a parede da cozinha.

O quarto gira em torno de Cassie. Ela agarra, sem ver, as coisas que iria levar pela manhã: escova de dentes, hidratante facial... joga tudo dentro da bolsa. Ela se lembra da carta que escreveu para Jack e a enfia no bolso interno da bolsa de couro. Não pode mais deixá-la ali; não quer que Charlotte leia. Cassie tira o pijama, apanha o jeans que usa para pintar e veste um suéter, simultaneamente enfiando os pés em seus Converse velhos. Então, tenta mandar uma mensagem para Jonny, dizendo que está indo para a casa dele, mas parece que ficou sem sinal novamente. Vai mandar a mensagem no caminho. Cassie sabe que precisa agir rápido, antes que seu coração desacelere e sua resolução fraqueje. Tudo parece diferente de novo, as cores e formas banais do quarto que ela costumava compartilhar com Jack se tornaram novas e vívidas por sua decisão de ir embora agora, agora mesmo. De repente parece o quarto de outra pessoa, um espaço estranho. A sensação é a de que seu corpo parece indestrutível, lubrificado com força. Ela está colocando às pressas a coleira de Maisie e os biscoitos dentro da bolsa quando ouve a porta dos fundos bater com tudo. Isso a faz congelar. Seus ouvidos se apuram para tentar ouvir qualquer outro ruído. Ela acha que consegue ouvir o relógio da cozinha, porém não há mais nada. A casa está completamente silenciosa. Ela se foi, Charlotte se foi. Deve ter decidido ir andando para casa.

O zíper parece rir de alívio quando ela fecha a bolsa com um longo puxão e a pendura no ombro. Maisie passa pelos seus tornozelos quando Cassie chega ao patamar da escada, onde elas param para ouvir novamente. Não há nada. O silêncio tem tamanha completude tomando conta do espaço que não se compara à de nenhuma outra coisa viva.

Seus pés parecem ecoar quando ela desce as escadas. Charlotte saiu pela porta dos fundos. Ela sempre pega a trilha que cruza os campos e passa por cima da pequena ponte para chegar à estradinha do vilarejo que conduz a sua casa. Estará lá dali a dez minutos. A casa de Jonny, graças a Deus, fica na outra direção, ao longo da estrada. Charlotte deixou as luzes acesas na cozinha; uma grande marca molhada escorre pela parede branca em frente à mesa. Cassie passa por cima da porcelana quebrada e tenta não pensar em Jack chegando em casa bêbado e se cortando nos cacos. Ela abre a gaveta onde eles guardam variadas coisas domésticas e procura em meio a um conjunto de carregadores antigos, pedaços perdidos de corda e manuais de instrução. A lanterna não está ali. Foda-se. Ela tem Maisie e a lanterna do celular. As duas conhecem bem o caminho, elas vão ficar bem. Cassie precisa ir agora, antes que seu ímpeto se transforme em medo e nuble sua clareza de propósito. Seus olhos percorrem a cozinha uma última vez, então ela vê um clarão azul e caminha até o porta-retratos prateado simples.

Maisie late, achando que o som do vidro estilhaçando contra a ilha da cozinha é outro fogo de artifício. Cassie chacoalha os cacos no chão como lágrimas antes de tirar cuidadosamente a foto da moldura quebrada. Então olha para o rosto de April, com seu lenço azul-vivo na cabeça. Ela parece estar sorrindo, encorajando Cassie, motivando-a a seguir em frente. Quando Cassie enfia a foto no bolso de qualquer jeito, sabe que esta noite sua mãe ficaria orgulhosa dela.

Ela abre a porta da frente e sente a escuridão puxá-la enquanto caminha às pressas pela pista de entrada da garagem e depois pela estradinha, se aprofundando na noite espessa. A cada inspiração gelada, o ar é como uma descarga elétrica em seus pulmões, e as pernas parecem se mover sozinhas, certas de sua nova direção.

O riacho gorgoleja alegremente ao lado, enquanto os galhos das bétulas prateadas estalam acima dela. Cassie não usa a lanterna do celular, afinal. As nuvens se abriram no céu enquanto ela estava do lado de dentro, e a lua está especialmente brilhante esta noite, como se tivesse sido polida, pronta para o Ano-Novo. Surpreendendo a si mesma, ela começa a cantarolar, algo inventado, infantil. Não tem sentido, mas ela não se importa e não sente vergonha.

Maisie se desgarrou, e a melodia se transforma em um chamado pela cachorrinha.

— Maisie! — Ela apura os ouvidos antes de chamar de novo, ouvir de novo. Continua andando. Maisie deve estar xeretando em algum campo por ali, alheia a tudo, menos ao cheiro de coelhos. A alça da bolsa está apertando seu ombro. Cassie a levanta e gira o pescoço algumas vezes.

O lampejo dos faróis de um carro vindo de trás a surpreende a princípio, como se estivessem se intrometendo em seu momento de privacidade. Quando ela se vira, as luzes a ofuscam. O formato do carro parece familiar; é o carro que ela vê todo dia estacionado na frente de sua casa. É o carro que leva Jack para o trabalho e o traz de volta. Merda, merda, merda. Ela não tem escolha, então acena para ele, lançando sombras no asfalto, os braços absurdamente longos. Ele deve estar irado, dirigindo atrás dela desse jeito. Talvez Charlotte tenha ligado para ele, contado sobre a discussão, revelado que Cassie lhe contou sobre ele e Nicky. Ela decide correr até um ponto de ultrapassagem à frente, mas Jack deve estar furioso, querendo assustá-la, pois, em vez de diminuir a velocidade, começa a acelerar. As luzes do carro sacodem para cima e para baixo sobre a superfície irregular. Ela acena de novo, grita o nome dele, a bolsa caindo do ombro. O carro avança contra seus quadris, o impacto fazendo-a rodopiar, uma pirueta insana em direção à beira do riacho. Seus pés não conseguem acompanhar e ela cai para trás, espinhos cortam suas mãos inúteis, que tentam se agarrar às sebes em busca de apoio. Ela se ouve gritar, ao longe, como se viesse de alguma outra pessoa, muito distante, e a cabeça parece uma peça de carne ao se chocar contra algo duro. A água é como um milhão de agulhas gélidas a perfurando, mas o riacho a acomoda direitinho. Ela abre os olhos, observa as nuvens brancas de sua respiração desaparecerem no céu retinto. Coloca a mão entre as coxas e a levanta, mas não consegue ver sangue nenhum ali. Ainda está chovendo. Maisie late e seus lábios pesados como chumbo tentam sussurrar o nome dela para acalmar a cachorrinha, mas não fazem um som sequer. Em vez disso, ela ouve a porta do carro se abrindo com um clique e passos secos acima dela. Eles param por um momento. O alívio toma conta dela quando ouve o clique-clique dos passos se afastando. O carro ganha vida com um rugido mais uma vez, e o coração de Cassie enfim se acalma porque agora, finalmente, ela está sozinha. Pode descansar. Está livre.

25

ALICE

Bob acorda quando finalmente entro em nossa garagem. Abro o porta-malas e, mesmo que tenha começado a chover, deixo-o correr pelo jardim por algum tempo. Ele não ganhou a caminhada que eu prometi. David ainda não está em casa, o que é um alívio. Ele saberia que algo está acontecendo assim que me visse. Faria um monte de perguntas que eu não seria capaz de responder.

É pouco antes das cinco da tarde. Subo até o escritório para procurar o cartão de visitas que Brooks me deu e desço de novo. Encho um copo com água e fico de olhos fixos em Bob enquanto ele sai galopando pelo jardim, encantado por estar fora do carro, e ligo para a policial. Ela atende no segundo toque.

— Brooks. — Ela diz seu nome como um reflexo, como se estivesse distraída com outra coisa.

— Ah, oi... — digo, novamente sem saber como me dirigir a ela.

— Quem é? — Ela não tem tempo para civilidades.

— É Alice Marlowe, a enfermeira do Kate's que está cuidando da Cassie Jensen.

— Ah, sim. Como vai? — Tenho toda a atenção dela. Isso me faz sentir mais confiante.

— Eu sei que as acusações contra Jonny Parker serão retiradas.

— O sr. Jensen te contou isso?

Não respondo; onde eu ouvi essa notícia não é importante agora.

— Tenho algumas informações que preciso compartilhar com você.

— Tudo bem — ela diz. — Pode me falar pelo telefone?

— Não, não, eu gostaria de encontrá-la pessoalmente, se estiver tudo bem. Posso ir até a delegacia agora?

Ela espera um instante antes de responder, avaliando talvez se vale a pena adiar seja lá o que planejou antes de encerrar o turno de trabalho. Eu acrescento:

— Posso chegar aí em uma hora.

— Certo, enfermeira Marlowe, assim está ótimo. Encontro a senhora na delegacia às seis.

— Obrigada — respondo, mas ela já desligou.

Convenço Bob a entrar com a ajuda de algumas sobras do curry de ontem à noite e ignoro a vontade do meu coração quando ele gane do lado de dentro ao me ouvir trancando a porta. Estou prestes a voltar ao carro quando um zumbido estranho na minha bolsa me faz parar. É como se alguém tivesse enfiado um celular ali. O bipe é persistente, nada familiar e exige atenção. Coloco a mão dentro da bolsa e tiro meu pager de trabalho para emergências, que está piscando uma luzinha vermelha e berrando. Ele nunca disparou antes, pois é reservado apenas para uso em situações críticas, e eu sei imediatamente o que isso significa: algo aconteceu com Cassie.

— Ah, meu Deus — digo para ninguém ao olhar o pager, atordoada por um segundo, antes de abrir a porta do passageiro, largar a bolsa no banco e começar a fuçar dentro dela novamente, desta vez em busca do meu celular.

Começo a ligar para a 9B enquanto sento no banco do motorista e giro a chave na ignição. Meu coração vai parar na garganta e minha mente começa a repassar diferentes imagens do que pode ter acontecido. Cassie em parada cardíaca, o ritmo cardíaco do bebê caindo ou acelerando, uma cesariana de emergência muito precoce.

Ninguém atende o telefone na recepção da 9B. Engato a ré para virar e derrapo com as rodas traseiras no gramado. Enquanto saio da nossa garagem, tento a 9B novamente. Não olho direito antes de terminar a manobra e outro carro freia com tudo à minha esquerda.

— Vaca idiota — o motorista grita da janela antes de ir embora, balançando a cabeça para mim, que estou no celular, mas não me importo; mal o vejo. Nem Mary nem Carol atendem o celular, então ligo para o número principal do hospital, mas só me transferem para a recepção da 9B novamente.

— Merda! — grito e jogo o celular no banco do passageiro. Só consigo pensar em Cassie, que ela precisa de mim, que ela precisa de mim agora e eu não estou lá. Então mantenho o pé no acelerador e ignoro as buzinas de outros motoristas enquanto vou abrindo caminho à força em meio ao trânsito do horário de pico.

Estou a alguns minutos do Kate's quando meu telefone toca. Eu o agarro na hora, esperando que seja Mary ou Carol, ou pelo menos alguém do hospital. Mas é David. Eu paro, penso em não atender, mas sei que ele deve estar em casa agora se perguntando onde estou. E sei que ele vai continuar ligando até eu atender.

— David?

— Ali? Onde você está? Achei que você tinha dito que estaria...

— David, houve uma emergência — interrompo.

— Uma emergência? — ele pergunta, imediatamente tenso.

— É a Cassie. Estou a caminho do hospital. Não sei quando vou voltar para casa. Estou quase chegando, preciso desligar. Te amo.

Não espero a resposta dele. Encerro a ligação e desligo o telefone. Eu sei que ele vai ligar de volta e não vou suportar ouvir a preocupação em sua voz, não agora. Estaciono em uma vaga e, deixando a bolsa e o casaco no carro, pego o crachá do hospital e começo a correr pelo estacionamento, a recepção e o corredor em direção à enfermaria. Meu coração bate por todo o meu corpo, parece espiralar no peito. Estou sem fôlego, tenho que me forçar a caminhar pela distância final até a 9B. A pequena área de espera do lado de fora da enfermaria está vazia, exceto por uma pessoa pequena, ligeiramente encurvada e se balançando para a frente e para trás em uma das cadeiras de plástico, como alguém que ficou louco depois de ser enjaulado por muito tempo. Ela olha para mim, mas posso dizer, mesmo de longe, que o olhar de Charlotte está perdido no vazio; devo ser um borrão para ela. Onde está Jack? Considero brevemente parar para perguntar a ela o que aconteceu, mas então penso no bebê de Cassie e sei que tenho de descobrir por mim mesma, então começo a correr de novo.

A recepção da enfermaria está abandonada, e todas as cortinas foram fechadas em volta dos leitos. As luzes fluorescentes estão acesas na sala de enfermagem, mas não consigo ver ninguém lá dentro. A ala nunca esteve tão vazia; tem o aspecto congelado de um espaço recentemente abandonado. Meus nervos ficam tensos, forçando-me a retardar a caminhada.

Chego ao leito de Frank. De repente sinto vontade de vê-lo primeiro, como se um vislumbre dele me desse coragem. Puxo a cortina dele. Sua cama ainda está lá, mas vejo que há apenas lençóis retorcidos em cima dela. Seu painel alfabético está no chão. Seus equipamentos, que eram tão determinantes, estão desconectados, de repente inúteis, apenas pedaços de metal e telas vazias. O monitor cardíaco pisca como se estivesse chocado com a ausência repentina de Frank. Seguro a ponta da cama por um momento para impedir que a enfermaria gire antes de me virar para a cama de Cassie e puxar sua cortina para trás em um só movimento. Eu me escuto gritar, minhas mãos cobrem a boca e eu sinto todas as minhas veias se contraírem, porque onde a cama de Cassie deveria estar há apenas um pequeno halo de fotos e outro espaço vazio.

— Alice?

Lizzie está de pé do outro lado da ala, com o rosto cheio de tristeza, o cabelo desgrenhado pelas terríveis exigências de seu turno. Ela vem andando na minha direção depressa. Parece que está prestes a me abraçar, mas, em vez disso, seguro seus pulsos e a forço a olhar para o meu rosto. Não posso consolá-la agora, não até saber o que aconteceu aqui.

— Onde eles estão? — As palavras parecem frágeis na minha boca.

O rosto de Lizzie está vazio, os olhos arregalados, como se ela não acreditasse no que está dizendo.

— O Frank morreu, Alice. Não sabemos o que aconteceu: uma complicação com a traqueostomia, a infecção deve ter piorado... — Sua voz some no fim, as palavras são recentes demais, difíceis demais de serem ditas. — Uma nova paciente foi admitida hoje, falência múltipla de órgãos. Ela teve várias paradas. A Mary e eu ficamos muito ocupadas com ela. Foi a Charlotte quem deu o alarme, avisou que algo estava errado com o Frank. Ela foi a última a vê-lo vivo, ele e a sobrinha. — Lizzie funga com força antes de dizer: — O Sharma está conversando com os técnicos agora, tentando descobrir exatamente o que aconteceu.

Eu encaro Lizzie. Minhas pernas parecem aquosas, como se pudessem desaparecer a qualquer momento. Aperto com mais força o braço de Lizzie e me forço a perguntar. Eu tenho que saber.

— A Cassie?

Lizzie acena com a cabeça. O movimento sacode mais lágrimas de seus olhos.

— Ela está bem, ela está bem. A pressão dela subiu. A sra. Longe pensou que eles fossem fazer uma cesariana, que foi quando a gente te ligou, então ela está na sala de preparação, mas, assim que ela foi levada daqui, se estabilizou novamente. Eles estão mantendo-a lá só por precaução, mas ela está bem. *Elas* estão bem.

Finalmente paro de apertar o braço de Lizzie e olho para a cama vazia de Frank. Quero sentir alguém vivo, então a puxo para perto e a sinto tremer em meus braços. Há muita coisa errada; meu cérebro está girando. A cama de Frank parece pulsar com sua ausência. Ele estava aqui há pouco. Ele estava aqui, mas não estava sozinho. Afasto Lizzie de mim com mais força do que pretendia.

— Você disse que a sobrinha estava com ele?

Ela confirma com a cabeça.

— Eu verifiquei a identidade dela, Alice. Batia com o nome que ela deu. Nicola alguma coisa. Fiquei feliz pela Charlotte estar aqui...

Eu interrompo Lizzie.

— Era Breton, Lizzie? O sobrenome dela era Breton?

Ela acena vagamente com a cabeça, surpresa pela maneira como minhas palavras chicoteiam. E começa a chorar de novo, a mão trêmula quando enxuga os olhos.

— Ela parecia legal, mas, quando voltei e a vi conversando com a Charlotte, ela foi embora de repente. A Charlotte só comentou que ela estava chateada por ver o tio tão doente.

— Eles ficaram sozinhos, a Charlotte e o Frank?

Lizzie assente e a pele em volta dos seus olhos enruga. Ela está com medo de ter feito algo errado.

— Sim, mas não por muito tempo, Alice, eu juro. A nova paciente, ela estava tendo uma parada, eu tive que...

Eu a interrompo de novo.

— Diga o que aconteceu quando você voltou para junto deles, Lizzie. Diga exatamente o que aconteceu.

Minha urgência a faz arregalar os olhos em pânico, mas ela respira fundo. Seus olhos piscam enquanto ela tenta se lembrar.

— A sobrinha do Frank, a tal de Nicky, foi embora e, enquanto eu fazia a leitura dos sinais vitais dele, conversei um pouco com a Charlotte. Ela me chamou porque viu o Frank piscar. Eu sei que ele ainda não queria que as pessoas soubessem que ele estava melhorando, mas a Charlotte adivinhou! Então eu contei a ela que ele ouve tudo.

Lizzie parece à beira do choro de novo ao se corrigir:

— *Ouvia* tudo.

Seguro seus braços e insisto para ela continuar.

— E depois, Lizzie? O que aconteceu depois?

— A paciente nova começou a ter outra parada, então deixei a Charlotte com o Frank e, alguns minutos depois, ela veio correndo pela enfermaria, gritando que alguma coisa tinha acontecido com o Frank. — Lizzie finalmente começa a chorar copiosamente e leva a mão à boca. Ela resmunga alguma coisa sobre Jack em um lenço de papel na mão.

— Não estou conseguindo ouvir... O que você está dizendo, Lizzie?

— Eu só estava dizendo que hoje de manhã ele piscou o nome do Jack.

Os ombros de Lizzie começam a sacudir de novo. Na minha visão periférica, a ala parece se encolher. Eu me lembro da manhã. O olhar frio que substituiu a brincadeira habitual nos olhos de Frank. Mesmo que ele devesse estar lutando para respirar por causa da infecção, mesmo que os medicamentos o fizessem se sentir cansado, ele não queria parar. Ele queria me falar alguma coisa. Eu prometi a ele que voltaria, mas não voltei.

Não consigo falar. Minhas mãos caem dos braços de Lizzie, e ela continua chorando em seu lenço, os músculos tensos no pescoço. Atrás dela, a ala parece vibrar. Penso no rosto de Frank, contorcendo-se com o esforço de cada letra lenta e dolorosa. Eu poderia ter salvado Frank; eu deveria estar aqui.

— Ele ouvia tudo. — Minha voz soa distante, mas faz Lizzie erguer os olhos do lenço e fazer um sinal positivo com a cabeça para mim.

— Acho que ele ouvia muito mais do que o resto de nós juntos.

Lizzie está certa. Frank conhecia Jack e conhecia Cassie, provavelmente melhor que qualquer um de nós.

Olho para a cama desarrumada de Frank e o vejo como ele estava ali de manhã, seus olhos cansados com o esforço. Eu entendi errado. Ele não estava piscando "L"; estava tentando piscar "J". Claro, ele estava tentando me avisar. Estava tentando soletrar "Jack".

É surpreendente, mas tenho poucos pensamentos, como se as palavras que acabei de ouvir estivessem em uma fila, esperando para passar do ouvido ao cérebro, para serem processadas e assimiladas em algo coerente.

Frank sabia que foi o Jack, e Charlotte descobriu que Frank estava melhorando.

Ignoro Lizzie quando ela chama, as lágrimas ainda grossas em sua garganta.

— Aonde você vai, Alice?

Já estou correndo até o outro lado da enfermaria, passando pela sala de Sharma, pela recepção e saindo porta afora. A figura pequena e curvada de antes ainda está balançando para a frente e para trás nas cadeiras.

Charlotte está envelhecida. As linhas de seu rosto parecem cicatrizes, e o cabelo está pendurado ao redor do rosto como uma cortina frouxa. Seus olhos estão vermelhos e a pele embaixo está inchada, como se Charlotte tivesse levado um soco.

Paro na frente dela, e pela primeira vez não sorrimos ao nos ver. Seus dedos giram a aliança, giram e giram. Ando devagar em direção a ela, meu corpo pesado. Paro diante dela por um momento e depois me ouço dizer:

— O Frank está morto, Charlotte.

As palavras parecem frias na minha boca. Suas mãos param, ela ergue as sobrancelhas para mim e anui, como se estivesse esperando essas três palavras antes que suas mãos trêmulas retomem o trabalho, girando e girando a aliança. Elas não param quando ela sussurra:

— Sinto muito ouvir isso. Eu tentei conseguir ajuda.

Meus olhos se fixam em seu rosto contrito. Manter o olhar no dela parece fortalecer minha determinação e faz o mundo parar de girar rápido à minha volta.

— Você estava com o Frank, não estava, Charlotte?

Seus lábios tremem como se ela estivesse prestes a falar, mas ela não faz nenhum som. Apenas continua torcendo o anel de um lado para o outro no dedo.

— Sabe, o nome do Jack foi a última palavra do Frank.

Ela ergue os olhos lentamente, mas ainda não olha para mim. É como se minhas palavras fossem muito pesadas. Ela não tem forças para elevar os olhos até mim.

Ela sabe.

Suas mãos finalmente param e eu continuo falando.

— Mas ele não piscou para provar que sabia o nome do Jack. Agora eu sei. Ele estava tentando nos avisar.

Ela deixa as mãos caírem no colo.

— Tudo isso é culpa dela. Da Nicky. Ela mentiu para ver a Cassie. Ela não conseguiu lidar com a culpa.

Mas não vou permitir que me distraiam, não mais.

— O Jack atropelou a Cassie — digo, sentindo como é estranho que palavras tão curtas e simples possam mudar a maneira como o mundo gira. — O Frank sabia que tinha sido o Jack e você entrou em pânico.

Ela se levanta de repente, o rosto rígido, uma máscara feroz da expressão gentil que eu pensei que conhecia. Aponta o dedo para o corredor, por onde Nicky deve ter andado não muito antes.

— Tudo isso é culpa dela. Ela tentou pegar o que não era dela. Eu estava protegendo o meu filho. — Charlotte franze a testa, e então, quando olha para mim, seu rosto se espreme.

Conheço bem esse olhar. Eu o vejo na minha família, nos meus amigos. Charlotte tem pena de mim. Apesar de tudo, ela tem pena de mim.

— Deve ser muito difícil para você entender... — Sua mandíbula define cada palavra. — O instinto materno de proteger é mais forte que qualquer coisa que você possa imaginar. Você não tem ideia de como é vir aqui, dia após dia, e rezar para que a bebê seja nossa, que seja minha neta, filha do Jack, mas não saber ao certo quem é o pai.

Nenhuma de nós o ouve se aproximar. Sua voz é muito pequena, nossa concentração tão firmemente fixada uma na outra que leva um momento para nos virarmos para Jack quando ele diz:

— Eu sou o pai da Freya.

Sua voz choca Charlotte como eletricidade. Ela se vira, mais forte de repente, e se aproxima do filho, abrindo os braços para ele. Ela implora para abraçá-lo, mas Jack sacode a cabeça e dá um passo cauteloso para longe dela.

— Mãe, o que é isso? — Jack olha para a mãe, para mim. Vê o músculo se contorcer no rosto de Charlotte e eu sei que sente o horror que eu sinto no meu peito. — Mãe! — ele diz novamente, mais alto desta vez.

— Jack, a Nicky esteve aqui. Ela ficou contando mentiras, todo tipo de mentiras sobre você. Mas não tem problema. Tudo vai ficar bem. — Ela tenta fazer com que suas palavras o acalmem, mas não funciona.

O rosto de Jack é tomado por uma sombra.

— Ela contou o que aconteceu entre nós.

Charlotte confirma com a cabeça e continua:

— Eu sei que foi ela, Jack. Eu sei que foi ela.

— Não, mãe. — Seus olhos se enrugam de dor quando ele fala, mas também posso ouvir uma plenitude em sua voz. Parece um alívio quando ele olha para ela e diz: — A Nicky está certa. Eu traí a Cassie da pior maneira possível. E vou ter que viver com essa verdade, de ter falhado com ela, pelo resto da vida. — Ele ergue os olhos para encontrar os meus e eu sei, do mesmo jeito que sei que tenho que continuar respirando, que ele a ama. Ele não desvia o olhar do meu enquanto prossegue: — Mas eu vou fazer de tudo para consertar isso. Eu estava com vergonha de contar sobre a Nicky. Ela não parava de me ligar. Não me deixava em paz. Eu estava preocupado que a polícia pensasse que nós estivéssemos tendo um caso sério, e que isso seria um motivo para eu machucar a Cassie. Fiquei com medo de a Freya nascer sem um pai para amá-la.

Finalmente ele desvia os olhos dos meus, fita um ponto além de mim, além de Charlotte. Seu olhar parece viajar pelo corredor, em direção à enfermaria, onde Cassie ficava.

— Não sou bom o bastante para a Cassie. Eu pensei em deixá-la, para o bem dela. Então decidi tentar mais uma vez durante o Natal. Mas isso só fez a Cassie se afastar ainda mais de mim. Eu sabia que estava sendo insistente demais. Eu não sabia o que fazer. Estava frustrado, com raiva de mim, não estava pronto para aceitar o que eu já sabia. Ela não me amava mais. Eu deveria ter deixado que ela fosse embora.

— Não, Jack, não. Foi errado ela tentar te deixar naquela noite. Ela mereceu! — A voz de Charlotte é frágil, como se pudesse se partir em qualquer palavra.

Jack franze a testa para a mãe, como se estivesse a vendo com novos olhos.

— Eu acabei de chegar da delegacia. Eles estão me questionando sobre aquela noite. Perguntaram onde eu costumo guardar as chaves do carro em casa. Eu disse que guardo na tigelinha do aparador lateral da entrada. Achei a pergunta estranha. — Ele olha fixamente para a mãe. — Mas então eu lembrei. Você me disse que a Cassie tinha ido atrás da Maisie. Eu queria sair e procurar por ela, mas não consegui encontrar as chaves do carro. Elas não estavam na tigela. Estavam com você, não estavam, mãe?

Charlotte não se move. Seu rosto está congelado, os olhos fixos no filho enquanto ele continua falando.

— Você disse que eu estava bêbado, mas eu lembro que a sua mão tremia quando você colocou água em um copo para mim.

— Jack... — Ela levanta a palma da mão para o filho, tentando acalmar a tempestade que ambas podemos sentir se formar dentro dele, mas é impossível; ela não pode pará-lo agora.

— Mas, Charlotte, você não sabe dirigir — digo em voz baixa. Jack se vira para mim, seus olhos dourados, a cor acentuada pela força de sua conclusão.

— Ela sempre diz que não sabe dirigir, mas isso não é verdade, é, mãe? — Seu olhar se desvia de mim para Charlotte e é como uma chama que estivesse queimando, pairando sobre a minha pele, e finalmente fosse apagada. — Não é que você não saiba dirigir, só não dirige. O papai sempre te levou para todos os lugares. Então você sofreu aquele acidente depois que ele morreu. Eu estava no carro, isso te assustou e você nunca mais dirigiu. Até aquela noite.

Minhas veias enrijecem sob a pele, como se tivessem sido esticadas, como cordas de marionetes. Charlotte começa a sacudir a cabeça, como se as palavras de Jack não pudessem se fixar contanto que ela continue se movendo. Jack não tira os olhos da mãe, até a cabeça dela lentamente parar de balançar. Seus olhos estão vidrados, como se um filme transparente tivesse se revelado sobre suas íris e ela estivesse assistindo às cenas daquela noite.

— Ela estava indo atrás dele. Ela estava fazendo com você, Jack, o mesmo que o Mike fez comigo, e eu não podia... eu não podia deixar. Não depois de tudo o que nós passamos, Jack, não depois de todo esse tempo. Eu ia voltar para casa a pé, mas as ruas estavam com gelo, era perigoso eu andar com os sapatos de salto. Aí eu voltei para a sua casa. Foi quando percebi que ela tinha saído. Ela tinha abandonado você. Então eu peguei o carro e fui atrás dela. Eu queria impedi-la, só isso, fazê-la mudar de ideia, mas ela começou a correr quando viu o carro. Ela deve ter pensado que era você, Jack. Ela estava fugindo de você. Estava carregando uma bolsa, assim como o Mike. Era como se ela estivesse jogando tudo de volta na nossa cara, todo o amor e o cuidado que nós demos a ela. O Mike também queria fugir. Eu falei para ele não tentar ir embora, que eu não deixaria. Foi fácil trocar os comprimidos para o coração nos frascos por aspirina. Eram quase idênticos, comprimidinhos brancos. Eu pensei que, se ele levasse um susto, saberia como precisava de mim. Como precisava de nós. Eu queria assustar a Cassie também, então ela saberia como precisava de você, Jack... Eu pensei que os dois voltariam para casa.

Quero sair correndo de repente, mas o ar parece ter peso, parece me impedir de me mover. Quero forçar o mundo de volta a um lugar onde eu admiro o jeito como Charlotte ama, onde Frank está melhorando.

O corpo de Jack está rígido, tentando absorver o choque da demolição conforme toda a sua vida se desintegra com cada palavra de sua mãe.

Mas ainda não terminamos, ainda não. Há mais coisas que eu preciso saber.

— O Frank estava melhorando, Charlotte — digo, minha voz estranha neste novo mundo.

Charlotte não tira os olhos de Jack. Sinto que as paredes começam a se mover para dentro e para fora, para dentro e para fora, como se o próprio hospital estivesse respirando, quando ela diz:

— Eu só desliguei a máquina um pouco. Pensei que ele fosse desmaiar... esquecer o que tinha ouvido. Isso é tudo. Ele achou que tinha sido o Jack. — Ela para um instante e então fala para o filho: — Eu tinha que te proteger. Você vai entender quando for pai também. — Ela olha para mim e seu rosto se retorce. — Não nos contaram que ele estava se recuperando. É culpa deles. Eles deveriam ter avisado que ele conseguia ouvir o que nós falávamos.

As paredes continuam pulsando, mais rápido agora, no ritmo em que meu coração espanca o peito. Estou muito ofegante para dizer qualquer coisa.

Jack balança a cabeça para a mulher em quem ele confiou, inquestionavelmente, a vida toda.

— Não diga "nós" — ele exige baixinho. — Eu não sou nada como você.

Charlotte se move em direção a ele novamente, mas ele dá outro passo para trás, se afastando dela.

— Por favor, Jack, não seja assim.

Na minha visão periférica, as paredes parecem tremer ao respirar. Assim como o hospital inteiro, tudo que eu conheço vai se desintegrar e todos nós vamos virar pó. Jack também sente isso. Vejo sua compostura se dissolver. Ele balança o corpo sobre a sola dos pés. Então cai de joelhos. Vejo a vida por trás de seus olhos estilhaçada como um espelho que caiu no chão. Ele franze a testa para a mãe, como se sua visão estivesse distorcida e ele não pudesse mais vê-la. Charlotte cai de joelhos diante dele. Ela está dizendo o nome do filho, balançando os ombros dele, implorando repetidamente:

— Jack, ah, Jack, por favor, Jack.

E, quando eu me afasto deles, o soprano musical de uma sirene de ambulância rasga o ar a caminho de outra tragédia, longe daqui, e, mesmo que o barulho violento machuque meus ouvidos, sou grata a ele por ter afogado os gritos de Jack.

26

CASSIE

Ela não se lembra de ter andado até ali, tão longe nas pedras. As águas do mar espirram, guturais e grossas, quinze metros abaixo, conforme as ondas vêm e vão. Parando para pensar, ela não consegue nem se lembrar de como chegou ali, mas depois olha para cima e como chegou ali não importa mais, porque o pôr do sol é deslumbrante, o céu cheio de tons rosados e laranja, como se estivesse corado de constrangimento por sua própria beleza.

Seus pés se acostumaram com a rocha vulcânica afiada e esburacada, e ela continua subindo até a crista, onde pode ver sua mãe esperando por ela. Sua mãe está vestindo um maiô azul-vivo, de frente para o mar, com as mãos nos quadris, o cabelo grosso e as bochechas cheias, coradas de vida. Ela está bem de novo. Um caranguejo corre assustado em seu caminho, fazendo Cassie dar um gritinho. O barulho faz sua mãe se virar, e Cassie vê que o rosto dela está brilhando, rindo de alegria, como ela costumava rir.

— Venha, Cas! — ela chama a filha. — Olha, é o pôr do sol mais incrível que eu já vi!

Cassie está perto dela agora. Em apenas alguns segundos vai alcançá-la e tocá-la, ela pensa, mas então, sem um único som, sua mãe pula da beira do penhasco e, um momento depois, há um borrifo de respingos quando o mar a engole inteira. Cassie está na borda agora, onde sua mãe estava até aquele momento, e grita:

— Mãe? — Porém há apenas um vestido de noiva de espuma branca no local onde sua mãe pulou. O pânico agarra Cassie antes que a cabeça de sua mãe saia bem no meio, uma noiva molhada. Ela grita e ri e se mexe na água, ágil como um golfinho.

— A água está perfeita — ela grita para a filha. — Pule! É ainda mais incrível daqui! — Cassie sabe que sua mãe a vê hesitar, e ela chama de novo: — Venha, Cas! É totalmente seguro.

Seus pés se arrastam timidamente até a beira da rocha. Ela olha para cima de novo. O mar calmo se estende de maneira estranha, parecendo mercúrio, até o horizonte, onde encontra o céu em uma chama de cor. Ela quase consegue ver a curvatura do mundo. Imagina-o rolando e rolando, uma nuvem ocasional soprando na vista como pedaços esquecidos de algodão. A água é escura como uma mancha de óleo, mas as ondas parecem mais calmas de repente. Ela a ouve engolir as pedras lá embaixo, como algo grosso e delicioso misturado em uma tigela enorme. Sua mãe está de costas agora, nadando como uma lontra feliz. Está cantarolando, de olhos fechados. Cassie quer segurar a mão dela, nadar ao seu lado, mas está com medo da queda e, olhando ao redor, não consegue ver nenhuma maneira de sair da água quando estiver lá dentro. Típico de sua mãe não pensar no lado prático.

O homem a assusta tanto que ela quase salta da borda com a surpresa.

— Olá, Cassie — ele diz. Ele tem um forte sotaque de West Country.

Ela se vira para olhar. Ele é mais velho que ela — mais próximo da idade de sua mãe —, mas é familiar de alguma forma. Ela revira a cabeça em busca de um nome, mas não encontra nada. A água escorre de sua pele morena como chuva em uma janela e há pequenas gotas em seu cabelo cor de mogno e nos cílios. Cassie olha para sua própria pele e percebe que está coberta de suor seco. Comparada a ele, ela se sente suja, pegajosa. Ela está sorrindo para a vista.

— Que coisa incrível, hein? — diz suavemente. Ela se sente segura ao lado dele. O homem volta o sorriso para a mãe de Cassie, que agora está girando os braços atrás de si em um nado de costas que vai espirrando água. O homem se vira para Cassie e pergunta: — Você vai pular?

Cassie tenta sorrir antes de encolher os ombros.

— Venha, Cas, é muito melhor daqui de baixo! — sua mãe exclama e mergulha sob a superfície, seu corpo brilhando na luz fraca enquanto nada, uma sereia na água límpida.

— A água está perfeita hoje, muito refrescante. Vamos lá, você vai adorar — o homem diz, e, sem pedir permissão, sua mão molhada se estende em direção à mão seca de Cassie, e não parece estranho, porque ele segura a mão dela tão delicadamente. Ela queria poder se lembrar de onde o conhece... entender por que confia nele. Cassie olha para baixo novamente, para a mãe, que está imóvel na água agora, sorrindo para eles.

— Venham, vocês dois! — O som de sua voz faz Cassie arrastar os pés mais para perto da borda. O homem olha para ela e começa a contar.

— Um, dois e já! — Eles não se soltam. Suas mãos entrelaçadas golpeiam o céu quando saltam para o ar quente e rosado, e, naquele breve momento que precede o voo, Cassie sabe que eles estavam certos em fazê-la pular. Ela quer estar limpa. Ela quer se sentir nova.

E eles caem.

EPÍLOGO

Bob lambe a minha mão quando coloco a última mala no carro. Ele ficou sentado no porta-malas, com as sobrancelhas levantadas em preocupação, cercado de caixas, durante a última hora, aterrorizado que pudéssemos deixá-lo para trás, com a casa. Ele ainda não nos perdoou por nossas férias de duas semanas na Itália. É um dia tórrido de agosto, as folhas se curvam no calor e o asfalto é como melaço derretido. É um dia para ficar deitado na sombra com um livro e uma cerveja, não para mudar de casa, mas os homens da mudança já saíram e tudo que temos a fazer é descer até a nossa pequena casa à beira-mar. David prometeu que podemos ir nadar logo que chegarmos. Eu quero começar nossa nova vida com a sensação de liberdade, porque somos livres. Com a indenização de David por ter sido demitido e a venda da casa, descobrimos que seremos capazes de passar bem pelo próximo ano. O plano é David finalmente montar seu escritório de arquitetura no pequeno estábulo reformado ao lado da nossa casa, e eu vou trabalhar como enfermeira meio período no centro comunitário enquanto começo meu curso de psicoterapia em Exeter. Dessa vez mapeamos nosso futuro dentro do carro alugado e empoeirado, dirigindo pelas colinas preguiçosas e os vinhedos da Toscana e da Úmbria. A experiência nos ensinou que, mesmo que o plano inteiro não se realize perfeitamente, vamos encontrar nosso caminho. Nós vamos ficar bem.

Partimos para a Itália logo após o pequeno funeral de Frank. David segurou minha mão enquanto o caixão passava por nós, a foto de Frank e Lucy durante a viagem de pescaria no topo. Não consegui falar com Lucy; os parentes grudaram nela o dia todo, como se não quisessem perder um único momento de seu luto. Só soltei a mão de David para dar adeus a ela quando saímos. Ela acenou de volta, um aceno pequeno e confuso, como se tivesse esquecido quem eu era, como se não me reconhecesse fora do Kate's. O dia em que Frank morreu está sempre comigo. Carrego minha promessa quebrada comigo como um pedaço de vidro preso firmemente na cintura. Não sei se vou conseguir tirá-lo. Eu penso nele todos os dias. Foi ele quem nos levou até Charlotte. Sem Frank, Charlotte poderia ter conseguido esconder a verdade. De certo modo, ele salvou todos nós.

Freya nasceu, como se fosse uma homenagem à avó materna, no dia 29 de abril, pouco antes de completar vinte e nove semanas. Elizabeth Longe esperou o máximo que pôde para fazer a cesariana. Cassie estava piorando fazia algum tempo; a pulsação dela e a de Freya andavam consistentemente erráticas desde a morte de Frank. Jack me convidou para conhecer Freya quando ela tinha apenas dois dias. Estava na incubadora, absurdamente grande para ela. Seu corpo minúsculo coberto por uma mantinha, os olhos amplos, a vida como uma surpresa completamente inesperada. Enquanto estávamos lado a lado, diante da incubadora, notei um novo aspecto pacífico em Jack, como se ele não precisasse de mais nada desde que pudesse ficar ali, ao lado dela, para sempre.

Brooks não teve que esperar muito tempo por mim na delegacia. O hospital telefonou para falar sobre Frank. Disseram a ela que era relacionado com a ala 9B e ela soube que tinha algo a ver com Cassie, já que eu havia faltado ao nosso encontro. Foi Brooks quem levou Charlotte. Ela não tentou resistir, seus braços estavam moles quando a policial fechou as algemas em torno de seus pulsos. Charlotte manteve o olhar fixo em Jack, implorando que ele olhasse para ela, mas ele não olhou nem uma vez.

Charlotte se declarou culpada de todas as acusações. David me disse que a data de sua condenação continua sendo adiada devido à sua saúde mental precária, alguma forma de estresse pós-traumático reprimido. A imprensa não acreditou na própria sorte quando descobriu a história toda. "Charlotte Jensen" se tornou sinônimo de "mal" nas revistas baratas desde então.

Ainda não descobri o que penso sobre isso e não sei o que aconteceu com Nicky. Ela só cruza minha mente de vez em quando, como uma lembrança ruim. Quando o faz, eu me pergunto se ela encontrou alguma paz, uma maneira de se perdoar. Brooks disse que Jonny voltou para Londres. Ela não informou exatamente para onde, e eu não perguntei. Acho que vai levar algum tempo para ele reconstruir a vida, mas acredito que ele vai chegar lá. Espero que seja feliz.

E agora aqui estamos. Levanto os óculos de sol sobre a cabeça e sento por um momento no banco de trás do carro, brincando com a orelha de veludo de Bob, e olho para a casa que não é mais nossa. Eu me lembro do dia em que abrimos as caixas da nossa vida aqui, quase oito anos atrás. Eu estava tão cheia de futuro, planejando o quarto do bebê e os lugares onde nossos filhos iriam brincar, e agora aqui estamos, partindo de novo, nossa vida tão diferente de como imaginamos.

David ainda está lá dentro, então abro a bolsa e pego os dois envelopes que Jack endereçou a mim no Kate's. Sharma queria abri-los, pelo visto, mas Mary conseguiu tirá-los de suas mãos antes que ele tivesse chance.

Jack e Freya moram em Brixton agora, não muito longe de onde Cassie cresceu. Se eles ficarem lá, Freya pode frequentar o mesmo berçário que a mãe frequentou. Vez por outra, a vida parece conceder mais uma chance.

Jack me disse em sua carta que Freya está indo bem, ganhando peso, mas parece muito apegada ao mundo, fascinada demais para dormir. Ele não mencionou Charlotte. Incluiu duas fotos, uma de Freya usando apenas fralda e um chapéu de sol branco, seu rosto em algum lugar entre uma risada e um guinchado para a pessoa que tirava a foto, suas dobrinhas fofas como uma almofadinha. A outra era de um grupo de umas trinta pessoas em roupas coloridas, descalças em um semicírculo no topo de um penhasco, o céu gigantesco como uma aquarela rodopiante até onde o horizonte encontrava o pôr do sol. Jack escreveu que era a cerimônia em memória de Cassie na ilha de Wight, onde as cinzas de April também foram espalhadas. Na foto, algumas pessoas estão de mãos dadas, outras têm os olhos fechados, como se estivessem em oração. Marcus está entre eles, com o olhar baixo, um leve sorriso no rosto. Ele está segurando Freya em um macacão azul-claro, e ela está agarrando tufos de cabelo branco com os punhos gordinhos. Eu me pergunto se ele tem algum diagnóstico. Espero que alguém esteja cuidando dele. Coloco a carta e as fotos de volta na bolsa, ao lado dos documentos de adoção que preenchi ontem à noite. Então David sai da nossa casa vazia com a última caixa. Ele fecha a porta atrás de si pela última vez. Vem andando mais devagar que o normal, estreitando os olhos para a luz do sol. Põe a caixa no banco de trás antes de vir até mim e, apoiando as costas no carro, coloca a mão no meu joelho nu.

— Muito bem, essa foi a última. Pronta para ir?

Confirmo com a cabeça e nos beijamos brevemente nos lábios. Eu sei que, mesmo que a nossa vida não seja como planejamos, ainda é tão rica quanto esperávamos.

Enquanto nos afastamos dali no carro, olho para David, já cantando a música do rádio ao meu lado, e então, exatamente como fiz oito anos atrás quando chegamos aqui, eu me sinto plena e cheia de futuro, totalmente abençoada, porque é isso, minha família pequenininha, e eu sei que é tudo de que preciso.

AGRADECIMENTOS

Gostaria de começar agradecendo à minha agente brilhante, Nelle Andrew, que acreditou neste livro antes mesmo de eu saber que poderia escrevê-lo.

Muito obrigada à imensamente talentosa Lucy Malagoni, da Little, Brown, por sempre se superar e ir além; e à equipe inteira da Little, Brown, por todo o trabalho e a dedicação.

Agradeço ao meu padrinho, Tom Shields, pelo sábio conselho: "Não deixe de fazer algo só porque é difícil".

Obrigada aos meus queridos amigos, que sempre me fazem rir e oferecem ombros para absorver minhas lágrimas; e à Stonehouse, por dar abrigo a todos nós ao longo dos anos.

Um agradecimento enorme às minhas irmãs maravilhosas, Laura Pettifer e Catherine Williams — juntas, sempre seremos as garotas Elgar.

Gratidão imensa aos meus pais incríveis, Edward e Sandy Elgar, absolutamente inabaláveis em sua fé neste livro e em seu amor por mim durante toda a minha vida.

Finalmente, agradeço ao meu amado marido, James Legend Linard, por estar ao meu lado todos os dias. Eu te amo.

Impresso no Brasil pelo Sistema Cameron da Divisão Gráfica da
DISTRIBUIDORA RECORD DE SERVIÇOS DE IMPRENSA S.A.